Auteur inconnu

Bulletin de la Société de statistique des sciences naturelles et des arts industriels du département de l'Isère. Bulletin; Société scientifique de l'Isère. Bulletin

Série.2

Anatiposi

Auteur inconnu

Bulletin de la Société de statistique des sciences naturelles et des arts industriels du département de l'Isère. Bulletin; Société scientifique de l'Isère. Bulletin

Série.2

Réimpression inchangée de l'édition originale de 1860.

1ère édition 2023 | ISBN: 978-3-38270-155-0

Anatiposi Verlag est une marque de Outlook Verlagsgesellschaft mbH.

Verlag (Éditeur): Outlook Verlag GmbH, Zeilweg 44, 60439 Frankfurt, Deutschland
Vertretungsberechtigt (Représentant autorisé): E. Roepke, Zeilweg 44, 60439 Frankfurt, Deutschland
Druck (Imprimerie): Books on Demand GmbH, In de Tarpen 42, 22848 Norderstedt, Deutschland

BULLETIN

DE

LA SOCIÉTÉ

DE

STATISTIQUE

DES SCIENCES NATURELLES ET DES ARTS INDUSTRIELS

DU DÉPARTEMENT DE L'ISÈRE.

2e SÉRIE. — TOME QUATRIÈME.

EN VENTE :

Chez Maisonville et fils et Jourdan, Libraires, rue du Quai, 8. | Chez les principaux libraires de Grenoble.

PRIX : 6 FR.

1860.

BULLETIN

DE LA

SOCIÉTÉ DE STATISTIQUE

DES

SCIENCES NATURELLES ET DES ARTS INDUSTRIELS

DU DÉPARTEMENT DE L'ISÈRE.

I.

MÉMOIRES ET NOTICES.

RELATION

DE

L'EXÉCUTION A MORT D'UN MINISTRE PROTESTANT,

A GRENOBLE, EN 1745;

PRÉCÉDÉE DE QUELQUES NOTES SUR LA SITUATION DES CALVINISTES EN DAUPHINÉ, A LA MÊME ÉPOQUE.

Par M. Gustave VALLIER.

A quelque époque que nous remontions dans notre histoire, nous trouverons les mauvaises passions à la source de nos guerres civiles. Ici, c'est le masque de la religion qui abrite et autorise l'ambition et le pillage ; là, et nous avons, de nos jours, eu le malheur d'assister à ce triste spectacle, c'est la réforme sociale, hautement avouée, qui est le prétexte de ces horribles luttes dont la France entière a été maintes fois ensanglantée ; et presque toujours le *væ victis* de Brennus en a été la conséquence obligée. Les vainqueurs ont bien souvent la main forcée aux représailles et à la compression.

Notre Dauphiné, si tranquille, si tolérant, si renommé pour l'esprit de modération et de progrès de ses habitants, a eu, lui aussi, des pages de sang dans son histoire privée. Il n'a pas toujours été ce qu'il est aujourd'hui. Il y a un siècle à peine, on y trouvait encore les vieux levains des dissensions religieuses et les traces de temps de barbarie ; et maintenant ce passé nous paraît impossible : il répugne à la douceur de nos mœurs d'admettre la cruauté chez nos pères ; et pourtant il en reste encore suffisamment de traces pour que nous ne puissions nier ce qui a été. Le hasard m'a fait découvrir récemment, entre les mains de M. Fermaud, pasteur à Grenoble, qui a eu l'obligeance de me la confier, une lettre curieuse qu'il a trouvée chez un paysan des montagnes de la Drôme, à Château-Double, arrondissement de Valence. Cette lettre, sans signature, — et l'on en comprendra facilement la raison quand on saura qu'elle fut écrite par un religionnaire pendant les persécutions qui suivirent la révocation de l'édit de Nantes, — renferme la relation de l'exécution, à Grenoble, d'un ministre protestant, M. Roger, le 22 mai 1745. Cette pièce n'a pas d'importance par elle-même pour l'histoire du Dauphiné, mais elle est intéressante pour ceux qui aiment à comparer le présent au passé, et ils y trouveront plus d'un passage à noter au point de vue local.

Avant de faire connaître cette lettre, qu'il me soit permis de résumer en quelques lignes l'histoire religieuse de notre pays, à ces époques difficiles où des doctrines dangereuses se présentaient sous des apparences respectables afin de s'infiltrer plus facilement dans la multitude, et où le pouvoir était, parfois contre son gré, obligé de sévir pour se défendre. J'ai parlé de doctrines dangereuses : entendons-nous sur cette expression. Je n'attaque point ici l'idée religieuse, qui avait ses apôtres courageux et respectables et ses fanatiques de bonne foi, mais bien l'idée sociale qui n'avait derrière elle, comme je l'ai déjà dit, que des pillards et des ambitieux. La plupart des gouvernants eux-mêmes voyaient d'un œil favorable ou jugeaient du moins avec un esprit de tolérance et de progrès une réforme qui semblait donner plus de relief à la dignité humaine en lui laissant la faculté du libre examen ; mais ils se sentaient contraints à la sévérité et à une répression dure et parfois cruelle par la raison d'état, quand ils se voyaient aux prises avec les ambitieux politiques qui se servaient de cette même réforme pour abriter leurs projets. Des deux côtés, du reste, il y avait des gens intéressés au combat et à la défense, et l'on s'arrêtait peu aux moyens.

L'édit de Nantes, s'il n'avait pas fait disparaître toutes les traces des haines religieuses, avait du moins, en assurant aux calvinistes l'égalité civile, la liberté de conscience et celle de la parole et de la plume, mis fin aux guerres de religion et encouragé à vivre en paix des sectes jusqu'alors ennemies. Les huguenots purent dès lors se livrer, sous la protection même du gouvernement, aux pratiques de leur culte ; mais ils n'eurent leur part d'honneurs et de pouvoir que dans de certaines limites. Et pourtant, alors que Paris faisait des barricades et chassait le roi, la régente et la cour, Mazarin pouvait dire d'eux : « Je n'ai point à me plaindre du petit troupeau ; s'il « broute de mauvaises herbes, du moins il ne s'écarte pas. » Mais il n'en fut malheureusement pas longtemps ainsi. Les *Dragonnades* eurent leur jour, et Louis XIV, trompé par son entourage, apprit chaque matin, à son lever, la conversion au catholicisme de quelqu'une des cités où le protestantisme avait établi son siége. Ce fut ainsi que, quelques jours seulement avant la révocation de l'édit de Nantes, on lui donna comme chose assurée — c'est le journal de Dangeau qui nous l'apprend — que, dans la ville même de Grenoble, tous les huguenots avaient abjuré.

Le roi avait résolu de suivre à leur égard un système modéré. A son avénement au trône, leur religion, sans partager les droits de la religion de l'état, était permise et autorisée. Mais, si les hommes éclairés sentaient le respect qui était dû à des adversaires honorables et dévoués à leurs croyances, il n'en était pas de même de la haine et du fanatisme que l'on retrouve dans tous les partis et qui ne raisonnent pas ainsi : on ne pouvait leur pardonner d'être échappés à tant d'anathèmes et de proscriptions ; on faisait même de fréquentes infractions à l'édit de Nantes ; et cela, par la faute et l'intolérance du clergé, et malgré les efforts du vertueux Fénelon. C'est ce qui explique par quels motifs, dès les commencements de l'administration de Louis XIV à l'égard des protestants et pendant une période de quarante-neuf ans, on vit se former peu à peu ce code abominable composé de 51 arrêts et déclarations qui avaient également pour objet de restreindre les priviléges des calvinistes, sans qu'on puisse néanmoins en inférer que ce fût un parti pris de ruiner leur secte. Le roi, de qui Massillon a dit qu'il aima tout le bien qui lui fut montré et que, s'il n'accomplit pas toute justice, c'est qu'elle ne lui fut pas toute connue, rendait des édits qu'il croyait conformes aux sentiments de ses sujets. Mais plus tard, devenu vieux et dévot, et subissant l'influence fatale que Mme de Maintenon savait si habilement employer à irriter sa dévotion mal comprise et tout extérieure, il crut à toutes les conversions et ne songea plus qu'à les accélérer. Trompé par les faux rapports de ses agents sur des abjurations arrachées par la contrainte et l'argent, il se persuada qu'il avait à peu près complétement écrasé l'hérésie ; et pour en faire disparaître les derniers vestiges et frapper un coup décisif, son zèle le conduisit, contre son inclination et ses principes, à une intolérance dont il avait d'abord rejeté les rigueurs. La révocation de l'édit de Nantes fut résolue et parut en octobre 1685. Les suites de cet acte déplorable sont trop connues pour qu'il soit nécessaire que je les rapporte ici. Je me bornerai à dire qu'à la mort du roi les opprimés se mirent à espérer, et que le Dauphiné, comme le Languedoc, la Guyenne et le Poitou, vit reparaître une foule de dissidents que la tyrannie avait contraints à la dissimulation.

« A la mort de Louis XIV, dit Lémontey dans son *Histoire « de la Régence et de la minorité de Louis XV*, le pouvoir des « commandants de province contre l'hérésie était sans bornes. « En Dauphiné, les premiers psaumes du désert éveillèrent « l'attention du comte de Médavy, et il jeta des soldats dans « les lieux suspects. Mais le peuple de ces contrées, naturelle- « ment modéré, fin, et plus intéressé que religieux, entra en « accommodement. Les communes obtinrent la retraite des gar- « nisons par la promesse de l'entière abolition du culte. »

C'est sans doute cette contrainte de l'intérêt par la peur qui autorisait l'entourage de Louis-le-Grand à lui apprendre, à son réveil, l'abjuration d'une cité entière, et le roi, trompé sur l'état de l'opinion publique, prenait des mesures qu'il croyait d'accord avec elle, tandis qu'il ne faisait que l'exaspérer sourdement. Mais il n'en fut pas de même de l'autre côté du Rhône, où l'on n'arriva au même résultat que par la terreur. En Guyenne, Berwick osa parler du massacre des assemblées du désert ; mais le régent, réprouvant cette horrible proposition, ne consentit qu'à la mort des prédicants ; dans une autre province, le comte de Chamilly alla jusqu'à brûler les maisons des habitants qui fréquentaient le prêche ; mais la cour, tout en lui abandonnant le sort des ministres, lui interdit toute poursuite contre les autres dissidents,

« Cependant, des hommes d'état déploraient les suites de « la révocation de l'édit de Nantes. Ils savaient que le moment « de la Régence longtemps attendu était décisif pour le retour « ou la perte des exilés. Ils proposèrent au duc d'Orléans des

« idées qui devaient rendre à l'Etat une foule de sujets pré-
« cieux. »

Il faut le dire, le cœur du régent était depuis longtemps, s'il ne les avait même devancées, à l'unisson de ces pensées généreuses. Maintes fois il s'était plaint de la cruauté que Louis XIV avait employée vis-à-vis des huguenots et n'avait pas craint de traiter lui-même de faute grave la révocation de l'édit de Nantes. Maintes fois il avait parlé du préjudice immense que l'état en avait souffert dans sa dépopulation, dans son commerce et dans son industrie, ainsi que dans la déconsidération où cet acte l'avait jeté auprès des protestants du reste de l'Europe. Il avait même voulu les rappeler; mais le *Conseil de Conscience*, qu'il avait institué alors qu'il s'agissait d'assurer sa propre puissance, devint contre ses bonnes intentions et sa tolérance une arme redoutable, et ce projet fut repoussé deux fois, à plusieurs années d'intervalle.

Il est curieux de lire dans les *Mémoires du duc de Saint-Simon* tous les motifs allégués par le régent en faveur des religionnaires, puis les raisons plus ou moins spécieuses par lesquelles Saint-Simon, consulté par le duc d'Orléans, combat les projets généreux de ce prince et le détourne de les mettre à exécution. « Son désir était grand, dit-il, mais il comprenait « le poids et les suites d'une telle résolution à laquelle il cher- « chait des approbateurs, je n'ose dire des appuis. » Et Saint-Simon lui représente les désordres et les guerres civiles occasionnés par les huguenots depuis Henri II jusqu'à Louis XIII, les ruines et le sang répandu, etc., etc. Il lui fait sentir ce que c'est que des sujets qui, en changeant de religion, s'arrogent le droit de ne l'être qu'en partie, d'avoir des places de sûreté, des troupes, des subsides, un gouvernement particulier, organisé, *républicain*, des priviléges, des cours de justice, etc., etc.; enfin un état dans un état.

Le régent se vit forcé d'abandonner son projet. La peste du Midi seule put apporter un peu de soulagement à la triste position des religionnaires, et les dernières années de la régence furent pour eux plus tolérables; le gouvernement parut enfin vouloir fermer les yeux sur leurs actions et leurs assemblées.

Mais Dubois mourut, et les intrigues du gouvernement du prince de Condé rallumèrent l'incendie. Sans songer que l'Angleterre, plus sage, faisait écouler de son sein dans ses possessions de l'Amérique ses sectes les plus récalcitrantes; sans songer que c'était irriter sans motif et sans nécessité les dissidents français, le prince de Condé renouvelle les plus mauvaises lois de Louis XIV contre les calvinistes et fait paraître contre eux la fameuse déclaration du 14 mai 1724, au milieu de l'étonnement du clergé, des intendants et des parlements qui ne l'avaient ni sollicitée ni prévue. Dès lors la simple déposition des curés et des vicaires suffit pour rendre un homme coupable. Les prêtres catholiques sont autorisés à visiter sans témoin les nouveaux convertis. Toutes les anciennes prescriptions sont soigneusement renouvelées : les religionnaires sont exclus des emplois publics et des professions libérales ; on les condamne aux galères pour avoir assisté au prêche (1), et à la mort pour avoir rempli quelque fonction sacerdotale, et leurs cadavres sont traînés sur la claie; on interdit aux corps des protestants l'entrée des cimetières; on envahit leurs successions; on confisque leurs biens; on bat de verges les filles calvinistes; on flétrit les mariages en traitant de concubinaires les époux unis par des ministres et en déclarant illégitimes les enfants issus de ces mariages; on enlève leurs enfants aux nouveaux convertis; tout médecin est tenu de déclarer ses malades pour les obliger à recevoir les sacrements.

---

(1) Je dois à M. Macé, professeur à la faculté des lettres de Grenoble, la note suivante recueillie par lui aux Archives de l'empire (*carton des réfugiés français, Ms* 992.) « Jean Moussié, 34 ans, con- « damné aux galères à vie par l'intendant du Languedoc, le 17 dé- « cembre 1746, pour s'être chargé de recueillir des aumônes. »

« Mais, dit Lémontey, ce qui n'était parmi les chefs qu'esprit « de corps, devint fanatisme dans les rangs inférieurs de l'E- « glise. La correspondance des intendants atteste combien les « curés s'éloignèrent alors des usages précédents et se plurent « à désespérer par des épreuves sacriléges les protestants qui « recouraient à leur ministère, pour la bénédiction des maria- « ges ou pour d'autres actes d'une foi apparente. Ils exigeaient « d'eux *qu'ils maudissent leurs parents décédés et jurassent « qu'ils croyaient à leur damnation éternelle.* Les prêtres « du Dauphiné se montrèrent les plus avides de ces impré- « cations inhumaines..... »

Sous le ministère de M. de la Vrillière, la persécution recommence de plus belle. Voici comment Lémontey s'exprime à ce sujet : « Mais c'est surtout entre les Alpes, la Loire et l'Océan « que s'appesantit l'orage. On démolit les maisons des calvi- « nistes ; les cadavres sont exhumés ; des soldats portent le « carnage dans les agapes du désert ; des jésuites leur servent « de délateurs et de guides. (Ils s'étaient mis à la tête de cette « persécution autant par ambition que par principes. Ouvrir « au salut des hommes une voie douce et large, mais les forcer « d'y entrer par le fer et par le feu, fut toujours leur double « maxime.) Les prisons regorgent de captifs de tout sexe et de « tout âge. Les laboureurs des Cévennes et du Vivarais se « cachent dans les bois, laissant les chaumières désertes et les « moissons perdues. Des commissions, présidées par les inten- « dants d'Auch, de Montpellier, de Perpignan, de Poitiers, de « Montauban, de la Rochelle, choisissent les victimes ; les « parlements de Bordeaux, d'Aix et de Grenoble en frappent à « leur tour, et un seul arrêt de cette dernière cour en proscrit « deux cents. »

En 1745, M. de Valory, ambassadeur de France en Prusse, fit connaître au gouvernement l'intérêt général que l'on prenait au sort des victimes infortunées de cette affreuse persécution ; mais la cour resta sourde, et le caractère national seul se fatiguant de ces tortures inutiles, la persécution finit bientôt comme un rêve. La loi de 1724 mourait sur l'échafaud de Calas.

C'est en cette même année (1745) que les registres du parlement de Grenoble nous offrent encore deux condamnations de prédicants. La première est celle prononcée contre le ministre Rane, le 2 mars 1745. Il fut condamné, dit le libellé, à être « conduit la hart au col en la ville de Die pour, dans la « place principale de ladite ville, être pendu et étranglé à une « potence qui y sera dressée à cet effet jusqu'à ce que mort « naturelle s'ensuive ; ordonne (la cour) que la tête dudit Rane « sera coupée et portée au lieu de Livron pour être mise sur « un poteau au-devant de la maison du nommé Gleysat ; « ordonne pareillement que les livres remis au greffe et trou- « vés dans la maison dudit Gleysat seront brûlés par l'exécu- « teur de la haute justice au pied dudit poteau ; condamne « ledit Rane en l'amande de cent livres envers le roy et aux « dépens et frais de justice, etc. »

La seconde condamnation est celle qui fait le sujet de cet article. Elle m'a paru curieuse à plus d'un titre, et c'est ce qui m'a décidé à la publier, soit comme une trace des mœurs d'une époque encore bien près de nous, soit à cause de quelques expressions dont le sens n'est plus admis aujourd'hui, soit comme un témoignage des maux que les guerres de religion avaient causés à notre Dauphiné.

Voici d'abord le libellé extrait textuellement des registres du parlement. Je le ferai suivre de la lettre inédite dont j'ai parlé au commencement de cet article.

« Entre le Procureur général du Roy demandeur en cas de « contravention aux edits et declarations de Sa Majesté concer- « nant l'exercice de la religion prétendüe reformée et assem- « blées illicites d'une part et le nommé Jacques Roger du lieu « des Boissières diocèze de Nimes en Languedoc, prédicant se

« disant ministre de ladìtte religion prétendüe reformée accusé « et détenu dans les prisons de la conciergerie du palais « d'autre.

« LA COUR a déclaré ledit Roger düement atteint et con- « vaincu d'avoir fait les fonctions de prédicant dans diverses « assemblées de religionnaires et en divers lieux de la province « pour réparation de quoy l'a condamné d'être livré entre les « mains de l'exécuteur de la haute justice mené et conduit la « hart au col dans la place du Breüil de cette ville, et y être « pendu et étranglé à une potence qui y sera dressée à cet « effet jusqu'à ce que mort naturelle s'ensuive, l'a en outre « condamné en l'amande de cent livres envers le Roy et aux « dépens et frais de justice pour lesquels ensemble pour touts « ceux faits contre les contrevenants aux edits et declarations « de Sa Majesté sur le fait de la religion est décernée con- « trainte solidaire sur ses biens. Fait en parlement le vingt- « deuxieme May mil sept cents quarante-cinq.

« QUINSONAS. DE GAUBERT.

« Epices trente écus.

« *Présents* : Mrs Mtres M. Pourroy de Quinsonas, R. Af. de « Micha de Burcin, J.-B. de Chaléon, A. de Roux de Gaubert, « En. de Baronnat, J. Trivio, J.-D. de Ste-Colombe, de Gratet « du Bouchage, A. Copin de Miribel et J.-F. de Roux de la « Ric, touts cons. du Roy en la Cour. »

(On lit encore sur le dos du présent arrêt :)

« Le présent arrêt acté lu et publié au dit Roger et exécuté « suivant sa forme et teneur ledit jour et an. Ainsi le certifie.

« C. DAVIN. »

LA RELATION DE L'ILUTRE MONSIEUR ROUGE (1).

LE RECITE MOT A MOT.

« Monsieur Rouges, minitre du saint Eveangile de Nôtre « Seigneur Jéseus Chirst, a été jeuge le viengt deux du moy « de May mille sept cent quearcante ciennq, à onze heure du « matin, a ete peandu seur la pleace de la Greanaite (2) a « queatre heure à pres midy. Comme lon vien lui lires sa « seanteance il y ut quelque personne dune sertaine condition « qui étoit venue pour leantendre lire quil mon asseure avec « vérité que queand on lui eu lit sa seanteance il les remerciat « tres greacieusement. Un cear d'heure a pres se préseantat à « lui deux Jeseuitre qui vinre pour le salue et lui dirent de « peanser à lui meme et a la mort que lon luy allet faire subir. « Il les remersiat leur disant qu'ils y auet longtemps qu'ils « desirete de signer le saint Eveangile de sont seang : la greace

---

(1) Ce nom est écrit, comme on le voit, tel qu'il se prononce encore de nos jours en patois, c'est-à-dire *Rouge* ou *Rouges* (prononcez *Rougé*) pour *Roger*.

Je me décide à publier cette lettre avec son orthographe, ou plutôt sans orthographe, et conforme au manuscrit de M. Fermaud ; seulement, j'en retranche les majuscules qui se trouvent fréquemment au commencement des mots et j'y rétablis celles qui manquent presque toujours en tête des phrases, ainsi que les signes de ponctuation, l'original n'en renfermant aucun et étant, par cela même, d'une lecture difficile. J'ai cru devoir ne pas faire d'autres changements à cette lettre, parce que c'est la première fois qu'elle est publiée, et je préfère qu'elle le soit ainsi par une raison qui sera appréciée de tout homme qui veut écrire l'histoire sur des documents certains et non dénaturés.

(2) Je remarque en passant que cette relation, écrite évidemment par une personne illettrée, renferme ce nom de *place Grenette* qui prévalait déjà à cette époque dans le public, tandis que l'acte du parlement cité plus haut donne à cette même place le nom de *place du Breuil* qui était encore le nom officiel. Nous assistons ici à la démonétisation d'un nom.

« que je vous demeande, leur dit, cest messieur de me laisser « aller treanquille peandeant le peux de temps que jeay à « vivre pour prier mon dieu sans que personne ne mincomode. « Cela lui fut âcordes. Il entreat en meme temps deans un « cabinet et se mit en priere. Il y auet un sertain libertin quil « voulurent regarder par une fenaitre quy donne deans cette « cour croyeant de linterompre. Un de mes amis alat avertir « le jolier qui vient seur le champs et les menassa de les mai- « tre dant les basses feausses.

« Ce bien heureux martir seanteant quil y auet pleusieur « de nos fraire deans la ditte cour il fit seambleant deux foits « de vouloir aller faire ses nessesaire pour auoir ocation de « leurs pouvoirs pearler est enbracers et leur faire ses adieu, « les exorteant detre toujours fairme deans la foit. Je ne seau- « ret vous dirent combien des learmes il se versat de voir cest « illustre maitre sy joyeux daller enbraser une sy creuelles « morts. Il prit maime une si greande alteration qu'il deman- « dat à boire : monsieur le consierge luy voulut donnes dun « vins; il ne voulut qun veaire deaux et lui dit quils alloit « boire du vins nouveaux aux Royeaume de son pere. Enna- « tiandeant (1) ses parcantes les larmes luy vinrent aux yeux. « Sur les queatre heure efetive, le boureaux vint et pour lors « lon le fit desseandre deans la cour pour luy maitre la corde « au col. Les maime Jeseustre vienrent et lui dirent sil ne vou- « loit pas songer à sa concience. Ils les congediat reudement « et leurs dit : cest à moy a peansser a mon dieu. Et eleveant « les yeux aux ciel il dit (2) : la voix et la heureuxse journes. « Et l'heureux moment. Rejouit toy mon ame, ma peauvre « ame, tu vat comparoitre devant ton dieu. De recherche (3),

(1) En entendant ses parents, les larmes lui vinrent aux yeux.

(2) Il dit : la vie est là... heureuse journée et heureux moment!...

(3) De rechef, leur dit-il, je demande en grâce, etc.

« leur dit til je demande en grace de me laisser aller libre et « de ne minterompre point. Il y auet à cest affreux expetacle « vn nombre infinit des gens (1) courirent de tout côtées : « entre autre vinrent pour le conduire aux suplices sain- « queante soldar et deux teambour quy battet toujours deveant « luy et trois autre compeagnies et queatre autre tembour ; le « tout (2) feit et cercle autour de la pouteance. Ce bien heureux « martir sorteant de la prison il se mit (3) à dire tout aux le « pseaume de misericorde et greace. Les Jesuistre qui le con- « duirent aux supplice ne s'aprochoitrent point (4) pour linte- « rompre. Les gens meme de condition ne ce pouvoit tenir de « pleure en voyeant son courage. Etant arrive aux suplice il « se mit a genoux et fit tout bas sa priere ayant toujours les « yeux fraix (5) a la poteance. Sela et fait (6) il monta joyeux « à lechayle. Les Jesuistre saveansairent ; pour lors il les re- « beutat encore plus reudement. Il ne fut pas plut tot jeté de « lechayle quil mourut comme un poullet : ce qu'ils fit dire « a plusieur personne que sertainement il est heureux. Les « Jesuistre (7) même entraînairent deans un maissont pour « demander un veaire deaux et dirent que leurs religiont ne

---

(1) Un nombre infini de gens qui accoururent de tous côtés.

(2) Le tout fit cercle autour de la potence.

(3) Il se mit à dire tout haut le psaume de miséricorde et de grâce.

(4) Ne s'approchèrent point pour l'interrompre.

(5) On se servait encore à cette époque de ce mot pour exprimer qu'on regardait froidement quelqu'un ou quelque chose ; témoin ce passage de Saint-Simon sur Mademoiselle de Montpensier, la grande Mademoiselle : « Le duc du Maine fut instruit à faire sa cour à Mademoiselle, qui le reçut toujours très-*fraîchement*, et qui lui vit prendre ses livrées avec un grand dépit, etc... » Et les *Mémoires de Saint-Simon* sont eux-mêmes postérieurs à cette lettre.

(6) Cela fait, il monta joyeux à l'échelle.

(7) Les Jésuites mêmes entrèrent dans une maison, etc.

« leur permettes pas de jeuger dune telle personne, car de leurs « vie il navoit veu mourit personne dune sy belle mort. Monsieur « Rouges restat pres de vingte queatre heure peandu sans que « lon put connaistre qui aye cheangé de mine. Rien de si odieu « que queand ont lut oté de la poteance, ccar lon le trenat « jeusque sur le pont de pierre; ensuite lon le jetat dans la « riviere. Aux bout de trois jours leau le laissat seur un grea- « vier : il fut reconnut, mais sa mine etoit toujours de maime. « Je ne sait pas ce que lon fit de ce peauvre cadeavre. Voilat la « fin de ce ilieutre serviteur de Dieu. Cest, messieur, tout ce « que je puis vous en ecriere savement. En priant dieu qui « nous fasse la greace de nous maitre un jours du nombres des « biens heureux martir. »

NOTICE

SUR RICHIER ET SUR QUELQUES-UNS DE SES OUVRAGES,

Par M. J.-J.-A. PILOT.

Sous Louis XIII vivait, en Dauphiné, Jacques ou Jacob Richier, dont le nom serait aujourd'hui totalement oublié s'il n'y avait encore à Grenoble une statue d'Hercule, à Vizille, une statue équestre de Lesdiguières, et, à Gap, le tombeau de ce connétable, trois ouvrages dus au ciseau de cet artiste.

Les auteurs qui ont écrit sur notre pays, et qui sont entrés dans les moindres détails sur les circonstances de la vie et sur les exploits de Lesdiguières, n'ont rien ou presque rien dit sur le sculpteur habile qui a su rendre sur le marbre les hauts faits du guerrier dauphinois qui décorent son tombeau. D'où était Richier? quelles furent les phases principales de son existence? quels ont même été ses travaux? Ces faits sont restés inconnus.

On a cru assez généralement (nous avons aussi adopté cette opinion), que Richier avait reçu le jour en Italie ; qu'il était venu en Dauphiné, mené par Lesdiguières à la suite d'une de ses expéditions dans le Piémont, et que son nom, Giacobo Richieri, en devenant français, avait bientôt perdu sa désinence italienne. Ceci n'est point exact. Une pièce que nous avons trouvée dans les archives de la mairie de Grenoble, sous la date du 25 mai 1615, apprend que Richier est né à Saint-Mihiel, en Lorraine (1), en même temps qu'elle fait connaître qu'il était alors fixé depuis peu dans notre ville. Cette pièce est la mention d'un mandat de 16 écus, ordonnancé en faveur du sculpteur lorrain, pour des armoiries de la ville placées au dessus de la porte de Saint-Laurent qu'on venait, cette année, de reconstruire :

« *Mandat a été octroyé à Me Jacob Richier, maître sculpteur, du lieu de Saint-Miel, en Lorraine, étant de présent en cette ville de Grenoble, de la somme de seize écus, faisant quarante-huit livres, à lui ordonnée pour les armoiries de cette ville, suivant le prix-fait verbal que nous lui avons baillé, en vertu de pouvoir donné aux sieurs consuls, par le conseil ordinaire de la ville ; lesquelles armoiries ont été mises au-dessus du portal que monseigneur le Maréchal a fait de nouveau construire à la porte Saint-Laurent ; et ce sur les deniers communs et des deniers en dernier lieu remis à Me Besson, par Me Pierre Reboud, procureur* (2). »

(1) Ville du département de la Meuse qui avait une école de sculpture, où probablement Richier apprit son art ; peut-être fut-il même élève de Ligier-Michier, sculpteur du XVIe siècle, auteur du beau monument qu'on admire dans l'église de cette ville, dite du Bourg, et qui représente le corps de Notre-Seigneur Jésus-Christ descendu de la croix pour être placé dans le sépulcre.

(2) *Registre des conclusions prises tant en Conseil ordinaire*,

La porte Saint-Laurent a été reconstruite, en effet, en 1615. Celle de France a été bâtie cinq ans après, en 1620. Il est probable que les deux renommées et les trophées qui surmontent cette porte, et l'ancien écusson qu'il y avait avant qu'on l'eût restaurée en 1847 et qu'on eût remplacé les fleurs de lis par les roses de la ville, sont de la main de Richier.

En 1622, Louis XIII vint à Grenoble; la ville donna au roi une fête magnifique; elle orna les rues et les places de guirlandes, d'emblèmes et de peintures; elle chargea Richier de faire, pour la réception du prince, deux statues de plâtre, avec des trophées d'armes et autres attributs. Les deux statues représentaient, l'une la Victoire tenant une branche de laurier, et l'autre, la Paix. On les dressa: la première, sur la place de Mal-Conseil (aujourd'hui place aux Herbes); la seconde, sur la place Saint-André: la ville, sans préciser aucun prix avec Richier, promit de *payer et récompenser raisonnablement*, d'autant plus qu'il fallait que le travail fût terminé et livré dans un espace de temps assez court (1).

A cette époque, Richier était à Grenoble; avant de se fixer dans cette ville, il avait habité Vizille; car il faut dire que le château que fit construire Lesdiguières, en 1611, pour en faire sa demeure, lui doit ses ornements, son architecture, ainsi que la statue équestre placée au dessus de la principale porte. Cette statue est en bronze et à demi-bosse; elle représente Lesdiguières à cheval. Une inscription fastueuse, au-dessous de la statue, rappelle les titres du guerrier et son âge; elle assimile, par une basse flatterie digne du siècle, ses traits à ceux de Mars. La statue fut faite et posée en 1622; Lesdiguières avait alors 78 ans. Cette statue équestre, de grandeur un peu au-dessous de nature, fut enlevée en 1793, et apportée

---

extraordinaire, quarante, que généraux de la maison consulaire de la ville de Grenoble, année 1615, n° 80, f° 63, *recto*.

(1) *Registre des conclusions de l'Hôtel de Ville*, année 1622.

ensuite au musée de Grenoble; elle a été, plus tard, replacée au même endroit où elle était auparavant.

Richier, attaché à Vizille par ses travaux, tenait aussi à ce lieu par des affections de famille; il s'y était marié, le 29 juin 1615, avec Jeanne Chaléon, fille de Jean Chaléon, notaire, et de Charlotte Dumollard. De ce mariage sont nés David et Charles Richier; le premier, le 3 juin 1616, et le second, le 25 février 1618. Ces derniers renseignements sont extraits d'un manuscrit que nous avons eu sous les yeux, et ayant appartenu à ce notaire, ainsi qu'à Antoine Chaléon, son fils et son successeur, qui, l'un et l'autre, y ont inscrit diverses notes concernant leurs enfants et leur famille.

Richier, sculpteur titré de Lesdiguières, a exécuté les divers ouvrages qu'on voit encore au château de Vizille, et qui, pour la plupart mutilés par la main de l'homme ou détériorés par le temps, paraissent d'un dessin assez correct et d'une belle pose : tels sont deux jeunes lions; deux groupes qui représentent deux Hercules terrassant, l'un un lion et l'autre un taureau ; un lion enchaîné par trois amours ; un blason soutenu par deux lions, au dessus de la porte d'entrée, et les autres sculptures qui décorent l'ancienne demeure du dernier connétable.

On doit aussi à Richier un Hercule, en bronze, qui était à Vizille, dans l'ancien parterre appelé le jardin d'Hercule, et le même qui est aujourd'hui, à Grenoble, dans le bois du jardin de ville. Le demi-dieu, couvert de la peau du lion de Némée, tient la massue sur son épaule droite; il a, dans sa main gauche, des pommes du jardin des Hespérides; il est évident que la flatterie inspira, pour cette œuvre, l'artiste comme pour la statue équestre de Lesdiguières. Ce dernier, à cheval, était Mars; Hercule, en repos, devient l'image du guerrier qui goûte les douceurs de la paix, au milieu des fruits des champs figurés par les pommes d'or que gardait le dragon du jardin mystérieux. Il est au surplus facile de voir que

Richier a toujours été guidé par la même pensée. La figure de l'Hercule en bronze à Grenoble et celle des deux Hercules en pierre au château de Vizille sont la reproduction fidèle de l'effigie de Lesdiguières. Il n'est pas jusqu'au bas-relief d'un lion enchaîné par trois amours, qui ne rappelle ce guerrier dompté par les grâces.

Richier devait tout à Lesdiguières; il lui en fut reconnaissant.

Ce sculpteur eut, en 1622, la direction de la fête que la population de Vizille donna à Lesdiguières, le 28 juillet, lorsqu'il se rendit à son château après avoir été créé chevalier de l'ordre du Saint-Esprit. Videl s'exprime ainsi, en parlant de la belle réception faite à son héros : *Il y fut reçu, par les habitants, avec beaucoup de solemnité, Jacob Richier, son sculpteur, et l'un des plus excellens de son art, n'y ayant pas épargné la gentillesse de ses inventions en plusieurs sortes d'ouvrages* (1). Cette citation fait l'éloge de Richier; elle atteste combien était justement apprécié son talent. Le même auteur lui donne aussi la qualité d'*excellent sculpteur*, dans la description qu'il a laissée du beau mausolée que Lesdiguiéres se fit faire, de son vivant, par cet artiste, pour lui servir de tombeau, et qui fut placé au château des Diguières, près de Saint-Bonnet.

Le corps de Lesdiguières, dit Videl, *fut porté avec tous les honneurs convenables et en grande compagnie à Lesdiguières, dans un sépulcre que, dès longtemps, il s'y était fait dresser par Jacob Richier, excellent sculpteur, monument, certes, digne de l'ouvrier, mais plus considérable, sans doute, par ce dépôt, pour lequel le mausolée et les pyramides n'eussent rien eu de trop magnifique. Le lecteur me saura peut-être bon gré de le lui faire connaître ici.*

---

(1) *Histoire du connestable de Lesdiguières*, par Louis Videl, secrétaire dudit connestable, chap. v.

Tout l'ouvrage est porté par un piédestal de marbre noir, enrichi de quatre basses tailles (bas-reliefs), *de marbre blanc, représentant la prise de Grenoble, la bataille de Pontcharra, le combat des Molettes et la prise du fort de Barraux. Au dessus est élevé un vase ou tombeau de marbre noir, soutenu par deux chérubins de marbre blanc, où repose son effigie* (sa statue), *de même marbre, couchée et armée à la moderne; aux deux côtés, il y a deux anges de marbre blanc, avec nombre de trophées; tout cela enrichi de fort belles corniches, de moullures, de pointes de diamant, et d'autres pareils ornements que l'art y a curieusement transportés* (1).

Ce tombeau, déplacé en l'an VI (1798), et qui se voit aujourd'hui à Gap, dans une salle de la préfecture, est l'ouvrage le plus considérable qui nous reste de Richier. Un autre tombeau, dû au même sculpteur, plus estimé peut-être, du moins plus apprécié sous le rapport de l'art, est celui qui existait dans l'église de Sainte-Claire, à Grenoble, et qui a été détruit en 1793, élevé en la mémoire du connétable lui-même, de la marquise de Treffort, sa seconde femme, et de sa fille. Ce monument consistait en un massif de marbre blanc, où étaient deux statues à genoux, de grandeur naturelle, représentant la duchesse de Lesdiguières et sa fille. Les plis, les ondes et les rebords de leurs vêtements étaient si bien imités, qu'ils étonnaient et trompaient les yeux des connaisseurs. Ce magnifique tombeau a été posé en 1633.

Trois ans auparavant, en 1630, le 4 septembre, Richier avait albergé de Charles de Créqui, prince de Poix, duc *des Diguières*, onze toises carrées d'un plaçage ou pré, au lieu de l'Eyguier, proche de la Trésorerie, sous la cense annuelle et perpétuelle d'un sol tournois, valant douze de-

(1) Videl, *Hist. du connest. de Lesd.*, chap. XII.

niers, payable à la Toussaint de chaque année. Richier, dans cet acte, est qualifié sculpteur, habitant à Vizille ; il fit bâtir sur le sol albergé une maison qui était construite en 1641. Cette année, Richier avait cessé de vivre, ce qui résulte d'un autre acte du 19 mars de la même année, par lequel Jeanne Chaléon, sa veuve, *curatrice* de ses enfants, reconnaît tenir de François de Bonne de Créqui, duc de Lesdiguières, ladite maison, sous la cense précitée d'un sol tournois. Ces deux actes sont aux minutes de Jean Montaigne, notaire à Grenoble. Un demi-siècle après, en 1693, cette maison appartenait encore aux Richier ; mais à cette dernière époque, les deux fils de Jacob Richier, savoir David et Charles, dont nous avons parlé plus haut, nés en 1616 et 1618, étaient aussi décédés, puisque, dans des actes ou titres que nous avons eus sous les yeux, la même maison est désignée comme étant alors à la *demoiselle* Arvet, Varcey ou Verceil (on lit tous ces noms), veuve d'un Jean Richier, sans doute fils ou petit-fils de Jacob.

La maison de Richier, à Grenoble, située, comme on vient de le voir, près de l'ancienne Trésorerie, occupait une partie de l'emplacement de la maison actuelle où est le café de l'Isère, entre le quai et la rue du Quai, en face du jardin de ville. Elle était possédée, vers la fin du dernier siècle, par M. Dubœuf, procureur au parlement, et elle a été démolie, il y a une trentaine d'années, lorsqu'on a reconstruit les nouvelles maisons de la rue du Quai. Tels sont les renseignements que nous avons pu nous procurer sur ce sculpteur et sur quelques-uns de ses ouvrages. Nous croyons devoir ajouter qu'il est fort probable que Jacob Richier, ou simplement Jacob, soit le même que le sculpteur Jacquet, connu sous le nom de Jacquet de Grenoble, qui aurait vécu sous la reine-mère Marguerite de Médicis. Dans ce cas, on devrait également à Richier de beaux ornements de cheminée qui sont au palais de Fontainebleau.

La ville de Grenoble a acheté, en 1851, au prix de 600 fr.,

un buste en bronze de Lesdiguières, grandeur naturelle, aujourd'hui placé à la Bibliothèque publique et qui faisait partie du mobilier des cohéritiers du Bouchage, dans leur propriété de Visancour, à Saint-Egrève. Ce buste est d'une belle composition et bien exécuté; sa tête est absolument celle de l'Hercule du jardin de ville; on y voit le faire et le genre de Richier. Il serait fort possible qu'il fût un ouvrage de cet artiste.

Les deux pièces qui suivent sont extraites de documents authentiques que nous avons trouvés aux archives du château de Vizille. La première de ces pièces fait connaître quel était l'état du jardin de ce château et celui du jardin du duc de Lesdiguières à Grenoble, en 1692; la seconde constate que l'Hercule en bronze qui est aujourd'hui dans le bois du jardin de ville de Grenoble était encore à Vizille en 1775.

Estat auquel les jardins de M. le duc de Lesdiguières, de Vizille et de Grenoble, sont au mois de septembre 1692.

VIZILLE.

62 gros orangers dans des caisses de bois; plus, 2 gros citronniers aussi en caisses; plus 9 orangers moyens, en caisses, 3 desquels sont chinois; plus, 30 petits orangers, 24 desquels sont en caisses de bois et 6 en vases de cuivre; plus 17 petites myrtes en vieilles caisses de sapin; plus 36 pieds de jassemins (*sic*) d'Espagne en vieilles caisses; plus, 100 pots vuides pour œuillets, fort inégaux, dont quelques-uns sont fêlés; plus, 4 vieux arrosoirs de fer-blanc.

Le petit jardin contre le jeu de paume, dont les planches sont bordées de bouis (buis) et garnies d'oignons et plantes de fleurs.

Le grand jardin d'Hercule est composé de 4 grands carrés

tous vuides, à la réserve de celui où est une monstre solaire en bouis, avec son axe et son support de fer; le tour dudit jardin est bordé de piccah.

Le jardin où était le potagier est vuide; il y a une grande allée avec le tour du bassin bordée d'arbres en buissons, qui sont déjà fort vieux; les allées du tour dudit jardin sont garnies d'arbres fruitiers tant en buissons qu'en plein air. L'espalière contre la muraille exposée au midi, est fort dégarnie et le chassif pourri.

GRENOBLE.

108 pieds d'orangers, desquels 98 sont en caisses et 10 en vases de terre; 40 pieds de jassemins d'Espaigne en vieilles caisses; 2 myrtes en caisses; 2 lauriers-tin en vases en vieilles caisses; 2 myrtes en caisses; 2 lauriers-tin en vases et 12 laureoles en vases; plus, 300 pots de terre vuides fort inégaux, dont quelques-uns sont félés et cornés, étant les restes de quantité de vieux pots qui ont été exposés à tous les orages.

Dans le parterre bordé de bouis à grandes planches, il y a quelques arbustes et quelques planches ligneuses. Les planches sont vuides, à la réserve de deux au proche du perron au couchant, pour n'avoir heu (*sic*) d'oignons de fleurs que pour garnir les deux costières sur la grande terrasse de la pompe; celle au-dessous et celle au long de la balustrade de pierre, à cause des oignons de fleurs envoyés à Paris. Il y a 17 arbres en buissons sur la terrasse de la pompe, lesquels couvrent l'allée et ôtent le soleil aux orangers. Contre la muraille de la pompe il y a une espalière peinte en vert dont les arbres sont jeunes. Les murailles du parterre sont vuides, à la réserve de celle du côté du bois où sont les houx, comme aussi celle qui est sous la balustrade de pierre.

J'ai vérifié avec M. Féronce le contenu en l'estat ci-dessus, les huitième et dixième du mois de septembre 1692, et nous l'avons signé. BRESSIEUX, FÉRONCE.

Mémoire au sujet des tuyaux de plomb et des orangers du château de Vizille.

Il y a un Hercule en bronze et 4 jets d'eau dans l'ancien parterre, entre le château et le grand canal qui est à présent en prairie, à l'usage du capitaine du château.

Cet Hercule posé sur une petite pyramide de petites rocailles assemblées, dans laquelle il y a beaucoup de tuyaux de plomb qui donnaient de l'eau, s'entrecoupant les uns les autres, ce qui faisait un jeu très-agréable. Les 4 jets portaient l'eau d'environ 25 pieds de hauteur.

Fait à Vizille, le 25 juin 1775.

BIOGRAPHIE D'ANDRÉ MAZET.

Par M. l'abbé GALLOIX.

J'ai vainement cherché, dans nos biographies modernes, un nom digne de figurer avec honneur à côté des personnages illustres qu'a produits notre cité. André Mazet a laissé de profondes traces dans le souvenir des contemporains ; tous les journaux de l'époque l'ont célébré par de justes éloges ; il a fourni une belle page au chevalier de Propiac, dans son *Roman historique*. Ce serait donc une bien coupable injustice que de le laisser enseveli dans ce vaste champ mortuaire qu'on appelle l'oubli. Ce martyr du dévouement a acquis des droits incontestables à l'immortalité ; il appartient à l'histoire, l'humanité le réclame. La médecine, elle-même, ne peut exclure de son culte un homme qui l'a honorée par son savoir, par son expérience, et dont les travaux remarquables ont jeté une lumière assez vive sur la nature d'un mal si horrible dans ses effets, et presque inconnu jusqu'alors dans ses principes.

Restituer à l'histoire un nom qui lui est si légitimement dû, c'est accomplir tout à la fois un acte de justice et un acte de reconnaissance.

Lorsque je conçus la pensée d'écrire cette notice, je m'adressai à M. Mazet, frère de notre héros, qui eut la complaisance de me donner tous les renseignements dont j'avais besoin, ainsi que tous les documents qu'il avait entre les mains. J'avais déjà appris, sur cet intéressant jeune homme, bien des choses de la bouche de Mme Mazet sa mère, femme remarquable par sa mémoire et son intelligence. C'est sur ces éléments sûrs que j'ai rédigé cette biographie. Il y a dans mon travail bien des lacunes à remplir, j'en conviens, mais j'espère que d'autres achèveront mon œuvre qui n'est qu'une espèce de spécimen.

II.

André Mazet vit le jour à Grenoble, en 1793, le 23 décembre, lorsque l'orage révolutionnaire grondait le plus fortement sur la France. Dès sa première jeunesse, il révéla une de ces natures privilégiées qui trahissent bien vite les secrets de leur puissante organisation, et font pressentir le rôle important auquel la Providence les destine dans le monde. Une imagination brillante, vive, mais réglée; un esprit méthodique, pénétrant, observateur; un cœur généreux, désintéressé; une aptitude remarquable pour toutes les sciences profondes, sérieuses, mais pratiques; un caractère affable, gai, décidé; une force d'âme qui allait jusqu'à l'audace dans les plus grands dangers. A côté de cela, une parole facile et pure, des formes aisées, polies et gracieuses, vertus qui constituent le grand médecin: telles étaient les qualités qui ornaient son âme; aussi, après avoir terminé ses études littéraires, n'hésita-t-il pas à s'adonner aux sciences médicales. Il fallait à l'ambition de cet esprit un vaste théâtre pour exercer son talent précoce. Après avoir passé un an dans l'école préparatoire de médecine de notre ville, il se rendit à Paris pour suivre le cours des professeurs célèbres qui illustraient la faculté de médecine. Le jeune Mazet se fit remarquer parmi ses condisciples par la hauteur et la justesse de ses aperçus, la précision et la lucidité de ses questions, et surtout par les magnanimes élans de son cœur.

La catastrophe de 1813 le ramena dans sa famille. Les puissances étrangères, fières des avantages qu'elles ne devaient qu'à la rigueur du temps, se dirigeaient menaçantes vers nos frontières. En présence de ce suprême danger, le patriotisme, cette vertu traditionnelle en Dauphiné, enflamma toutes les âmes d'une bouillante ardeur; notre héroïque pays se leva comme un seul homme pour repousser l'invasion étrangère. Le cœur de Mazet avait trop de sympathies pour cet enthousiasme universel, pour ne pas suivre nos populations dans ce magnanime mouvement. Il voulut payer à sa patrie sa dette dans ce commun danger; les fonctions de chirurgien militaire, qu'il sollicita, lui furent promptement accordées. Le fort Barraux, défendu par le 11me régiment de ligne, était sérieusement menacé par le général autrichien Zeichmeister, à la tête de forces considérables; Mazet obtint d'être envoyé sur ce théâtre en qualité de *sous-aide* du 11me. Et dans l'affaire du 6 février, qui s'accomplit sur le territoire de Chapareillan, le jeune chirurgien justifia toutes les espérances qu'on avait conçues de son talent et de son courage. Les ennemis, repoussés de toute part, se replièrent sur Genève. Les Français les y suivirent et assiégèrent la ville. Mazet fut chargé des fonctions provisoires d'*aide-major* dans cette expédition; fonctions qui lui furent confirmées après la mémorable victoire que nos soldats remportèrent, le 1er mars, sur les ennemis, près du village d'Archamp, où ils s'étaient concentrés avec des forces considérables. Cette nomination était la récompense de sa belle conduite pendant ce combat meurtrier. Dans le rapport que le général adressa au gouvernement, pour lui apprendre ses succès, il signala les services importants que le jeune sous-aide-major avait rendus à l'armée. Mazet reçut encore du commissaire des guerres Herpin, chargé de lui annoncer son élévation au grade d'aide-major, les éloges les plus flatteurs. C'est qu'en effet la conduite de Mazet avait été sublime de dévouement et de courage pendant le combat. Au plus fort de la mêlée, et sous le feu ennemi que vomissaient 28 bouches à feu, le jeune chirurgien s'était précipité au milieu du champ de mort pour chercher nos blessés et leur prodiguer les soins que réclamait leur état; on l'avait vu distribuer les secours de son art avec autant d'intelligence que de sang-froid.

Cet éclatant témoignage, rendu par des juges compétents et des témoins oculaires, est un monument bien glorieux pour la mémoire de Mazet, qui n'avait alors que vingt ans. La perspective du brillant avenir qui s'ouvrait devant lui aurait flatté tout autre cœur que le sien. Mais il n'était pas docteur; ce grade si honorable faisait l'objet de son ambition. D'ailleurs ce n'était pas seulement une position sociale, un établissement, qu'il demandait à l'art médical; son âme aspirait à quelque chose de plus noble, de plus élevé: il cherchait dans la science des jouissances plus dignes, plus sublimes, le plaisir de savoir pour être utile à l'humanité. Toutes ses facultés, intellectuelles et morales, concouraient à ce but. Et malgré le vœu de ses parents, le conseil de ses amis, il renonce aux fonctions qu'il exerçait, et retourne, à Paris, terminer ses études et se préparer à son grade.

Sa thèse étonna ses examinateurs par le style, l'ampleur des preuves. C'est le 3 juillet 1819 qu'il fut reçu docteur en médecine.

Les succès du jeune Hippocrate avaient jeté un certain éclat dans la capitale, et lui valurent l'amitié des médecins les plus distingués de Paris. Le gouvernement, aussi, sut apprécier le nouveau docteur dont il songea à utiliser le talent dans l'intérêt du peuple. L'occasion se présenta bientôt de réaliser sa pensée.

III.

En 1819, un fléau, originaire de l'Inde, apporté aux Antilles françaises par des troupes qui revenaient de Siam, avait envahi l'Andalousie. Cette maladie, qui convertit les cités en vastes tombeaux, qui laisse derrière elle d'épouvantables solitudes, et qu'on appelle fièvre jaune, exerçait dans Séville et dans Cadix d'affreux ravages. La France n'était pas sans inquiétude sur le voisinage de ce redoutable ennemi. Le gouvernement prit des mesures sévères pour l'empêcher de franchir ses frontières. Sa sollicitude devant prévoir le cas d'un envahissement, malgré les précautions que la prudence lui avait suggérées, il envoya sur les lieux visités par l'épidémie des hommes habiles, chargés d'étudier la nature du mal et de rechercher les remèdes qu'il fallait lui opposer. La mission était délicate; elle demandait à ceux qui l'accepteraient, avec des talents supérieurs, des vertus généreuses.

Je dois constater ici un fait qui honore souverainement le corps médical français. A peine la nouvelle du fléau qui désolait l'Andalousie fut-elle publiée dans la France, qu'une noble ardeur s'empara de tous nos médecins; tous, à l'envi, sollicitent, comme une faveur insigne, la permission d'aller en Espagne, pour connaître et étudier un mal si horrible; tous brûlent du désir de le combattre, même au péril de leur vie. C'est la lutte d'Oreste et de Pylade. Ce n'était pas la première fois que nos médecins donnaient le spectacle d'un dévouement si héroïque. Le gouvernement s'interposa entre ces magnanimes rivaux; il devait ménager un sang précieux. Mais son choix tomba sur deux hommes dont il connaissait le savoir et les vertus. MM. Pariset et Mazet furent désignés pour cette périlleuse mission. Ces deux noms, que les journaux accompagnèrent de leurs éloges, rassurèrent l'opinion publique sur le succès de leur entreprise. La relation de ce voyage a été écrite par M. Mazet lui-même, elle a été insérée dans le journal complémentaire du *Dictionnaire des Sciences médicales*.

Voici comment M. Mazet s'explique sur ce voyage au commencement de sa brochure :

« Dans les derniers jours d'octobre 1819, M. Pariset et moi nous reçûmes la mission d'aller observer la fièvre jaune en Andalousie, où elle régnait alors. Nous partîmes de Paris en novembre, et nous arrivâmes à Cadix le 2 décembre suivant. Il ne dépendit pas de nous de faire le trajet avec plus de célérité, parce que nous fûmes obligés de nous arrêter à Bordeaux et à Bayonne, pour y prendre connaissance des mesures sanitaires qui y étaient mises en pratique, ce dont nous avions été chargés. Diverses circonstances locales nous empêchèrent encore de voyager aussi rapidement en Espagne qu'en France. Toutefois nous arrivâmes, et quoique le nombre des malades eût beaucoup diminué, il en restait cependant assez pour que nous pussions nous acquitter de notre mission. Elle avait pour objet : 1° de constater la nature de la maladie régnante ; 2° de nous informer comment elle était venue ; et 3° de déterminer ce qu'il y avait à faire pour empêcher qu'elle ne vînt chez nous. Bien avant notre arrivée en Andalousie, nous savions que c'était la fièvre jaune qui y régnait, et quand nous arrivâmes à Séville, cela fut hors de doute pour nous. Les médecins nous accueillirent avec une extrême bienveillance, et nous racontèrent de quelle manière cette maladie s'était développée dans leur ville . . . .

. . . .

Nous ne vîmes point la maladie dans cette ville, car déjà elle était entièrement terminée, et les communications entre les divers quartiers étaient rétablies. Nous parcourûmes toutes les rues dans lesquelles elle avait exercé ses ravages. Nous remarquâmes qu'en général elles étaient fort étroites, tortueuses, et assez malpropres. Presque toutes les maisons étaient fermées; les habitants étaient morts ou encore en quarantaine. Ce fut pour nous la première image de ce déchirant tableau que, peu de jours après, nous vîmes plus en grand, et dont, en France, on ne se fait pas assez des idées.

« Quand nous passâmes à Xérès de la Frontera, nous apprîmes que l'épidémie y avait redoublé d'intensité depuis quelques jours. Néanmoins, nous ne crûmes pas devoir nous arrêter, parce que nous étions pressés de nous rendre à Cadix, qui devait être le terme de notre voyage, et où nous savions que le nombre des malades était encore plus grand. Nous continuâmes notre route, remettant à une autre époque les informations que nous aurions à prendre sur la manière dont l'épidémie avait été apportée. Enfin, nous arrivâmes à Cadix; c'est là que nous fîmes connaissance avec la fièvre jaune; c'est là que nous vîmes cette maladie pour la première fois. »

Mazet rapporte ensuite les caractères atroces, les accidents divers et cruels, les périodes multipliées de ce fléau, les nuances qu'il empruntait aux divers tempéraments des individus qu'il atteignait. Il indique les remèdes qui furent prescrits, comment ces médicaments agirent. Une grande partie de la brochure a été consacrée à établir, par l'histoire même des faits, la contagion du mal. Cette brochure révèle un esprit observateur, critique, qui ne laisse rien au hasard.

La maladie était enfin arrivée à son déclin. La mission des deux médecins était terminée; ils revinrent à Paris.

Avant de quitter le sol de l'Espagne, les deux Esculapes français reçurent les témoignages les plus éclatants et les moins équivoques, de la reconnaissance de ce peuple enthousiaste du mérite. Les corps savants de cette nation manifestèrent publiquement leur admiration pour leur beau talent et leur magnanime dévouement. Les académies de Madrid, de Cadix et de Barcelonne se firent une gloire de les recevoir au nombre de leurs membres les plus distingués. Leur arrivée à Paris fut pour eux un triomphe. Ils furent accueillis, au milieu des félicitations les plus empressées, par tout ce qu'il y avait de plus éclairé dans Paris. Le gouvernement leur donna plusieurs fois des preuves évidentes de sa satisfaction. Dans toutes ces ovations, Mazet était l'objet d'une distinction particulière; les regards se fixaient complaisamment sur ce jeune savant, qui faisait concevoir à la médecine de si belles espérances, et qui venait de donner à tous les médecins un si bel exemple de généreuse abnégation. Nos sociétés savantes, les plus distinguées lui témoignèrent leur sympathie et rendirent hommage à son talent en le recevant dans leur sein.

L'énergique activité de l'esprit de Mazet ne trouvait de délassement que dans l'étude. Arejula, un des médecins les plus distingués de l'Espagne, avait publié un excellent traité sur la fièvre jaune. Ce livre était très-précieux; il renfermait l'histoire générale de cette maladie, les histoires particulières des diverses épidémies qui ont régné dans l'Andalousie. Notre jeune savant crut qu'il rendrait un service à l'humanité s'il dotait notre littérature médicale de ce chef-d'œuvre. Il s'appliqua, après son retour d'Espagne, à faire passer ce livre dans notre langue. Il enrichit cette traduction de notes complémentaires très-remarquables, qui, par leur ensemble, forment l'histoire de l'épidémie de 1819, qu'il avait observée. Le ministre de l'intérieur encouragea le jeune docteur dans son entreprise, en souscrivant pour 50 exemplaires.

IV.

La sollicitude du gouvernement ne laissa pas longtemps Mazet jouir, dans le travail de son cabinet, du repos qu'il avait mérité. Le typhus avait envahi, en 1820, le département de l'Oise. Les populations dans le voisinage desquelles le fléau sévissait avec le plus de vigueur étaient dans la consternation : Sécel surtout était impitoyablement décimée. L'art et toutes ses ressources paraissaient impuissants devant un mal qui semblait puiser de l'intensité dans la frayeur qu'il inspirait. Le ministre de l'intérieur n'hésita point dans le choix de l'homme qu'il devait opposer au torrent qui menaçait la France. Mazet reçut l'ordre de voler au secours des habitants de l'Oise ; son expérience, son talent, son zèle, réalisèrent toutes les espérances qu'on avait conçues. Sa présence produisit une révolution heureuse dans le département. L'épidémie céda devant les mesures sanitaires qu'il avait conseillées, les moyens hygiéniques qu'il avait ordonnés et les remèdes qu'il prescrivit, et finit enfin par disparaître. Le succès que le jeune docteur obtint dans cette mission ajouta beaucoup à sa gloire, et fit bénir son nom parmi ces populations.

Les observations qu'il fit sur la marche du typhus lui apprirent que ce fléau jouissait, comme toutes les autres épidémies, du triste privilége d'être contagieux. Cette découverte était trop importante pour ne pas la faire entrer dans le domaine de la médecine. Le docteur Lassis venait de publier un gros ouvrage pour enseigner que les maladies typhoïdes n'étaient point contagieuses. Dans une brochure intitulée *Recherches sur le Typhus*, Mazet s'attache à combattre l'opinion de ce médecin. Ce travail est fort remarquable sous tous les rapports ; l'auteur est tout à la fois critique, philosophe, historien. Il suit tous les arguments de M. Lassis, les renverse sous la puissante logique de ses raisonnements qu'il fonde sur des preuves évidentes, sur des faits bien constatés, solidement établis. Ces théories ne sont pas seulement spéculatives, elles ont un caractère essentiellement pratique. Son style est grave, noble et animé tout à la fois. Il ne cherche pas à éblouir ses lecteurs par l'éclat d'un vain savoir ; son but est plus sérieux, plus digne : il veut instruire, persuader, et ce but il l'a complétement réalisé.

Le service éminent que Mazet venait de rendre non-seulement au département de l'Oise, mais encore à la France; la noble mission qu'il avait remplie en 1819, en Espagne; les travaux dont il avait enrichi la littérature médicale, auraient suffi pour immortaliser sa mémoire, et rendre son nom désormais historique; mais la Providence avait décidé que la carrière de notre jeune médecin se terminerait par un de ces dévouements dont l'histoire des peuples n'offre que de rares exemples.

V.

Barcelonne, ce nom trop célèbre par les tristes souvenirs qu'il rappelle, est désormais inséparablement uni avec celui d'André Mazet; Barcelonne, dis-je, se relevait à peine de ses ruines, lorsque la fièvre jaune, franchissant des espaces immenses, vint plonger cette cité dans la plus cruelle des désolations dont les annales des calamités humaines nous aient gardé le souvenir. Contrairement à ses habitudes, ce fléau n'indiqua son approche par aucun signe avant-coureur. Il fondit sur la ville avec tant de rapidité et tant de fureur, qu'il déconcerta toutes les prévisions; et, malgré la vigilante sollicitude de l'autorité, on n'eut pas le temps de faire l'application d'aucune des mesures sanitaires qu'on avait arrêtées à la hâte pour prévenir son invasion. Aussi, manifesta-t-il sa présence dans la ville avec une effrayante sévérité. En peu de jours des milliers de victimes furent moissonnées; des quartiers presque furent dépeuplés. Aux rigueurs de l'épidémie, la faim et la soif vinrent encore mêler leurs horreurs. La consternation était partout. Les noms de pitié, de charité, d'amitié, n'avaient plus assez de puissance pour réveiller, dans les cœurs glacés d'épouvante, les plus légers sentiments de générosité et de vertu. La confusion et le désordre régnaient dans cette cité, où la mort avait planté son funèbre drapeau. L'administration civile n'existait presque plus; les hommes qui représentaient encore l'autorité n'avaient plus assez de pouvoir, de force, d'énergie, pour rassurer, contenir un peuple effrayé, et organiser un service régulier : la justice elle-même avait lâchement déserté ses tribunaux. Le commerce avait fermé ses boutiques, ses magasins. La consternation des habitants était encore augmentée par le désaccord, les incertitudes des médecins espagnols sur la nature du mal, les remèdes à employer; la peur empêchait, comme il arrive souvent dans les grandes calamités publiques, l'emploi ou le succès des moyens curatifs ou préservatifs que les hommes de l'art croyaient devoir prescrire.

A la nouvelle de tant de maux, le cœur français s'émut. Courir au secours de cette malheureuse cité fut la pensée de tous. Cette fois encore, on vit nos Esculapes, dans leur zèle magnanime, solliciter, à l'envi les uns des autres, le dangereux privilége de marcher contre le fléau dévastateur. Pour eux il n'y a pas d'étrangers, pas d'ennemis; un peuple souffre, il est malheureux, quelle que soit sa position géographique, quelles que soient les rivalités qui nous divisent, c'est un peuple de frères, il a droit à leurs sympathies. La générosité, le dévouement sont un patrimoine particulier à nos médecins français, patrimoine qu'ils ne partagent avec leurs collègues d'aucune autre nation; et, disons-le, ces vertus sont traditionnelles surtout dans le corps médical de notre cité.

Mais l'honneur, la gloire de voler à Barcelonne appartenait de droit à MM. Pariset et Mazet : l'Espagne semblait les réclamer de préférence. A ces deux médecins, le gouvernement en adjoignit trois autres, d'une réputation justement acquise : MM. François, Bailly (1) et Rochoux; les deux

(1) M. Bailly est de Beaurepaire.

premiers étaient déjà célèbres pour avoir vu la fièvre jaune à Saint-Domingue.

On se rappelle encore le palpitant intérêt que la France entière attacha à l'importante et périlleuse mission que le prince venait de confier à ces cinq athlètes. Fiers d'une distinction si honorable, ces hommes généreux se dirigèrent vers la capitale de la Catalogne, au milieu de la sympathie générale.

Le 9 octobre 1821 restera à jamais célèbre dans les annales de la Catalogne. La nouvelle de l'arrivée des médecins français avait ranimé la confiance des malheureux habitants de Barcelonne. Leur entrée dans cette cité fut un triomphe. Les hommes les plus considérables de la ville, ceux qui composaient l'autorité et tout ce qui restait de la population sortirent, à leur rencontre, pour les recevoir; tous faisaient éclater leur joie et leur reconnaissance. C'est que les cinq Français apparaissaient à tous ces infortunés comme des anges envoyés du ciel pour les secourir. Chacun voulait les voir, les entendre, les toucher. Les malades eux-mêmes avaient abandonné leurs lits de souffrance, et s'étaient précipités sur leurs pas, convaincus que leur présence portait avec elle un germe de vie. Les noms de Mazet et de Pariset étaient surtout l'objet d'un culte particulier; le souvenir des services qu'ils avaient rendus à l'Andalousie était vivant dans tous les cœurs. L'âme des médecins fut profondément attendrie. Il y avait dans l'émouvant tableau qui se déroulait devant leurs yeux des scènes si expressives de sentiments d'affection et de douleur, qu'elles remplissaient leur cœur d'admiration et de pitié: c'est au milieu de ces émotions qu'ils pénétrèrent dans Barcelonne.

Le spectacle dont nos héros venaient d'être témoins ne fit qu'exciter leur enthousiasme. En entrant dans ce vaste champ de la mort, ils furent bientôt convaincus qu'ils étaient en face de la fièvre jaune. Ils n'eurent pas de peine à faire partager cette opinion aux médecins espagnols qui vinrent se ranger autour d'eux. Leur premier soin fut d'arrêter des mesures sanitaires qui devaient empêcher le progrès du mal et faciliter le succès des remèdes que leur art et leur expérience leur indiquaient. Pour l'application de ces mesures, ils avaient besoin du concours de l'autorité locale ; mais ce concours, qui leur fut promis avec empressement, leur manqua entièrement. Car, que pouvait une autorité désorganisée, pusillanime, sur un peuple égaré par la frayeur, plus disposé à se défier du pouvoir qu'à lui accorder sa confiance? Aussi le fléau sembla-t-il se jouer de leurs premiers efforts, et continua, avec la même intensité, sa marche destructive. Nos héros ne se rebutent point : ils redoublent de zèle, ils s'encouragent les uns les autres ; ingénieux à se multiplier, on les voit, portant les secours de leur art dans les hôpitaux, sur le grabat du pauvre comme au chevet du riche, distribuant les consolations avec les remèdes. Dans cette lutte acharnée contre l'épidémie, Mazet se fait remarquer par son courage énergique. Les quartiers les plus frappés possèdent de préférence ses sympathies ; ses paroles affermissent les courages abattus. L'espérance le suit, la confiance le précède ; il dispute avec acharnement au fléau les victimes que la mort a marquées de son signe. De nombreuses victoires avaient été remportées sur l'épidémie par nos héros français. Le mal fléchissait sous leurs persévérants efforts, sous leurs soins intelligents : ils croyaient à leur triomphe, lorsqu'un épouvantable événement vint les plonger dans la plus profonde douleur.

Un jour, en parcourant la ville, Mazet entendit des cris plaintifs, formulés en langue française. Cette voix exalte toutes les sympathies de son cœur généreux : il regarde, et voit un malheureux disputant, à l'angle d'une rue, contre le trépas, quelques lambeaux d'une vie défaillante ; il lui demande le nom du pays qui l'a vu naître. Au nom de Grenoble, son âme est vivement saisie. Tout ce qui se passa dans le cœur de ces deux compatriotes, se rencontrant sur une terre étrangère, au milieu de circonstances aussi lamentables, est impossible à raconter. Ils devinrent frères. Mazet saisit cet infortuné, dont la vie lui est maintenant si chère, l'emporte à l'hôtellerie la plus voisine, lui prodigue tous les soins les plus empressés, et ne se retire que lorsqu'il croit que son nouvel ami est sauvé. Une amitié comme celle de Mazet opère des prodiges. La convalescence du Grenoblois fut prompte. Notre jeune héros avait invoqué toutes les ressources de son art et de son expérience, pour enlever à la fièvre jaune une victime qui semblait déjà lui appartenir. Cette nouvelle victoire était glorieuse pour celui qui venait de la remporter, et le vainqueur recevait les félicitations de tous ses généreux amis, admirateurs de son beau talent, lorsqu'il se sentit atteint par le mal. Irrité des nombreuses défaites que lui faisaient essuyer chaque jour l'habileté et le courage intrépide du jeune athlète, le fléau tourna contre lui toute sa vengeance, toute sa fureur. A la vue de leur collégue frappé, les médecins français sont consternés, mais ils ne sont point abattus; le danger de leur ami exalte leur ardeur; autour du lit de ce malade, une lutte suprême s'engage entre l'affection, la reconnaissance, l'estime et l'épidémie: d'héroïques efforts sont tentés pour arracher à la cruelle maladie sa noble victime. Tout ce que le dévouement a de plus généreux, tout ce que le savoir a de plus habile, fut employé pour sauver Mazet, mais inutilement : le fléau devait rester vainqueur, l'art et l'amitié, succomber. Pendant que ce combat à outrance se livrait autour de lui, Mazet était calme et résigné, et contemplait, sans effroi, les destins que la Providence lui avait réservés. Ses derniers instants furent admirables comme toute sa vie; il les consacra à ranimer le courage de ses amis abattus, et leur communiqua quelques observations qu'il n'avait pas eu le temps de consigner dans son journal; il leur recommanda ses malades, les pria d'appeler sur sa mère la sollicitude du gouvernement. M. Pariset était surtout l'objet d'une tendresse toute particulière. Les traits de ressemblance, les sympathies qui existaient dans ces deux hommes, avaient établi entre eux, depuis longtemps, une étroite amitié : amitié dont les nœuds allèrent en se resserrant, à mesure qu'ils apprirent à mieux se connaître, à s'apprécier mutuellement. M. Pariset n'avait pas quitté un seul instant le chevet de son ami. C'était à lui que le malade confiait ses dernières volontés, assuré qu'elles seraient entièrement exécutées : ses espérances ne furent point trompées. Bientôt le pouls s'affaiblit, les traits s'altérèrent, et le jeune martyr expira en collant sur ses lèvres et pressant sur son cœur le signe sacré de notre rédemption. Les noms de mère, de Jésus furent les derniers qui sortirent de sa bouche. C'était le soir : le cadran de l'horloge marquait dix heures, le 22 octobre 1821.

La mort de ce jeune médecin plongea Barcelonne dans la consternation. Chacun crut avoir perdu un ami, un père. Son nom était dans toutes les bouches : on vantait ses vertus ; la ville entière retentissait de ses éloges et des plaintes que sa mort arrachait de toutes les poitrines. C'était un deuil universel ; l'espérance des habitants semblait descendre avec lui dans la tombe ; la mort de Mazet était considérée, par tous, comme un grand malheur. Ses restes furent accompagnés dans le lieu du repos par la cité entière. La reconnaissance publique et la religion célébrèrent dignement ses funérailles, que M. Pariset lui-même avait ordonnées. Mazet fut enseveli dans le cimetière de Barcelonne. Sur la pierre qui recouvre sa tombe, les médecins français firent graver cette inscription, si éloquente de simplicité :

« Le docteur Mazet vint au secours de la Catalogne, où régnait la fièvre jaune, et mourut, à Barcelonne, le 22 octobre 1822. »

Tous ces détails furent écrits par M. Pariset, dans la lettre qu'il adressa à Mme Mazet, pour lui annoncer ces tristes événements ; et lorsque M. Bailly fut de retour en

France, il se rendit à Grenoble pour porter lui-même des consolations à cette mère affligée, qui grava profondément dans son cœur toutes les choses que lui avait dites cet excellent ami sur les derniers moments de son fils.

La nouvelle de cette mort causa en France une douloureuse impression. La perte de ce jeune médecin, qui avait déjà complétement réalisé les espérances qu'il avait fait concevoir, fut vivement déplorée par la faculté de médecine et par tous les savants. Les journaux, d'un commun accord, rendirent hommage à ce beau talent, enlevé sitôt à la terre ; ils exaltèrent l'héroïque dévouement dont il était mort martyr. Le gouvernement prit une large part dans la douleur que causait ce triste événement. M. le conseiller d'état chargé de l'administration générale des hospices et établissements de bienfaisance, dans sa généreuse sollicitude, s'empressa d'offrir des consolations à la mère du jeune Mazet : sa lettre est un hommage solennel rendu au mérite de ce savant. Voici cette lettre, qui en dit plus que les éloges les plus pompeux :

« Paris, le 3 novembre 1821.

« *A Madame Mazet.*

« Madame, je remplis un devoir bien pénible à mon cœur, en vous annonçant que votre fils n'est plus. M. le docteur Mazet a succombé, le 22 octobre dernier, à la maladie qu'il avait contractée à Barcelonne.

« Je ne chercherai pas à vous offrir des consolations : je sais qu'il n'en est point pour une mère qui vient de perdre son fils. Mais si quelque chose peut adoucir l'amertume de vos regrets, c'est la pensée que votre fils laisse une mémoire honorée par le plus généreux dévouement, par les larmes de tous ceux qui l'ont connu, par l'estime et l'admiration de ses concitoyens et des étrangers.

« Le ministre se propose de mettre sous les yeux du roi les

services et la malheureuse destinée de M. le docteur Mazet, et d'appeler en même temps sur vous la justice et la bonté de Sa Majesté.

« J'ai l'honneur d'être, Madame, etc., etc. »

M. Bailly vint consoler à Grenoble Mme Mazet. M. Pariset ne vint pas; mais c'est lui qui écrivit à Mme Mazet.

Les élèves de l'école de médecine de Paris lui ont fait élever un monument.

Mazet, en mourant, avait légué sa mère à sa patrie, et sa patrie reconnaissante accepta ce legs. Une pension de 2,000 fr. fut votée à l'unanimité, par les chambres, en faveur de cette femme, à titre de récompense nationale.

L'histoire ne signale au culte de la postérité que les noms qui ont pour elle une signification glorieuse. Elle demande à Mazet ses titres à la reconnaissance de l'humanité. Mais ces titres ne sont point douteux. Ils sont gravés à Séville, à Cadix, à Sécel, et surtout à Barcelonne. L'éclat de sa renommée a pénétré dans les contrées les plus éloignées; les écrits qu'il nous a laissés placent son nom à côté de ceux des médecins les plus illustres.

LA FRETTE EN 1814.

Par M. l'abbé GALLOIX.

Dans son intéressante notice, intitulée : *Grenoble en 1814 et 1815*, M. Albin Gras dit qu'une armée autrichienne, forte de 20,000 hommes, et commandée par le général de Hardeck, se dirigea de Lyon sur Grenoble; mais il ne parle pas de l'itinéraire suivi par ce général. Cependant, à cette marche se rattachent les événements qui s'accomplirent dans nos contrées. Le silence de M. Gras, sur ce fait, est donc une lacune qui a besoin d'être comblée pour achever l'histoire de cette invasion dans notre département.

Tous les faits que je raconte ici ont été puisés à des sources sûres; mais les documents les plus importants m'ont été fournis par M. Bergeret, mon compatriote, aujourd'hui aumônier de la prison de Grenoble. Ce respectable ecclésiastique s'est trouvé mêlé à tous les événements dont notre malheureuse patrie a été le théâtre; il fut souvent obligé de jouer un rôle dangereux dans les scènes qui signalèrent ce drame lamentable: aussi le souvenir de toutes ces choses s'est-il profondément gravé dans sa mémoire. Élève au grand séminaire, sa mère gravement malade le rappela auprès d'elle au moment où Grenoble était en armes pour repousser les alliés. En quittant notre cité il traversa notre armée échelonnée sur toute la route jusque sur les hauteurs de Saint-Jacques, et arriva à la Frette presque en même temps que l'avant-garde ennemie. Le jeune séminariste fut chargé, pendant quelque temps, de suppléer l'autorité locale qui était entièrement désorganisée. C'est ainsi qu'il fut initié à la connaissance de tous ces événements.

Lyon avait ouvert ses portes aux alliés; mais Grenoble se préparait à défendre avec énergie et courage son territoire et ses murailles. Le général autrichien de Hardeck reçut l'ordre de marcher sur cette ville et de combiner ses opérations avec celles du général Bübna, qui devait l'attaquer du côté de la vallée du Graisivaudan. La route qui unit Lyon à Grenoble ne se bifurquait alors qu'à Bourgoin. L'embranchement oriental se dirigeait, comme aujourd'hui encore, du côté du village des Abrets, dont il emprunte le nom en le traversant. L'autre, plus central, parcourt Champier, la Frette, Rives et allait se ressouder au premier avant d'arriver à Voreppe. Dans un pays inconnu et en armes, la prudence demandait au général de Hardeck d'occuper les deux routes à la fois; cependant, elles semblaient ne pas présenter toutes deux le même danger;

celle des Abrets, en allant à l'encontre de la voie de Chambéry, occupée par la plus grande partie des troupes étrangères, devait nécessairement paraître plus sûre au général : 6,000 hommes seulement furent donc dirigés de ce côté.

La route de la Frette s'éloignait du centre des opérations des alliés : elle devait être regardée comme plus dangereuse ; elle fut suivie par 10,000 hommes d'infanterie et 4,000 de cavalerie, sous le commandement immédiat du général lui-même. Ces deux corps étaient soutenus par d'autres troupes qui se suivaient à peu de distance les unes des autres. L'armée de Hardeck était précédée d'une avant-garde de 150 hommes de pied et de 30 chevaux. La maigreur, la petite taille et la vitesse de ces animaux indiquaient assez que ceux qui les montaient étaient des cosaques du Don. En effet, quelques jours après, M. Bergeret en eut la preuve.

Cette petite troupe arriva à la Frette le 25 mars, à trois heures du soir. C'était le jour de la foire, mais la frayeur lui avait donné congé pour cette année-là.

Le coteau au pied duquel est assis le hameau le plus important de cette commune s'élève par étage ; le château et les deux longues allées qui lui servent d'encadrement, ornent son plateau le plus large. Cette position domine la grande plaine de Bièvre, et, par là même, rendait toute surprise impossible. C'est là que cette avant-garde plaça son camp.

La Frette était déserte. Depuis plusieurs jours, les bruits les plus sinistres circulaient dans ce pays, et avaient jeté la terreur parmi la population. Des voyageurs avaient représenté aux habitants les alliés comme des barbares, étrangers à tout sentiment de morale comme d'humanité, qui ne marquaient leurs pas que par des cendres et des ruines, après s'être souillés des plus horribles attentats. Ce qui avait mis le comble à l'épouvante, c'est que les discours de ces coupables aventuriers étaient sanctionnés par les récits d'un soldat échappé aux désastres de Moscou, et rentré depuis peu dans ses foyers. Et, chose singulière ! cette population trop crédule, avide de nouvelles vraies ou fausses, toujours plus disposée à écouter ceux qui cherchaient à la tromper, pourvu qu'ils effrayassent son imagination par de lugubres tableaux, se pressait tous les jours sur les places publiques, dans les cabarets, pour entendre ces perfides orateurs. Et cet empressement croissait à mesure que le danger devenait plus prochain. Et ces histoires, répétées, commentées, dénaturées, dans chaque famille réunie le soir auprès du foyer, prenaient encore un caractère plus sombre en passant de bouche en bouche. Aussi, à la première nouvelle de l'approche de l'ennemi, presque tous les habitants prirent la fuite, emmenant avec eux leurs femmes, leurs enfants et tout ce qu'ils avaient de plus précieux. Ce qui n'avait pas pu être emporté avait été soigneusement caché ou enfoui dans la terre. Précautions, peines inutiles ! les Autrichiens avaient un instinct merveilleux pour découvrir les choses qu'on voulait leur dérober.

L'émigration dura plusieurs jours ; on fuyait vers les pays que l'on pensait être à l'abri de l'invasion. Des voitures attelées de chevaux, de bœufs, de vaches, chargées de tous les objets qui composent un ménage, et au milieu desquelles était assise une mère éplorée avec ses petits enfants, sillonnaient les routes de Saint-Etienne de Saint-Geoirs et de la Côte Saint-André. Les chefs de famille les accompagnaient silencieusement, l'âme brisée.

Il n'était resté dans le pays que les malades qui n'avaient pu abandonner leur lit, que quelques hommes valides, assez courageux pour affronter le danger : telle était la situation de la Frette, lorsque les alliés y arrivèrent le 25 mars 1814.

Le lendemain matin, 26 mars, six cavaliers cosaques furent envoyés en éclaireurs du côté de Grenoble, pour reconnaître et étudier le pays, et s'assurer de la position occupée par les troupes françaises. Quelques habitants de Rives s'étaient réunis, en ce moment, dans les maisons situées à 1 kil. au nord de cette commune, sur le plateau qui domine le bassin. (C'est à tort qu'on a dit qu'ils appartenaient à la garde nationale. Les premiers postes français ne dépassaient pas les hauteurs de Saint-Jacques.) A la vue de cette poignée d'hommes, l'un de ces habitants saisit un fusil et fit feu sur les cavaliers; un cheval tombe ; le soldat qui le montait s'élance aussitôt, avec sa valise, sur la croupe de celui de son camarade. Les cosaques, effrayés, persuadés qu'ils sont tombés au milieu des avant-postes ennemis, retournent sur leurs pas, et courent annoncer à leurs chefs qu'ils ont rencontré les troupes françaises au bout de la plaine. A cette nouvelle, de Hardeck précipita sa marche pour arriver avant la nuit à la Frette et y faire reposer ses troupes ; et, en effet, le même jour 26 mars, à cinq heures du soir, l'armée ennemie entra dans le village en ordre de bataille, colonnes serrées. Le défilé dura deux heures. D'après les documents qui furent communiqués quelques jours après à M. Bergeret, employé de la mairie, cette armée devait être répartie dans les huit communes qui forment une ceinture autour de la Frette: Saint-Hilaire, Gillonay, la Côte Saint-André, Brezins, Saint-Etienne de Saint-Geoirs, Sillans, le Grand-Lemps et Bevenais ; tous ces points devaient rayonner à la Frette, siége de l'état-major. Cette disposition stratégique était bien conçue : elle facilitait les moyens de défense et permettait de trouver des vivres pour nourrir cette multitude d'hommes. Mais le coup de fusil de Rives fit changer tout ce plan. Convaincu qu'il allait rencontrer l'armée française, de Hardeck fit concentrer toutes ses forces sur un seul point.

A l'orient de la Frette, derrière la ligne de maisons qui bordent la route de Lyon, on voit poindre, puis s'élever assez brusquement, un petit coteau d'une médiocre hauteur; sa direction est de l'ouest à l'est, parallèlement à la grande chaîne qui sépare les Terres Froides de la plaine de Bièvre. Après avoir couru l'espace d'un kilomètre et demi du côté de Bevenais, sa croupe s'abaisse peu à peu et finit par disparaître.

Ses flancs sont cultivés ; son sommet, aujourd'hui nu, supportait, à l'époque dont nous parlons, des châtaigniers séculaires. Du côté du midi, sa pente est assez rapide ; il protége la diagonale décrite par la route de Grenoble. A ses pieds, la plaine est un plan uni ; plus loin elle affecte une forme plus irrégulière, plus accidentée. C'est contre ce coteau que le général autrichien vint asseoir son camp. En présence du danger qu'il redoutait, cette position était extrêmement avantageuse au point de vue stratégique. Les soldats furent occupés une portion de la nuit aux travaux de retranchement, et ce ne fut qu'à une heure du matin qu'il leur fut permis de prendre quelque nourriture ; on avait abattu vingt bêtes à cornes.

Le chef autrichien avait choisi pour son logement l'hôtel Faure, situé au centre du village. A peine était-il arrivé, qu'il ordonna à l'un de ses officiers de lui amener quelque habitant du pays. M. Bergeret traversait en ce moment la place : il est arrêté et conduit au général ; celui-ci lui ordonne d'aller dire à Claude J...., ancien soldat, demeurant à l'extrémité du pays, dans un hameau appelé *la Montagne*, de se rendre auprès du commandant des troupes alliées. L'ordre avait été formulé avec tant de netteté, qu'il aurait été dangereux de faire paraître la moindre hésitation à l'accomplir. M. Bergeret obéit, et amena avec lui l'homme qui lui avait été si minutieusement désigné. Le général le remercia affectueusement, et lui dit, en le congédiant, que la Frette donnait, ce soir, l'hospitalité à 14,000 hommes. Il s'enferma ensuite dans sa chambre avec Claude J.... L'entrevue fut longue. Que se passa-t-il ? on l'ignore ; mais l'opinion publique a toujours soupçonné cet homme d'avoir fait à l'ennemi des révélations funestes à son pays. Le nom de Claude J...., est resté tristement célèbre parmi ses concitoyens. La sévérité de ce jugement est une preuve irrécusable du patriotisme national des habitants de cette commune.

Le lendemain, le général autrichien apprit que son autre corps était arrêté à Chirens par les troupes françaises; il détacha aussitôt de son armée deux batteries et 1,200 hommes, et les envoya à son secours. Les 180 hommes qui composaient l'avant-garde arrivée la veille à la Frette faisaient partie de ce détachement. Celui qui fut pris pour le conduire était ce même soldat, dont les récits avaient si fortement contribué à effrayer le pays; il avait reçu l'ordre de ne point traverser le bourg du Grand-Lemps, mais de le tourner. Avant d'entrer sur le territoire de cette commune, sur les frontières de Bevenais, à l'endroit où la route principale forme un coude, on voit un chemin se rapprocher du coteau; ce chemin évite le bourg en le laissant à droite; et, après avoir décrit un demi-cercle, il vient reprendre sa première direction du côté d'Apprieux. La partie de ce chemin qui traverse les belles prairies situées à l'ouest du pays, sert de lit aux eaux qui les arrosent. C'est cette route que le guide avait été obligé de prendre pour obéir aux injonctions des chefs ennemis. Mais, à la vue de cette eau courante, les Autrichiens se persuadent que leur guide les conduit dans des marais pour les y faire périr; ils crient: A la trahison! mort au traître! et le malheureux tombe percé de coups. Le lendemain, son cadavre était trouvé gisant derrière les haies.

Le détachement poursuivit sa route, et arriva, après bien des difficultés, à Chirens; mais les alliés, repoussés par les Français, avaient été obligés d'évacuer le village. Surpris par nos avant-postes, dans ces lieux humides, le détachement éprouva des pertes énormes. L'avant-garde périt presque tout entière; il n'échappa pas un cosaque; un petit nombre d'Autrichiens put rejoindre le corps de l'armée. Le lendemain du combat de Chirens, on transporta les blessés ennemis à la Frette; plusieurs voitures furent employées à ce service; on déposa ces malades dans les maisons des particuliers. Le combat de Chirens eut lieu le 28 mars.

La nouvelle de cet échec détermina de Hardeck à continuer sa marche pour attaquer l'armée française; il partit de la Frette le 30 mars; mais il se garda bien d'abandonner cette position, qu'il jugeait très-avantageuse; il la fit occuper, le même jour, par les troupes qui le suivaient. Il s'avança sur les hauteurs de Saint-Jacques, près de Moirans; nos troupes, trop faibles pour résister à des forces aussi considérables, se replièrent sur Voreppe; on peut suivre, dans M. Gras, la suite de ce récit.

Mais revenons à la Frette. Ce pays présentait partout le spectacle de la plus affreuse désolation. Les maisons avaient été converties, pour la plupart, en écuries pour les chevaux : elles exhalaient une odeur infecte; les meubles avaient été brisés, les planchers, les portes, enlevés et brûlés. Lorsque les malheureux habitants revinrent de leur exil, ils retrouvèrent bien peu des objets qu'ils avaient laissés, et ceux qui avaient échappé étaient dans un délabrement complet. Mais ce n'était là que la préface des maux qui étaient réservés à cette commune. Le camp des alliés fut maintenu pendant près d'un mois après que Grenoble eut fait sa soumission. C'était une espèce d'étape pour les armées ennemies. Les troupes y séjournaient peu de temps, celles qui partaient étaient remplacées par d'autres. Ces changements furent la cause de tous nos malheurs; chaque mutation provoquait de nouvelles vexations. Les réquisitions de toute nature se succédaient comme les hommes. Sous un nouveau chef, c'étaient de nouvelles exigences. Les soldats, de leur côté, se livraient à des vexations, souvent atroces, et provoquèrent quelquefois d'horribles vengeances. Le pays fut entièrement ruiné. La plus grande partie des familles fut condamnée à se nourrir de pain, de fécule de pomme de terre : les récoltes avaient été mangées par les chevaux ou détruites. Bien peu de propriétaires purent ensemencer leurs champs. Il fallut plus de six années consécutives pour réparer tant de désastres. Peu de pays ont autant souffert que la Frette, pendant cette invasion. On a parlé d'indemnité : bien des communes ont reçu des secours ; la Frette seule n'a jamais été indemnisée. Pourquoi cette exception, pour le pays qui a été le plus frappé? C'est là un problème qui n'a jamais été résolu.

RECHERCHES

SUR L'HISTOIRE MUNICIPALE DE GRENOBLE.

(SUITE.)

Par M. J.-J.-A. PILOT.

POPULATION DE GRENOBLE AU XIVe SIÈCLE,

ET DE CE SIÈCLE A 1789.

On possède peu de renseignements officiels sur l'ancienne population de Grenoble. Les seuls que nous ayons sont récents; ils ne datent guère que de la fin du XVIIe siècle. Cependant, diverses procédures et quelques procès-verbaux de révision des feux peuvent, à défaut de titres plus explicites, suppléer, autant que possible, ce manque de documents et préciser, d'une manière approximative au moins, quelle a pu être la population de notre ville à diverses époques.

Le procès-verbal de la prestation de serment faite par les habitants de Grenoble au dauphin Charles, fils aîné du roi Jean, sous la date du 8 février 1350, après le transport du Dauphiné à ce prince, constate 253 chefs de famille, tous dénommés et qui jurèrent, sur les évangiles, en personne ou par procuration, obéissance et fidélité au nouveau souverain. Un compte des recettes et dépenses de Grenoble, des années 1363 et 1364, mentionne, en même temps, l'existence, dans cette ville, de 110 maisons, louées ou non louées, sans compter celles qui étaient uniquement occupées par leurs propriétaires; nous les évaluons au nombre total de 300. Ces documents sont les plus anciens que nous ayons trouvés et qui puissent servir à donner une idée de la population de notre ancienne capitale, sous les dauphins de Viennois, au XIVe siècle. Une courte explication est ici nécessaire, sur ce qu'on doit entendre par les 253 chefs de famille ayant prêté serment.

Nous ne pensons pas qu'il doive s'agir, ici, de tous les habitants, ni de tous les chefs de famille; mais seulement des habitants, chefs de famille, qui formaient, comme on disait à cette époque, la saine population, ou, en d'autres termes, comme on l'a dit plus tard, les solvables et les privilégiés. Or, le chiffre 253 serait, dès lors, le quart du nombre total des familles ou des ménages, 1,012 ménages environ, en calculant de 13 à 14 habitants par maison et 4 personnes par ménage ou famille; ce qui établirait une population d'un peu plus de 4,000 habitants.

Cette interprétation donnée au nombre de 253 chefs de famille, mentionnés en 1350, n'est point, ainsi qu'on pourrait le croire, hasardée; elle est suffisamment justifiée par les renseignements suivants, extraits d'un registre des feux, de 1383. Dans ce registre, sont dénommés 532 habitants de Grenoble, chefs de famille, ainsi classés :

Solvables.	261
Privilégiés, vivant soit noblement, soit cléricalement	65
Officiers des cours, personnes y attachées et serviteurs du dauphin.	40
Misérables	166
Total.	532 habitants.

Sur lequel nombre, les solvables et les privilégiés figurent pour 326.

Ces 326 solvables et privilégiés reviennent, comme on le voit, aux 253 habitants ayant prêté serment au dauphin

Charles, trente-trois ans auparavant. La différence entre ces deux nombres, qui est de 73, représenterait l'accroissement de notre population pendant cette période de trente-trois années, c'est-à-dire environ deux familles ou huit habitants chaque année; et encore, dans ce nombre total de 532 habitants ne sont point compris les ecclésiastiques de la ville ni la population des couvents, qui devaient bien s'élever au moins à cent cinquante personnes.

Les états de révision des années 1400, 1410, 1429 et 1430 donnent à Grenoble, à ces époques, 250 feux ou maisons.

Les révisions des feux de cette ville, de 1447, de 1460 et de 1472, présentent ces indications :

En 1447, 609 chefs de famille, sans y comprendre également les religieux des couvents;
En 1460, 648 chefs de famille;
En 1472, 690 chefs de famille.

Un manuscrit intitulé : *Pérécaire de tous les pays de Dauphiné, contenant les villes, bourgs, villages et feux d'icelui, ensemble les paroisses et maisons qui ont été supputées par gens à ce connaissant, en chacun mandement, mieux et au plus près de la vérité qu'il a été possible*, contient, pour Grenoble, cette énonciation : *La cité de Grenoble*, 40 *feux*, 2 *paroisses*, 700 *maisons*.

Ce document est de la première moitié du XVIIe siècle. A cette époque, Grenoble avait déjà été agrandi deux fois depuis 1593, et sa population s'était considérablement augmentée. Ce nombre de 700 maisons comportait une population de 14,000 habitants; elle dut, en moins de cinquante ans, augmenter encore de beaucoup, puisque, en 1698, treize ans après la révocation de l'édit de Nantes, et d'après un recensement dressé par ordre de l'intendant, elle était de 19,800 habitants. Il résulte du même titre que cette population avait été plus forte, ayant diminué de près de 3,000 personnes qui, frappées par cette révocation, avaient quitté la ville pour cause de religion et porté ailleurs leur industrie.

Nous pouvons donc affirmer que Grenoble comptait, à l'époque de la révocation de l'édit de Nantes, en 1685, une population de 22,800 habitants; il n'en restait plus, en 1698, que 19,800. Cette diminution considérable et les causes qui l'avaient amenée furent exposées, par le corps municipal lui-même, dans un Mémoire présenté aux commissaires de la révision, en 1705, pour obtenir une réduction de feux, à cause du changement survenu soit dans l'estime des fonds depuis la confection du parcellaire, qui datait de 1643, soit dans le chiffre de la population, diminuée depuis quelques années. Le Mémoire commence en ces termes :

« Ces changements consistent, premièrement, en ce que la « chambre du parlement, établie en exécution de l'édit de « Nantes, a été supprimée ; ce qui a ôté au parlement environ « la moitié des affaires qu'il y avoit, lesquelles attiroient dans « la ville quantité de personnes; car on y venoit plaider de « tous les endroits du royaume, ce qui répandoit beaucoup « d'argent dans la ville. Cette suppression et celle de l'édit de « Nantes ont été suivies de la désertion de quantité de familles « de ceux qui étoient de la religion prétendue réformée, dont « l'exercice avoit été promis par ledit édit ; laquelle désertion « a causé un grand préjudice à la ville. Dans le temps que fut « fait l'ancien parcellaire, la famille de MM. de Lesdiguières « faisoit sa résidence dans la ville ; elle dépensoit des sommes « considérables et y attiroit la plus grande partie de la noblesse « de la province du Dauphiné. »

La même pièce contient divers détails que nous consignons ici ; elle énumère le nombre d'habitants assujettis à l'impôt de la taille ; celui des ecclésiastiques, des religieux et des religieuses ; le nombre des officiers de justice et celui des familles de gentilshommes qui demeuraient à Grenoble. Voici cette nomenclature :

2,134 habitants taillables, chefs de famille; un évêque.

Le chapitre de la cathédrale composé d'un doyen, de 18 chanoines et de 14 prêtres habitués.

Le chapitre de l'église collégiale et chapelle royale de Saint-André, composé d'un prévôt, de 12 chanoines et de 8 prêtres chapelains.

Le curé de l'église paroissiale de Saint-Hugues et son vicaire ;

Le prieur de Saint-Laurent, le sacristain, le curé de cette paroisse et 4 chanoines, nommés chanoines de Saint-Paul ;

Le curé de l'église paroissiale de Saint-Louis, son vicaire et 4 chanoines ;

Le curé de l'église paroissiale de Saint-Joseph et son vicaire;

Le séminaire des pères de l'Oratoire, où sont 4 pères, 1 confrère et 3 frères ;

25 frères prêcheurs ou jacobins ;

18 frères mineurs ou cordeliers ;

7 minimes;

18 jésuites ;

27 récollets, en deux maisons ; l'une dans la ville, et l'autre hors de la ville, mais sur son territoire ;

24 capucins ;

16 carmes déchaussés ;

34 religieuses claristes et 12 sœurs ;

5 religieux conventuels de Saint-François ;

26 religieuses ursulines et 8 sœurs converses ;

40 religieuses de chœur et 10 sœurs converses, dans le monastère de la Visitation de Sainte-Marie d'en Haut, à Chalemont ;

33 religieuses de chœur et 9 converses, dans le monastère de la Visitation de Sainte-Marie d'en Bas, dans la rue Très-Cloîtres;

26 religieuses de chœur bernardines et 7 converses, à Sainte-Cécile ;

15 religieuses carmélites et 3 converses ;
13 religieuses du Verbe incarné ;
13 religieuses de Notre-Dame de la Charité, à l'hôpital ;
10 religieux de la Charité, aussi à l'hôpital ;
Des filles pénitentes ou de la Madeleine, nommées Repenties ;
Des filles de la Propagation de la Foi ;
Des orphelines.

Le parlement et cour des aides, composés : d'un premier président, de 10 présidents à mortier, de 2 chevaliers d'honneur, de 54 conseillers, d'un garde des sceaux, de 3 avocats généraux, d'un procureur général, de 8 substituts du procureur général, de 8 secrétaires et de 12 huissiers.

La chancellerie, composée de 10 secrétaires ou audienciers, 4 référendaires, 2 chauffe-cire, 3 trésoriers, receveurs des émoluments du sceau, et 2 huissiers.

La chambre des comptes, composée d'un premier président, de 6 présidents, de 18 conseillers maîtres ordinaires, 4 correcteurs, 6 auditeurs, 1 avocat général, 1 procureur général, 4 secrétaires, 1 receveur général des restes, 1 contrôleur général des restes, 1 receveur d'épices, 1 garde livres et 6 huissiers.

Le bureau des finances et chambre des domaines, composé de 25 présidents ou trésoriers de France, 1 avocat du roi, 1 procureur du roi, 4 secrétaires et 4 huissiers.

Le bailliage, composé d'un vibailli, d'un lieutenant, de 2 assesseurs, d'un avocat du roi, d'un procureur du roi, d'un greffier et de 2 huissiers.

La judicature royale de Grenoble, composée d'un juge, d'un lieutenant et d'un procureur du roi.

La judicature épiscopale, composée d'un juge, d'un lieutenant, d'un procureur fiscal, d'un greffier et d'un huissier.

L'élection de Graisivaudan, composée d'un président, d'un lieutenant, d'un assesseur, de 4 élus, d'un commissaire examinateur, d'un procureur du roi, d'un receveur, d'un contrôleur d'épices, d'un greffier, d'un contrôleur de dépens, d'un huissier et de 2 certificateurs des criées.

Les officiers pour la police de la ville, savoir : le lieutenant général, 6 commissaires, un procureur du roi, un greffier et 4 huissiers.

Les officiers des eaux et forêts, consistant en un lieutenant, un procureur du roi, un substitut et un greffier.

Les officiers de la maréchaussée, composés d'un grand-prévot, du lieutenant de robe longue, du lieutenant de robe courte, de trois exempts, de trois lieutenants particuliers, du procureur du roi, du greffier et de 4 archers.

73 familles de gentilshommes, toutes nommées ; 68 ecclésiastiques.

En tout : 160 religieux ;
257 religieuses ;
333 officiers de justice et personnes y attachées ;
73 familles de gentilshommes.

Ces détails curieux, donnés par les consuls de Grenoble en 1705, peuvent être considérés comme ceux, ou à peu près ceux du recensement fait sept ans auparavant, et qui portait la population de la ville à 19,800 habitants.

En effet, 333 officiers de justice et personnes y attachées supposent tout autant de familles, ci . 333 familles.

73 familles de gentilshommes, ci. .	73
2434 habitants, chefs de famille, taillables, ci.	2,434
TOTAL.	2,840 fam. solvables.
Eu égard à ce nombre, on peut facilement supposer 2,000 familles non solvables ou misérables, ci.	2,000
TOTAL général des familles. .	4,840

Ce nombre multiplié par quatre, en comptant quatre membres par famille, on trouve . . .	19,360 habitants.
En y joignant le nombre des ecclésiastiques, des religieux et des religieuses ci-dessus énoncé et qui s'élève à	485
On a un nombre à peu près égal. .	19,845

Trente-quatre ans après, en 1739, le registre de la capitation de Grenoble présente, pour cette ville, 1,130 maisons; 3,929 familles, savoir : 2,848 familles assujetties à l'impôt et 1,081 familles regardées comme indigentes; 78 familles de gentilshommes et 540 domestiques.

1,130 maisons comportent une population de 22,600 habitants. La population, pendant l'espace de quarante-deux ans, s'était accrue d'un neuvième, étant revenue, à peu près, au point où elle se trouvait en 1685, au moment de la révocation de l'édit de Nantes.

A la fin du dernier siècle, en 1789, la même population, suivant les états de l'ancienne intendance, s'élevait à 24,830 habitants.

En rapprochant ici les chiffres que nous venons d'indiquer, on voit que la population de Grenoble, qui, au XIVe siècle, ne devait guère dépasser 4,000 habitants, était, deux cents ans après, au commencement du XVIIe siècle, de 14,000 habitants; en 1685, avant la révocation de l'édit de Nantes, de 22,800 habitants; en 1698, de 19,800 habitants; en 1739, de 22,600 habitants, et, en 1789, de 24,830 habitants.

Aujourd'hui, on compte à Grenoble 1,414 maisons et 113 rues ou places; la population fixe de cette ville est de 26,852 habitants, et la population flottante, de 4,488 habitants.

BAPTÊME DES ENFANTS DES CONSULS.

Quelques délibérations du conseil de ville de Grenoble, de 1636 à 1640, constatent qu'il était d'usage que les enfants des consuls, nés pendant l'exercice du consulat de leurs pères, fussent tenus sur les fonts baptismaux par l'un des autres consuls, au nom et aux frais de la ville, qui faisait aussi un cadeau à l'accouchée, *pour dragées, sucres et confitures*. Ces délibérations nous offrent des exemples de cet usage, en 1635, 1636, 1639 et 1640. Les enfants des consuls, nés ces années et tenus sur les fonts baptismaux au nom de la ville, furent :

En 1635, une fille de Noël Didier, troisième consul ;

En 1636, un fils de François Gellinot dit Meilheuret, quatrième consul ; un fils de Louis de Villeneuve, premier consul, baptisé le dimanche 13 avril de cette année, et un fils de Paul Julien, troisième consul ;

En 1639, un fils de Pierre Dauteville, deuxième consul ;

Et en 1640, un fils de Gaspard Nicoud des Imberts, troisième consul ;

Pour les frais de la fête et pour le cadeau de l'accouchée, le conseil de ville employait une somme de 140 à 160 livres, mise à la disposition du consul désigné pour être le parrain, et qui se chargeait du paiement des dépenses. Une chose curieuse, qui mérite d'être signalée parce qu'elle donne une idée de la manière dont s'opérait la comptabilité municipale à cette époque, c'est qu'à l'occasion du baptême du fils de Louis de Villeneuve, la ville vota 163 livres. Comme cette somme ne se trouvait pas en caisse, les trois autres consuls furent autorisés à l'emprunter, attendu l'urgence, et à passer, à cet effet, les obligations nécessaires.

SAGES-FEMMES.

Un avantage dont jouissaient à Grenoble les sages-femmes, appelées *mères-sages*, était d'être logées par la ville, à cause de *leur état d'accoucheuses* et en considération des services que, par l'exercice de leur profession, elles rendaient aux pauvres mères de famille.

En 1620, il y avait dans notre ville deux accoucheuses; mais aucune d'elles n'offrait le talent ni les connaissances désirables, de sorte que, sur les démarches de Mme la première présidente Frère, on en fit venir de Valence une fort habile, qui se fixa à Grenoble (1), ainsi qu'il en est fait mention dans la délibération qui suit. Le nombre des sages-femmes a toujours été à Grenoble très-restreint : on n'y en comptait encore que deux en 1739.

L'établissement d'une école de chirurgie à Grenoble, en 1771, où se faisait un cours d'accouchement que suivaient plusieurs personnes du sexe, contribua tout à la fois à former ces femmes utiles et à les multiplier dans le pays. Il y avait à Grenoble, en 1790, six sages-femmes; il y en a aujourd'hui dix-sept toutes brevetées, appelées accoucheuses jurées.

---

(1) *Lundy vingtroysième novembre 1620, dans la maison de noble Thomas Boffin, a esté proposé qu'il y a une mère-sage que Mme la première présidente a fait venir en ceste ville, pour estre femme fort capable et experimentée, à laquelle, pour la convier d'y demeurer, elle desireroit qu'on lui baliât une chambre pour y habiter, comme la ville fait aux autres de sa qualité, attendu que celles qui y sont ne sont si expérimentées que celle qui est de Valence, désirant que la ville lui rende toutes les sortes de gratifications qu'elle pourra, à sa considération, pour la convier de demeurer en ceste ville.* (*Archives de Grenoble*, registre des *conclusions de l'Hôtel-de-Ville*; année 1620.)

ÉCOLES.

Le plus ancien document que nous ayons trouvé sur l'existence d'une école à Grenoble, date de l'année 1340 ; il consiste dans la mention suivante, extraite d'un registre ou compte des recettes et dépenses de cette ville, pendant cette année.

Item, pour le loyer des écoles de grammaire qui sont dans la maison de la confrérie de Saint-Laurent, pour la susdite année (1340), *5 florins* (1).

Cette indication constate qu'il y avait à Grenoble une école, appelée école de grammaire, située dans le quartier de Saint-Laurent, où elle occupait la maison de la confrérie de cette église. La même école est citée dans un autre article de dépenses du même registre, pour achat de bois employé à des bancs et pour leur façon (2).

Un privilége dont jouit plus tard le maître ou recteur de cette école, fut l'exemption de l'impôt des charges communales. A ce titre, maître Jean Vennet, recteur des écoles, maître Pierre des Combes, son bachelier, et la maîtresse des filles, désignés tous les trois sous le nom de maîtres des écoles, sont classés au nombre des exempts ne contribuant point aux impôts, dans une révision des feux de Grenoble, en 1447.

---

(1) *Item, per le loyer de les écoles de la gramatica que en la mayson de la confrari de Seynt-Lorenz, de l'an dessus dit* (Compte des recettes et dépenses; année M.CCC.XL, f° 62, r°).

(2) *Per les écoles de la Grant-Mai* (sic).

Item, avaiy payé per les bancs de les écoles de la Grant Mai per VIII *grosses postz de jaugi chacuna de* II *teyses* .... X s. VIII d.

Item, per plots acheta per fare les pies dels bancz ...... IIII »

Item, per IIII *chapus* (charpentiers) *per fare los dyts bancz* XVI »

(*Ibid*, f° 31, r°).

Ces maîtres étaient choisis par les consuls, qui s'assuraient eux-mêmes de leur capacité.

Le 18 juin 1518, un maître, nommé Million, se présenta pour être recteur des écoles de Grenoble. Interrogé par les consuls sur le prix qu'il demandait pour tenir ces écoles, il déclara qu'il voulait et entendait que tous les écoliers apprenant la grammaire payassent trois sous tournois par quartier, lors même que ce quartier commencé ils quitteraient sans la permission du maître; et qu'en outre tous les écoliers, tant grands que petits, acquitteraient les collectes de St-Nicolas, de mai, de Sainte-Catherine et des poissons du carême. Après divers pourparlers, il s'engagea à faire l'école, pendant un an, pour trente florins.

Cinq ans après, les registres des délibérations du conseil de ville de Grenoble font mention d'un autre maître. On lit dans un de ces registres, sous la date du 12 juin 1523 :

« Proposition pour un recteur des écoles. Est comparu maître Pancrace Pascal, recteur des écoles d'Embrun, disant que, sur la demande de plusieurs habitants de Grenoble, il y est venu pour prendre soin des écoles, s'il convient aux consuls, et les priant de lui donner un lieu et une maison plus grande que celle de l'école de la ville.

« Conclu que ledit recteur lira une leçon, afin qu'on juge s'il est suffisamment capable de régir l'école ; qu'ensuite on lui donnera un lieu et une maison plus grande ; qu'à cet effet on louera l'ancienne maison qui servait autrefois d'école, et qu'après cette épreuve, il lui sera compté dix livres tournois, pour le charroi de ses livres (1). »

Pancrace Pascal échoua-t-il dans l'épreuve de cette lecture? ne convint-il point aux consuls, pour d'autres motifs?

---

(1) *Registre des conclusions de l'hôtel de ville de Grenoble*; année 1523, f° 50.

trouva-t-il les conditions qu'on lui fit peu avantageuses? Le fait est que, le mois suivant, il vint s'offrir un autre maître, nommé Regulus Bronyan. Ce dernier est qualifié, dans la délibération où il en est parlé, de maître de grammaire, *magister grammaticus*. Voici dans quels termes s'exprime cette même délibération :

« Regulus Bronyan, maître de grammaire, demande la direction (*rectoriam*) des écoles de la ville. Il est conclu qu'il se présentera au conseil, le lendemain matin, et qu'il lira publiquement une leçon ou page à lui désignée au hasard, en ouvrant le livre, afin qu'il soit jugé de son aptitude, par les consuls et les conseillers de la ville. » Bronyan refusa de lire cette leçon en public, de sorte qu'il ne fut point accepté. Les consuls, sur la recommandation de Pierre Aréoud, docteur en médecine, nommèrent pour recteur des écoles François Bellon (1).

Nous donnons ces détails pour indiquer de quelle manière on procédait autrefois au choix des maîtres. Le règlement qui suit, et qui se réfère à cette époque, étant de l'année 1520, nous apprend comment se faisait l'école, quel ordre y était observé, et quelle y était la discipline intérieure. Ce règlement offre surtout cela de curieux, que les élèves paresseux ou mal notés, qui voulaient se racheter de toutes punitions, le pouvaient avec quelques pièces d'argent, tandis que ceux à qui l'emploi de ce moyen répugnait ou n'était point permis, n'échappaient ni au fouet ni à la férule du maître. La qualité de l'élève entrait aussi en considération dans la réprimande à faire et dans la punition à infliger (2).

---

(1) *Ibid.*; même année, f°s 61 v°, 62, r°.

(2) *Reginem scolarum Gratianopolis* (*Livre de la Chaine*, f° IIII^c IIII, verso).

RÈGLEMENT DES ÉCOLES DE GRENOBLE.

« Ordre et méthode que les seigneurs consuls, les conseillers et habitants de Grenoble, entendent que l'on suive dans l'école de la ville, pour laquelle école ils ont une maison. D'abord qu'il n'y ait qu'une seule école de grammaire qui sera tenue par la ville, dans la maison commune ; qu'il ne soit permis à personne autre d'avoir une école, ni de la tenir ailleurs, à moins que ce ne soit pour les répétitions données par quelques pédagogues fréquentant eux-même l'école. Item, qu'il ne soit rien payé au maître pour le loyer de cette école, si ce n'est pour la tenir couverte, la ville devant subvenir à toutes les autres réparations. Item, que pour la direction de ladite école, il soit fait choix d'un maître instruit (*doctus*). Ce maître et son bachelier à ses frais devront demeurer dans lesdites maison et école et y habiter constamment ; ils devront, les jours ouvriers et non fériés, *lire* depuis cinq heures jusqu'à neuf heures du matin des livres et règles de grammaire, des livres de poésie et d'art oratoire. Item, que chaque jour comme dessus et non férié, les mêmes maître et bachelier fassent aux clercs, après le dîner, des répétitions de lecture de ce jour; qu'ils leur apprennent la construction des vers, les verbes de chaque espèce, les modes, les temps et les personnes, comme on conjugue, comme on décline et autres règles de grammaire, en expliquant aux écoliers Caton ou autres livres semblables, objet de la lecture du jour.

« Item, que, dans ladite école et entre les écoliers, il ne soit permis que de parler latin ; item qu'il y ait deux classes, c'est-à-dire, l'une des grammairiens comprenant déjà en partie la grammaire; et l'autre, des jeunes enfants apprenant le Donat, les accidents semblables et les principes de grammaire. Item, que dans chaque classe, et surtout dans la première, on fasse des lectures. Que le maître ou le bachelier, au commencement de la lecture, de la collation ou de la répétition, marque d'un point les absents; deux points vaudront un denier, à moins que l'élève ne donne sur son absence une excuse valable. Item, que s'il en est qui parlent français, qu'ils soient repris par un autre écolier ou d'autres écoliers, et qu'ils soient chaque fois notés d'un point. Item, que si un écolier est repris par un autre, pour un mot latin impropre, qu'il soit marqué d'un point tout autant de fois qu'il aura été repris; quatre de ces points vaudront un denier. Item, qu'il soit rendu compte de ces listes de points, en présence du maître ou du bachelier, deux ou trois fois par mois, et que les annotés soient tenus de payer ce qu'ils doivent pour la quantité de points marqués, à raison de ce qui vient d'être dit, s'ils le veulent; autrement qu'ils soient punis et frappés de verges sur le cul, à la discrétion du maître, eu égard à la classe, au nombre de points et à la qualité de la personne. Item, que dans ladite première classe soient et puissent être tous les grammairiens, les pédagogues et les autres qui voudront être les *repreneurs* de la classe; ces repreneurs se feront payer un denier pour chaque point d'absence et de locution française, et un demi-denier pour chaque point de locution latine impropre. Item, que l'argent des *repreneurs* de cette classe soit recouvré par un *marqueur;* après le compte rendu il sera fait une distribution de cet argent par le normal au prorata; dans cette distribution, le repreneur aura sa part; le maître ou le bachelier, et le *marqueur*, auront la part de deux repreneurs. Item, que dans la seconde ou petite classe, il n'y ait point de repreneurs; mais ceux qui voudront payer gracieusement le feront; quant à ceux qui ne voudront point payer gracieusement, ils seront punis par le maître. L'argent de ceux de cette classe qui paieront appartiendra au maître et au bachelier, qui donneront au *marqueur* quelque chose pour sa peine.

« Item, qu'il pourra être fait, les jours de Saint-Nicolas et de Sainte-Catherine, et au mois de mai, des collectes, pour lesquelles chaque écolier grand et petit paiera deux liards, et il sera donné avis de cette collecte quatre ou cinq jours auparavant. Ces liards, perçus par le maître ou par son délégué, seront destinés à une grande messe, célébrée le jour de la fête, et à deux flambeaux portés à la procession, l'un en tête, et l'autre à la fin. Les écoliers se rendront processionnellement de l'école à l'église, les plus jeunes marchant les premiers, et successivement les plus grands, classés par âge, par corpulence et par science; en dernier lieu, le bachelier et le maître; au retour de l'église à l'école, ils suivront le même ordre. Le restant de l'argent sera employé en jeux et réjouissances pour les écoliers, à la discrétion du maître. Item, que selon la louable coutume de la ville, le jour du jeudi de la Sexagésime, après un dîner auquel prendront part les maîtres et les écoliers qui voudront y assister, qu'il soit permis à deux petits écoliers, les plus adroits, de faire battre successivement, dans un lieu public et convenable, six ou neuf coqs de chaque côté, et que celui dont le coq ou le plus grand nombre de coqs seront vainqueurs, soit proclamé le roi des écoliers; lequel roi, aussitôt, devra à ses frais se pourvoir d'une poule; que le maître prenne et porte la poule à l'extrémité d'un champ; qu'il la jette en l'air de manière à la laisser voler et courir à son gré; les écoliers se tenant à l'autre extrémité, et courant après la poule dès qu'elle sera lancée; celui qui le premier la prendra par la tête sera le victorieux, et sera nommé *capio*; la poule, ensuite, sera donnée au maître. Item, que le dimanche suivant, appelé le dimanche de *Carnis privii* (Quinquagésime), ledit roi victorieux et les clercs, revêtus d'ornements et montés à cheval, avec musique, grand bruit et grande manifestation de joie, partent de la maison dudit roi, et aillent dîner à Saint-Robert, comme c'est la coutume; revenus en ville, qu'ils aillent, s'ils le veulent, à Montfleury (1), et enfin, après avoir parcouru la ville, que le roi soit tenu de donner une collation chez lui, et à son vouloir, au maître et à toute son escorte ; que l'écolier nommé *capio*, ou celui qui sera délégué à sa place, tienne triomphalement au bout d'une épée la tête dorée de la poule. Item, que la semaine suivante, soit faite une collecte pour les poissons du maître, pour laquelle chaque écolier paiera un liard. Item, que sur la demande du roi, le maître laisse jouer aux barres, le mardi et jeudi, suivant l'usage, à moins qu'il n'y ait dans la semaine un jour de fête, auquel seront renvoyées les barres. Item, que si le maître veut frapper quelqu'un pour sa leçon ou pour une chose minime, que ledit capio puisse, après deux coups de verge, demander qu'il ne soit plus frappé. »

« Item, que pour les gages du maître chaque écolier soit tenu de lui payer, par quartier, trois sous tournois que le maître pourra recouvrer vers la fin du quartier, en prévenant trois jours d'avance les élèves d'apporter l'argent. Ceux qui refuseront de s'acquitter, et les retardataires, seront contraints au paiement de cette somme par la saisie de leurs biens, sans cause ni procès. Sont exceptés de cette mesure les petits enfants à la carte, aux sept Psaumes et autres semblables, lesquels ne doivent rien payer au maître. Lesdits seigneurs consuls et conseillers de la ville veulent et entendent que tout ce que dessus soit observé ; que le tout, pour en conserver éternellement le souvenir, soit écrit sur le registre de la ville et signé par moi secrétaire en témoignage de la vérité, et qu'un double soit donné aux maîtres. Les susdits statuts ont été lus et publiés dans la chambre de conseil de la Tour de l'Ile à Grenoble, présents et assistants noble et égrège homme seigneur

(1) D'après une ancienne fondation des dauphins, le prieur du couvent de Saint-Robert, ce jour-là, devait donner à dîner aux écoliers ; il était aussi d'usage que le prieuré de Montfleury fit un don au roi de l'école (Nos *Usages, fêtes et coutumes*, etc.— Grenoble, 1841, pag. 8).

Hector Gauteron, docteur en droit, et discrets hommes André Rollin, secrétaire delphinal; Guillaume Allard, marchand, et Georges Murguet, citoyens et consuls de ladite ville, et nobles et égrèges hommes seigneurs François Feysan, Claude Falcon, docteurs en droit; noble Olivier Motet, et discrets hommes Pierre Joffrey, Denis Chappuis, secrétaires delphinaux, Antoine Constantin et Pierre Odenoud, citoyens et conseillers de la même ville. Urbain Thibaud, vice-procureur; le premier jour du mois de juin mil cinq cent vingt, par moi, Pierre Marrel, notaire et secrétaire delphinal, et secrétaire de ladite ville, soussigné. Signé MARREL. »

NOUVELLES ÉCOLES ET COLLÉGE.

Cette ancienne organisation des écoles et ce règlement que nous venons de rapporter furent observés et maintenus encore à Grenoble pendant plusieurs années, c'est-à-dire jusqu'à la fin du XVIe siècle, époque où une impulsion nouvelle fut presque partout donnée à l'étude des lettres; à cette époque, l'enseignement reçut aussi parmi nous d'utiles modifications.

En 1606, le 6 du mois d'août, le conseil de ville traita, pour la tenue des écoles, avec les religieux Dominicains ou frères Prêcheurs, dits aussi Jacobins, établis à Grenoble depuis plus de trois cents ans, et qui se chargèrent du soin et de la direction de trois classes, savoir : celles de grammaire, de l'humanité et de la rhétorique, moyennant une pension annuelle de 600 livres, qui fut constamment payée. Bientôt après, *pour la plus grande facilité, conduite et instruction de la jeunesse* (est-il dit dans un document que nous avons sous les yeux), l'humanité et la rhétorique furent changées en deux autres classes moins avancées, devenues le complément de celle de la grammaire. Les classes étaient gratuites.

Plus tard, en 1635, en vertu d'une clause expresse du testament de M. de La Croix, président au bureau des trésoriers de rance, les mêmes religieux ouvrirent un cours de philosophie ; c'est alors que, dans le but de rendre complet le collége des Dominicains, la ville demanda à ces Pères le rétablissement des deux classes de l'humanité et de la rhétorique qu'ils avaient dans le temps professées, et qu'elle traita de nouveau avec eux, s'obligeant d'ajouter à sa première pension de 600 liv. une nouvelle pension de 500 liv., portant le tout à 11,000 liv. Il y eut, à cet effet, un contrat sous la date du 17 décembre 1640, passé aux minutes de Clapasson, notaire, et signé par les consuls. Cet acte, auquel adhérèrent tous les religieux du couvent, contient que, *par le moyen des cinq classes susdites et du cours de philosophie*, les jeunes gens pourront être instruits et rendus capables d'aller aux études de théologie, jurisprudence et médecine ; ce qui sera d'une grande commodité et épargne pour les familles.

Ce collége, ainsi institué et sans pensionnat, eut quelque réputation ; mais il ne fut point de longue durée. Les Jésuites, fixés à Grenoble depuis 1622 (1), aspiraient eux-mêmes à joindre un pareil établissement à leur maison, aidés et soutenus en cela par les nombreuses personnes qui les avaient appelés ; de sorte que les Dominicains ne tardèrent point à être inquiétés. Ceux-ci, après avoir essayé de soutenir un procès pour le maintien des écoles, se départirent, en faveur de leurs adversaires, de la possession où ils étaient d'instruire, ainsi qu'il résulte d'une sentence arbitrale du 9 novembre 1651, sauf à eux d'*enseigner la philosophie fondée dans leur couvent par le feu sieur trésorier de La Croix ; d'y appeler les écoliers au son de la cloche et faire affiches publiques ; comme aussi d'établir et ouvrir, si bon leur semble, un cours de théologie, à leurs frais et dépens*. Tels sont les termes de la sentence.

(1) Ils furent d'abord placés dans la rue *Bournolen*, appelée, de leur nom, rue des Vieux-Jésuites, nom qu'elle a conservé.

Les Dominicains cédèrent en même temps aux Jésuites le deux pensions s'élevant à 1,600 liv. que leur faisait la ville ainsi que deux années d'arrérages qui leur étaient dues, et le Jésuites, pour les dédommager, se reconnurent leurs débiteu de la somme de 16,000 liv., payables dans une année ; ils décla rèrent également contracter l'obligation de tenir leur collég *complet et assorti de toutes ses classes, à la charge de n pouvoir rien demander ni prétendre, de présent ou à l'ave nir, de ladite ville, en général ni en particulier, directemen ou indirectement, pour l'établissement, entretien et subsis tance dudit collége, outre et par-dessus lesdites deux pen sions cédées, suivant les offres et déclarations qu'ils on faites par leur dite requête ; desquelles offres et de l'établi sement dudit collége, sous cette condition, lesdits Père Jésuites rapporteront, dans trois mois, ratification e forme de leurs Révérends Pères provincial et général.*

Cette sentence, datée du 9 novembre, fut le même jou signée et ratifiée par les parties ; deux jours après, le 11 no vembre 1651, fête de la Saint-Martin, les Jésuites firent l'ou verture publique de leur collége, qu'instituèrent et confir mèrent des lettres-patentes du roi Louis XIV, du 9 juillet d l'année suivante, enregistrées aux greffes du parlement, de l chambre des comptes et du bureau des finances du Dauphiné

Le nouveau collége prospéra de bonne heure; dirigé pa des maîtres habiles, il réussit au point que l'évêque, les con suls et les habitants s'empressèrent de solliciter du roi d nombreux secours, et que le monarque, par d'autres lettres patentes du 26 novembre 1697 et du mois de septembre 1699 se déclara le fondateur du collége, voulant qu'il jouît, au titr de fondation royale, d'un droit de 6 deniers par minot de se et d'une somme annuelle de 2,000 livres à prendre sur le fonds de la recette générale du pays. Ce même prince confirm aussi tous les dons faits par lui ou par ses prédécesseurs au Jésuites de Grenoble ; il augmenta leurs anciens revenus e leur facilita tous les moyens d'achever les bâtiments et l'église qu'ils avaient commencés dans le nouveau quartier de la ville.

Les premières acquisitions faites par les Jésuites dans la rue Neuve de Bonne, ou Grande-Rue Neuve, pour y transporter leur maison, datent du 28 et du 30 janvier 1643. Le 9 janvier 1644, ces religieux y acquirent de Philippe Roux, conseiller au parlement, une portion de jardin et cour, et c'est sur le sol de cet emplacement qu'a été bâtie une première église en planches, élevée sur des fondations en maçonnerie, et successivement l'église actuelle. Cette dernière construction, vaste et spacieuse, mais d'un goût simple à l'intérieur, fut terminée en six ans, de 1660 à 1666; elle coûta la somme de 50,578 liv., sans compter la dépense de quatre chapelles édifiées aux frais de leurs fondateurs (1), et celle de la belle et riche façade ajoutée à l'église, en 1705 et 1706, laquelle dépense seule s'est élevée au chiffre de 18,540 livres 6 sous 2 deniers.

La façade a été exécutée d'après les plans et sous la surveillance d'un Jésuite, Louis Hoste, qualifié dans les pièces que nous avons vues, *directeur des bâtiments du collége de la compagnie de Jésus, à Grenoble* (2). Par les soins de ce père tous les travaux se firent en régie et purent être conduits avec plus d'économie. On y employa des pierres de la Rivière, de

(1) Ces chapelles sont les deux grandes et les deux petites qui les joignent; les deux grandes par Louise de Clermont, baronne d'Uriage, et Jean Duvache, président en la chambre des comptes; et les deux petites, par Jean-Louis de Ponat, sieur des Combes, maître auditeur en la même chambre, et le seigneur d'Herculés.

(2) Il arriva le 13 juillet 1705 et demeura dans le collége deux ans quatre mois pour faire achever le portail de l'église et la partie du bâtiment dite la maison des retraites. Cette année, le père de la Chaize vint aussi à Grenoble; il donna pour cette même maison, en *aumône*, une somme de 513 livres 15 sous.

l'Echaillon et de Sassenage. La porte, en bois de chêne, sculptée, la même qui sert encore aujourd'hui, est d'un menuisier du Fontanil nommé Troillet. Quant aux sculptures de la façade, telles que les chapiteaux, les ornements de la porte et les pots à feu qui existent, six statues en molasse, peintes, qu'il y avait dans les niches latérales, ainsi que d'autres objets d'ornementation dans le chœur de l'église, sont l'ouvrage d'un sculpteur de Grenoble, Guillaume Bernard, père du poète Gentil-Bernard.

Les bâtiments du collége proprement dit ont coûté, soit en acquisition de terrains ou de maisons à détruire, soit en constructions neuves, une somme de plus de 150,000 livres; ils n'ont été complétement achevés qu'en 1708; c'est du moins cette année seulement que fut terminée la maison de retraite; mais à cette époque, et depuis longtemps, la partie des bâtiments à gauche en entrant dans la cour et celle qui est en face de la porte d'entrée principale existaient déjà. Cette dernière partie, surtout, a dû être construite en même temps que l'église, ou bien peu d'années après; car, sous la voûte de la première rampe de l'escalier qui conduit du premier au second étage, on lit la date 1673, année où fut tracée la belle méridienne peinte sur les murs latéraux et les voûtes des deux rampes de cet escalier.

Cet ouvrage curieux de gnomonique, qui compte deux siècles près d'existence, mérite une mention particulière; nous en parlerons ci-après. Il a été restauré en 1757 et il vient de l'être de nouveau, en 1855, par les soins intelligents de M. Moufflet, proviseur actuel du lycée.

Sous les Jésuites, le collége de Grenoble a été florissant et nombreux : les pères étaient de vingt à vingt-cinq; il y avait quatre-vingts pensionnaires, et de six cents à sept cents externes. Le nombre des classes était fixé par les lettres-patentes. On y enseignait depuis la sixième jusqu'à la théologie inclusivement.

En 1763, lors de la suppression des Jésuites, le même collége fut confié par l'administration municipale à des prêtres séculiers, sous la direction d'un bureau, suivant l'édit du mois de février de cette année. Son existence ne devint légale que trois ans après, en vertu des lettres-patentes du 10 juillet 1766. Par ces lettres, le roi confirma le collége de Grenoble et fixa le nombre de ses professeurs à douze, y compris le principal, voulant qu'il continuât de jouir de tout ce qui avait été donné à cet établissement par lui ou par ses prédécesseurs, ainsi que d'une rente annuelle de 3,000 livres que le collége de Vienne devait payer à celui de Grenoble.

A ces prêtres séculiers succéda la congrégation de Saint-Joseph, ou des Joséphistes de Lyon, à qui fut donnée l'administration du collége par d'autres lettres du mois d'août 1786, et qui l'a conservée jusqu'en 1792, époque de sa suppression. Ce collége avait douze maîtres, dont cinq régents pour les 6e, 5e, 4e, 3e et 2e classes; cinq professeurs, savoir : un pour la rhétorique, deux pour la philosophie et deux pour la théologie; un principal et un sous-principal pour la surveillance des études. En 1786, dernière année de l'administration des ecclésiastiques séculiers, le nombre des élèves n'arrivait pas à cent; en 1787, sous les Joséphistes, il s'éleva à 180; mais il diminua bientôt après, et si rapidement, qu'en 1790, il n'était que de 60. Dans aucun temps, son nombre ne s'est élevé au-dessus de 200. Ses revenus étaient, à cette dernière époque, de 12,826 livres.

Le genre d'instruction était dans ce collége ce qu'il fut longtemps dans les établissements semblables. Des deux professeurs de théologie, l'un enseignait la scolastique et l'autre la morale. Le cours de philosophie était divisé en deux années : la première était consacrée à l'enseignement de la logique, de la métaphysique, etc., etc., et la deuxième à celui des éléments des mathématiques et de quelques notions de physique, tant théorique qu'expérimentale. La théorique terminait et complétait le cours d'humanités commencé en cinquième e suivi graduellement dans les quatre autres classes. Ce cours au reste, comme partout ailleurs, se réduisait presque exclu sivement à l'étude de la langue latine.

UNIVERSITÉ.

Grenoble eut son université fondée en 1339. A cette époque et dès la seconde moitié du XIIIe siècle, il y avait déjà, dan cette ville, une école ou *étude* de droit, instituée peut-être même auparavant, et dont l'existence, dans tous les cas, se trouve attestée par d'anciens documents historiques. Jacques Borgarel est nommé *professeur de lois* (*professor legum*), en 1277. Bérenger Chevalier et Nicolas Constant, tous les deux jurisconsultes, ont la même qualité dans des actes de 1282 e de 1322. Le titre de professeur de droit civil (*professor juri civilis*) est également donné à Amblard de Beaumont, protonotaire du dauphin Humbert II, en 1333, 1334 et 1336. Ce prince, guidé par des vues sages et utiles, voulant donner plus d'importance à cette école et y attirer plus d'élèves, créa en 1339 une université à Grenoble, pour laquelle il obtint du pape Benoît XII une bulle de confirmation, du 3 des ides du mois de mai de cette année, et où devaient être enseignés le droit civil, le droit canonique, la médecine et les arts.

Le dauphin s'empressa d'accorder aux élèves qui fréquenteraient l'école divers privilèges, énoncés dans une charte signée de Saint-Etienne de Saint-Geoirs, le 25 juillet de la même année, et concernant la sûreté des personnes, ainsi que la facilité des subsistances, du logement et du chauffage (1).

(1) Notre notice : *Recherches sur les anciennes universités du Dauphiné et de la généralité de Grenoble* (*Bulletin de la société de statistique, des sciences naturelles et des arts industriels du département de l'Isère*, 2e série, tom. III, pages 287-312).

Ce fut aussi afin d'empêcher l'augmentation du prix du bois et du charbon, dans l'intérêt des étudiants, qu'il ordonna de faire démolir les forges de fer ou martinets qui étaient auprès de Grenoble, avec défense expresse d'en construire d'autres depuis les Abymes au-dessous de Bellecombe jusqu'à Voreppe (1).

La ville de Grenoble contribua de son côté à l'établissement des nouvelles écoles; elle paya plusieurs dépenses que nécessitèrent leur installation, telles que bancs, tables, chaises, tableaux, chaires de professeurs et autres objets, en même temps qu'elle eut à sa charge le loyer du local qu'elles occupaient. Leur ouverture se fit quelques jours avant la Toussaint 1339; des travaux urgents qu'il fallut achever les firent suspendre depuis le lendemain de la fête de Saint-Martin jusqu'au mardi après celle de Sainte-Catherine, qu'elles recommencèrent.

Il y eut d'abord deux classes, placées dans deux maisons ou salles différentes, et dirigées, l'une, appelée la *grande école*, par Lutzon de Lemps, prieur de Saint-Donat, jurisconsulte, nommé ensuite prévôt d'Oulx, et l'autre par Jacques Brunier, devenu bientôt après secrétaire et ministre du dauphin : ces deux maisons étaient dans la rue dite alors Flandin, et qui depuis a reçu le nom des Clercs, à cause de ces écoles et du palais de justice qui y existait avant qu'il fût transféré sur la place Saint-André (2).

---

(1) Deux ordonnances du dauphin Humbert, en 1339 et en 1340, contiennent cette défense; elle fut renouvelée peu d'années après, en 1346, par Henri de Villars, archevêque de Lyon et ministre de ce prince pendant le temps qu'il régit le Dauphiné.

(2) Ces indications que nous donnons sont extraites du compte même des dépenses que paya la ville pour son université, et qui s'élevèrent à la somme de *quarante-trois livres*. Nous avons cité un article de ces dépenses dans un autre ouvrage : (*Notice sur les anciennes rues et un ancien plan de la ville de Grenoble. — Grenoble*, 1843, *pag.* 34). A la suite de cet article, on lit cette phrase : *Et comenseront les dites écoles à fare el devant dit luc lo lundy devant la*

L'université de Grenoble déchut rapidement : quoiqu'on ignore à quelle époque précise les études y cessèrent, il est certain que depuis longtemps les cours ne s'y faisaient plus, lorsqu'un siècle après, le dauphin Louis (depuis le roi Louis XI) créa l'université de Valence, en 1452. Il est dit en effet, dans les lettres patentes d'érection de cette nouvelle académie, qu'il n'y avait point alors d'université en Dauphiné ; preuve que si bien il y eut dès ce moment, dans cette contrée, deux institutions de ce genre créées par le fait, celle de Grenoble n'était plus à cette époque en exercice.

En 1542, cette dernière ville songea au rétablissement de son université, réorganisée par les soins du gouverneur, François de Bourbon, duc d'Estouteville, comte de Saint-Pol, qui en permit l'installation, faite en présence du corps de la cité et d'un grand nombre d'habitants assemblés dans le réfectoire du couvent des Cordeliers. Ouverte de nouveau et fréquentée par de nombreux élèves qu'attira pendant quelque temps la réputation de professeurs distingués, cette université se maintint avec un certain éclat durant une vingtaine

---

tossaynz corrant M CCC XL. C'était la rentrée de la seconde année. D'autres dépenses avaient été faites un an auparavant, comme le constatent les passages qui suivent : *Lo noven jort del meys de novembro devant dyt corant* M. CCC XXX IX *firont les messions say de sot écrites per les écoles que leyt mosseu le prious de saynt Dona per les banches*, etc., etc., etc. *Item. Lendemain de festa saynt Martin corant* M CCC XXX IX *firont los depes say de sotz écrit per lo comant eprès del rectour et dels maytros de les écoles en l'écola qui et à mayson Etevenin de Lozana*, etc., etc. Le paiement des loyers, fait par la ville, constate aussi l'établissement de l'université de Grenoble dès la fin de l'année 1339. — *Per les loyers de les ecoles*. — *Item. Payé à Peron de Quet, mercer, par mosseu Henris de Dreynsz per lo loyer de les écoles en les quaux leyt le prious de saynt Dona de 1 ant passa e feni à la festa de la croys de setembro corrant* M° CCC° XL°.... XII *flor.*

Item. Payé à mosseu Geyri per lo loyer de les écoles enque leyt mosseu Jaquemos Bruners, per lo dit ant............. 11 *flor.*

(Registre : *Compte des recettes et dépenses de Grenoble*, de 1336 à 1340 ; 3e cahier, f° 50 verso 55 verso et 62 recto).

d'années ; mais la guerre, les troubles religieux qui divisaient le pays, et d'autres circonstances devinrent autant de causes de sa chute rapide. Un édit du roi Charles IX, du mois d'avril 1565, supprima l'université de Grenoble, qu'il réunit à celle de Valence. On cite parmi les professeurs qui ont enseigné les principes du droit dans la capitale du Dauphiné, au XVIe siècle : Mathieu Gribaud, Gribald ou Gribaldi, Hector Riquier, en latin *Richerius*, Loriol, et surtout Govéa, l'un des plus habiles et des plus savants jurisconsultes de son époque.

NOTICE SUR ALBIN GRAS,

Par M. Gustave VALLIER.

Gras (Claude-Joseph-Albin), ancien élève de l'école des mineurs de Saint-Étienne, docteur ès sciences, docteur en médecine de la faculté de Paris, professeur-adjoint de pathologie interne à l'école préparatoire de médecine de Grenoble, est né dans cette ville le 18 juillet 1808. Il était le quatrième de huit enfants. Élevé par des parents à qui les vertus domestiques facilitèrent l'éducation d'une famille aussi nombreuse et dont tous les membres ont su se créer une position honorable dans le commerce, les armes et les sciences, il fut destiné de bonne heure à la carrière des mines. Élève de l'école des mineurs en 1826 et 1827, il y remporta chaque année le premier des prix qu'on accorde aux élèves de cette école, et obtint du gouvernement, vers la fin de cette dernière année, la place de conducteur des mines pour la surveillance des carrières du département de Loir et Cher, qu'il occupa jusqu'en avril 1829. Mais cette place ne lui offrant pas de chances d'avenir, il prit courageusement la résolution d'embrasser une autre carrière, donna sa démission et revint à Grenoble commencer ses études médicales.

Reçu la même année comme interne à l'hôpital de cette ville, il s'y fit bientôt distinguer par son intelligence et par son ardeur au travail. Le 16 août 1831, il fut reçu licencié ès sciences physiques et, le 4 novembre suivant, docteur ès sciences.

Alb. Gras quitta bientôt l'hôpital de Grenoble pour aller continuer ses études à Paris. Une épidémie cruelle et inconnue sévissait alors en France, et dans la capitale en particulier. Dès les premiers mois de 1832, nous le trouvons élève interne d'un hôpital temporaire dont il sortit au mois de mai avec un certificat d'exactitude, de zèle et de dévouement pour les cholériques. Vers la fin de la même année, il se présente au concours et en sort élève externe des hôpitaux de Paris, pour être placé d'abord en cette qualité à l'Hôtel-Dieu, puis à l'hôpital Saint-Louis. Les années 1833 et 1834 se passèrent pour lui dans l'exercice de ces fonctions de dévouement à l'humanité.

Nommé élève interne au concours de 1834, il remplit ces fonctions à l'hospice de la Vieillesse (femmes) pendant l'année 1835, et, les deux années suivantes, à l'hôpital Saint-Louis. En 1835, il remporta le deuxième prix de l'école pratique de médecine.

Reçu docteur en médecine de la faculté de Paris le 23 novembre 1837, il revint à Grenoble exercer sa profession et y fut nommé, en février 1838, professeur provisoire de pathologie interne à l'école préparatoire de médecine et de pharmacie de cette ville. Le 3 octobre 1841, parut l'ordonnance qui constituait définitivement l'école et, le même jour, Alb. Gras fut nommé professeur-adjoint et chargé du cours de pathologie interne qu'il a exercé jusqu'à sa mort.

Quoique son temps fût absorbé par ses fonctions de professeur et l'exercice de la médecine, doué d'une activité intellectuelle qui le poussait à s'occuper tout à la fois d'histoire locale, de chimie, de médecine, de statistique, d'histoire naturelle et d'agriculture, en un mot, de presque toutes les branches de la science, il savait trouver encore assez de loisir pour se livrer à divers travaux et pour donner un aliment à cette activité fébrile qui, en tenant constamment son cerveau surexcité, a certainement contribué à sa mort. Faut-il ajouter que sa modestie égalait son savoir et que sa bienveillance était acquise à toute personne qui venait lui demander un conseil? Jamais on ne le vit, par un motif de sotte vanité, susciter des entraves à la publication d'un travail qu'il avait pu rêver lui-même ou qui était conçu d'une façon opposée à sa manière de voir; jamais, par un motif de mesquine rivalité ou d'étrange égoïsme, on ne le vit éluder un conseil ou refuser la communication d'un titre possédé par lui seul. Il comprenait que la science est à tous et n'est le privilége d'aucun; il savait faire taire ses regrets personnels, quand le but qu'on poursuivait tournait au profit de tous. Accessible à chacun, ce qui est le caractère de la véritable science, il était aimé de chacun.

Un des membres fondateurs de la Société de statistique du département de l'Isère, il en fut nommé vice-secrétaire dès le principe, au mois d'août 1838, et secrétaire perpétuel le 24 janvier 1852, en remplacement de M. Scipion Gras, son frère, et il en exerça les fonctions jusqu'à la fin de 1855, où il ressentit les premières atteintes de la maladie qui devait l'enlever à sa famille et à ses amis. Il ne cessa, pendant tout ce temps, de faire à cette société les communications les plus intéressantes.

Il était membre du bureau d'administration de la Société d'agriculture de Grenoble, dès son origine, et archiviste depuis 1849. Enfin, il faisait également partie de la Société géologique de France, de la Société Linnéenne de Lyon et de la Société médicale d'émulation de la même ville.

Alb. Gras est mort le 15 mai 1856, et il a laissé à la ville de Grenoble, pour former le noyau d'un musée de géologie, la riche collection de fossiles qu'il avait mis une partie de sa vie à recueillir et à classer lui-même.

Parmi les nombreuses productions dues à l'esprit actif et à la plume d'Alb. Gras, on ne peut énumérer ici toutes les communications qu'il a faites aux diverses sociétés dont il était membre. On se contentera de citer ses principaux mémoires et notices, en ayant soin d'indiquer la date de leur publication et le recueil qui en reçut les prémices, et en faisant suivre quelques-uns d'entre eux d'une courte appréciation.

On a de lui :

— *Recherches sur l'acarus ou sarcopte de la gale de l'homme*. Paris, Béchet jeune, 1834. In-8°, 35 pages.

Cet ouvrage, qui dénote un profond esprit d'observation, pose les principes des découvertes que la science a confirmés depuis sur l'acarus de la gale. Il mérite donc une mention honorable dans cet exposé des travaux d'Alb. Gras.

— *Essai sur la topographie médicale de la ville de Grenoble*. Grenoble, Prudhomme, 1839. In-8°, 8 p. (Extrait du *Bulletin de la Société de statistique du département de l'Isère*, 1re série, tome 1er).

— *Description des mollusques fluviatiles et terrestres du département de l'Isère*, avec un appendice renfermant la *Description des autres espèces de la France*. Grenoble, Prudhomme, et Paris, Baillère, 1840. In-8°, 112 p. et 6 planches. (Cet ouvrage a paru en partie dans le *Bull. de la Soc. de stat. du dép. de l'Isère*, s. 1re, t. 1er).

Dans ce livre, fait avec une précipitation qui a été la cause de quelques erreurs qu'on a signalées, Alb. Gras a attribué au département de l'Isère quelques espèces qui ne s'y rencontrent point et en a omis quelques autres qui auraient dû y être rattachées. Du reste, il faut lui rendre cette justice, que son livre a ouvert la voie et qu'en posant les jalons d'une science encore nouvelle, il en a facilité l'accès et l'étude à ses successeurs.

— *Précis sur la topographie et la statistique agricole de l'arrondissement de Grenoble*, 32 p. et 4 tableaux. (*Almanach agricole publié par la Société d'agriculture de l'arrondissement de Grenoble*, 1845.)

— *Statistique botanique du département de l'Isère, ou guide du botaniste dans ce département*. Grenoble, Allier,

1846. In-8°, 192 p. (Cet ouvrage fait partie de la *Statistique générale du département de l'Isère* publiée sous la direction et l'administration de M. Pellenc, préfet de l'Isère ; t. 2.)

— *Notice sur la culture de la vigne dans l'arrondissement de Grenoble*, 27 p. (*Alm. agr.*, etc., 1846.)

— *Compte-rendu de la Société d'agriculture de Grenoble*, 1846.

— *Énumération des plantes principales croissant spontanément dans les prairies des environs de Grenoble*, 9 p. (*Alm. agr.*, etc., 1847.)

— *Description des oursins fossiles du département de l'Isère, précédée de notices élémentaires sur l'organisation et la glossologie de cette classe de zoophytes et suivie d'une notice géologique sur les divers terrains de l'Isère.* Grenoble, Prudhomme, 1848. In-8°, 98 p., avec un supplément et 7 pl. (Extrait du *Bull. de la Soc. de stat. du dép. de l'Isère*, s. 1re, t. IV.)

Cette description, en même temps qu'elle est d'une importance plus grande que celle des *mollusques fluviatiles et terrestres du département de l'Isère*, dénote aussi un travail plus sérieux et plus suivi. On sent que l'auteur l'a fait avec plus d'amour, si l'on peut s'exprimer ainsi, et qu'il y a mis tous ses soins. Du reste, le même honneur lui en revient, car il a appliqué le premier, au département de l'Isère, les principes d'une science dont la théorie seule y était connue.

— *Du jaugeage des petits cours d'eau destinés aux irrigations*, 9 p. et 1 pl. (*Alm. agr.*, etc., 1849.)

— *Deux années de l'histoire de Grenoble, depuis la suspension de Louis XVI (10 août 1792) jusqu'à la chute de Robespierre (9 thermidor an 2-27 juillet 1794).* Grenoble, Maisonville, 1850. In-8°, 140 p. (Extrait du *Bull. de la Soc. de stat. du dép. de l'Isère*, s. 2e, t. Ier.)

Notice fort intéressante, mais qui peut encore être augmentée d'un grand nombre de faits et de pièces justificatives.

— *Catalogue des corps organisés fossiles qui se rencontrent dans le département de l'Isère.* Grenoble, Maisonville, 1852. In-8°, 54 p. et 4 pl. (Extrait du *Bull. de la Soc. de stat. du départ. de l'Isère*, s. 2e, t. II).

— *Grenoble en 1814 et 1815.* Grenoble, Maisonville, 1854. In-8°, 87 p. (Extrait du *Bull. de la Soc. de stat. du départ. de l'Isère*, s. 2, t. III.)

Ce travail est rempli d'intérêt, mais en même temps de lacunes regrettables que l'auteur de la présente notice se propose de combler en publiant un complément de l'ouvrage de M. Gras.

— *Rapport sur les chenilles des prairies.* 6 p. (*Almanach agr., etc.*, 1852.)

— *Rapport sur plusieurs ouvrages concernant la maladie de la vigne.* 15 p. (*Compte-rendu de la Soc. d'agr. de Grenoble*, 1853.)

J'ajouterai encore les titres de plusieurs communications faites à la Société de statistique du département de l'Isère, et qui ont été publiées dans ses *Bulletins*.

SÉRIE I. TOME I.

— *Notice sur les eaux minérales du département de l'Isère.*

Notice sur le degré d'instruction primaire et les causes d'exemption des jeunes gens inscrits sur les rôles de recrutement du département de l'Isère, de 1828 à 1837 inclusivement.

— *Note sur un nouveau composé cyanogéné.*

TOME II.

— *Notice historique sur les enfants trouvés ou abandonnés du département de l'Isère.*

— *Notice historique sur Villars.*

— *Note sur les anciens remparts romains de la ville de Grenoble.*

— *Extrait d'une dissertation sur le magnétisme animal.*

— *Notice sur une nappe d'eau ascendante que l'on rencontre dans l'enceinte de la nouvelle ville, et sur les moyens d'assainir les nouveaux quartiers.*

TOME III.

— *Note sur le plan de deux anciennes portes de Cularo.*

— *Note statistique sur les décès et mariages à Grenoble, de 1830 à 1842.*

— *Note statistique sur les bois du département de l'Isère.*

— *Historique des institutions médicales de la ville de Grenoble.*

— *Note sur l'emploi en médecine du fer carbonaté spathique.*

SÉRIE II. TOME II.

— *Notice sur les matériaux employés dans la construction des anciens monuments de Grenoble.*

— *Note sur le nombre moyen de jours de pluie ou de neige et sur la quantité moyenne de pluie ou de neige fondue tombée à Grenoble pendant chaque année, chaque saison et chaque mois, de 1846 à 1851 inclusivement.*

TOME III.

Note sur l'épidémie de choléra qui a régné à Grenoble en août et septembre 1854.

INSTRUCTION

SUR LES OBSERVATIONS MÉTÉOROLOGIQUES

A FAIRE DANS LE DAUPHINÉ ;

Par M. J.-M. SEGUIN.

L'instruction suivante a été rédigée pour servir de guide aux personnes qui désirent contribuer aux progrès de la science dans la connaissance des phénomènes naturels. On a pris pour base une instruction analogue, publiée par l'Observatoire de Paris; mais on y a joint des détails appropriés aux pays de montagnes.

Il y a des observations à faire avec instruments et sans instruments.

OBSERVATIONS AVEC INSTRUMENTS.

L'instruction doit se borner, sur ce premier point, à quelques indications très-succinctes; les détails seraient trop longs, on les donnera à qui en aura besoin.

I. — Température de l'air. — Avoir un bon *thermomètre*; le placer dehors, à une certaine distance du mur et des vitres, au nord, dans une position telle, qu'il ne reçoive l'influence du soleil ni directement, ni par réverbération.

Observer le thermomètre chaque jour, aux mêmes heures, savoir: à 6 heures du matin; à 3 heures de l'après-midi; à 9 heures du soir. — Si l'on ne peut le faire qu'une fois, observer à midi.

II. — Hauteur barométrique. — Le *baromètre* est placé dans la chambre; il doit toujours porter avec lui un thermomètre. On observe d'abord ce thermomètre; on donne quelques coups à l'instrument avec les doigts, et on observe la position du niveau ou des niveaux du mercure, en visant au sommet convexe. — Mêmes heures que pour le thermomètre extérieur.

III. — Humidité de l'air. — Observation assez difficile au moyen de l'*hygromètre*.

IV. — Pluie et neige. — On mesure la quantité d'eau qui tombe à l'état de pluie ou de neige, au moyen d'un *pluviomètre* placé hors de tout abri. — On peut remplacer cet instrument par un vase quelconque, dont l'orifice, régulièrement circulaire, a un diamètre exactement connu en millimètres (de 200 à 300 millimètres). Pour empêcher l'évaporation de l'eau, il est bon que l'orifice soit formé par un entonnoir placé sur le vase; on recueille l'eau chaque jour, et on la renferme dans un vase bouché; on en mesure le volume tous les huit jours, par exemple, au moyen de mesures titrées. — Pour la neige, la forme du vase et de son ouverture doit être telle, que la neige s'introduise au dedans au fur et à mesure qu'elle tombe et ne s'accumule pas au dehors; on la fait fondre, et on mesure le volume de l'eau; — on peut joindre à cette mesure, celle de l'épaisseur de la neige tombée dans un lieu plat et découvert.

OBSERVATIONS SANS INSTRUMENTS.

On observe les *vents*, l'*état du ciel*, les *orages* et les autres phénomènes accidentels.

I. — Vents. — 1° On observe le *vent d'en haut*, dont la direction est marquée par les nuages. On note cette direction une seule fois chaque jour, dans la matinée, au moyen des lettres suivantes:

N.	Vent du nord.	N.-E.	Vent du nord-est.
E.	— d'est.	S.-E.	— du sud-est.
S.	— du sud.	S.-O.	— du sud-ouest.
O.	— d'ouest.	N.-O.	— du nord-ouest.

— S'il y a doute sur la direction, on inscrit le signe ?

2° On observe le *vent d'en bas*, dont la direction est marquée par les girouettes, la fumée des cheminées, etc. — On note la direction par les mêmes lettres que ci-dessus; mais on la note deux fois par jour: le matin, quand le soleil échauffe déjà les premières cimes des montagnes qui forment la vallée, sans avoir encore atteint le fond de celle-ci; et le soir, lorsque le soleil n'éclaire plus que les montagnes du côté opposé.

A la lettre qui indique la direction du vent d'en bas, on joint un des chiffres suivants pour indiquer l'intensité:

0. Calme complet, ou vent si faible qu'il entraîne à peine la fumée des cheminées.

1. Vent qui agite seulement les feuilles des arbres.

2. Vent qui courbe les petites branches et chasse les feuilles mortes sur les chemins.

3. Vent fort, qui soulève la poussière et siffle dans les maisons.

4. Vent violent, qui peut déraciner les arbres; ouragan, bourrasque.

— Si l'on hésite entre deux chiffres, on les inscrit tous les deux, l'un à côté de l'autre. Dans une vallée étroite, le vent d'en bas prend ordinairement une direction conforme à celle de la vallée, et souvent tourbillonne. On peut indiquer ces circonstances d'après la configuration des lieux, au lieu d'employer les notations normales.

II. — État du ciel. — On le note une seule fois, dans la matinée, si le temps est à peu près le même pendant 24 heures. Autrement, on note les changements survenus vers midi, le soir et dans la nuit. — On se sert des mots suivants:

Beau, — si le ciel est sans nuages.

Beau avec vapeurs, — s'il y a dans l'air des vapeurs blanches qui ternissent le ciel.

Peu nuageux, — s'il y a des nuages couvrant environ le quart du ciel.

Nuageux, — s'il y en a de quoi couvrir la moitié du ciel.

Très-nuageux, — s'ils en couvrent les trois quarts.

Couvert, — si le ciel est tout couvert de nuages sans éclaircies.

Brouillard. — *Faible* ou *intense*, *dans la vallée; sur le flanc* ou *au sommet des montagnes* qui la forment; — *nuages le long des cimes lointaines*.

Bruine. — Pluie très-fine, dont on distingue à peine les gouttes.

Pluie. — *Continue* ou *par averses*, *médiocre* ou *abondante*.

Neige. — Quelle épaisseur tombée chaque jour.

Grésil. — Averses de neige tassée en forme de grêlons pendant le printemps.

Rosée. — *Médiocre* ou *abondante*.

Gelée blanche. — Effet du gel sur les plantes basses et sur les plantes hautes.

III. — ORAGES. — Dans quel point de l'horizon, dans quelle vallée, ou sur quelle cime les nuages orageux prennent naissance ; — à quelle heure ils ont paru.

Dans quelle direction ils s'étendent ou s'avancent, — à quelle heure on reçoit la pluie ou la grêle, — à quelle heure elle cesse de tomber.

La pluie ou la grêle a-t-elle été précédée ou suivie de coups de vent.

Sur quelle étendue de pays est tombée la grêle ou la pluie d'orage.

Eclairs et tonnerres. — Accidents occasionnés par la grêle et par la foudre ; — si l'on a connaissance d'orages lointains ; si l'on a entendu le tonnerre au loin.

Eclairs de chaleur. — A quelle heure et dans quel point du ciel on les a remarqués.

— Les autres phénomènes accidentels sont les tremblements de terre, les météores lumineux, les trombes, etc. Tout ce qui concerne les orages est d'un grand intérêt.

IV. — MODE D'INSCRIPTION DES OBSERVATIONS SUR LE REGISTRE. — Il convient qu'il y ait une page de 31 lignes par mois.

Chaque page doit contenir une première colonne où l'on inscrit la date du jour.

Si l'on a des instruments, il faut une ou plusieurs colonnes pour chaque instrument.

Si l'on n'a pas d'instruments, il faut une colonne pour le vent d'en haut, deux colonnes pour le vent d'en bas, une large colonne pour l'état du ciel.

Les orages et autres phénomènes plus rares s'inscrivent à

part, au bas de la page, ou sur le *verso*, en indiquant la date.

Suit un modèle d'inscription :

VILLE OU HAMEAU DE MOIS DE OBSERVATEUR, M.

Jours du mois.	VENT d'en haut (le matin).	VENT D'EN BAS.		ÉTAT DU CIEL.
		Le matin.	Le soir.	
1	N.	N. 1.	N. 1-2.	Beau. — Nuages blancs sur les cimes lointaines à l'est *(nommer les montagnes, si on les connaît)*.
:				
5	S.-E.	S.-E. 2	N. 1.	Le matin, brouillard dans la vallée ; vers midi, brouillard intense sur la montagne au nord, ciel nuageux ; dans la nuit, nuageux.
:				
10	S.	S. 1.	S. 1.	Le matin, couvert ; pluie continue à partir de midi, peu abondante.

NOTE

SUR DES

EXPÉRIENCES RELATIVES A L'ÉCOULEMENT DU GAZ DE L'ÉCLAIRAGE

PAR LA CONDUITE DE LA COMPAGNIE GRENOBLOISE, A GRENOBLE ;

Par M. J.-M. SEGUIN.

Les expériences dont on va rendre compte ont été faites, dans l'usine à gaz de la Compagnie grenobloise, par MM. H. Breton, H. Giroud et Seguin.

Toute recherche ayant pour but de déterminer la quantité de gaz consommée pour le service de l'éclairage, dans des circonstances données, intéresse naturellement l'économie de l'usine. Les indications pratiques fournies par nos expériences peuvent donc être utiles dans l'occasion, et la Société jugera s'il est bon de les consigner dans son Bulletin.

Nous avons voulu savoir comment la pression influe sur l'écoulement du gaz, par la conduite qui sert pour l'éclairage de la ville.

L'écoulement a lieu en vertu de l'excès de la pression que le gaz supporte dans son réservoir, sur la pression que l'atmosphère exerce à l'orifice par où il s'échappe. Cet excès est mesuré par la hauteur d'une colonne d'eau au moyen des manomètres. Mais le réservoir du gaz se compose du gazomètre et des tuyaux de conduite ; et, pour des raisons connues, la pression intérieure n'est pas la même dans toute l'étendue de ce récipient compliqué : elle est plus faible dans la ville, aux extrémités de la canalisation, que dans l'usine, tout près du gazomètre. Il importerait au gérant de connaître à chaque instant, sans quitter l'usine, l'excès de pression qui a lieu, sur les différents points de la ville, entre le gaz intérieur et l'air extérieur. Ce résultat ne peut pas être réalisé complétement ; toutefois, nos expériences ont été faites dans les conditions les plus favorables à ce point de vue. En effet, la Compagnie possède actuellement deux conduites principales, qui partent séparément de l'usine et ne se rejoignent, par les ramifications, qu'aux environs du jardin de la Préfecture. Nous fermions la tête de la conduite qui a été récemment établie ; le gaz passait donc en entier du gazomètre dans l'ancien canal, se distribuait dans les tuyaux, et revenait se répandre dans la nouvelle conduite avec une pression sensiblement égale à celle qu'on observait au bureau de ville (1). Nous observions nous-mêmes, à l'usine, avec les manomètres placés sur la nouvelle conduite, l'excès de cette pression sur la pression atmosphérique, telle qu'elle était dans notre station.

Les volumes de gaz écoulés étaient mesurés par le grand compteur de l'usine. Le temps était marqué par un chronomètre à pointage.

Il va sans dire que les appareils de l'usine, manomètres et compteurs à gaz, ne sont pas des instruments de précision.

---

(1) M. H. Giroud a pris un brevet pour l'artifice qui consisterait à ramener la pression de la ville à l'usine par un tuyau supplémentaire.

Aussi, nos expériences ne prétendent qu'à une approximation suffisante pour la pratique. Pour leur donner plus de portée scientifique, il eût fallu les multiplier à notre aise, ce que nous n'avons pu faire, malgré toute l'obligeance du gérant, à cause des exigences d'un service qui ne souffre ni retards, ni variations.

I. — EXPÉRIENCES SUR LES FUITES QUI ONT LIEU PENDANT LE JOUR.

Les expériences sur les fuites du gaz par les fissures de la conduite ont été faites, le 28 juillet 1856, de midi 3/4 à 3 heures. Dans cet intervalle de temps, il ne devait pas y avoir de becs ouverts dans la ville. La température de l'air, dans la salle du compteur, était de 25°5. La température, prise dans la rue Montorge, par M. Demarchi, a varié de 25° à 26°. La hauteur barométrique, réduite à 0°, était de 745^{mm}, à midi, chez le même. Elle a diminué de 2^{mm}, de midi à 3 h.

Les pressions étaient observées sur le manomètre à flotteur et à cadran de la nouvelle conduite. Sous chaque pression, on laissait écouler 5 ou 6 mètres cubes de gaz. On a inscrit dans le tableau suivant, sous le titre de *dépense*, les nombres de litres écoulés pendant 1 minute.

PRESSION.	DÉPENSE observée.	DÉPENSE calculée.	EXCÈS du calcul.	ERREUR relative.
9^{mm} 4	130 lit. 0	132 lit. 1	+ 1 lit. 9	1/68
19 8	262 0	257 1	— 4 9	1/52
28 2	359 3	355 2	— 4 1	1/90
40 2	487 8	493 3	+ 5 5	1/88

Les physiciens et les géomètres qui se sont occupés du mouvement des fluides ont trouvé que les vitesses d'écoulement soit des liquides, soit des gaz, sont proportionnelles aux racines carrées des pressions qui les produisent, lorsque l'écoulement a lieu en mince paroi ou par des tuyaux assez larges; qu'elles sont proportionnelles aux pressions, lorsque l'écoulement a lieu par des tubes très-étroits ou capillaires.

Les nombres de la 2e colonne du tableau, qui représentent les dépenses observées, ne sont proportionnels ni à ceux de la 1re colonne, qui représentent les pressions, ni à leurs racines carrées. Ils suivent une loi intermédiaire. La dépense croît plus rapidement que la racine carrée de la pression, mais moins rapidement que la pression elle-même, comme si les orifices par où les fuites ont lieu, savoir: fentes, pertuis, becs accidentellement ouverts, participaient à la fois aux conditions d'écoulement des deux cas qui viennent d'être mentionnés.

J'ai donc essayé de représenter les dépenses par une formule à deux termes : l'un proportionnel à la racine carrée de la pression, l'autre proportionnel à la pression, savoir :

$$D = a\sqrt{P} + b\ P.$$

En cherchant les valeurs les plus convenables des coefficients a et b, soit d'après les données des expériences, soit à l'aide de quelques tâtonnements, j'ai trouvé qu'on pouvait donner aux deux coefficients la même valeur 10,6. La formule devient donc :

$$D = 10{,}6\ (\sqrt{P} + P).$$

C'est au moyen de cette formule qu'on a calculé les nombres inscrits dans la 3e colonne, sous le titre : *dépense calculée*. On voit, par les deux dernières colonnes, avec quelle approximation elle donne la dépense correspondante à une certaine pression, par comparaison avec la dépense effectivement observée (1).

II. — EXPÉRIENCES SUR LA DÉPENSE OCCASIONNÉE PAR L'ÉCLAIRAGE PUBLIC.

Cette seconde série d'expériences a été faite dans la nuit du 19 au 20 août 1856. Elle a été commencée à minuit 25 minutes, et terminée à 2 h. 15 m. On peut supposer que, pendant ce temps, la dépense a eu lieu à peu près uniquement par les becs de l'éclairage public. Cependant, en examinant de très-près les résultats obtenus, et en tenant compte de quelques circonstances non relatées dans cette note, on est porté à penser que quelques becs ont pu être fermés pendant les observations.

La température, près du compteur à gaz, s'est maintenue à 18° 5. La température, dans la rue Montorge, a dû être de 18° environ. La pression atmosphérique a dû être aussi d'environ 737^{mm}. On s'est assuré qu'elle n'a varié que de 0^{mm} 2, pendant les expériences. Les pressions du gaz étaient prises sur le manomètre à eau, sans flotteur ni cadran, de la nouvelle conduite : les indications du manomètre à cadran auraient été, ce jour-là, un peu plus fortes, d'autant plus que la pression était plus élevée. La quantité de gaz écoulée pendant la durée de chaque expérience a varié de 3 à 6 mètres cubes. On notait, comme dans la 1re série, les intervalles de temps par

---

(1) Puisqu'une seule formule représente avec assez d'approximation les résultats d'expériences faites sous des pressions très-différentes, il est clair que deux formules dont chacune aurait ses coefficients déterminés par une couple d'expériences, comme dans le deuxième paragraphe, devraient donner avec une grande exactitude les dépenses correspondantes à toutes les pressions intermédiaires.

chaque mètre cube écoulé. La dépense est inscrite, dans le tableau suivant, en litres, pour 1 minute de temps.

N^{os} des expériences.	PRESSION.	DÉPENSE observée.	DÉPENSE calculée.	EXCÈS du calcul.	ERREUR relative.
1	8mm. 67	426 lit. 1	421 lit. 8	— 4 lit. 3	1/98
2	10 00	471 5	473 8	+ 2 3	1/206
3	13 75	580 4	585 1	+ 4 7	1/123
4	16 00	722 9	722 4	— 0 5	»
5	20 50	831 4	835 7	+ 4 3	1/194
6	25 50	916 0	951 2	+ 35 2	1/26 (*)
7	28 00	1007 0	1006 0	— 1 0	»
8	31 00	1061 0	1060 5	— 0 5	»
9	33 00	1103 5	1110 9	+ 7 4	1/150

(*) Il y a eu 4 m. c. écoulés dans cette expérience ; la durée de l'écoulement a été notablement plus petite pour les deux derniers que pour les deux premiers. En adoptant une durée plus petite que la durée moyenne des 4 m. c., il y aurait beaucoup moins de différence entre le calcul et l'observation.

Les dépenses observées suivent encore une progression intermédiaire entre celle des racines carrées des pressions et celle des pressions. Il sera donc encore possible de les représenter par la formule :

$$D = a\sqrt{P} + b\sqrt{P}.$$

Mais il est difficile d'obtenir une approximation satisfaisante avec un seul groupe de coefficients numériques. J'ai donc calculé numériquement deux formules.

L'une, obtenue avec quelques tâtonnements, a servi à calculer les trois premiers nombres de la 4e colonne. On voit qu'elle donne, pour les dépenses, des nombres peu différents de ceux qui ont été réellement observés dans les expériences 1, 2 et 3. Elle pourra donc servir à calculer les dépenses correspondantes à toutes les pressions comprises entre 8^{mm} et 14^{mm}. Cette première formule est :

$$D = 55\sqrt{P} + 30\,P.$$

L'autre a ses coefficients déduits immédiatement des données des expériences 4 et 7. Elle a servi à calculer les nombres de la 4ᵉ colonne, à partir du quatrième, et on voit encore que ces nombres sont très-rapprochés de ceux qui représentent les dépenses observées. On pourra donc, pour calculer les dépenses qui doivent avoir lieu sous des pressions comprises entre 15^{mm} et 33^{mm}, se servir de cette seconde formule qui est :

$$D = 151\sqrt{P} + 7{,}4\,P.$$

Dans les deux formules qui représentent les expériences relatives à l'éclairage public, le coefficient de $\sqrt{P}$ est plus grand que le coefficient de P, tandis que les deux coefficients avaient la même valeur dans le cas des fuites. Il paraît que, dans le cas de l'éclairage, l'écoulement ayant lieu à la fois par des becs ouverts et par des fissures, les becs étant eux-mêmes des tubes assez étroits, sans être cependant capillaires, la loi de la dépense se rapproche plus de la racine carrée de la pression que dans le cas où l'écoulement est réduit aux fuites.

Il y a lieu de remarquer aussi que, dans les formules de la 2ᵉ série d'expériences, le terme proportionnel à la racine carrée de la pression prend de plus en plus la prépondérance sur l'autre, à mesure que la pression devient plus grande. La même remarque se déduirait des expériences faites sur les fuites pendant le jour. Nous avons adopté, pour en représenter l'ensemble, une formule dans laquelle les deux coefficients sont égaux. Mais si on calcule les coefficients avec les données des deux premières expériences, pour les pressions $9^{mm}4$ et $19^{mm}8$, on trouve : $D = 9\sqrt{P} + 11.2\,P$; tandis qu'avec les données des deux dernières expériences, faites sous les pressions 28^{mm} 2 et 40^{mm} 2, on obtient : $D = 19\sqrt{P} + 9\ P$.

Les deux remarques précédentes sont confirmées par une autre série d'expériences que nous avons faites sur l'écoulement du gaz, par un bec unique de 20 trous, implanté immédiatement sur un petit compteur qui mesurait le gaz écoulé, et qui portait aussi un manomètre. Les pressions ont été de 5, de 10 et de 20^{mm}. Si on calcule les valeurs numériques des coefficients de la formule $D = a\sqrt{P} + b\ P$, en prenant ces expériences deux par deux, le rapport du coefficient a au coefficient b est d'autant plus grand que les deux pressions dont on fait usage pour ce calcul sont plus fortes.

En outre, le coefficient de la racine carrée a encore plus de prépondérance sur le coefficient de la pression dans ces dernières expériences, que dans les expériences relatives à l'éclairage public.

SUR LE PLATINE DES ALPES,

Par M. Emile GUEYMARD,

Ingénieur en chef Directeur des mines, Professeur doyen à la Faculté des Sciences de Grenoble, Officier de la Légion d'honneur (1).

La découverte de ce métal précieux remonte au milieu de 1847. Depuis cette époque jusqu'à ce jour, j'ai poursuivi mes recherches sans interruption et presque tous les ans; je les ai communiquées à l'institut et au ministère des travaux publics. Cinq mémoires ont paru dans les *Annales des Mines*, dans les comptes-rendus de l'académie des sciences, dans les procès-verbaux imprimés du conseil général de l'Isère, dans quelques autres recueils scientifiques.

(1) Extrait du 1er Mémoire.

J'ai réuni encore de nouveaux matériaux pour rédiger bientôt un sixième mémoire.

Ces recherches très-laborieuses pour reconnaître la présence du platine, et, plus tard, pour le doser par des queurs titrées, ont subi des phases diverses dans les manipulations chimiques. Si j'étais arrivé, en 1848, au point où j'en suis actuellement, les cinq mémoires auraient pu se résumer en un seul tableau. Mais tous les hommes de science qui ont été saisis de questions vierges savent combien de semblables problèmes sont hérissés de difficultés. Trop heureux, encore, lorsque les premiers auteurs peuvent planter quelques jalons pour indiquer la route qui doit être suivie plus tard par des hommes plus habiles.

J'ai reconnu la présence du platine, pour la première fois, dans les cuivres gris du Chapeau, vallée du Drac (Hautes-Alpes).

Le gîte du cuivre gris se trouvait dans les calcaires métamorphiques du lias, emprisonnés entre les protogines et les spilites dits variolites du Drac. Ces cuivres gris sont très-argentifères, puisqu'ils renferment depuis quelques grammes juoqu'à 12 kilog. d'argent sur 100 kilog. de minerai pur. Cette richesse change à chaque instant, et rarement deux échantillons donnent le même produit.

Outre le cuivre et l'argent, ces minerais contiennent de l'antimoine, du plomb, du zinc, du fer, de l'arsenic et du soufre. La gangue est un mélange de dolomie, de quartz et de baryte.

En 1847, le platine se trouvait dans les alluvions de la Colombie, de l'Oural, du Brésil, de Saint-Domingue; dans les roches de diorite des hautes montagnes de la Colombie (Boussingault), et dans les serpentines de l'Oural (Leplay). Ce métal n'appartenait qu'à ces localités, et personne n'avait eu la pensée de rechercher le platine dans les Alpes.

Les gîtes platinifères des Alpes n'ont pas le moindre rapport avec ceux que je viens de citer.

On trouvera dans les *Annales des Mines*, 4e série, volume 16, tous les détails de mes nombreux essais et analyses. Ils ne peuvent pas trouver place ici.

Qu'il me suffise d'indiquer qu'en 1847 je fis plusieurs essais dans mon laboratoire, avec le savant Beudant. Il fut heureux d'emporter à Paris la nouvelle de la découverte du platine dans les cuivres gris du Chapeau.

M. l'inspecteur général de Bonnard voulut bien se charger de remettre à mon digne maître, M. Berthier, de l'institut, aussi inspecteur général des mines, des échantillons. Il eut l'obligeance de faire les analyses.

En même temps, j'avais remis des échantillons à M. Vicat, ancien élève de l'école polytechnique, pour l'engager à rechercher quelques-uns des métaux qui accompagnent le platine. J'avais déjà trouvé, dans les boutons de retour, des indices douteux de rhodium. Après deux ans de recherches et d'études, M. Vicat constata la présence du rhodium dans le cuivre gris du Chapeau.

Dans sa lettre du 2 février 1848, M. Berthier me donnait beaucoup d'espérance, car il avait reconnu la présence du platine dans les échantillons que je lui avais adressés, en ajoutant que dans les boutons de retour il avait constaté des indices d'un métal analogue à ceux qui accompagnent le platine, mais en si petite quantité, que sa nature était difficile à préciser.

Ces premiers succès me déterminèrent à faire d'autres courses et je constatai la présence du platine :

1° Dans les bournonites de St-Arey, près La Mure (Isère);

2° Dans les cuivres carbonatés du Plan des Cavales, dans la montagne des Rousses, Oisans (Isère);

3° Dans un cuivre gris, sur la rive droite du Bens, commune de Presles (Savoie).

Dans tous ces gisements, le platine n'était pas distribué uniformément dans le minerai. Beaucoup d'échantillons n'en donnaient pas trace; d'autres présentaient le platine d'une manière satisfaisante. Quelques-uns offraient ce métal pouvant être dosé sur 20 grammes de minerai.

Je fis part de ces résultats à mes amis de Paris; mais les personnes qui ne me connaissaient pas assez ne crurent pas à la découverte du platine dans les filons métalliques des Alpes. Je l'avais prévu et j'avais adressé à M. le ministre des travaux publics une caisse d'échantillons pour faire exécuter des analyses au laboratoire de chimie de l'école des mines. Cette mission fut confiée à M. l'ingénieur des mines Ebelmen.

Son travail terminé, il adressa son rapport (1) à M. le ministre. Ses conclusions furent favorables aux résultats que j'avais fait connaître, déjà contrôlés par M. Berthier.

M. Ebelmen a constaté:

1° Que le platine est réparti d'une manière fort irrégulière dans les filons où se trouvent les minerais analysés;

2° Qu'il existe de la manière la plus évidente, en petite quantité, mais pouvant être dosé, dans quelques échantillons;

3° Que les boutons de retour ont donné de faibles traces des métaux qui accompagnent le platine, vraisemblablement du rhodium ou de l'iridium.

Cette découverte affirmée, contrôlée par les deux célèbres chimistes que j'ai cités, MM. Berthier et Ebelmen, leurs écrits publiés, lus à l'institut, personne ne pouvait plus, désormais, douter de l'existence du platine dans les Alpes du Dauphiné et de la Savoie.

Plus tard, et postérieurement à ce mémoire, M. l'ingénieur Rivot, professeur de docimasie à l'école des mines de Paris,

---

(1) *Annales des Mines*, 4e série, vol. 16, p. 505.

a fait plusieurs analyses sur d'autres échantillons. Il a constaté la présence du platine dans les minerais où j'avais trouvé ce métal.

MÉMOIRE

SUR

LES GRANDS OSSEMENTS FOSSILES DU DAUPHINÉ;

Par M. le Docteur CHARVET, professeur à la Faculté des sciences de Grenoble.

En pratiquant des fouilles pour creuser un tunnel près de Voiron, on trouva, le 11 avril 1856, dans une couche de graviers, à 16 mètres 50 au-dessous du sol, une dent d'éléphant qui fut déposée à Grenoble dans les bureaux de la compagnie du chemin de fer de Saint-Rambert, où je l'ai vue.

La pièce est en mauvais état, ses feuillets se délitent, sa substance est presque réduite à l'état de craie; elle est comme calcinée et happe fortement à la langue. Evidemment, la substance animale est presque détruite, et il ne reste que la matière calcaire.

Le fragment existant forme le tiers au plus de la dent totale dont il a fait partie; sa longueur est de 7 centimètres et demi environ, et sur cette longueur, il y a huit à neuf doubles lames d'émail formées de plaques minces parallèles entre elles et très-rapprochées.

Ces caractères suffisent pour reconnaître que cette dent ne provient ni de l'éléphant d'Afrique, dont les feuillets d'émail sont disposés en losanges, ni de l'éléphant d'Asie, dont les dents, à la vérité, ont leurs feuillets parallèles comme dans la pièce trouvée à Voiron, mais dont les feuillets sont moins rapprochés, c'est-à-dire moins nombreux sur une longueur donnée. Ce fragment appartient évidemment à l'espèce fossile

Elephas primigenius, dont les caractères spécifiques ont été entrevus par Merck, et successivement confirmés et complétés par Camper, Blumenback, Cuvier et Geoffroy-Saint-Hilaire.

La distinction des éléphants, indien et fossile, comme espèces est regardée comme douteuse par Blainville, qui, ne trouvant pas dans les caractères signalés par ses prédécesseurs une valeur suffisante pour constituer deux espèces, n'y voit peut-être que deux variétés d'une même espèce ; mais il reconnaît toutefois que ces deux espèces ou variétés sont assez différentes pour qu'on puisse toujours distinguer si une dent provient d'un individu fossile ou d'un individu de la race encore vivante aujourd'hui dans l'Inde. Outre la plus grande multiplicité des feuillets dentaires sur une longueur donnée, l'éléphant fossile a ses lignes d'émail plus minces, moins festonnées que l'éléphant de l'Inde, et la largeur proportionnelle de la dent, en totalité, est beaucoup plus grande que dans l'espèce vivante. Ce dernier caractère n'a pas pu être constaté sur la dent de Voiron, puisqu'il n'en reste qu'une portion ; mais sur cette portion se retrouvent tous les autres caractères propres à l'espèce fossile.

Cette dent n'a donc pas appartenu à un individu qui aurait été amené accidentellement sur les lieux, comme on aurait pu le supposer de l'une des deux espèces vivantes, et particulièrement de l'éléphant d'Afrique, que quelques peuples anciens employaient parfois dans leurs expéditions militaires et importaient ainsi dans des contrées où ces animaux ne se trouvaient pas naturellement. D'ailleurs, cette supposition, qui se discutait encore vivement il y a un demi-siècle, n'offre plus aucun intérêt aujourd'hui que tant de faits sont venus la démentir. Cette dent a appartenu à un individu de l'espèce éteinte, espèce qui habitait les localités où on trouve ses restes ; car cette pièce n'est pas la seule qu'on ait découverte dans nos pays. On a trouvé à diverses époques, dans la partie inférieure du bassin de l'Isère, et aussi dans le bassin du Rhône, particulièrement dans un certain rayon aux environs du confluent des vallées de l'Isère et du Rhône, des éléphants fossiles ou d'autres éléphantoïdes, mastodonte et dinotherium, et ces fossiles sont disséminés dans des localités assez nombreuses et assez distantes les unes des autres pour ne laisser aucun doute sur l'état indigène des animaux qui les ont fournis.

G. Cuvier (1) et Blainville (2) ont donné le catalogue de toutes les découvertes de ce genre dans les diverses contrées du globe, et, dans cet inventaire, les ossements fossiles du Dauphiné et des départements limitrophes n'ont pas été oubliés. Cependant, quelques-unes des publications qui y sont relatives étant peu connues, et, en outre, les collections de la ville et de la faculté des sciences de Grenoble contenant des pièces inédites, j'ai cru utile d'en présenter ici le catalogue aussi complet que j'ai pu le faire. La première découverte dont la tradition nous soit parvenue est du milieu du XVe siècle.

1. En 1456, sous le règne de Charles VII (3), le Rhône mit à découvert des ossements de géant à Crussol, en Vivarais, près du bourg de Saint-Péray, vis-à-vis de Valence. Le dauphin Louis, qui fut ensuite Louis XI, habitait alors le Dauphiné, et voulut recueillir lui-même le témoignage de cette découverte.

Plusieurs de ces os furent portés à Bourges et suspendus dans la Sainte-Chapelle de cette ville, où ils restèrent fort longtemps.

2. Environ un siècle après, vers 1564, des paysans trou-

(1) *Ossements fossiles*, 2e édit. t. II, pag. 50.

(2) *Ostéographie*, fasc. 16, p. 139.

(3) Fulgosius. *De dictis factisque memorabil.*, lib. 1, cap. 6.

vèrent, dans la même localité, de grands os qui sortaient de terre sur un sol en pente; ils en firent l'extraction, et Cassanione, qui habitait alors à Valence, les considéra comme des os de géant. Deux dents faisaient partie de ces fossiles, et la description donnée par Cassanione (1) prouve que c'étaient des molaires d'éléphant. L'une d'elles fut conservée au château de Charmes.

3. Le même auteur dit aussi (2) que l'on montrait, en 1580, comme provenant d'un géant, des os qui avaient été déterrés, quelques années auparavant, sur une colline qui domine le bourg de Tain, en Dauphiné.

4. Le 11 janvier 1613, sur la terre du seigneur de Langon, gentilhomme dauphinois, fut trouvé, près des masures du château de Chaumont, entre les villes de Mont-Rigaud, de Serres et de Saint-Antoine, en une sablonnière, à 18 pieds de profondeur, etc....... suit l'indication d'ossements gigantesqnes qui furent extraits de la sablonnière, et qu'un nommé Pierre Mazurier, maître chirurgien à Beaurepaire, transporta de ville en ville, les montrant, pour de l'argent, comme les os du géant Tentobochus, roi des Cimbres et des Teutons, qui furent défaits par Marius, l'an 150 avant l'ère chrétienne.

Ces os existent encore, au moins en partie; ils appartiennent à M. le comte de Saint-Ferriol, qui en a donné quelques-uns au museum d'histoire naturelle de Paris.

5. En 1667 (1) on découvrit des os et des dents, dont chacun pesait dix livres, dans une prairie, auprès du château de Mollard, dans le diocèse de Vienne.

6. Réaumur, dans un mémoire sur les mines de turquoises

---

(1) Cassanione, *De gigantibus*, p. 61.
(2) L. c., p. 64.
(3) Calmet. *Dictionnaire de la Bible*, t. II, p. 161.

du royaume (1), donne la figure d'une molaire de dinotherium, que Jussieu avait fait dessiner à Lyon, et qui, avant de lui appartenir, avait été d'abord dans le cabinet de M. de Monconys, puis dans celui de M. Pestalossi, médecin à Lyon. La provenance de cette dent n'est pas indiquée, mais il est très-probable qu'elle venait de l'une des localités voisines de Lyon, où l'on a trouvé des pièces analogues.

7. H. Sloane, naturaliste irlandais, remarquable par l'étendue de ses connaissances, dans un Mémoire *Sur les dents et autres ossements de l'éléphant trouvé dans terre* (2), après avoir rappelé les découvertes faites, en 1456 et en 1564, de prétendus os de géants, aux environs de Valence; la dent molaire déposée au château de Charmes, etc.; après avoir dit que toutes ces dents sont des molaires d'éléphants, et conséquemment « les autres os, les os d'un éléphant », ajoute (3) :
« Ce qui me confirme dans mes conjectures sur l'origine de « ces os, c'est que j'en vis quelques-uns *trouvés là dans le « voisinage*, qu'un marchand françois, homme fort curieux, « apporta dans ce pays-ci, et qui me semblaient être les os « d'un éléphant. »

8. C'est très-probablement aussi de *ce voisinage* que provenaient les grands os que B. de Jussieu avait vus suspendus dans une église de Valence, où on les conservait comme des os de géant (4).

9. En 1760, il fut trouvé en Dauphiné, dans une terre de M. de Valarnod, près de Saint-Vallier, à demi-quart de lieue du Rhône et à 80 pieds d'élévation au-dessus du fleuve, dans

(1) *Mém. de l'Acad. des Scienc. de Paris*, 1715, p. 174, et pl. VIII, fig. 17 et 18.

(2) *Mém. de l'Acad. des Scienc. de Paris*, 1727, p. 305.

(3) L. c., p. 323.

(4) Cuvier. *Ossements fossiles*, t. II, p. 56.

une terre graveleuse mêlée de cailloux, des os fossiles au nombre de six ou sept pièces, dont une mâchelière d'éléphant (1).

10. Rozier a décrit et figuré, dans le *Journal de physique* (2), une molaire de dinothérium, qui avait été trouvée aux environs de Vienne, par un curé nommé Gaillard.

11. Une autre dent molaire de dinotherium fut déterrée à Grenoble, sur le bord de l'Isère, en creusant les fondations d'un bâtiment sur le terrain des Cordeliers de cette ville. Un religieux du couvent, M. Ducros, devenu plus tard bibliothécaire de la ville, donna cette dent à Faujas Saint-Fond, et, après la mort de celui-ci, un géologue anglais, Robert Bakewell, en fit l'acquisition. Elle a été figurée par Cuvier (3) comme une dent de tapir gigantesque (4).

12. Giraud-Soulavie, dans son *Histoire naturelle de la France méridionale* (5), après avoir rappelé plusieurs des dé-

---

(1) La Tourrette, *Mém. de l'Acad. des Scienc.*, t. IX, des savants étrangers, p. 747.

(2) *Journ. de physiq.*, t. I, p. 135, 1773.

(3) *Ossements foss.*, pl. 73, fig. 7, et texte, t. III, p. 311.

(4) C'est aussi dans les environs de Grenoble que furent trouvées deux dents de rhinocéros conservées au cabinet de Grenoble; je les indique ici sans numéro d'ordre, puisque nous nous occupons exclusivement des éléphantoïdes. Cuvier ne fait que les indiquer : « M. Breton, professeur à Grenoble, nous a adressé les modèles d'une mâchelière supérieure et d'une inférieure, conservées au cabinet de cette ville et trouvées dans les environs. » (L. c., t. III, p. 97.) Blainville dit dans son *Ostéographie*, fascic. 20, p. 202 : « J'ai vu les deux moules en plâtre envoyés par M. Breton. Ils sont faits d'après des dents trop frustes et trop usées pour qu'on puisse dire ce que c'est; on peut cependant admettre avec probabilité que l'une est une seconde supérieure droite, avec bourrelet interne, du *rhinocéros leptorrhinus*, et la seconde, une troisième ou quatrième inférieure gauche du même. »

(5) T. III, p. 97.

couvertes dont nous venons de parler, en fait aussi connaître une : « La plus remarquable des découvertes qu'on ait faites en « ce genre est sans doute celle d'un squelette presque entier « d'éléphant, dans les environs de la Voûte. Ces os gigan- « tesques furent employés par le propriétaire d'une vigne à la « construction d'une muraille pour soutenir le terrain dis- « posé en pente... M. Rast, chevalier de Saint-Louis, m'ayant « fait part de cette découverte, j'observai que ce sol était com- « posé de terre et de pierres détachées des montagnes plus « élevées, et que le lieu où le squelette est devenu fossile est « de formation récente. »

La bibliothèque de Grenoble possède une petite brochure peu répandue, intitulée : *Mémoire sur les fossiles du bas Dauphiné*, par D. G., officier réformé (1). L'exemplaire de notre bibliothèque porte en suscription qu'il est offert à M. Ducros par l'éditeur, et le titre porte en annotation manuscrite le nom de Genton, sous les initiales D. G. de l'auteur anonyme.

Voici ce que dit Genton concernant les os fossiles ;

13. « Parmi les ossements fossiles que j'ai découverts dans « les montagnes du bas Dauphiné, les uns étaient à fleur « de terre, épars çà et là ; les autres, dans des couches de « sable, de pierres arénacées, de graviers même liés par un « suc lapidifique... J'ai examiné des côtes d'un volume con- « sidérable. »

Cette indication est la seule qui puisse s'appliquer évidemment à des espèces de très-grande taille. Plus loin, l'auteur signale le hameau du Barri, où il a trouvé « des ossements fossiles en plus grande quantité que partout ailleurs... » et il énumère dix os ou fragments d'os trouvés près de Barri, dans une couche de sable, mais sans descriptions ni mensu-

(1) In-12. Avignon, François Seguin, 1781.

rations qui puissent faire connaître ou même présumer à quelles espèces ces os ont appartenu.

A la page 98, Genton parle encore d'os fossiles « trouvés « près de Saint-Restitut, dans des couches très-dures de « roches composées, dont une première pièce de sternum, aux « parties latérales de laquelle on observe plusieurs échan- « crures, dont la supérieure, qui est la plus considérable, « est destinée à recevoir une des extrémités de la clavicule. » (Cette pièce ne provenait donc pas d'une espèce éléphantoïde, si toutefois l'on peut s'en rapporter aux connaissances anatomiques de l'auteur). Suit l'énumération de plusieurs vertèbres et autres os.

Enfin, à la page 101, il est question de « plusieurs « fragments des autres parties qui concourent à former un « squelette, auxquelles on ne saurait assigner leurs places : « elles ont été si mutilées, qu'elles sont devenues méconnais- « sables....... »

« Dans la partie de la montagne de Sainte-Juste, située « au nord, dans une couche de pierre arénacée, j'ai en- « core découvert une quantité prodigieuse d'ossements fos- « siles entièrement pétrifiés, mais absolument brisés. Dans « différentes parties de la montagne de Clansayes, dans « celle de Châtillon, dans le comté de Suze, on trouve « également des os fossiles, mais dans une conservation au- « dessous du médiocre. »

14. En 1814, on trouva près de Vienne une mâchelière d'éléphant bien conservée, qui était enfouie dans un lit de graviers. Recueillie par M. Guillermin, alors maire de Vienne, cette dent fut envoyée au muséum d'histoire naturelle de Paris, où elle est aujourd'hui (1).

(1) Cuvier, t. II, p. 57.

15. Le savant ingénieur Polonceau en a envoyé une autre de la même localité, peu de temps après.

16. En énumérant les gîtes connus du mastodonte à dents étroites, Cuvier (1), dit : « Depuis ma première édition il m'en a été présenté une dent, du département de l'Isère. » Il n'indique pas de localité.

17. Blainville (2) a vu une dent du mastodonte à dents étroites, qui provenait des environs de Valence, mais sans autre indication.

18. Une autre dent molaire du mastodonte à dents étroites fut trouvée, vers 1840, dans un bloc de lignite de Pommiers, près Voreppe, et me fut donnée par M. Jules Breton, mon parent. J'en ai publié la description dans le *Bulletin de la Société géologique de France* (3). Cette dent, que j'ai donnée à la collection de la faculté des sciences de Grenoble, s'est en partie délitée depuis son exposition à l'air. Elle n'était accompagnée d'aucun os. Les couches dans lesquelles on l'a trouvée contiennent une grande quantité de coquilles fluviatiles et terrestres, lymnées, planorbes, hélices, etc., et souvent aussi des cérites qui indiquent un certain degré de salure dans les eaux où elles ont vécu.

Ces trois dents sont d'ailleurs les seuls restes du mastodonte à dents étroites dont j'aie connaissance dans nos contrées, et elles complètent la série des fossiles éléphantoïdes trouvés dans le Dauphiné et pays limitrophes dont on a publié l'existence. Mais il en existe plusieurs autres dans les collections de la ville et de la faculté des sciences, qui n'ont pas été publiées, savoir :

---

(1) T. II, p. 331.

(2) *Ostéographie*, fascicul. 16, p. 302.

(3) T. XII, p. 396.

19. Une défense d'éléphant à peu près complète, mais en trois tronçons et en très-mauvais état, qui fait partie du cabinet de la ville. On croit savoir qu'elle a été trouvée près de Vienne.

20. Dans le même cabinet, une molaire d'éléphant fossile, assez bien conservée, et qui, selon toute probabilité, doit provenir aussi de nos environs.

21. Un fragment très-réduit, mais reconnaissable, d'une molaire d'éléphant fossile trouvée dans une couche de cailloux, sur un coteau de Moirans. Elle été recueillie en avril 1856, et donnée au musée de Grenoble par M. Repellin aîné, ex-représentant du département de l'Isère à l'assemblée nationale.

22. Dans le musée de la ville, deux os longs, de grande dimension, étiquetés : Os fossiles trouvés à Mercurol. Ils faisaient partie de l'ancien cabinet d'histoire naturelle de la ville et on n'a aucune autre indication sur leur provenance. Tous deux sont tronqués à chaque extrémité et dépourvus de toutes portions articulaires. L'un est probablement un fémur et l'autre paraît être un tibia.

Le premier, fig. 1, est un tronçon de 0m55 de longueur ; sa moindre circonférence occupe la portion moyenne du tronçon ; elle est de 0m41. L'extrémité *a*, fig. 1 *bis*, présente un relief *b*, déjeté hors de l'axe, qui a dû être la base du trochanter et un autre relief *c*, presque dans le prolongement du corps de l'os. Celui-ci paraît avoir porté la tête articulaire.

L'os fig. 2 a 0m57 de long, sa plus petite circonférence mesure 0m40. Une des extrémités, fig. 2 *bis*, *a b*, fortement comprimée, mesure 0m21 dans un sens, et 0m7 dans l'autre ; toute la portion articulaire a été détruite. L'autre extrémité, *c d*, est un peu anguleuse et subprismatique dans sa coupe, fig. 2 *ter*. Les deux os sont creusés d'un fort canal médullaire.

23. Une très-belle dent molaire de dinotherium, trouvée

dans les environs de Saint-Antoine. Elle m'a été donnée par M. Perriolat, propriétaire à Saint-Marcellin, que je dois remercier particulièrement de sa générosité. La dent est réduite à la couronne, mais à peu près intacte et bien conservée. Elle forme un cuboïde assez régulier, dont la face triturante est creusée d'un sillon transversal profond, séparant deux fortes collines à arète vive avec un bourrelet postérieur serré contre le corps de la couronne : c'est donc une avant-dernière molaire inférieure du côté gauche. Je voulais en donner la figure ; mais elle est actuellement en communication chez mon honorable collègue de la faculté des sciences de Lyon, M. Jourdan. L'émail est très-vif et a conservé un beau poli, ce qui, joint à sa teinte jaune-blond, rappelle très-bien l'aspect des silex, dits pierres à fusil. En voyant cette dent, on comprend très-bien la description que donnait la notice de Mazurier des dents de Teutobochus : « Etant chacune dent de la grosseur « du pied d'un petit taureau, quasi pétrifiée et en couleur « semblable au caillou du fusil. »

Outre les fossiles dont nous venons de faire l'énumération, il faudra y ajouter encore des os d'éléphant qui ont été recueillis aux environs de Lyon ou dans le département de l'Isère avec des os de cheval, de cerf, d'hyène, et une dent d'hippopotame, par M. Jourdan, professeur à la faculté des sciences de cette ville. Il doit en exister un certain nombre d'autres aussi de nos pays, soit dans quelques cabinets particuliers, soit dans les musées de Lyon, Vienne, Valence, etc., qui n'ont pas été indiqués jusqu'à présent.

Dans cette énumération, nous avons suivi à peu près l'ordre chronologique ; il eût mieux valu sans doute réunir les fossiles par espèces zoologiques, mais ce n'était pas possible pour tous. On ne peut déterminer les os que quand il se trouve des dents pour les caractériser, et encore faut-il que les observateurs aient décrit ou figuré ces dents. Néanmoins, nous pouvons déduire de ce qui précède quelques considérations qui ne sont pas sans intérêt. Et d'abord, nous observons que, sauf deux dents de rhinocéros Leptorrhinus, trouvées à ce qu'on croit aux environs de Grenoble, et déposées dans notre musée, toutes les autres pièces fossiles reconnaissables appartiennent ou à l'éléphant antique, ou au dinotherium géant, ou au mastodonte à dents étroites, ou peut-être à l'espèce congénère, dite à long rostre.

Du genre mastodonte, nous n'avons, comme pour le rhinocéros, que des dents isolées sans ossements concomitants. La dent du lignite de Pommiers était certainement indépendante de tous fragments osseux, et probablement les deux autres aussi, à en juger d'après les brefs renseignements reçus et transmis par Cuvier pour l'une, et par Blainville pour l'autre. Tout ce qui était ossement accompagné de dents provenait donc exclusivement ou du dinotherium géant, ou de l'éléphant fossile, et, d'après cela, il est extrêmement probable que le squelette de la Voute et que tous les autres grands os non caractérisables, faute de dents, provenaient aussi de l'une de ces deux espèces, et sans que l'on puisse distinguer ce qui provenait en particulier de l'une ou de l'autre, car il est difficile, en raison des variations de taille dans les divers individus de chaque espèce, et en raison des analogies de formes entre ces genres si voisins, de distinguer les os de dinotherium, d'éléphant et de mastodonte.

Une autre circonstance à considérer, c'est la multiplicité des fossiles et leur mode de répartition. La multiplicité avait déjà appelé l'attention, il y a plus de deux siècles, lorsque Riolan disait, dans un des mémoires qu'il publia au sujet du prétendu squelette du géant Teutobochus, que le Dauphiné était rempli de ces sortes d'os.

Quant au mode de répartition, nous avons pu remarquer que les fossiles ne sont accumulés nulle part, mais qu'ils affectent, au contraire, une dispersion irrégulière, sur un certain périmètre, dans cette partie nord-ouest du Dauphiné que

M. Scipion Gras a nommée la plaine dauphinoise (1), et qui a pour limites, au nord-est, les montagnes du Bugey ; à l'est, celles de la Grande-Chartreuse ; au sud-est, celles du Vercors, dans la Drôme ; et enfin, à l'ouest, la chaîne qui borde la rive droite du Rhône. Circonscrit de tous côtés par de hautes montagnes, le fond de ce vaste bassin est entièrement composé d'un sol meuble, en grande partie caillouteux et sablonneux, et les matériaux de transport qui le constituent proviennent, ainsi que l'a fait voir M. Gras, des déjections des hautes montagnes qui l'entourent. Ce fond, très-accidenté, est coupé par un certain nombre de vallées, dont les deux principales sont celles du Rhône à l'ouest, et de l'Isère au sud-est. Le confluent des deux vallées serait, ainsi que nous l'avons dit en commençant ce mémoire, comme le centre des gîtes à fossiles, en raison de leur plus grande multiplicité aux environs du confluent. A partir de ce centre, nous voyons les grands fossiles s'étendre dans diverses directions, surtout en amont, le long du Rhône, jusqu'à Vienne et à Lyon, où ils sont encore très-multipliés ; s'étendre aussi en amont dans la vallée de l'Isère, et en aval dans celle du Rhône ; mais, dans les trois directions, ils deviennent de plus en plus rares à mesure qu'on s'éloigne du centre désigné, quoiqu'on en trouve encore des indices, de loin en loin, jusqu'à Genève (2), à Moirans, à Grenoble, à Arbres dans l'Ardèche (3), à Riez en Provence, et, dans cette dernière direction, jusqu'à la Méditerranée.

Cette dissémination de fossiles coïncidant avec leur multiplicité dans le périmètre indiqué, et avec leur rareté, au fur et à mesure qu'on s'éloigne dans diverses directions, soit du confluent des deux vallées, soit de la plaine dauphinoise, in-

(1) *Bull. de la Soc. géolog. de France*, 2e série, t. XIV, p. 207.

(2) Cuvier. *Oss. foss.*, t. II, p. 57.

(3) Cuvier. *Ibid.*, p. 58.

dique qu'il y a eu dans cette plaine une population dont les débris se retrouvent sur les lieux mêmes où les individus vivaient et où ils sont morts. Quelques portions de squelette ont pu subir des déplacements à courte distance, par suite d'éboulements de terrain ou par d'autres accidents locaux et individuels pour ainsi dire; mais la plupart sont *en place*, et n'ont pas été amenés de loin par des cours d'eau ou par d'autres causes agissant en grand, car on aurait alors un de ces riches dépôts ossifères que la science a exploités, en certains lieux, presque comme des carrières à fossiles. Les gîtes indiqués par Genton dans le département de la Drôme, mais hors du bassin géologique dauphinois, seraient les seuls qui présenteraient en partie ces dernières conditions, principalement au hameau du Barri, où, dit-il, il a trouvé « des ossements « fossiles en plus grande quantité que partout ailleurs... Ces « ossements y ont donc été entraînés avec le sable dont les « couches sont composées. Je dis entraînés, et je le présume « ainsi, parce que, parmi les différents os qui doivent con- « courir à former un seul squelette, j'en ai trouvé de beaucoup « plus petits destinés aux mêmes fonctions dans des individus « d'une autre espèce. »

Nous ajouterons à tout cela, pour les personnes étrangères aux études paléontologiques, que les deux espèces éteintes qui ont vécu dans nos contrées n'ont pas été contemporaines. Les os de dinotherium sont dans des couches plus anciennes que ceux de l'éléphant. On ne trouve les premiers que dans les terrains tertiaires moyens ou miocènes qui répondent à l'étage falunien supérieur de d'Orbigny. Quelquefois même on les trouve, comme aux environs de Romans, dans des sables marins, avec des fossiles de cétacés et de poissons de mer (1). Une

(1) P. Gervais. *Zoolog. et paléontol. franç.*, t. II, explication de la pl. XX.

de ces grandes révolutions qui ont bouleversé la surface du globe à diverses reprises avait anéanti la race des dinotheriums, lorsque l'éléphant antique, aujourd'hui fossile aussi, parut à son tour sur la terre. Aussi les débris de cette espèce, en Dauphiné comme partout ailleurs, se trouvent constamment et exclusivement dans les sables, les cailloux roulés et les terres meubles du terrain tertiaire supérieur qui forment le diluvium ancien (étage subappennin de d'Orbigny), mais jamais dans les formations plus anciennes où se trouve le dinotherium, ni dans les couches quaternaires des alluvions modernes ou contemporaines.

Au reste, ce n'est point par l'étude exclusive des fossiles du Dauphiné qu'on serait arrivé à ces données positives de la science sur les âges respectifs des deux espèces : les emplacements de nos gîtes ossifères ont été indiqués avec trop peu de précision dans beaucoup de cas, pour qu'ils eussent pu éclairer cette question ; mais les cas dont on connaît bien la position géologique dans nos pays n'ont fait que confirmer les observations plus complètes et plus précises qu'on a pu recueillir ailleurs.

Quant au mastodonte, nulle part, dans les découvertes faites dans nos pays, nous n'avons connaissance de portions de squelette ayant appartenu à ce genre, et les trois dents isolées trouvées dans le grand bassin dauphinois pourraient bien y avoir été importées par des courants ou par toute autre cause accidentelle. Cette supposition sera même la plus probable, jusqu'à ce qu'on ait trouvé quelques ossements avec des dents de mastodonte pour les caractériser. Dans ce cas-là seulement, on aura la preuve que notre plaine dauphinoise a nourri aussi cet éléphantoïde.

MÉMOIRE

SUR LES CAUSES DES INONDATIONS ;

ET SUR LES MOYENS D'EN PRÉVENIR LE RETOUR

Par M. E. GUEYMARD, ingénieur en chef directeur des mines, doyen de de la faculté des sciences, en retraite, officier de la Légion d'honneur.

Les déplorables événements du 30 mai 1856 préoccupent tous les citoyens. On a, avec raison, des inquiétudes sur l'avenir. Les hommes spéciaux sont appelés de toutes parts pour indiquer des moyens préservatifs. Les questions sont-elles bien posées, et ne confond-on pas souvent les causes avec les effets? Je vais essayer de résumer mes observations dans les Alpes de la Suisse, de la Savoie, du Dauphiné et de la Provence, dans la circonscription des vallées du Rhône, de l'Isère, du Drac, de la Romanche, de la Durance et de tous leurs affluents.

Les inondations sont attribuées presque en totalité au déboisement. C'est une grande erreur, car il n'a joué qu'un rôle très-secondaire. Je vais répondre par des faits, par l'histoire.

Le déboisement a commencé en 1793, et la hache révolutionnaire a parcouru presque toutes les forêts. Les pluies diluviennes et nos désastres devraient dater de cette époque, car le sol était presque dénudé partout où il y avait eu des bois. Dans toutes les vallées des Alpes, on ne peut pas citer de grandes inondations, et il n'y a eu que quelques trombes d'eau sur des points très-éloignés. Dans nos contrées, le Drac n'a coulé à pleins bords qu'en 1816. Il vint rompre ses digues près du pont en chaînes de fer, sur deux points opposés, et au même instant, les eaux déversèrent dans les plaines de Fontaine, de Sassenage (rive gauche) et de Grenoble (rive droite). Cette catastrophe arriva dans le mois de juillet 1816.

Ingénieur des mines pendant quarante ans dans les départements du Simplon, du Léman, du Mont-Blanc, de l'Isère, des Hautes-Alpes, des Bouches du Rhône, des Basses-Alpes, etc., je connais ces contrées depuis le sommet des plus hautes montagnes jusqu'à la mer. Ayant fait, tous les ans, plus de 600 lieues de poste, j'ai visité tous les points accessibles des onze départements dont l'inspection m'avait été confiée à diverses époques.

Il faut indiquer que dans les sept dernières années du siècle passé, les forêts étaient dans un misérable état. Lorsque l'ordre fut ramené en France par Napoléon Ier, la végétation apparut sur tous les points où la hache et le feu avaient passé. L'intérêt particulier, l'intérêt de l'Etat et la métallurgie commandaient le retour d'une belle végétation. Les montagnes dénudées reprirent leur manteau de verdure, les taillis poussèrent avec vigueur et la haute futaie végéta richement. Les gardes forestiers firent leur devoir sous une administration à qui les bois étaient confiés. Les ressources pour le charbonnage commencèrent en 1815, et déjà la métallurgie, qui n'employait encore que le charbon de bois, se trouvait dans une bonne position, par la coupe des taillis, qui comptaient, à cette époque, vingt ans de pousse. Les ingénieurs des mines purent relever les usines que la terrible révolution avait anéanties. Tous les ans il y avait progrès, parce que nos ressources en combustibles prenaient de l'extension, et je crois pouvoir affirmer que les forêts, en 1840, étaient dans un état aussi prospère qu'avant 1792. Pendant cette période de quarante-huit ans on n'a pas enregistré de ces pluies qui ont ravagé des contrées d'une certaine étendue. Le calme régnait presque partout, à l'exception de quelques trombes accidentelles.

Les désastres ont commencé en 1840, et tous les ans des

inondations ont dévasté des provinces en Europe, lorsque le reboisement était arrivé à son maximum de croissance.

La cause des inondations dans les contrées qui nous occupent ne peut donc pas être attribuée au déboisement seul. Cette proposition est trop évidente pour insister davantage.

Les forêts jouent un rôle qui a une certaine portée. Quand une contrée est couverte de bois, ceux-ci condensent une partie de l'eau des nuages; quand il pleut, les branches, les feuilles, les troncs retiennent aussi une partie de l'eau de la pluie, et, par ce moyen, elle arrive plus lentement à la plaine, dans le lit des ruisseaux, des rivières ou des fleuves. Toutes choses égales, les forêts, en retenant une certaine quantité d'eau peuvent atténuer les ravages, voilà la part qu'il faut faire aux forêts. Mais, je le répète, ces observations n'altèrent pas les faits qui se rapportent aux époques de 1793 à 1840 et de 1840 à 1856.

L'histoire météorologique signale des époques de repos et des époques de perturbations atmosphériques qui apparaissent à des distances plus ou moins éloignées.

Les années de perturbations atmosphériques n'avaient jamais dépassé 2, 3, 4, 5 ans. Depuis 1840 jusqu'au 30 mai 1856, elles ont été incessantes en Europe. Il y a peu de pays qui aient été épargnés. Ainsi donc, la grande cause, la cause principale de tant de malheurs, ce sont les perturbations dont j'ai parlé, et dont la solution n'est pas plus connue du physicien, de l'astronome, que du laboureur.

L'homme est venu en aide aux perturbations, en augmentant les effets des pluies diluviennes par le dégazonnement. Je vais entrer dans quelques détails.

Dans toutes les montagnes de la partie de la Suisse où coule le Rhône, dans celles de la Savoie, du Dauphiné et de la Provence, il y a des troupeaux de vaches et de moutons qui paissent pendant la belle saison. Au début de ma carrière comme ingénieur et comme naturaliste (1808), le nombre des aniaux sur les montagnes était en rapport avec les plantes qui ervaient à leur nourriture, les végétaux reparaissaient l'année suivante avec la même puissance ; mais les besoins toujours croissants de la société ont porté les propriétaires et les communes à augmenter le nombre des animaux pour avoir plus de revenus. J'ai pu suivre tous les ans les augmentations, et je crois être dans le vrai en affirmant que le nombre des moutons a doublé sur certaines montagnes et triplé sur d'autres. Nous sommes donc arrivés à un moment où les végétaux ont été détruits jusqu'à la naissance de la racine. Les montagnes sont dégazonnées, pelées, dénudées, et on voit couler sur toute leur surface la plus légère pluie.

Les eaux ne sont plus retenues par la pelouse, elles n'obéissent qu'à la loi de la pesanteur et arrivent très-promptement dans la plaine. Les lits des rivières ne pouvant alors contenir tout ce qui arrive en quelques heures, il faut bien que les eaux passent par-dessus les digues, ou que celles-ci soient rompues.

Avec le gazonnement, la plus grande partie des eaux étaient retenues par imbibition. Elles mettaient un jour, deux jours et plus pour s'écouler, et les inondations étaient très-rares.

Je connaissais pratiquement toute la puissance du gazonnement, et cependant je me demandais s'il n'y aurait pas possibilité de le fortifier encore par des expériences directes. J'ai enlevé dans mes prairies des gazons à section carrée, de 0m2 de côté, sur 0m1 de hauteur, volume 0m004, soit 4 décimètres cubes. Lorsque la terre ne contenait plus que 10 % d'eau, ce qui est l'expression d'une humidité convenable, j'ai arrosé le gazon pendant 24 heures de manière à produire le même effet qu'une pluie fine. Le gazon a été bien imbibé et il a absorbé 1 litre 9 d'eau pour arriver à une saturation complète, sans laisser écouler l'eau par gouttelettes.

Le gazon ayant 0m1 de hauteur a donc reçu une tranche d'eau de 0m0475 d'épaisseur.

En d'autres termes, une surface gazonnée de 10 centimètres de hauteur reçoit, pour arriver à l'état d'imbibition complète, une lame d'eau de 4 centimètres 75.

Or, le 30 mai, il est tombé dans la vallée de l'Isère près de 5 centimètres d'eau dans la journée. Si toute la surface avait été gazonnée, et si le sol n'avait eu que l'humidité ordinaire, 10 °/₀ d'eau, presque tout aurait été absorbé, et l'Isère aurait peu grossi.

Les vallées du Drac et de la Romanche ayant reçu, pendant la même journée, une tranche d'eau épaisse de 19 centimètres, l'absorption étant de 4 centimètres 75, le Drac, à Grenoble, n'aurait plus eu que les 3/4 du volume qu'il avait le 30 mai, et il n'aurait présenté aucun danger.

Disons encore que mon expérience a été faite sur une épaisseur de terre végétale de 10 centimètres seulement. Je suis évidemment dans les limites les plus basses, car si l'épaisseur moyenne était de 20 centimètres, la terre aurait absorbé une lame d'eau de 9 cent. 5, et le département de l'Isère n'aurait éprouvé aucun dommage par les eaux de l'Isère, de la Romanche et du Drac.

Ces calculs reposent toujours sur un état d'humidité ordinaire du sol, ce qui n'était pas au 30 mai, puisque la pluie n'avait presque pas cessé depuis un mois; aussi il peut arriver des circonstances exceptionnelles où la force humaine est impuissante, et alors il ne reste plus pour planche de salut que le sauve qui peut.

Les expériences que j'ai faites sont décisives au sujet des effets produits par le gazonnement ; mais il ne suffit peut-être pas pour le gouvernement de faire dépendre un travail aussi important d'une seule expérience sur des gazons isolés. Passons à des preuves qui viennent fortifier tout ce que je viens d'exposer.

Il y a près de vingt ans que je remis au conseil général de

l'Isère une note sur le gazonnement qui fut accueillie avec un bien vif intérêt.

Par le fait des pâturages sur les montagnes dans le département des Hautes-Alpes, le sol était tout dénudé, et le tapis de verdure qui le couvrait quelques années auparavant avait été remplacé par des ravins. Déjà à cette époque les villages et plaines souffraient des avaries causées par des pluies continues.

1° Il y a prés de quatre-vingts ans que le village de Presles, à mi-cotean, se trouvait par le fait du ravinement dans la position la plus critique. Les habitants réunis formèrent le projet de reboiser la montagne au-dessus du village et de gazonner tout le terrain compris entre Presles et le sol reboisé. L'exécution de ce projet fut immédiate, et les touristes remarquent aujourd'hui ce joli village couronné par une petite forêt de bois noirs et par un gazon d'un vert foncé ;

2° La montagne d'Aspres lez Corps était aussi ravinée, et le village, qui a presque un kilomètre de longueur, souffrait à toutes les pluies. Le maire défend d'une manière absolue le pacage sur la montagne d'Aspres lez Corps : elle se gazonne bientôt par le seul fait de l'absence des bestiaux. L'herbe acquiert 0m1 de hauteur. Les habitants demandent la permission d'envoyer leurs bestiaux en moindre quantité ; refus de la part du maire ; ils sollicitent la faveur d'aller faucher l'herbe, le maire refuse encore, parce qu'elle sert d'engrais pour la saison suivante, jusqu'à ce que le gazon ait acquis une consistance suffisante. La montagne au-dessus du village d'Aspres lez Corps se fait remarquer aujourd'hui par une pelouse verte épaissé, que les pluies les plus fortes ne peuvent entamer.

3° Le troisième exemple est celui de Chorges, entre Gap et Embrun. Le ruisseau recevait tous les filets d'eau de la surface de la montagne, dénudée par suite du gazon qui avait disparu sous la dent des animaux. Tout le terrain au-dessus et au-dessous du bourg de Chorges était abîmé par les pluies, et la route impériale obstruée par les alluvions du ruisseau. Le pacage défendu, la montagne s'est recouverte de gazon et le pays est à l'abri des invasions pluviales.

Depuis que j'avais bien observé ces trois localités, j'ai fait la propagande et proclamé le gazonnement comme un préservatif ou palliatif contre les perturbations atmosphériques. Il est de fait qu'en ce moment, le gazon inspire une grande confiance, et c'est aux habitants des Hautes-Alpes que nous devons la première pensée de cette découverte. Il y a dans cette population un génie et une volonté ferme que l'on ne rencontre pas dans celles qui sont mieux partagées sous le rapport climatologique.

Poursuivons nos observations: Le 1er novembre 1843, le Drac sort de ses digues, passe par-dessus la contre-digue sur trois kilomètres de longueur. La lame d'eau a 0^m5 d'épaisseur; elle se déverse sur le talus oriental de la contre-digue, ayant 45 degrés d'inclinaison. Ce talus était bien gazonné, et lorsque je le visite, le 2 novembre, il n'y a pas trace de ravinement. L'herbe était couchée suivant la ligne de plus grande pente. Ayant bien constaté les trois exemples du département des Hautes-Alpes, j'aurais dû, plus que tout autre, croire à la conservation du talus que je venais de visiter; et, cependant, je pensais qu'il n'aurait pas pu résister pendant douze heures à la force d'une nappe d'eau coulant sur une pente de 45 degrés. Mon ami, M. Vicat, vint visiter, sur ma prière, ce fait le surlendemain, et nous l'avons consigné dans les articles que nous avons publiés, en 1843 et 1844, au sujet de l'inondation du 1er novembre.

Nouvelle catastrophe par le Drac et l'Isère, le 30 mai 1856. Le premier juin, en ma qualité de syndic-directeur, j'ai parcouru toutes nos digues, et partout où les eaux avaient déversé sur le talus occidental de la digue du Drac, je n'ai pas remarqué un seul point entamé du gazon; sur les graviers, tout a été emporté par la force des eaux.

Je me rappelle avoir lu quelque part, dans les ouvrages de M. Elie de Beaumont, qu'un gazon ayant vingt siècles d'existence authentique présentait encore une grande force de végétation.

Si les exemples ne suffisent pas, nous pourrions ajouter que dans toutes les montagnes où des parties ont été mises à l'abri de l'invasion des vaches et des moutons, le tapis de verdure n'est jamais interrompu par des ravinements occasionnés par les eaux.

Il y a sur les montagnes deux espèces d'animaux domestiques : les vaches et les moutons.

Les vaches ne détruisent pas la plante par la dent, mais par le piétinement dans les temps humides.

Le piétinement des moutons est presque nul, mais la dent arrive jusqu'au cœur de la plante et la fait périr lorsque la nourriture est rare.

Que conclure de tous ces faits pour mettre à l'abri des inondations les vallées qui commencent sur les points culminants de la chaîne occidentale des Alpes et qui vont aboutir à la mer? Il faut défendre ou limiter le nombre des bestiaux que l'on entretient pendant toute la belle saison sur les montagnes.

La défense doit être absolue là où le mal est arrivé à son comble. Elle doit être limitée dans les parties de terrains qui sont encore dans un état plus ou moins prospère.

Les habitants des montagnes, en doublant ou triplant le nombre des bestiaux pour augmenter leurs revenus, ont porté atteinte à toutes les propriétés, depuis les pâturages jusqu'à Arles. La législation donnait-elle ce droit?

La défense absolue sur tous les points ruinés par les bestiaux les privera longtemps de tout revenu.

La défense limitée leur laissera encore quelques ressources ; mais, somme toute, pour arriver à un état normal, afin de prévenir le retour de tant de malheurs, il faut que l'empereur provoque une législation qui harmonise les intérêts de la montagne et de la plaine. Il faut faire la part qui doit être attribuée aux bestiaux et aux perturbations atmosphériques de 1840 à 1856. Ce sujet est très-grave, il appartient au législateur et l'examen en est tout à fait étranger à l'ingénieur, au naturaliste, qui a dû se borner à le signaler à l'autorité compétente.

D'après les exemples que j'ai cités plus haut, le gazonnement se reproduit de lui-même, mais il faut plus ou moins de temps pour arriver à une pelouse consistante. Quand la dégradation est très-avancée, bien des années pourraient s'écouler avant d'arriver à un état prospère. Il faut donc venir en aide à la nature.

Les plantes qui prospèrent le mieux dans les pays de montagne sont les graminées, qui ne périssent pas et qui traversent les siècles sans perdre de leur force végétative.

Les meilleures espèces sont :

1° *Dactylis glomerata.*

La graine vaut 80 fr. les 100 kil. Il en faut 40 kil. par hectare, soit pour 32 f.

2° *Bromus erectus.*

Prix de la graine, 80 fr. les 100 kil. Il en faut 50 kil. par hectare, soit pour 40 fr.

3° *Festuca duriuscula.*

Valeur de la semence, 120 fr. les 100 kil. Il en faut 50 kil. par hectare, soit pour 60 fr.

D'après ces données, il est bien facile de connaître la dépense pour ensemencer un hectare de terrain. Il n'y a pas d'inconvénient à mêler ces semences par parties égales, et alors la dépense en graines sera de 44 fr. par hectare.

La manutention sera peu considérable, car il suffira d'avoir des ouvriers armés de râteaux en fer. On sèmera la graine des graminées et on passera de suite le râteau qui fera les fonctions d'une herse. J'estime que, pour préparer un hectare dans les meilleures conditions, il faudra quatre journées de manœuvre par hectare, ce qui ferait 10 fr. ; la dépense totale serait donc de 54 fr.

Ce travail devrait commencer en mai dans les parties les moins élevées et continuer en juin et juillet. Plus tard il serait à craindre que la plante, surprise par la saison trop froide, ne fût pas assez vigoureuse pour résister à l'hiver.

Nous sommes maintenant en état de faire le parallèle du gazonnement et du reboisement.

La haute futaie en bois résineux, pins, sapins, mélèzes, etc., exige de quarante à cinquante ans avant qu'elle soit forêt. Elle dure cent ans. Le soleil ne pénétrant pas sur le sol, il reste nu. Quand les feuilles, les tiges et les troncs sont suffisamment chargés de pluie, celle-ci tombe sur la surface ; elle coule plus facilement que sur le gazon et arrive plus vite à la plaine.

Les taillis, dans les Alpes, sont coupés tous les vingt ans ; après deux ans de coupe, le sol est tout gazonné et le bois pousse en même temps. Les essences sont chêne, hêtre, aulne, charmille, bouleau, etc., etc. Le touffu est complet et presque impénétrable ; les feuilles sont beaucoup plus grandes que celles des bois résineux. Le taillis retient donc plus d'eau que la futaie, et, de plus, il y a par-dessous un gazon herbacé qui forme une seconde barrière contre l'écoulement rapide des eaux. Je n'ai jamais vu dans les beaux taillis les eaux de pluie couler à la surface.

Mais les futaies, les taillis, ne peuvent pas croître partout ; ils exigent des dépenses considérables et un grand nombre d'années avant qu'ils soient en état de défense contre les pluies. Il est vrai qu'ils donnent des produits quand ils sont arrivés à l'état de coupes ordinaires.

De ce parallèle, il résulte que, pour arrêter les déplorables effets des pluies continues, il faut d'abord gazonner partout, puis, dans les bons terrains, semer le taillis, la futaie. Toutefois, il est bon de remarquer que le gazonnement seul serait suffisant, si l'état financier s'opposait au reboisement.

Mes prescriptions sont le fruit de près de cinquante ans d'études et d'observations depuis le sommet des Alpes jusqu'à la mer. Leur exécution nous assurerait un repos absolu et des récoltes luxuriantes. Nous ne verrions plus nos montagnes arides et pelées, et les plaines seraient à l'abri de toutes les perturbations atmosphériques. *J'ai la conviction que la dépense totale à faire serait inférieure à la perte de la seule journée du* 30 *mai* 1856.

Avant de procéder à ces travaux, il faudrait : 1° régler le nombre des bestiaux à conserver sur chaque montagne ; 2° diviser le terrain, sur les plans du cadastre, dans les trois catégories dont il a été parlé plus haut.

Quand ce travail serait préparé, on connaîtrait le nombre d'hectares à gazonner et à reboiser, et la dépense totale qu'il faudrait faire.

On pourrait affirmer d'avance que l'état de repos et de prospérité ne laisserait plus rien à désirer, si tous les terrains qui forment les vallées dont il a été question appartenaient à un même état. Malheureusement, ces contrées dépendent de la Suisse, de la Savoie et de la France. Il faudrait le concours des trois nations pour un travail complet.

La vallée du Rhône prend naissance au Saint-Gothard, dans le Valais (ancien département du Simplon), et, depuis ses sources jusqu'au lac de Genève, le Rhône et ses affluents sont alimentés par un grand nombre de petites vallées qui partent des glaciers de la grande chaîne. Ces petites vallées sont déboisées et dégazonnées, mais cependant beaucoup moins que les pays analogues, en France et en Savoie. D'un autre côté, le lac Léman est un immense réservoir, d'une grande longueur, et il retarde un écoulement trop rapide.

L'Isère et tous ses affluents au-dessus de Montmélian dépendent des États sardes. Toutes les montagnes sont, comme en France, dénudées, et les rivières, quand les pluies sont continues, grossissent de manière à inquiéter les populations; elles font beaucoup de mal à la Savoie, et, à partir de Montmélian, nous recevons des masses d'eau dans la vallée de Graisivaudan. Il faudrait que le gouvernement sarde pût adopter les mêmes mesures et s'entendre avec la France pour avoir un système complet de défense.

Maîtresse absolue de tout le terrain arrosé par les vallées du Drac, de la Romanche, de la Durance et de l'Isère, depuis Montmélian, la France pourra exécuter tous les travaux qu'elle jugera utiles pour sa défense.

Quand la Suisse et la Savoie persisteraient dans le *statu quo*, en maîtrisant le Drac, la Romanche et la Durance, ainsi que tous leurs affluents, nous aurions déjà fait un pas immense, car ce sont les rivières qui nous font le plus grand mal. Il ne faut pas perdre de vue que mon plan a pour but de garantir tous les départements qui commencent aux Alpes et qui s'étendent jusqu'à Arles.

En traitant du gazonnement et du reboisement, je me suis arrêté au pied des petites vallées, et c'est ici que commence le travail des digues qui appartient aux ingénieurs des ponts et chaussées.

On a parlé quelquefois de tranchées horizontales à faire dans les montagnes. Ces travaux arrêteraient les cours d'eau, le vide retiendrait une partie des eaux pluviales, et elles arriveraient plus lentement dans les plaines. Il faudrait que ces réservoirs étagés eussent de certaines dimensions; mais, quand on connaît bien tous les accidents de terrain des montagnes, on ne peut pas compter sur l'efficacité d'une semblable défense. L'ouverture de tranchées horizontales sur des surfaces aussi découpées serait d'un prix fabuleux, car il y a peu de terre, et il faudrait faire des réservoirs horizontaux, en partie dans la roche; et, en supposant une semblable défense exécutée, il faudrait à toutes les pluies, plusieurs fois par an, repurger ces fossés, enlever les sables et graviers amenés par les eaux. Un semblable travail serait beaucoup trop cher, pour ne pas dire ruineux.

Mon mémoire était terminé, lorsque la presse a publié la lettre de S. M. l'Empereur à M. le ministre des travaux publics, sur les moyens de prévenir le retour des inondations par le système des barrages. La digue de Pinay, sur la Loire, construite en 1811, a servi à Sa Majesté pour établir des calculs qui sont remarquables. Cette digue a retenu dans les plaines du Forez un volume d'eau estimé 100,000,000 de mètres cubes d'eau, sans porter la moindre atteinte à l'agriculture. Le lac factice s'est écoulé un peu plus tard, et il a prévenu de grands désastres.

L'Empereur en conclut, avec une grande lucidité, que dans beaucoup de fleuves, de rivières, comme dans les affluents situés dans les gorges, on peut trouver beaucoup de points pour y établir des barrages, ou digues perpendiculaires aux courants. Ces barrages, dans un moment donné, retiendront assez d'eau en amont pour empêcher les plaines inférieures d'être inondées. De plus, dans beaucoup de localités, on pourra modérer l'écoulement de ces lacs ou étangs factices, pour en disposer plus tard pour l'irrigation, ou comme force motrice pendant la sécheresse.

Sa Majesté a fait un appel aux hommes spéciaux qui se sont occupés des eaux, et elle veut donner la surveillance d'un fleuve à une seule personne, car le pouvoir partagé ne donne jamais les résultats que l'on a droit d'attendre ou d'espérer.

L'Empereur comprend que quelques barrages pourront être préjudiciables à quelques petites vallées; mais il ajoute qu'il faudrait bien en prendre son parti, en indemnisant les propriétaires, car il faut se résoudre à faire la part de l'eau, comme on fait la part du feu dans un incendie, c'est-à-dire sacrifier des vallées étroites, peu fertiles, au salut des riches et vastes terrains des plaines. Ce passage remarquable, que je copie, tranche la difficulté de la réduction du bétail que j'avais énoncée plus haut.

J'ai lu dix fois ce remarquable écrit, si clair, si positif; et, je le dis sans flatterie pour son auteur, il est appelé à réformer le système actuel des digues. Les barrages retiendront les cailloux, les graviers et les gros sables. Les digues qui existent suffiront pour maintenir les eaux dans leur lit, et les populations ne seront plus dans ces affreuses angoisses, lorsque l'horizon s'obscurcira.

Si, au système des barrages bien étudié par S. M. l'Empereur, on ajoute tout ce que je viens d'exposer dans ce mémoire, nous aurons une défense complète, qui offrira à toutes nos populations une grande sécurité pour l'avenir.

Ce système complet se résume ainsi :

Barrages perpendiculaires aux cours d'eau;

Réduction du bétail sur les montagnes;

Gazonnement sur toutes les surfaces dénudées;

Reboisement.

Ce système s'applique aux vallées du Rhône, de l'Isère, du Drac, de la Romanche, de la Durance et de tous les affluents. J'ignore s'il peut convenir aux autres contrées de la France, pour lesquelles je n'ai point fait d'études. Aussi, si on m'a bien compris, je n'ai traité que la question des vallées des Alpes occidentales, depuis leurs sommets jusqu'à Arles, ou jusqu'à la mer, armé de faits sans réplique.

GISEMENTS DE PHOSPHATES MINÉRAUX EN DAUPHINÉ,

Par M. LORY, professeur à la Faculté des Sciences.

Un des faits qui fixent aujourd'hui le plus vivement l'attention publique, c'est l'existence de gisements très-étendus de phosphates minéraux, dont on peut tirer parti, soit pour la fabrication du phosphore, soit, bien plus encore, pour l'agriculture. Il est bien reconnu, en effet, que les phosphates constituent un des éléments les plus précieux et les plus essentiels des engrais, et la valeur commerciale de ceux-ci est en grande partie en raison de la qnantité de phosphates qu'ils contiennent. Jusqu'ici tous les engrais phosphatés sont empruntés au règne animal : les os, dont la partie minérale consiste essentiellement en phosphate de chaux, sont la base de plusieurs engrais des plus énergiques et de la plus haute valeur; et c'est aussi exclusivement des os que l'on extrait tout le phosphore employé dans les arts. Les phosphates minéraux semblent appelés à rendre en partie les mêmes services : on n'en saurait douter pour ce qui est de la fabrication du phosphore; et, quant à l'agriculture, lors même que l'on viendrait à reconnaître que ces phosphates, répandus sur les champs, ne sont pas immédiatement absorbables et assimilables pour les plantes, il resterait toujours la manière de les utiliser suivant le procédé employé en Angleterre pour les os eux-mêmes, c'est-à-dire en les broyant et les réduisant en bouillie avec l'acide sulfurique. On fait ainsi passer les phosphates à l'état de phosphates acides, solubles dans l'eau, qui ne peuvent manquer d'être absorbés par les racines.

Tous les recueils scientifiques ont consacré de nombreux articles aux phosphates minéraux; l'illustre secrétaire de l'Académie des sciences, M. Elie de Beaumont, a traité ce sujet, dans toute son étendue et avec l'autorité d'un maître de la science, dans plusieurs numéros du *Moniteur;* et dernièrement, mon savant confrère, M. Gueymard, a appelé l'attention des agriculteurs de nos contrées sur cette nouvelle ressource que la science leur apporte.

Il me revenait naturellement la tâche de rechercher dans nos contrées des gisements de phosphates minéraux analogues à ceux que l'on a reconnus en grand nombre déjà en Angleterre et dans le nord de la France. Presque tous ces gisements, du moins ceux dont l'agriculture peut tirer parti, appartiennent, géologiquement parlant, aux *terrains crétacés* et surtout aux divers étages que l'on groupait autrefois sous la dénomination commune de *grès vert*. Ayant étudié d'une manière toute spéciale ces terrains dans les départements du Dauphiné, il m'était facile de chercher scientifiquement les gisements de phosphates qui pouvaient s'y trouver ; et je n'ai pas tardé à reconnaître qu'ils existent en abondance dans une couche assez mince, il est vrai, mais que l'on peut rencontrer sur un grand nombre de points des départements de l'Isère et de la Drôme et aussi en Savoie.

Cette couche est celle à laquelle s'applique particulièrement la dénomination géologique de *gault*. Elle se trouve dans la partie moyenne de la série des terrains crétacés, au-dessous du terrain de craie proprement dit, représenté dans nos environs par les calcaires à silex et les *lauzes* de Fontaine et autres localités, au-dessus du terrain *néocomien*, auquel appartient le calcaire connu à Grenoble sous le nom de *pierre de taille de Sassenage*. La couche phosphatée du *gault* a un aspect très-caractéristique : c'est un grès grossier, une agglomération de sables et de graviers, cimentés plus ou moins fortement, d'une teinte générale verdâtre ou jaunâtre, et qui ne forme ordinairement qu'un lit de quelques décimètres ou même de quelqnes centimètres d'épaisseur. Sur plusieurs points des environs du Villard de Lans, par exemple, au lieu dit *les Ravix*, au *Rimet*, hameau de Rencurel, etc., on trouve dans cette roche beaucoup de moules de coquilles fossiles, ordinairement jaunâtres ou d'un gris verdâtre, formés d'une matière moins grossière que le reste de la roche. Tous ceux qui se sont occupés de fossiles dans nos pays connaissent ceux dont je parle ici ; ce sont les mêmes espèces de coquilles et d'oursins que l'on retrouve à l'état de moules semblables, à la Perte du Rhône, près de Bellegarde (Ain); à Clansayes, près Saint-

Paul Trois-Châteaux (Drôme); et sur divers points de la Provence; et ce qu'il y a de remarquable, c'est que la nature chimique des moules de ces fossiles est aussi la même dans toutes ces localités; ils sont formés en grande partie de *phosphate de chaux.* Aussi, quand on traite un de ces fossiles par l'acide hydrochlorique étendu, il n'y a que peu ou point d'effervescence, par conséquent, peu ou point de carbonate de chaux, et cependant la plus grande partie se dissout; il ne reste qu'un résidu peu considérable de sable plus ou moins argileux, de grains verts ferrugineux, d'oxide de fer, c'est-à-dire les principes constituants de la masse sableuse dans laquelle se trouvent ces fossiles; mais la dissolution acide contient beaucoup de phosphate acide de chaux.

Des moules de fossiles (térébratules) provenant du Rimet, commune de Rencurel, m'ont donné: phosphate de chaux (de même composition que celui des os), 46 p. 100; carbonate de chaux, 13 p. 100; le reste consistant en oxide de fer et sable un peu argileux.

Un moule d'ammonite de Clansayes (Drôme), phosphate de chaux, 59 p. 100; carbonate, 8 p. 100.

D'autres moules de coquilles fossiles de la même localité, phosphate de chaux, 66 p. 100; carbonate, 8 p. 100; le résidu formé toujours de sable, argile et oxide de fer.

On aurait certainement des résultats analogues en analysant les moules de fossiles de la Perte du Rhône, du Var, etc.; mais je n'ai pas fait de dosages exacts du phosphate de chaux pour ces localités étrangères au Dauphiné.

La couche du gault ne contient pas partout des moules de coquilles fossiles bien conservées; mais si on examine attentivement les graviers dont la roche est remplie, on verra qu'ils sont de même nature que ces moules de fossiles; qu'ils ne sont même autre chose, en général, que des fossiles roulés, usés, devenus méconnaissables par l'usure qu'ils ont éprouvée. C'est ce que l'on voit, par exemple, à Fontaine, dans la couche de gault qui est au-dessous des lauzes de la dernière carrière. D'ailleurs, ces graviers contenus dans une roche sableuse, presque friable, se détachent assez facilement et ont la même composition chimique que les moules de fossiles bien conservés et non roulés; en analysant ces graviers, extraits de la roche de Fontaine, j'y ai trouvé 56 p. 100 de phosphate de chaux, 17 p. 100 de carbonate.

La gangue sableuse dans laquelle ces graviers sont disséminés est cimentée par du carbonate de chaux; elle est bien loin d'être aussi riche en phosphate. Après avoir concassé la roche, j'en ai extrait tous les graviers phosphatés ayant au moins la grosseur d'une lentille, et j'ai analysé la gangue restante; j'ai trouvé seulement 8 p. 100 de phosphate et 54 p. 100 de carbonate de chaux. Il est évident que si l'on avait trié avec soin les petits graviers phosphatés, il serait resté une gangue à peu près complétement dépourvue de phosphates. Ainsi on peut dire que le gault de nos pays ne contient le phosphate de chaux qu'à l'état de rognons ou de graviers, qui sont des moules de coquilles fossiles, plus ou moins roulés et souvent méconnaissables, très-abondants d'ailleurs, mais enveloppés dans une gangue de sable et de carbonate de chaux.

Pour qu'on puisse utiliser un gisement de phosphate de chaux, il faut que la proportion de carbonate de chaux ne soit pas trop forte; car, en traitant la matière par l'acide sulfurique, on dépense en pure perte tout l'acide nécessaire pour décomposer le carbonate de chaux. Les gisements que nous signalons ici seront exploitables toutes les fois qu'on pourra récolter les rognons phosphatés à peu près débarrassés de leur gangue. Or, c'est ce qui a lieu dans beaucoup d'endroits, où la simple action des intempéries extérieures a suffi pour faire tomber le gault en sable sans consistance, où il est facile de trier, à la main ou mécaniquement, les rognons phosphatés; on le trouve à cet état sur divers points des communes du Villard de Lans, d'Autrans, de Rencurel, etc. Il est probable qu'en laissant exposées un peu longtemps à l'air, à la gelée surtout, les roches de gault tendres, comme celles de Fontaine, de Saint-Pierre d'Entremont et de beaucoup d'autres localités, on les verrait se désagréger de même, et on pourrait entraîner en grande partie la gangue par des lavages dans un cours d'eau.

Je crois pouvoir affirmer que le gault pourra être exploité dans ces conditions sur beaucoup de points du Dauphiné :

1° Dans le département de la Drôme, sur quelques points des montagnes du Royans, comme entre Léoncel et le Chafal ; sur quelques points du Vercors, par exemple, près de l'entrée des Grands-Goulets ;

2° Dans l'Isère, sur les communes de Rencurel, Autrans, Méaudre, Villard de Lans, Lans, Engins ; aux Côtes de Sassenage, à Fontaine, à Saint-Égrève et dans le haut du vallon de Proveysieux ; à la Ruchère et à Saint-Pierre d'Entremont ; à Entremont le Vieux, sur Savoie, et probablement sur d'autres points des montagnes de la Chartreuse, où il est souvent masqué par la végétation forestière.

Parmi ces localités, il en est quelques-unes, Saint-Egrève, par exemple, où je n'ai vu la couche phosphatée du gault que réduite à une épaisseur insignifiante ; mais, sur quelques centaines de mètres de distance, elle peut varier considérablement de puissance, et devenir exploitable sur des points où elle n'a pas encore été mise à découvert. Elle se trouvera toujours au-dessous des couches de *lauzes* les plus inférieures, comme celles que l'on exploite aux Côtes de Sassenage pour faire la chaux hydraulique ; et cette position parfaitement déterminée permettra toujours de s'assurer, sans dépenses notables, de son existence et de son épaisseur.

A Clansayes, près de Saint-Paul Trois-Châteaux (Drôme), les rognons phosphatés, d'une richesse extraordinaire, comme on l'a vu plus haut, sont remaniés dans des sables sans consistance, d'où les eaux pluviales les détachent sans cesse ; rien ne serait plus facile que de les recueillir dans les ravins où ils viennent naturellement se rassembler, par exemple, au quartier dit *Gaspardoux*, où ont été trouvées, à l'état de moules phosphatés, les nombreuses espèces de coquilles fossiles du gault de Clansayes que l'on voit dans toutes les collections.

Dans les conditions où se trouve le phosphate de chaux dans le gault de nos contrées, il ne faut guère songer à établir des exploitations régulières en grand sur tel ou tel point particulier; mais je crois que, sur beaucoup de points, on pourra recueillir facilement les rognons phosphatés ou extraire des parties riches de la masse, sans entreprendre des travaux d'art qui absorberaient bien vite la valeur du produit. Il faudrait d'ailleurs transporter les phosphates minéraux à Grenoble ou à Lyon, pour y être traités par l'acide sulfurique; les fabriques de produits chimiques les paieraient en raison de la proportion de phosphate pur contenu, mais en tenant compte d'un déchet d'autant plus fort, que celle du carbonate de chaux serait plus considérable.

Dans l'état actuel de la question de l'emploi des phosphates minéraux, on ne peut pas dire jusqu'à quel point cette exploitation serait avantageuse dans nos contrées, surtout à raison des frais de transport. Il convient d'attendre la solution des expériences qui se font maintenant en agriculture dans les pays où ces phosphates sont exploités. Si on arrivait à les utiliser sur place, sans avoir besoin d'acide sulfurique, et lors même qu'ils contiendraient beaucoup de carbonate de chaux mélangé, l'agriculture pourrait en tirer parti un jour dans beaucoup d'endroits, soit dans la vallée de l'Isère, soit dans les montagnes de la Chartreuse, du Villard de Lans, etc.

On retrouve quelquefois les nodules phosphatés du gault sous formes de graviers roulés dans les couches inférieures du terrain de craie qui vient au-dessus. C'est ce qui se voit, par exemple, à la carrière de chaux hydraulique des Côtes de Sassenage, dans une partie des couches exploitées; les graviers phosphatés y sont colorés en brun foncé par une matière bitumineuse.

J'ai trouvé encore une quantité variable de phosphate de chaux dans une couche appartenant à un autre terrain, mais qui est toujours trop calcaire pour qu'on puisse espérer de l'utiliser dans les conditions actuelles. C'est une couche particulière située vers le milieu de l'épaisseur de l'étage néocomien inférieur, et que j'appellerai *couche néocomienne chloritée*, à cause des petits grains verts dont elle est remplie. Cette couche se montre sur divers points de la vallée de l'Isère, au-dessous de Grenoble, mais elle est surtout bien développée à Saint-Pierre de Cherenne (canton du Pont en Royans). Le phosphate de chaux s'y trouve, de même que dans le gault, faisant partie de moules de coquilles fossiles, et surtout d'ammonites. La couche est d'autant plus phosphatée, qu'elle contient plus de ces fossiles; la gangue est un calcaire marneux, rempli de grains verts ferrugineux, qui ne contient lui-même que de faibles traces de phosphates là où il ne renferme pas de fossiles visibles.

On voit, par ces divers exemples, que les phosphates enfouis dans les terrains crétacés semblent provenir des animaux qui vivaient dans les eaux à l'époque de ces dépôts; de même qu'aujourd'hui c'est du règne animal que proviennent tous les phosphates et les engrais phosphatés employés en agriculture.

Je me tiendrai à la disposition de toutes les personnes qui désireraient des renseignements particuliers, en dehors de ceux que renferme cette notice; et si la recherche des phosphates minéraux faisait découvrir des fossiles bien conservés, je serais reconnaissant envers tous ceux qui en feraient profiter les collections de la faculté des sciences, destinées, comme chacun le sait, à l'enseignement public, et toujours à la disposition de ceux qui ont besoin de les consulter.

OBSERVATIONS

SUR

DES CAS D'ANOMALIES ANATOMIQUES MULTIPLES;

Par le Docteur CHARVET, professeur à la Faculté des sciences
et à l'École de médecine de Grenoble.

Toute monstruosité importante entraîne généralement des vices de conformation accessoires, parmi lesquels les uns existent évidemment comme conséquences de la monstruosité principale à laquelle ils sont liés d'une manière plus ou moins *inévitable*, et les autres existent *accidentellement*, comme complications, en apparence indépendantes, soit anatomiquement, soit physiologiquement, de la monstruosité principale. Nous trouvons ce dernier cas chez les anencéphales, par exemple, qui presque tous présentent quelques anomalies accessoires : hernie ombilicale, anomalie dans la configuration, la position ou le nombre des reins, augmentation ou diminution dans le nombre normal des doigts ou des orteils, bec de lièvre, soit simple, soit compliqué, etc., etc. Souvent, plusieurs de ces monstruosités accessoires existent avec la monstruosité principale.

Bien que, dans l'état actuel de nos connaissances, il ne soit pas toujours possible d'établir rationnellement la corrélation existant entre une monstruosité grave et les anomalies moindres qui l'accompagnent fréquemment, le seul fait de la fréquence suffit pour établir l'influence de l'une sur la production des autres.

Mais il est un troisième cas d'anomalies coexistantes qui n'a jamais été signalé, et que j'ai déjà vu plusieurs fois dans les amphithéâtres.

On trouve chez certains individus une anomalie peu importante par elle-même, mais qui se rencontre avec plusieurs autres anomalies de même nature, affectant le même système d'organes, et placées, soit dans une même région anatomique, soit dans des régions différentes. Les cas de ce genre que j'ai observés portaient ou sur le système artériel, ou sur le système musculaire.

Je communiquai, il y a une dizaine d'années, à la Société de statistique de l'Isère une note relative à un sujet qui avait servi à nos leçons à l'école de médecine, et chez lequel, de l'origine de l'artère carotide primitive du côté droit, partait une artère satellite ayant à peine deux millimètres de diamètre ; elle montait accolée au côté externe de la carotide normale, et la suivait, sans fournir une seule ramification, jusqu'au niveau de la division en artères carotides externe et interne. Là, l'artère surnuméraire se divisait aussi elle-même, comme la carotide primitive, en deux branches à peu près égales : l'une, antérieure, se portait au pharynx, et remplaçait l'artère pharyngienne inférieure, dont elle représentait exactement la distribution ; l'autre branche continuait le trajet ascendant du tronc primitif, le long de l'artère carotide interne, gagnait avec elle la base du crâne, et ne se séparait de la carotide interne que pour s'engager dans le trou stylo-mastoïdien, où elle suivait la distribution ordinaire de la branche stylo-mastoïdienne, qui manquait ici et qui provient ordinairement de l'artère auriculaire postérieure.

Outre cette anomalie remarquable, dont j'ai conservé la description détaillée, le sujet en offrait plusieurs autres dans les embranchements et les distributions des artères thyroïdiennes supérieures, cervicale profonde et linguale ; mais je n'en recueillis pas les détails, ne supposant pas, à cette époque, que cette coïncidence présentât de l'intérêt.

Deux fois, depuis lors, nous avons vu, dans l'amphithéâtre de notre école, des sujets atteints d'anomalies artérielles peu importantes, sans doute, prises chacune isolément, mais si multipliées, qu'il était difficile d'utiliser ces sujets pour l'étude de l'anatomie normale à laquelle ils étaient destinés. Chez l'un, les anomalies existaient surtout inférieurement, à partir de la bifurcation de l'aorte ; chez l'autre, c'était aux membres supérieurs principalement. Quelques irrégularités analogues sur le système musculaire s'étant aussi présentées à mon observation me mirent dans le cas d'étudier avec plus d'attention ces faits d'*anomalies multiples* sur un même individu. Un des plus remarquables, et qui va nous servir de type, est celui que nous avons observé pendant l'hiver 1848.

Sur un sujet bien conformé d'ailleurs, nous trouvâmes à la dissection une notable quantité d'anomalies musculaires dans les deux membres supérieurs, et nous avons conservé la description des plus remarquables, au nombre de neuf, sans tenir note d'une certaine quantité d'anomalies moindres.

I. Un faisceau était attaché au bord postérieur de la clavicule, immédiatement en dehors de l'attache claviculaire du muscle sterno-mastoïdien, par une aponévrose de 15 millimètres de largeur. L'aponévrose dégénérait bientôt en un faisceau charnu, dont les fibres convergeaient entre elles pour former un muscle cylindrique qui se dirigeait en haut, en arrière et en dedans, sur la longueur du cou, et se divisait en trois languettes, s'attachant chacune, par un tendon distinct, au tubercule antérieur de l'apophyse transverse des 5e, 4e et 3e vertèbres cervicales. L'ensemble du muscle anormal avait une direction oblique par rapport au muscle sterno-mastoïdien ; il était sur un plan un peu plus profond que celui-ci, et enfin, il coupait le triangle sus-claviculaire en deux portions inégales.

• Par sa position, ses attaches et sa direction, c'était évidemment un muscle *scalène antérieur claviculaire*, indépendant du scalène antérieur costal ou normal, qui existait comme à l'ordinaire.

Je ne connais que deux cas analogues, l'un cité par Meckel,

d'après Kelch, l'autre décrit par Theile, dans son *Traité de myologie*. Ce dernier était très-semblable à celui que j'ai observé, seulement il n'avait que deux faisceaux appartenant aux 4e et 5e vertèbres cervicales; il était au côté droit; celui que j'ai décrit était à gauche.

II. Un muscle aplati, rubané, ayant un fort centimètre de largeur, était étendu horizontalement du bord coracoïdien de l'omoplate à l'articulation sterno-claviculaire. Il s'attachait par une aponévrose bien distincte au devant de l'insertion scapulaire de l'omoplat-hyoïdien, mais un peu plus bas que lui, c'est-à-dire dans la fosse sous-scapulaire, et non au bord coracoïdien lui-même. De là, il se dirigeait parallèlement à la clavicule, dans l'espace triangulaire sus-claviculaire, à 15 millimètres en arrière de cet os, et s'en rapprochait en dedans, pour s'implanter : 1° au bord postérieur de la clavicule, sur son extrémité sternale, dans une étendue de 2 centimètres; 2° au bord postérieur du fibro-cartilage inter-articulaire; enfin, plusieurs de ses fibres les plus internes devenaient tendineuses et se confondaient avec les fibres les plus externes du muscle sterno-thyroïdien, rappelant ainsi, par cette disposition digastrique et par cette déviation de direction, le muscle omoplat-hyoïdien, le muscle sterno-thyroïdien représentant, dans ce cas, la portion ascendante de l'omoplat-hyoïdien.

Je n'ai trouvé nulle part décrite une anomalie semblable; mais J.-F. Meckel (1) cite deux cas qui s'en rapprochent beaucoup. Dans le premier, le ventre inférieur de l'omoplat-hyoïdien se subdivise en deux faisceaux, dont un s'attache à la clavicule. Dans l'autre cas, le muscle se confond par une tête particulière avec le sterno-thyroïdien. Le fait que j'ai observé présente réunies les deux anomalies indiquées, l'une dans le premier cas de Meckel et l'autre dans le deuxième.

(1) *Manuel d'anatomie*, t. 3, pag 312.

III. Sur la ligne oblique que présente la face antérieure du radius à sa partie supérieure, et qui sert de limite aux attaches du court supinateur d'une part, et à celles du long fléchisseur du pouce d'autre part, vers l'extrémité inférieure de cette ligne oblique, on voyait un tendon grêle, long de 9 centimètres, donnant naissance inférieurement à un corps charnu cônique, qui s'élargissait et s'aplatissait vers sa partie inférieure, et allait se terminer au bord supérieur du ligament annulaire antérieur du poignet. Les tendons du grand palmaire et du petit palmaire étaient sur le même plan que lui, et il recouvrait le corps charnu du long fléchisseur du pouce. C'était évidemment un petit palmaire surnuméraire fourni par un faisceau du fléchisseur superficiel des doigts. Cette disposition a déjà été signalée plusieurs fois, mais alors le palmaire grêle manquait, et ici il était, au contraire, bien développé.

IV. Un filet tendineux partait du tendon supérieur du rond pronateur, et le petit muscle qui lui faisait suite se terminait sur la face libre de fibres charnues (face interne) du tendon du long fléchisseur du pouce, un peu au-dessous du milieu de l'avant-bras. Meckel, Gantzer, Theile, ont indiqué cette anomalie.

V. Un paquet musculaire volumineux, attaché au tendon du long fléchisseur du pouce, sur la hauteur de ce muscle qui répond à la réunion de ses tiers moyen et inférieur, allait se terminer sur le tendon du fléchisseur profond destiné au doigt indicateur. Cette disposition a été rencontrée plusieurs fois identiquement la même. Gêne-t-elle, pendant la vie, l'indépendance des mouvements du pouce et de l'index? Dans tous les cas, elle tend à confondre les deux muscles en un seul, ainsi que cela se voit chez l'orang et chez tous les autres quadrumanes.

VI. Les deux radiaux externes, entièrement confondus en un seul corps charnu, n'étaient distincts qu'en bas, dans leur partie tendineuse la plus inférieure. Cette anomalie a été vue plusieurs fois.

VII. Il existait deux long abducteurs du pouce parallèles et rapprochés l'un de l'autre, mais bien distincts sur toute leur longueur.

VIII. Le court extenseur du pouce, régulièrement disposé dans ses attaches supérieures, se terminait en bas, sur l'extrémité inférieure du premier métacarpien, et non à la première phalange du pouce. Le muscle était, par sa terminaison inférieure, un long abducteur, et non un extenseur, et comme il y avait deux autres abducteurs, ainsi que nous venons de le dire, celui-ci en constituait un troisième; il y avait donc en réalité trois tendons abducteurs attachés au premier métacarpien, et absence de court extenseur du pouce.

Toutes les irrégularités anatomiques que je viens de décrire existaient sur le membre gauche.

IX. A la main droite du même sujet, on trouvait cinq muscles lombricaux, dont deux pour le doigt annulaire, les autres à l'ordinaire. Cette anomalie est remarquable, parce que, chez beaucoup de sujets bien conformés d'ailleurs, le doigt annulaire est, par anomalie, dépourvu de son muscle lombrical, celui qui aurait dû s'y fixer s'attachant souvent au bord cubital du medius.

Je n'ai indiqué ici que les anomalies les plus remarquables sur l'un et l'autre membre thoracique. On trouvait, en outre, une multitude d'irrégularités musculaires moindres que les précédentes, mais encore assez nombreuses et assez prononcées pour que le membre supérieur gauche du sujet ne pût pas servir pour l'étude de la myologie, à laquelle on l'avait destiné.

Postérieurement à l'observation qui vient de nous servir de type, nous avons vu en 1852, dans l'amphithéâtre de notre école, sur un cadavre de femme, des *anomalies musculaires multiples*, moins nombreuses que chez le sujet précédent, car elles étaient restreintes aux muscles fléchisseurs des doigts, mais remarquables par leurs singulières complications.

Le fléchisseur superficiel, régulièrement disposé dans sa partie supérieure, présentait, à partir de sa division en faisceaux pour les différents doigts, les conditions suivantes : Le faisceau destiné à l'annulaire et celui du petit doigt, confondus jusqu'au-dessous du tiers inférieur de l'avant-bras, étaient placés superficiellement au-devant des faisceaux de l'index et du médius. Le faisceau de l'index était beaucoup plus volumineux qu'à l'ordinaire ; il partait tout entier du bord cubital de la masse commune, et, arrivé dans la coulisse annulaire du carpe, il croisait la direction du tendon du doigt médius et passait derrière ce tendon pour atteindre l'index.

Le fléchisseur profond et le fléchisseur propre de l'index avaient été écartés aussi de leurs conditions anatomiques régulières. Il se détachait de la face profonde et de la partie la plus supérieure du fléchisseur superficiel un faisceau charnu, cylindroïde, de 15 millimètres environ de diamètre, qui se portait directement en bas et un peu en dedans et, après 8 à 9 centimètres de trajet, dégénérait en un tendon qui s'accolait au bord interne du fléchisseur propre du pouce, le long de la portion tendineuse de ce dernier muscle, mais sans se confondre avec lui, de sorte que par une dissection attentive on séparait nettement, sur toute la longueur, ce qui provenait du fléchisseur superficiel de ce qui appartenait au fléchisseur propre du pouce. Avant de s'engager sous le ligament annulaire antérieur du poignet, les deux tendons accolés se séparaient, celui du pouce rentrait dans ses conditions normales, et celui du fléchisseur superficiel allait s'unir au tendon du fléchisseur profond destiné à l'index, au niveau de l'origine du muscle lombrical correspondant ; enfin le tendon du fléchisseur profond de l'index, avant de recevoir le tendon surnuméraire qui lui était fourni par le fléchisseur superficiel, envoyait lui-même un tendon de renforcement au tendon du fléchisseur profond destiné au médius.

Cette singulière complication d'anomalies peut se résumer ainsi ; le fléchisseur superficiel fournissait un faisceau qui s'unissait d'abord au long fléchisseur du pouce, et qui s'en séparait ensuite pour s'unir au fléchisseur profond par le tendon de l'index, tendon qui lui-même fournissait un tendon accessoire au tendon du fléchisseur profond du médius.

Quelles avaient été les conséquences de ces connexions sur les mouvements des doigts et sur leur indépendance réciproque pendant la vie? C'est ce que nous n'avons pas pu savoir....

Je n'ai trouvé décrit nulle part un cas aussi compliqué d'anomalies musculaires, mais on a vu souvent des cas analogues à la plupart de ces différentes anomalies prises chacune isolément, excepté toutefois les trois dispositions suivantes dont je ne connais pas d'exemples : 1° Le mode de superposition des deux faisceaux internes du fléchisseur superficiel sur les deux faisceaux externes ; 2° le lieu d'origine du faisceau supplémentaire destiné à l'index ; 3° le croisement du tendon de l'index avec le tendon du médius et en arrière de celui-ci.

Au reste, au point de vue où nous étudions toutes ces différentes anomalies anatomiques, les détails de chaque fait nous intéressent peu, car il n'est pas rare de rencontrer des anomalies musculaires, et chacune de celles que nous avons décrites dans les deux sujets étudiés ci-dessus, ou toute autre analogue trouvée isolément, ne nous aurait offert aucun intérêt pour ce que nous voulons établir, savoir : la réunion dans certains cas d'anomalies de même nature sur un même sujet ; or ces cas ne doivent pas être extrêmement rares puisque, pour ce qui me concerne, j'en ai déjà rencontré plusieurs, et certainement d'autres anatomistes ont dû en voir aussi. Le docteur Adolphe Richard, dans un remarquable mémoire sur diverses anomalies musculaires (1), indique un cas de ce genre (2) étudié par lui sous un tout autre point de vue.

Evidemment ce sont là des cas qui ne rentrent pas dans les anomalies secondaires dépendantes d'une monstruosité principale, dont nous avons parlé en commençant cette notice, car ici il serait impossible d'indiquer une anomalie comme dominant les autres, et ayant pu par sa présence entraîner leur développement. C'est donc une cause spéciale et propre à tour un système ou à toute une région qui a agi sur cette portion de l'organisme, à une époque donnée de la formation du tissu musculaire ou du système artériel, et qui a déterminé l'existence d'*anomalies simultanées*. Quelle est cette cause? A quelle époque du développement fœtal agit-elle? Ce sont-là des questions que, dans l'état actuel de nos connaissances, on ne peut que poser, mais dont la solution se présentera peut-être un jour. Déjà nous pouvons remarquer que ce genre d'anomalies paraît porter plus particulièrement sur les systèmes musculaire et artériel, ou, disons mieux, sur le système vasculaire, car je ne doute pas que l'appareil veineux ne soit susceptible de présenter aussi des *anomalies multiples*, et si je n'en puis pas citer d'exemples connus, c'est que, comme l'a fort bien fait observer M. Isidore Geoffroy Saint-Hilaire, à propos de la fréquence relative des anomalies d'embranchements dans les systèmes artériel et veineux (3), le système artériel injecté chaque année dans son ensemble sur des milliers d'individus est le sujet continuel des études des élèves et des recherches des anatomistes, qui ne manquent pas de signaler tous les cas insolites qu'ils viennent à rencontrer.

Nous terminerons ces observations en signalant dans les

---

(1) *Annal. des scienc. naturell.*, 3e série, t. 18, pag. 4.

(2) L. c., pag. 9.

(3) *Traité de tératologie*, t. 1, pag. 451.

anomalies multiples, et plus généralement dans les anomalies vasculaires et musculaires, les tendances à la symétrie chez quelques sujets. En décembre 1853, nous avons trouvé chez une femme le muscle court fléchisseur des orteils n'ayant que trois tendons, par absence de celui qui aurait dû exister à l'orteil externe, et cette anomalie se voyait aux deux pieds. Tout récemment (janvier 1857), sur un homme qui a servi à nos leçons d'anatomie, les deux muscles pédieux avaient chacun un cinquième tendon pour le petit orteil. Ce tendon provenait d'un faisceau charnu fusiforme qui était fixé lui-même par un court tendon d'origine au-devant de la malléole externe, sur le tendon du muscle moyen péronier, un peu avant sa terminaison au cinquième os métatarsien. Cette singulière disposition était la même sur les deux pieds.

Un individu injecté pour l'étude des artères présentait à chaque avant-bras trois troncs artériels ainsi disposés : à l'avant-bras droit, l'artère cubitale fournissait au même niveau l'artère interosseuse antérieure et en même temps une artère surnuméraire aussi grosse que la radiale ou que la cubitale. Elle était placée entre les deux plans musculaires des fléchisseur profond et superficiel ; vers le quart inférieur de l'avant-bras, elle se dégageait d'entre les fibres charnues, devenait sous-aponévrotique et se plaçait entre les tendons du fléchisseur superficiel, qui lui étaient internes, et le tendon du radial antérieur, qui était plus externe et qui la séparait de l'artère radiale. L'artère anormale passait ensuite sous le ligament annulaire, accolée au nerf médian et venait former l'arc externe de l'arcade palmaire superficielle en s'anastomosant avec la cubitale.

Les artères de l'avant-bras gauche présentaient identiquement les mêmes dispositions, sauf à l'origine de l'artère anormale, qui avait lieu isolément sur l'artère cubitale, un peu au-dessus de l'artère interosseuse antérieure, et non au même niveau, ainsi qu'on le voyait sur l'avant-bras droit.

DÉCLINAISON DE L'AIGUILLE AIMANTÉE A GRENOBLE,

MESURÉE LE 30 AVRIL 1855,

Par MM. SEGUIN et F. TEYNARD.

Comme on a souvent besoin de connaître, sur terre aussi bien que sur mer, la direction de la méridienne, et que la boussole donne un moyen commode de l'obtenir approximativement, quand on sait quel est l'angle que fait l'aiguille aimantée avec cette direction, il n'est pas rare que les physiciens soient consultés sur la valeur de cet angle.

La réponse à ce sujet n'est possible que d'après l'expérience. Nous avons donc entrepris de faire l'expérience nécessaire pour mesurer la déclinaison magnétique, qui n'est autre chose que l'angle de l'aiguille aimantée et de la méridienne.

Cette mesure a été faite le 20 avril 1855, de 1 heure à 4 heures après midi. Les appareils étaient installés dans les glacis de la place, entre la porte des Alpes et la porte de Bonne.

Il faut dire que nous n'avions à notre disposition aucun des instruments dont on se sert habituellement pour ce genre de recherches. Nous n'avions qu'un barreau aimanté, emprunté à la boussole des variations diurnes de Gambey, qui appartient à la faculté des sciences. La nécessité de construire nos instruments nous a conduits à employer un procédé qui est susceptible d'une précision véritablement scientifique. C'était plus qu'il ne fallait pour répondre à ceux qui veulent connaître à peu près la méridienne : aussi, perdant un peu de vue cette occasion de nos expériences, nous les avons faites de telle sorte qu'il nous est permis de les regarder comme le point de départ de recherches ultérieures sur le magnétisme terrestre dans notre pays.

Notre appareil est une caisse rectangulaire en bois, ayant 0^m60 de longueur sur 0^m30 de côté, ouverte aux deux bouts, dans laquelle est suspendu le barreau aimanté. Pour suspendre celui-ci, on a adapté, dans une ouverture faite au centre de la paroi supérieure de la caisse, et perpendiculairement à cette paroi, un large tube de verre dont la hauteur est environ de 1 mètre. Un petit treuil, placé au-dessus de ce tube, sert à porter un faisceau de fils de cocon, qui descend le long du tube et pénètre jusque dans la caisse pour recevoir le barreau.

Le barreau, long de 0m495, est embrassé à son milieu par un collier de laiton muni d'un crochet, qui permet de le suspendre aux fils de soie. Ainsi suspendu, il est horizontal dans la caisse et il oscille librement. Toutes les précautions sont prises pour assurer la liberté de ses mouvements, et il n'entre pas un clou de fer dans la caisse, ni dans le banc, très-solide, sur lequel elle est placée pendant les observations.

Il s'agit de déterminer la direction que prendrait le barreau en s'arrêtant dans sa position d'équilibre. Mais réellement il ne cesse pas d'osciller, et on ne peut déterminer la position d'équilibre qu'en la considérant comme la moyenne des positions extrêmes qu'il prend, à droite et à gauche, dans ses excursions alternatives : ce sont ces positions extrêmes que l'on observe pendant aussi longtemps que les oscillations sont régulières.

Pour faire ces observations, nous avons fixé sur le barreau, près de son milieu, un petit miroir plan, perpendiculaire, autant que possible, à sa longueur et oscillant avec lui. Au-devant de ce miroir, du côté sud de la caisse, à une distance de 13m environ, nous disposons un fil à plomb attaché à un jalon. On peut voir l'image de ce fil dans le miroir : on la voit osciller avec tout le reste, et même ses déplacements sont doubles de ceux du miroir ou du barreau. Ce sont les oscillations de cette image qu'on observe, non à l'œil nu, mais au moyen d'une lunette, montée sur le graphomètre de la Faculté.

Le fil à plomb étant à 13m au-devant du miroir, son image est vue derrière celui-ci à la même distance. Or, à la distance de 13^{m} de la caisse, du côté nord, nous avons placé une mire allongée dans le sens horizontal, portant des divisions verticales, tracées à 7^{mm}5 d'intervalle les unes des autres. L'image du fil à plomb se projette sur cette mire : on la voit passer successivement sur les divisions, et on remarque sur quels traits elle s'arrête, à droite et à gauche, à la limite de ses oscillations. Le trait moyen entre ces deux limites est celui sur lequel s'arrêterait l'image du fil, si le barreau lui-même prenait sa position d'équilibre. Et la ligne droite qui va du fil à plomb à ce dernier trait est perpendiculaire au miroir, supposé immobile. Si donc le miroir était exactement perpendiculaire au barreau, cette même droite représenterait, sur le terrain, la direction d'équilibre du barreau aimanté.

Mais nous ne pouvions pas penser que le miroir avait juste cette position ; il n'est même pas permis d'admettre que l'axe magnétique du barreau coïncide avec son axe de figure. Dès lors, la droite, jalonnée par le fil à plomb et le trait de la mire, pouvait être un peu à droite ou un peu à gauche de celle qu'il faut trouver, et qui passe par les deux pôles du barreau. Afin d'arriver à celle-ci, on retourne le barreau sur lui-même, de façon que le miroir qui était au-dessus passe au-dessous, et l'on refait les mêmes observations qu'on avait faites dans le premier cas : c'est-à-dire qu'on plante un nouveau jalon avec son fil à plomb devant le miroir, qu'on regarde l'image du fil osciller le long de la mire, qu'on note les divisions extrêmes où arrive cette image de chaque côté, et qu'on obtient ainsi le trait moyen où elle se fixerait si le barreau demeurait immobile. On a donc une nouvelle droite, marquée sur le terrain par le fil et par ce trait, qui est analogue à la droite obtenue de la même façon avant le retournement. Mais à cause de ce retournement, on est sûr que la deuxième ligne est un peu à la gauche de l'axe magnétique du barreau, si la première ligne était un peu à droite, et *vice versa*. La divergence est la même dans les deux cas. Dès lors, il suffira, pour avoir exactement la direction d'équilibre du barreau, ou plutôt de son axe magnétique, de prendre la droite, qui partage également en deux moitiés le petit angle compris entre les deux droites déterminées par les deux séries d'observations.

Toutes ces expériences, faites en plein air, ne laissent pas que d'être assez délicates. Si calme que soit l'atmosphère, il y a toujours quelque souffle de vent qui ébranle les fils à plomb et la caisse où est le barreau. Pour garantir celui-ci contre les courants d'air, on avait eu soin de fermer hermétiquement les deux bouts de la caisse au moyen de glaces, à travers lesquelles on devait observer l'image du fil et les traits de la mire. On s'était assuré que ces glaces ne déplaçaient pas sensiblement les images des objets. Au reste, après les deux séries d'observations dont nous avons rendu compte, nous avons de nouveau retourné le barreau, une première et une seconde fois, pour nous assurer que rien n'était dérangé dans nos appareils, et que nous pouvions compter sur la direction de chacune des deux lignes, jalonnées, l'une et l'autre, par un fil à plomb et par un trait de la mire.

Il nous restait à rapporter ces deux lignes à une direction fixe, indépendante de nos signaux et toujours facile à retrouver. Pour avoir la déclinaison magnétique, il nous eût fallu les rapporter à la méridienne du point où nous étions. Mais le tracé de la méridienne exige des observations astronomiques, et ici nos instruments nous faisaient complétement défaut. Nous n'avions, en fait de cercle divisé, que notre graphomètre. Aussi avons-nous renoncé à prendre pour ligne de repère la méridienne elle-même, et nous avons résolu de rapporter nos deux lignes magnétiques à une ligne géodésique qui se trouvait heureusement à notre portée.

En effet, nous avions placé nos appareils à peu près sur l'alignement du clocher de Saint-Joseph et du sommet de la Bastille. Or, il y a là deux points notés dans la triangulation de l'état-major : ce sont la croix du clocher de Saint-Joseph et le point culminant ouest de la Bastille. Nous avons substitué à la méridienne la ligne droite déterminée par ces deux points.

Nous portons donc le graphomètre successivement au point de rencontre de la ligne géodésique avec chacune des deux lignes magnétiques, et nous mesurons l'angle formé par chacune de celles-ci avec la première. Cela fait, nous prenons la moyenne des deux angles, et nous avons enfin l'angle formé par l'axe magnétique du barreau, supposé en équilibre, et par une ligne connue et invariablement marquée sur le terrain.

Cet angle a été de 3° 3' ouest.

D'après la disposition de nos expériences et les vérifications qui ont été faites, nous estimons que la mesure de cet angle est exacte à 1 ou 2 minutes près. L'habitude nous permettra sans doute d'obtenir une précision encore plus grande dans une nouvelle détermination, et nous pourrons par ce moyen étudier scientifiquement les variations de la déclinaison magnétique. Cette déclinaison, c'est-à-dire l'angle de l'aiguille aimantée et de la méridienne, varie, d'une année à l'autre, de 10 minutes environ, et il est clair que les mêmes changements se trouveront dans l'angle que fait le barreau aimanté avec la ligne géodésique que nous avons adoptée : nous les mettrons amplement en évidence par des observations répétées tous les deux ans.

Quant à l'angle de l'aiguille aimantée avec la méridienne elle-même, que nous avions eu d'abord en vue, voici ce que nous pouvons en dire pour le moment. Les deux points de repère dont nous avons fait usage ayant pour coordonnées géographiques

	Latit.	Longit. E.
La croix de Saint-Joseph	45° 11' 12"	3° 23' 36"
Le point culminant O de la Bastille.	45° 11' 57"	3° 23' 20"

on calcule que la droite déterminée par ces deux points fait avec la méridienne de l'un ou de l'autre un angle de 14° 4', du côté ouest. Comme la direction de l'aiguille aimantée est encore à l'ouest de cette droite d'un angle de 3° 3', cela fait une déclinaison occidentale de 17° 7'.

En d'autres termes, la méridienne, à Grenoble, est, du côté du nord, à l'est de la direction de l'aiguille aimantée, et fait avec elle un angle qui était de 17° 7' en avril 1855.

Mais cette valeur n'est pas aussi certaine que celle de notre angle de 3° 3'; car les coordonnées rapportées ci-dessus sont évaluées en secondes, et une erreur de 1" sur une d'elles pourrait entraîner une erreur de 1/2 degré sur l'angle de 14° 4'. Au reste, il suffira que nous puissions un jour, et une fois pour toutes, relever l'angle que font la ligne de Saint-Joseph à la Bastille et la méridienne, pour que la déclinaison magnétique, par rapport à la méridienne, soit aussi bien connue que l'angle de l'aiguille aimantée par rapport à cette ligne géodésique.

NOTE

SUR L'*ASPHODELUS RAMOSUS* DE LA *FLORE DU DAUPHINÉ* DE VILLARS.

Par M. J.-B. VERLOT.

L'illustre auteur de la *Flore du Dauphiné* a décrit, sous le nom d'*Asphodelus ramosus*, vol. 2, p. 265 de son livre, une plante dont les stations à l'état sauvage lui ont paru constituer un fait des plus intéressants au point de vue de la géographie botanique, car il admet comme identiques la plante des basses montagnes calcaires autour de Grenoble, celle des hautes montagnes granitiques de l'Isère et des Hautes-Alpes, ainsi que celle qui croît à Montpellier. Si ce fait a paru à Villars un cas des plus curieux relativement au climat si variable dont se serait accommodée son espèce, c'est qu'il ne l'a pas suffisamment étudiée dans ses divers caractères botaniques et qu'elle lui cachait plusieurs types distincts. En effet, les trois stations climatériques assignées à sa plante et que nous venons de citer donnent naissance à trois espèces, très-voisines il est vrai, mais parfaitement distinctes, dont l'une jusqu'à présent est restée confondue par les auteurs les plus modernes. Nous allons indiquer quelques faits historiques touchant ces espèces, en les faisant suivre de la description de celle encore confondue.

Le genre *asphodelus*, l'un des plus agréables par les belles fleurs dont la plupart des espèces sont pourvues et qui a servi de type à l'établissement de la famille des Asphodélées, n'a qu'un petit nombre d'espèces. L'immortel Linné, dans la troisième édition de son *Species plantarum*, publiée en 1764, n'en décrit que trois indigènes dans l'Europe méridionale et centrale, auquelles il donne les noms d'*Asph. luteus*, *Asph. ramosus* et *Asph. fistulosus*; la première à fleur jaune, la seconde à fleur blanche et formée de deux variétés, l'une à tige rameuse représentant l'*Asphodelus albus ramosus mas* du Pinax, de G. Bauhin, publié en 1623, l'autre à tige simple représentant l'*Asphodelus albus non ramosus*, du même Pinax; enfin la troisième également à fleur blanche, mais beaucoup plus petite que celle de la seconde espèce et du reste très-différente de celle-ci par la forme de ses feuilles et de sa racine. La première et la troisième espèce linnéenne sont des types bien caractérisés et étrangers au Dauphiné; nous ne pousserons donc pas plus loin leur histoire et nous nous occuperons plus spécialement de la seconde (*Asphodelus ramosus*) ainsi que de celles créées postérieurement, ayant des affinités avec elle, comme nous intéressant davantage pour éclairer notre sujet.

L'*Asphodelus ramosus* de Linné fut divisé en deux espèces, en 1768, par Miller, dans son Dictionnaire des jardiniers; l'une reçut le nom d'*Asph. albus*, l'autre conserva celui d'*A. ramo-*

sus, dénomination rappelant les deux types de G. Bauhin, et que conservèrent tous ou presque tous les botanistes jusqu'en 1804, époque où Brotero créa dans sa *Flore portugaise* l'*Asphodelus æstivus*, troisième espèce à feuilles canaliculées en forme de glaive, à racines fasciculées à divisions napiformes et ayant comme l'*Asph. ramosus*, conservé par Miller, Lamarck, Willdenow et autres botanistes de l'époque, une tige rameuse et des fleurs blanches. A ces trois espèces vint ensuite, en 1824, s'ajouter comme quatrième espèce ayant des affinités avec les précédentes, l'*Asph. microcarpus*, créé par Viviani dans sa *Flore de Corse*, distinct surtout par ses fruits plus petits que ceux des autres espèces, mais peut-être ne différant pas de l'*æstivus*. Une cinquième espèce se rattachant à ce groupe fut ensuite créée, en 1830, par Schultes dans son *Systema vegetabilium*, vol. 7, sous le nom d'*Asph. neglectus*, plante plus particulière à la Hongrie et autres parties de l'Autriche méridionale et ayant des affinités surtout avec l'*Asph. albus* Mill.; de 1830 à 1854, diverses espèces d'*asphodelus* furent encore établies, mais aucune n'ayant des analogies avec les quatre ou cinq espèces dont nous venons de citer les noms et étant du reste étrangères à la France. C'est ainsi que se présenta à MM. Grenier et Godron, lors de la rédaction de leur *Flore de France*, la question historique et spécifique de ces dernières plantes; ajoutons cependant que cultivant moi-même au jardin botanique de Grenoble divers asphodèles rapportés sauvages, les uns du Lautaret (Hautes-Alpes), les autres des montagnes calcaires autour de Grenoble, j'avais reconnu dès 1853 et annoncé à M. Grenier qu'il existait deux types en Dauphiné, confondus par Villars sous le nom de *ramosus*, et par Mutel sous le nom d'*albus*. Les descriptions de ces types furent faites en 1853 sur des pieds vivants au jardin botanique et publiées à Haguenau dans les *Archives de la flore de France et d'Allemagne* de M. Billot, page 298, mais sans autre indication de noms que ceux donnés par Villars ou par Mutel; en mai 1854, le type des hautes montagnes fut décrit aussi par MM. Grenier et Godron, dans les *Mémoires de la Société d'émulation du Doubs*, sous le nom d'*Asph. delphinensis*, l'autre type leur paraissant devoir se rattacher à l'*Asph. albus* Mill.; dans ces mêmes Mémoires, ces Messieurs publièrent aussi à la même époque l'*Asphod. sphærocarpus*, espèce spéciale au centre et à l'ouest de la France, plante qui jusqu'alors avait été considérée, en raison de ses tiges ordinairement simples, comme étant l'*Asph. albus*.

Dans la flore de France, 3e volume, paru en 1855 ou 1856, M. Grenier, auteur du genre *asphodelus*, décrivit cinq espèces croissant sur le sol français, et conserva la même manière de voir à l'égard des deux espèces dauphinoises; seulement il substitua au nom d'*Asph. delphinensis* donné à la plante alpine, celui d'*Asph. subalpinus*, nom assez peu heureux, suivant nous, puisque la plante à laquelle il s'applique ne croît que dans les Alpes très-élevées; il arrangea ainsi son genre *asphodelus* : 1re espèce, *Asph. fistulosus L.*, plante des bords de la Méditerranée et de la Corse; 2e espèce, *Asph. microcarpus Viv.*, formée en partie de l'*Asph. ramosus L.* espèce aussi spéciale à la région méditerranéenne et à la Corse; 3e espèce, *Asph. sphærocarpus Gr. et Godr.*, plante du centre et de l'ouest; 4e espèce, *Asph. subalpinus Gr. et Godr.*, ayant en synonymie, mais avec doute, l'*Asph. neglectus Schultes*, plante du Dauphiné et des Pyrénées; 5e et dernière espèce, *Asph. albus Mill.* (Willd.), formée en partie de l'*Asph. ramosus L.*, plante ayant une aire géographique assez étendue, telle que la région méditerranéenne, les bords de l'Océan et les basses montagnes des Alpes et des Pyrénées.

Tel était l'état de la question spécifique des espèces françaises, lorsque, l'an dernier, M. J. Gay lut dans le courant de juin, à une réunion de la société botanique de France, siégeant à Montpellier, un travail assez étendu sur les *asphodelus* de la section *Gamon*, section à laquelle appartiennent quatre des espèces ci-dessus citées et décrites par M. Grenier (l'*Asph. fistulosus* n'en fait point partie) ; M. Gay, dans ce travail, n'adopte point la manière de voir de M. Grenier. Des cinq espèces décrites dans la *Flore de France* par ce dernier, il réduit le nombre à quatre, et fait à chacune d'elles desdélimitations soit spécifiques, soit synonymiques, très-différentes. Nous ne suivrons pas M. Gay dans tous les détails que comporte son mémoire, nous nous bornerons seulement à examiner ce qu'il a fait des deux espèces dauphinoises : pour la plante des hautes montagnes granitiques, *Asph. subalpinus Gr. et Godr.*, M. Gay n'y voit point de différence avec l'*Asph. sphærocarpus* des mêmes auteurs, et réunit ces deux plantes sous l'ancien nom d'*Asph. albus Mill.*; pour celle des basses montagnes autour de Grenoble, elle se trouve jointe à une plante du Midi sous le nom nouveau d'*Asph. cerasiferus*, nom créé dans le but d'abandonner celui de *ramosus L.*, qui prête trop à la confusion, parce qu'il a été appliqué par beaucoup d'auteurs à l'*Asph. microcarpus Viv.* et qu'il comprend en outre, comme nous l'avons déjà dit, l'*A. albus Mill.* Nous examinerons donc cette dernière espèce à cause de la réunion qu'elle comporte et qu'il nous paraît impossible de maintenir, et aussi en raison de ce qu'elle nous offre deux faits de station climatérique, se rattachant à l'*Asph. ramosus* décrit par Villars dans sa *Flore du Dauphiné*.

L'*asph. cerasiferus* J. Gay, a reçu ce nom en raison de la forme sphérique de son fruit, rappelant celle d'une cerise griotte un peu aplatie sur le sommet; il comprend : 1° l'espèce à tige rameuse, à grande fleur blanche, à gros fruit rond et à bractées fauves, qui croit à Toulon, Marseille, Montpellier, etc., et que M. Grenier avait cru devoir désigner dans la *Flore de France*, sous le nom d'*Asph. albus Mill.* (Willd.); 2° l'espèce à tige tantôt un peu rameuse, tantôt simple, à grande fleur blanche, à fruit oblong et à bractées noirâtres, qui croit sur les montagnes calcaires autour de

Grenoble, telles que Comboire, Mont-Rachais, etc., confondue par Villars sous le nom de *ramosus* avec la plante des hautes montagnes, qui a reçu de MM. Grenier et Godron le nom d'*Asph. subalpinus*. Or, l'*Asph. cerasiferus* de M. Gay est donc un assemblage de deux plantes qui s'excluent d'elles-mêmes, et qui doivent nécessairement constituer deux types distincts; fait hors de doute pour nous, car nous avons eu l'occasion, l'an dernier, de voir fleurir et fructifier au jardin botanique de Grenoble les deux plantes vivant l'une à côté de l'autre et de juger de leur différence (celle du midi provenant de Marseille est due à l'obligeance de M. Derbès, professeur à la faculté des sciences de cette ville). Maintenant quels noms devront recevoir ces types? Pour la plante du midi, celui de *cerasiferus* assurément devra être maintenu en raison de sa date et de la forme de son fruit; quant au type grenoblois, comme il a été confondu soit par Villars, soit par MM. Grenier et Godron, ou par M. Gay, sous des noms qui s'appliquent à d'autres espèces, qu'il ne peut par conséquent conserver, et que jusqu'à présent il n'a pas eu de nom spécial, nous lui donnnerons celui d'*Alphodelus Villarsii*. Voici donc sa description, précédée de sa synonymie.

ASPHODELUS VILLARSII (1).

Asph. ramosus Vill., *Dauph.*, vol. 2, p. 265 et Mutel *Dauph.*, ed. 1, *ex parte*. — *Asph. albus* Mutel, *Fl. franç.* et *Fl.*

(1) Dans une lettre adressée à M. Billot, à Haguenau, le 19 novembre dernier, lettre relative à diverses choses, nous avions parlé à ce botaniste de l'erreur commise par M. Gay au sujet de la réunion des deux plantes dont il s'agit sous le seul nom d'*Asph. cerasiferus*, et nous avions témoigné le désir de voir la plante grenobloise porter le nom d'*Asph. Villarsii*. M. Billot, dans la livraison de décembre dernier, de ses *Annotations à la Flore de France et d'Allemagne*,

Dauph., éd. 2, *ex parte*. — Gren. et Godr. *Fl. franç.*, vol. 3, p. 225, *ex parte*. — ***Asph. cerasiferus*** J. Gay, ***Ann. des sc. nat.***, 4ᵉ série, vol. 7, p. 127, et ***Bull. de la soc. bot. de France***, vol. 4, p. 610, *ex parte*.

Racine formée d'un faisceau de ramifications napiformes arrondies à leur extrémité, d'un brun noirâtre ; feuilles très-longues, canaliculées, assez étroites, d'un vert un peu glauque ; hampe ferme, haute de 80 centimètres à 1ᵐ25, tantôt simple, tantôt avec une ou deux ramifications, petites, d'inégale longueur en forme d'épis dressés ; bractées triangulaires, noirâtres, longuement acuminées, dépassant les fleurs non développées, mais n'atteignant pas la longueur des pédicelles lors de la présence des fruits ; périanthe d'un blanc légèrement rosé, s'épanouissant vers le 1ᵉʳ mai (1), à six divisions, s'écartant beaucoup lors de son épanouissement complet, à partir du sommet de l'ovaire, chaque division ayant une nervure dorsale saillante d'un brun pourpre et un limbe sensiblement elliptique ; étamines dépassant les divisions du périanthe, à filets élargis à leur base qui est ciliée, frangée et coudée strictement sur l'ovaire, et à anthères d'une couleur orangée-ferrugineuse ; pistil plus long que les étamines, ayant un ovaire trigone arrondi, un style mince et délicat, de couleur blanche (comme le filet des étamines), surmonté d'un stigmate arrondi-trilobé très-petit, d'une teinte jaune très-pâle ; fruit trivalve, ovale-oblong, assez gros, marquant obscurément trois angles extrêmement obtus, contenant trois graines triangulaires, un

---

ayant publié, pages 107 à 109, une partie de notre lettre au sujet de cette plante, l'*Asphodelus Villarsii* devra donc prendre date de décembre 1857 et non d'aujourd'hui.

(1) Cette année 1858, en raison d'une température exceptionnellement plus chaude que d'ordinaire, la floraison de cette plante au jardin botanique a commencé le 22 avril.

peu allongées, pointues, d'un brun un peu brillant à l'époque de leur maturité complète.

L'*Asph. Villarsii* a de grandes affinités avec l'*Asph. subalpinus* Gr. et Godr. (*As. albus* Gay); mais il s'en distingue suffisamment par son inflorescence plus forte, par ses fleurs un peu plus grandes, d'un blanc plus carné, surtout à l'extérieur, et à pédicelles s'écartant davantage de la hampe, par ses fruits plus gros et moins appliqués, par sa floraison plus précoce de plus de huit jours dans les cultures à Grenoble, et par les tubérosités de sa racine plus arrondies à leur extrémité, d'un brun plus noirâtre et non rougeâtre.

Quant aux rapports qu'il a avec l'*Asph. cerasiferus* (du midi), c'est surtout une tige beaucoup moins rameuse, à pédoncules des ramifications, plus gros et moins longs, s'écartant moins de l'axe de la hampe; une floraison plus précoce (ici); des fleurs moins nombreuses, plus grandes; des bractées noirâtres et non fauves; des fruits ovales-oblongs, moins gros et non sphériques aplatis sur le sommet; des feuilles qui se dessèchent chaque année et non persistantes, qui le distinguent de cette espèce.

En résumé donc, l'*Asphodelus ramosus* de la Flore du Dauphiné de Villars, comprend : pour les localités citées autour de Grenoble l'*Asph. Villarsii* que nous venons de décrire; pour celles des hautes montagnes où la neige séjourne six mois de l'année l'*Asph. subalpinus* Gr. et Godr.; et pour la localité de Montpellier l'*Asph. cerasiferus* J. Gay, réduit au type méridional, comme nous l'avons fait.

NOTA. — Depuis la rédaction de cette note et sa lecture à la Société de statistique et d'histoire naturelle de l'Isère, nous avons reçu le second volume de la *Flora italiana*, publiée à Florence l'an dernier, par M. Ph. Parlatore, où se trouve la description de trois espèces nouvelles d'*Asphodelus*: 1° *Asph. Morisianus Parl.*, plante spéciale à l'île de Sardaigne et très-voisine de l'*Asph. microcarpus Vir.*; 2° *Asph. affinis Parl.*, plante à patrie douteuse, mais soupçonnée italienne, cultivée au jardin botanique de Florence, se rapprochant également de l'*Asph. microcarpus Vir.*; 3° *Asph. microcarpus Parl.*, plante des environs de Rome, à tige simple, à épi dense, à fruits gros, ovales-elliptiques, et ayant, par conséquent, des rapports avec les *Asph. subalpinus* et *Villarsii*, mais différente par plusieurs caractères cités dans la description.

MÉMOIRE

SUR LES MINES D'ANTHRACITE DU BASSIN DU DRAC (ISÈRE),

Par M. ROGER, ingénieur des mines.

(Extrait des *Annales des mines*, t. VII, 1855.)

Les mines d'anthracite du bassin du Drac se présentent dans des circonstances de gisement très-intéressantes au point de vue géologique. Industriellement leur importance est déjà considérable et tend à s'accroître chaque jour davantage. L'achèvement des chemins de fer qui se rattachent à la ligne de Lyon à la Méditerranée, en les rapprochant des grands centres de consommation, conduira sans aucun doute à donner, dans un avenir prochain, le plus large développement possible aux travaux d'exploitation. Il est donc naturel de se demander, dès aujourd'hui, quelles sont les ressources ultérieures de ces mines. A cet effet, il faut d'abord étudier l'état actuel des exploitations, ainsi que l'ensemble des travaux de recherche et d'aménagement aujourd'hui en cours d'exécution; puis examiner quels travaux d'avenir peuvent être entrepris et quelles sont les améliorations qui restent à réaliser soit dans les méthodes d'exploitation, soit dans les moyens de transport.

C'est le résumé des études que j'ai été à même de faire sur ces divers objets que je me propose de présenter ici (1). Je commencerai par quelques considérations succinctes sur la constitution géologique du bassin.

PREMIÈRE PARTIE. — *Description du terrain anthracifère du Drac.*

Le terrain anthracifère du Drac se compose de plusieurs lambeaux distincts, qu'on peut comprendre dans un rectangle dont ce torrent formerait l'un des côtés, sur une longueur totale de 16 kilomètres environ, et dans une direction voisine du nord-sud ; une ligne menée à l'est et à l'ouest, à partir de la Mure, et ayant 8 kilomètres de longueur, fermerait, du côté du sud, le rectangle, qui par là se trouverait entièrement déterminé, et aurait une aire totale de 128 kilomètres carrés.

Le terrain anthracifère proprement dit n'occupe environ, en affleurements, que la sixième partie du rectangle qui vient d'être défini, soit 21 kilomètres carrés; il est constitué dans sa totalité par des dépôts arénacés, grès et schistes argileux, subordonnés aux couches de combustible. Le reste du rectangle appartient à deux autres formations, l'une plus ancienne, l'autre plus moderne.

La formation ancienne apparaît sur une étendue totale d'environ 12 kilomètres carrés, et se compose exclusivement de schistes talqueux ; ces schistes talqueux se relient évidemment à la grande chaîne primitive qui s'étend du mont Pelvoux au mont Blanc.

---

(1) Ces études m'ont été beaucoup facilitées par l'obligeant concours qu'a bien voulu me prêter M. Rolland, ancien élève de l'école de Saint-Etienne, directeur des mines de la Grande-Draye et de Peychagnard. Je me fais un devoir de l'en remercier ici.

La formation moderne, abstraction faite de quelques dépôts de peu d'importance, les uns tertiaires, les autres d'alluvions tout à fait récentes, se compose d'une série d'assises d'un calcaire plus ou moins schisteux, plus ou moins argileux ; l'épaisseur totale de cette formation est très-considérable ; les assises inférieures se rapportent évidemment, par les fossiles qu'on y rencontre, à l'étage du lias ; à la base, et au contact avec les grès anthracifères, se trouvent ordinairement des grès qui se distinguent de ces derniers par leur aspect et leurs caractères physiques, et ne renferment aucun indice d'anthracite ; pour cette raison, on les a nommés grès du lias ; ces grès n'offrent jamais qu'une faible épaisseur, 25 à 30 mètres au plus.

Au-dessus des assises liassiques s'étendent les couches calcaires et marneuses de la formation oolitique, formation à peine représentée dans la région que nous avons à étudier, mais qui prend, du côté de l'ouest, un immense développement.

Les trois terrains que nous venons de décrire sommairement, terrain talqueux ancien, terrain anthracite, terrain moderne (liassique), doivent être distingués avec soin pour qu'on puisse nettement se rendre compte des circonstances de gisement et d'exploitation des mines du bassin du Drac. Dans ce bassin, ces trois terrains sont constamment superposés l'un à l'autre dans l'ordre même où nous les avons nommés tout à l'heure. Mais nous ne pensons pas qu'on doive les séparer géologiquement. Nous devons dire, au contraire, sans entrer toutefois dans l'examen des faits qui se rattachent à la question de l'âge géologique de ces terrains, si importants à étudier par la place qu'ils occupent dans la chaîne des Alpes occidentales, qu'ils nous paraissent être contemporains, en ce sens du moins qu'aucune grande révolution n'aurait marqué le passage de l'un à l'autre. En d'autres termes, nous croyons qu'on doit rapporter le terrain anthracifère des Alpes tout entier à l'époque liassique, malgré la présence bien constatée de végétaux fossiles identiques à ceux que l'on rencontre dans les formations houillières. Quant au terrain talqueux, il ne serait lui-même que le résultat d'altérations *métamorphiques* plus ou moins profondes subies par des terrains sédimentaires qui, dans l'origine, auraient également appartenu au lias, du moins dans leurs assises les plus élevées (1).

C'est vers le centre du rectangle défini plus haut que se trouve le lambeau anthracifère principal, le seul que nous étudierons d'une manière détaillée ; ce lambeau comprend neuf concessions, dont la plus importante est celle de la Grande Draye, qui fournit annuellement plus de la moitié de la quantité totale du combustible exploité dans le bassin ; deux autres concessions, absolument inexploitées depuis plus de vingt ans, et dont les ressources sont peu connues, s'étendent vers le sud ; enfin, il existe du côté du nord, en dehors des limites de la carte géologique jointe à ce mémoire, deux autres concessions très-peu productives. En tout treize concessions, s'étendant en partie sur le sol calcaire et sur le sol talqueux, et comprenant 42 kilomètres carrés, 84 hectares.

Toutes les couches exploitées dans le bassin paraissent se réduire en définitive à cinq couches distinctes et sensiblement parallèles, savoir, en commençant par la couche la plus moderne :

1° Une petite couche d'environ 50 à 60 centimètres de puissance, qui n'est connue que sur un très-petit nombre de

---

(1) On peut consulter sur ce sujet deux mémoires de M. Elie de Beaumont, insérés dans les *Annales des sciences naturelles*, juin et décembre 1828, la Statistique de l'Isère, de M. Gueymard, 1844, et enfin un mémoire de M. Gras sur le terrain anthracifère des Alpes (*Annales des mines*, 1854).

points; elle n'est séparée de la couche n° 2 que par un intervalle de 8 à 10 mètres; quelquefois même elle paraît s'y réunir.

2° La seconde couche est la couche principale du bassin (Grande Couche); sa puissance est en moyenne de 6 à 7 mètres et s'élève quelquefois à 12 ou 15 mètres; elle est exploitée sous divers noms, dans les concessions de Peychagnard, de la Grande Draye et de Combéramis.

3° La couche n° 3, ou couche Henriette, a 1 mètre environ de puissance moyenne; elle est à une distance de 50 mètres environ de la précédente.

4° La couche n° 4, ou couche du Bois de Bataille, est habituellement séparée en trois veines par des bancs de grès intercalés; son épaisseur moyenne est en tout de 2 mètres environ, et de $1^m,50$ en ne tenant compte que du charbon. La distance qui sépare les couches Henriette et du Bois de Bataille varie de 25 à 40 mètres.

5° La cinquième couche est distante ordinairement de 20 à 25^m de la précédente; son épaisseur est d'environ 60 centimètres; elle est habituellement considérée comme inexploitable.

Au delà de ce système de couches on ne rencontre que des grès extrêmement durs, dont l'épaisseur totale, avant d'arriver aux schistes talqueux, s'élève la plupart du temps à 150 mètres environ.

La direction de toutes ces couches est presque constamment comprise entre le nord-sud et le nord 16 à 17° est; la direction moyenne coïncide sensiblement avec la direction du système du Vercors, nord 8° est (1), direction que, pour abréger,

(1) Le système du Vercors a été nettement caractérisé par M. Gras (*Statistique minéralogique du département de la Drôme*, page 27): « Ce système se montre fréquemment, dit M. Gras, dans le département de l'Isère; c'est lui qui a donné naissance à la chaîne de montagnes situées entre la vallée de Lans et celle du Drac, et qui a incliné les couches d'anthracite d'Huez et du Mont de Lans. » La

nous nommerons à l'avenir simplement nord-sud (1). Le pendage des couches est tantôt vers l'ouest (O. 8° N.), tantôt vers l'est (E. 8° S.). Mais le pendage ouest est de beaucoup le plus développé; c'est dans ce sens que les *nappes* des couches sont le plus étendues. L'inclinaison la plus habituelle des couches est de 35 à 45° à l'horizon; quelquefois elles sont tout à fait verticales; elles ne sont horizontales que dans le passage, ordinairement très-brusque, d'un pendage au pendage inverse dans les plis successifs. Ajoutons que les axes des plis sont presque constamment inclinés vers le nord d'environ 6°. Beaucoup plus rarement ces axes ou lignes de flexion inclinent au sud. Dans les points où les deux inclinaisons opposées se rencontrent, ou pour mieux dire se succèdent, les couches, infléchies alors dans tous les sens, affectent la forme de *fond de bateau* ayant leur convexité tournée soit vers le haut, soit vers le bas.

Tels sont les caractères généraux de l'allure des couches du bassin du Drac, abstraction faite des accidents et des déformations accessoires.

DEUXIÈME PARTIE. — *Production annuelle des mines. — Description des travaux.*

Nous avons réuni dans le tableau ci-après les principaux renseignements statistiques qu'il peut être utile de connaître, concernant les diverses concessions du bassin du Drac.

---

vallée de l'Eau-d'Olle, à partir d'Allemont jusqu'au col des Sept-Laus, le col des Sept-Laus, et les gorges du Bréda, depuis la Ferrière jusqu'à Allevard, forment également une série de dépressions longitudinales orientées N. 8 à 10° E. et présentant ensemble un alignement continu d'environ 35 kilomètres.

(1) Toutes les fois qu'il s'agira du Nord *vrai*, du Sud, de l'Est ou de l'Ouest *vrais*, nous aurons soin de le dire expressément.

NUMEROS D'ORDRE des concessions (du Nord au Sud). (1)	NOMS des CONCESSIONS. (2)	ETENDUE des concessions. (3)	COMMUNES sur lesquelles s'étendent les concessions. (4)	DATES des actes de concession. (5)	PRODUCTION TOTALE depuis 1814 inclusivement jusqu'à 1854 exclusivement. (6)	PRODUCTION EN 1854. (7)
		hect			qx.m.	qx.m.
1	Saint-Barthélemy	539	Saint-Barthélemy....	31 janvier 1817.	280	300
2	Laffrey..........	296	Laffrey.............	29 septembre 1843	3,450	»
3	Combéramis.....	403	Notre-Dame de Vaulx.	11 brum. an XIV.	2,268,887	132,826
4	La Grande Draye	276	La Motte d'Aveillans.	4 juillet 1806.	4,080,854	287,926
5	Pierre-Châtel ...	200	Pierre-Châtel........	1er septemb. 1827	»	»
6	Puteville........	216	Pierre-Châtel........	5 juillet 1805.	301,377	23,060
7	Le Châtelard....	109	La Motte Saint-Martin	16 novembre 1834	»	»
8	Les Bétoux......	820	La Motte Saint-Martin	11 novembre 1806	39,681	»
9	Les Boînes......	77	La Motte d'Aveillans. La Motte Saint-Martin	9 avril 1834.	60,854	»
10	Serre-Leycon....	206	La Motte d'Aveillans. La Motte Saint-Martin	9 août 1834.	230,894	17,477
11	Le Peychagnard.	287	Susville............	27 novembre 1816	1,342,662	71,679
12	Les Chuzins.....	281	Susville............	8 août 1835.	»	»
13	Prunières.......	374	Prunières..........	28 août 1835.	5,607	»
	TOTAUX.....	4284			8,334,546	533,268

Il résulte de ce tableau que la production actuelle du bassin (533,268 quintaux) est bien supérieure à la production moyenne considérée dans toute la période 1814-1854 ; cette production moyenne ne s'élève en effet qu'à $\frac{8,334,546}{40}$ ou 208.364 quintaux. Il est assez intéressant du reste de se rendre compte de la marche suivie par les progrès de la production dans cette période ; c'est à quoi répond le tableau ci-après, dressé d'après des documents administratifs qui, s'ils ne sont pas d'une exactitude absolue, peuvent au moins être considérés comme très-approchés.

ANNÉES.	Saint-Barthélemy.	Laffrey.	Combéramais.	La Grande-Draye.	Pierre-Châtel.	Puterille.	Le Chatelard.	Les Bétoux.	Les Boînes.	Serre-Leycon.	Le Peychagnard.	Les Chuzins.	Prunières.	TOTAUX.	MOYENNES prises de 10 ans en 10 ans.
1814	»	»	14515	30000	»	7581	»	711	»	»	16531	»	»	69338	
1815	»	»	14400	29633	»	5080	»	120	»	»	18901	»	»	68134	
1816	»	»	14400	24919	»	6150	»	333	»	»	11734	»	»	57536	
1817	»	»	14400	22870	»	5512	»	133	»	»	12775	»	»	55690	
1818	»	»	14400	22058	»	5985	»	133	»	»	14464	»	»	57040	
1819	»	»	18488	23232	»	7171	»	133	»	»	11533	»	»	60557	58323
1820	»	»	18541	21126	»	6114	»	133	»	»	8575	»	»	54489	
1821	»	»	18728	19564	»	5736	»	520	»	»	7784	»	»	52332	
1822	»	»	20768	18490	»	4938	»	321	»	»	7989	»	»	52506	
1823	»	»	22032	19408	»	5347	»	288	»	»	8533	»	»	55608	
1824	»	»	21074	22876	»	4878	»	1420	»	»	11097	»	»	61345	
1825	»	»	30138	21731	»	5950	»	1639	»	»	10335	»	»	69793	
1826	»	»	26000	33057	»	7865	»	1963	»	»	14144	»	»	83029	
1827	»	»	26000	42994	»	8039	»	2132	»	»	15052	»	»	94217	
1828	»	»	32254	44492	»	10387	»	2411	»	»	15943	»	»	105487	
1829	»	»	30080	46544	»	9838	»	2950	»	»	17518	»	»	106930	104442
1830	»	»	31420	49823	»	9275	»	1768	»	»	13958	»	»	106244	
1831	»	»	32437	48463	»	7170	»	2475	»	»	16349	»	»	106894	
1832	»	»	75672	50625	»	7260	»	3033	»	»	20214	»	»	156804	
1833	»	»	52084	67141	»	7702	»	2480	»	»	25974	»	»	155381	
1834	»	»	34310	79250	»	7400	»	2843	774	600	25974	»	»	151151	
1835	»	»	38355	86960	»	8000	»	2478	»	800	31172	»	387	168152	
1836	»	»	36967	111517	»	5850	»	3864	6240	4500	41320	»	450	210708	
1837	»	»	42000	115460	»	6500	»	2800	5600	11000	42600	»	500	227460	
1838	»	»	40000	119500	»	8500	»	600	6000	12000	40350	»	400	229350	
1839	»	»	34500	147400	»	8540	»	»	5600	12800	37200	»	»	246040	238130
1840	»	»	47180	135025	»	9200	»	»	6000	14000	42800	»	1200	255405	
1841	»	»	64862	149760	»	9240	»	»	7900	8500	45840	»	850	276961	
1842	»	»	66743	151275	»	8898	»	»	2950	9400	54318	»	920	294504	
1843	»	»	66050	164900	»	12455	»	»	1200	19700	57052	»	950	323307	
1844	»	»	67850	166500	»	9552	»	»	18220	19800	59571	»	»	341493	
1845	»	»	102060	197000	»	6800	»	»	2370	18400	78500	»	»	405130	
1846	»	»	113950	198600	»	3950	»	»	1500	13200	63750	»	»	394950	
1847	»	»	140320	204500	»	2190	»	»	1200	11400	65200	»	»	424810	
1848	»	»	141241	193122	»	800	»	»	»	10822	57750	»	»	403735	
1849	»	450	128071	191077	»	2255	»	»	»	11570	42144	»	»	375567	432558
1850	»	3000	145910	213680	»	4950	»	»	»	11122	55487	»	»	434149	
1851	»	»	147238	254304	»	11312	»	»	»	10430	71411	»	»	494785	
1852	55	»	147379	278232	»	15168	»	»	»	15350	81763	»	»	537947	
1853	225	»	136070	269627	»	22539	»	»	»	15500	71057	»	»	515018	
Totaux	280	3450	2268887	4080854	»	301377	»	39681	60854	230894	1342662	»	5607	8334546	

Parmi les conséquences qu'on peut déduire du tableau précédent, nous signalerons celles-ci :

1° La production totale annuelle depuis 1814, c'est-à-dire depuis l'époque où l'on possède des renseignements authentiques, jusqu'à nos jours, croît très-rapidement, et a même jusqu'ici doublé de dix en dix ans. Il est toutefois à peu près hors de doute qu'une telle proportion ne se maintiendra pas dans l'avenir. Nous admettrons dans nos calculs ultérieurs que la production totale est destinée à se régler, dans un avenir plus ou moins éloigné, à un chiffre annuel de un million de quintaux, soit 100,000 tonnes.

2° Parmi les treize concessions du bassin, trois concessions seulement, la Grande Draye, Combéramis, le Peychagnard, ont donné jusqu'ici des produits considérables ; ces trois mines ont fourni, de 1814 à 1854 exclusivement, 7.692.403 quintaux métriques, c'est-à-dire un peu plus des 7/8 de la production totale du bassin. Ces trois concessions sont aussi les seules où les travaux, soit d'exploitation, soit de recherche, méritent par leur importance d'être décrits ici.

Les galeries principales qui existent actuellement dans la concession de la Grande Draye déterminent neuf étages distincts. Les longueurs de ces galeries et leurs altitudes à l'ouverture, à partir de la plus basse, sont comme ci-après :

		Altitudes.	Diff.	Longueur des galeries.
Travaux des Crêts.	1er niveau	198.00		140
			25.00	
	2e niveau	173.00		480
			25.00	
	3e niveau	148.00		170
			25.00	
	4e niveau	123.00		260
			25.00	
	5e niveau	98.00		236
			23.00	
	6e niveau	75.00		185
			23.00	
Trav. infér.	7e niveau ou Bastille	52.00		656
			28 40	
	8e niveau ou trois embranchements	23.60		700
			23.60	
	9e niveau ou Rivoire	0.00		920

Les galeries principales des six premiers étages, nommés

étages des Crêts, sont dirigées de l'ouest à l'est, c'est-à-dire normalement à la direction moyenne des couches; les trois autres s'avancent au contraire du sud au nord, en suivant tel ou tel repli de la Grande Couche. Toutes ces galeries sont d'ailleurs pourvues de chemins de fer, ainsi qu'un certain nombre de galeries d'allongement et de traverse. Le développement total des voies ferrées, dans la concession, est de 5,271 mètres.

Les galeries principales des étages n° 1, n° 2 et n° 3 n'ont rencontré que la couche du Bois de Bataille, en ce moment en exploitation à ces trois étages, et la petite couche que l'on n'a exploitée jusqu'ici qu'à l'étage n° 1; à ces trois niveaux, la Grande Couche et la couche Henriette n'existent pas; elles ont été détruites par les dénudations du sol; il est seulement resté à l'étage n° 1, et comme une espèce de *témoin*, un lambeau de la couche Henriette d'une très-faible étendue; la Grande Couche n'existe, du reste, qu'aux niveaux 7, 8 et 9.

On peut évaluer comme il suit le développement des voies d'allongement pratiquées, à chacun de ces trois étages, sur la couche du Bois de Bataille, au niveau de l'entrée des voies principales :

Étage n° 1	160 mètres.
— n° 2	250
— n° 3	150

soit en tout 560 mètres. Ces galeries d'allongement, comme toutes les galeries d'allongement de la concession, ont pour limites, au nord la concession de Combéramis, au midi les affleurements mêmes des couches. On peut considérer à ces trois niveaux, les galeries d'allongement comme terminées, à 100 ou 150 mètres près. Les dépilages sont également très-avancés.

La galerie n° 4 a rencontré : 1° la couche Henriette, à 30 mètres du jour ; 2° la couche du Bois de Bataille, à 80 mètres plus loin; puis la petite couche, inexploitable quant à présent à ce niveau. Cette galerie se poursuit encore afin d'explorer le bassin dans le sens de sa profondeur; selon toutes les probabilités, on doit atteindre, à 290 mètres du jour environ, le repli en forme de fond de bateau que l'on connaît déjà par la galerie n° 3. Le développement total des voies d'allongement au niveau de l'entrée n° 4 est de 720 mètres, dont 320 mètres dans la couche Henriette et 400 mètres dans la couche du Bois de Bataille. Il reste environ 200 mètres à faire, sans tenir compte du repli, d'ailleurs peu important, vers lequel marche la galerie à travers bancs. Il n'y a pas de dépilages à cet étage non plus qu'aux étages suivants, 5 et 6; à ces trois étages, les massifs aménagés sont presque intacts; ils ne seront enlevés qu'après l'épuisement à peu près complet des étages 1, 2 et 3.

La galerie n° 5 est ouverte à 300 mètres environ au sud des quatre précédentes qui sont toutes, à 50 mètres près, dans le plan méridien. Si l'on se rappelle que les axes des replis sont relevés vers le sud de 6° environ (10 centimètres par mètre), on en conclura que cette galerie doit rencontrer les couches dans les *régions analogues* aux régions déjà explorées par les galeries n° 3 et n° 4 (nous nommerons régions analogues ou, d'une façon plus précise, *points analogues*, les points qui, dans une couche donnée, sont situés sur une même ligne droite parallèle aux axes de plissement de la couche). Et en effet cette galerie a coupé : 1° un lambeau de la couche Henriette, avec pendage *direct* (O. 8° N.); ce lambeau n'existe qu'à 100 à 150 mètres au nord de l'entrée de la galerie; plus près de cette entrée, il a été détruit par les dénudations du sol; 2° la couche du Bois de Bataille avec pendage direct. C'est en partant de cette couche, au moyen d'une traverse dirigée de l'est à l'ouest, c'est-à-dire en sens inverse de la galerie principale, que l'on a rejoint le lambeau de la couche Henriette dont il vient d'être question; 3° à 20 mètres de la couche du Bois de Bataille, on a traversé la petite couche (n° 5) avec pendage direct; puis, 140 mètres plus loin, on a encore traversé la même petite couche, avec pendage inverse; 4° enfin, derrière cette petite couche et à 20 mètres de distance, on a recoupé de nouveau la couche du Bois de Bataille avec pendage inverse. On marche maintenant vers une autre région de la même couche, région qu'on est certain d'atteindre prochainement et dans laquelle la couche offrira un pendage direct.

Les galeries d'allongement de cet étage présentent un développement total d'environ 1,500 mètres au niveau de l'entrée; elles sont exclusivement pratiquées dans la couche Henriette et dans le repli de la couche du Bois de Bataille le plus voisin du jour.

La galerie n° 6 est à 15 ou 20 mètres au sud de la précédente; elle est destinée à atteindre les mêmes replis, mais à un niveau plus bas; déjà elle a recoupé : 1° la couche Henriette à 80 mètres du jour; 2° la couche du Bois de Bataille à 160 mètres du jour; 3° la petite couche n° 5 à 200 mètres du jour; ces trois couches ont offert le même pendage vers l'ouest. Il reste à traverser les deux dernières couches, une première fois avec des pendages inverses, et une seconde fois avec des pendages directs. Peut-être qu'à ce niveau les rencontres auront lieu vers les points les plus bas des inflexions éprouvées par les couches, si même on ne passe pas au-dessous; dans ce dernier cas, on arriverait au charbon au moyen de traverses montantes.

Les galeries d'allongement au niveau de la galerie n° 6 ont environ 550 mètres de développement total.

La galerie principale n° 7 est ouverte sur les affleurements mêmes de la Grande Couche, dans une région où cette couche porte le nom de couche de la Bastille ou de la Grande Draye. La galerie suit la couche horizontalement ou, pour parler plus exactement, avec la pente de 1 centimètre par mètre qu'on a partout donnée, dans cette concession, aux voies munies de chemins de fer, depuis les affleurements jusqu'à la limite nord de la concession. De cette galerie partent deux voies de recherche s'enfonçant l'une et l'autre à travers bancs dans le sein de la montagne, c'est-à-dire du côté de l'est ; elles sont prises, l'une à 160 mètres du jour, l'autre à 530 mètres.

La traverse nord, la plus éloignée, a 380 mètres environ de longueur totale ; elle a déjà rencontré, après un parcours de 60 mètres, la couche Henriette, avec un pendage direct ; à 75 mètres plus loin, encore la couche Henriette vers le point le plus bas d'une inflexion ; à 30 mètres plus loin, la couche du Bois de Bataille, avec un pendage direct, et cette même couche une deuxième fois et avec un pendage inverse à 120 mètres plus loin. On marche maintenant vers la couche Henriette, que l'on espère rencontrer avant d'atteindre la limite de la concession.

La traverse sud à 250 mètres de longueur ; elle n'a rencontré encore que la première contre-pente de la couche Henriette après un parcours de 60 mètres ; la contre-pente inverse, que recoupe la traverse nord, s'est trouvée échapper à la traverse sud à cause du redressement de l'axe des plis vers le sud ; mais on a rejoint le point le plus bas de l'inflexion au moyen d'une traverse dirigée vers le nord, légèrement montante, ayant 55 mètres de longueur. Quant à la couche du Bois de Bataille, la traverse sud la coupe dans un étranglement où son épaisseur est réduite à 20 ou 25 centimètres. Il reste à traverser une deuxième contre-pente du Bois de Bataille avec pendage inverse, contre-pente que l'on atteindra probablement à 290 mètres environ de l'entrée de la voie de recherche. Il peut se faire cependant que cette contre-pente échappe de la même manière qu'avait échappé l'inflexion concave de la couche Henriette ; dans ce cas, on la rejoindra par une traverse montant un peu vers le nord.

Les galeries d'allongement de l'étage n° 7 ont 650 mètres

environ de développement total, non compris la galerie principale qui a elle-même 620 mètres de longueur ; à cet étage, les trois couches n° 2, n° 3 et n° 4 sont en dépilage ; les dépilages de la Grande Couche sont même très-avancés ; ils ont produit, à la surface du sol, un affaissement considérable, ayant 2 ou 300 mètres de longueur sur 25 à 30 mètres de largeur, et 30 à 40 mètres de profondeur. Les débris entassés au fond de la cavité suivent, en descendant, les progrès de l'exploitation ; on y conserve, dans la couche même, des cheminées servant à l'aérage (1).

A l'étage n° 8, comme au précédent, la voie principale est une galerie d'allongement, menée dans la Grande Draye et située exactement dans le même méridien. A cette galerie se rattachent deux traverses au rocher. La traverse nord, la plus éloignée du jour (620 mètres), se dirige à l'est, dans l'intérieur de la montagne ; sa longueur actuelle est de 95 mètres. Elle coupe, après un parcours de 60 mètres, la couche Henriette, et à 20 mètres plus loin la couche du Bois de Bataille. La traverse sud, qui part de la galerie principale à 150 mètres du jour, est dirigée, de part et d'autre de cette galerie, en forme de T. A gauche, c'est-à-dire vers l'ouest, on a coupé deux fois la Granche Couche qui forme, à cet étage, un repli convexe vers l'extérieur, dont la flèche est d'environ 50 mètres et l'ouverture ou la corde d'environ 120 mètres. Ce repli, appelé la Rivoire, est parfaitement connu en tous ses points ; sa section horizontale, figurée sur le plan par une galerie d'allongement un peu sinueuse, n'est autre chose qu'une espèce de demi-ellipse ou fer à cheval dont le sommet est vers le nord et dont le grand axe se dirige du nord au sud, comme les couches.

(1) Nous n'insistons pas sur le détail des procédés d'exploitation suivis dans le bassin du Drac ; on peut consulter, sur ce point, un mémoire de M. H. Giroud (*Annales des mines*, 3e série, t. IX), et une notice de M. H. Franck (*Annales des mines*, 4e série, t. XV).

Vers le sud, ce repli affleure au jour; il est presque entièrement dépilé de ce côté. A droite (est), la traverse sud coupe la couche Henriette à 75 mètres; puis, à 50 mètres plus loin, la couche du Bois de Bataille; à 90 mètres plus loin, cette même couche a été atteinte comme tangentiellement au point le plus bas d'une inflexion. Jusqu'à présent, la petite couche n° 5, encore inexplorée aux étages 7, 8 et 9, a échappé à cette traverse qui eût dû la rencontrer si la distance normale des couches n° 4 et n° 5 eût été la même que dans les travaux des Crêts. Il paraîtrait que cette distance est un peu plus grande dans les régions inférieures; c'est un effet inverse à celui qu'on observe pour les distances normales des couches n° 2 et n° 3, qui sont, au contraire, à partir de l'étage de la Bastille, un peu plus rapprochées qu'aux étages supérieurs. On a donc, selon toutes les apparences, passé au-dessus d'une inflexion convexe de la petite couche; mais il est probable qu'étant continuée vers l'est, la traverse sud finira par la traverser deux fois; l'on atteindra ensuite de nouveau la couche du bois de Bataille dans une région analogue à celle que l'on a explorée à l'extrémité de la traverse nord de l'étage n° 7, si toutefois cette couche ne s'infléchit pas un peu trop haut.

Les galeries d'allongement situées au niveau des Trois-Embranchements sont très-nombreuses et très-étendues, comme on le voit par le tableau ci-après :

Grande couche (repli de la Grande-Draye)	700m	Galerie principale.
Grande couche (repli de la Rivoire). . . .	450	
Couche Henriette.	95	Galerie partant de la traverse nord.
Couche du Bois de Bataille	375	Cette galerie fait communiquer entre elles les deux traverses nord et sud, à l'est de la galerie principale.
En tout.	1,620	

La galerie principale de l'étage n° 9 est menée dans la Grande Couche, comme les deux galeries n° 7 et n° 8, mais à 200 mètres environ vers l'ouest, ou plus exactement vers l'ouest-sud-ouest. Elle paraît avoir été ouverte vers le point le plus bas d'une inflexion qui rattache la Rivoire à un autre repli encore imparfaitement étudié, situé plus à l'ouest. La longueur totale de cette galerie est de 750 mètres ; elle arrive jusqu'à la limite nord de la concession ; les 2 ou 300 derniers mètres s'infléchissent légèrement sur la gauche et tracent une espèce de demi-ellipse. Trois traverses normales aux couches viennent se rattacher à la galerie principale : la première, que l'on rencontre à 105 mètres du jour, se dirige vers l'ouest et rejoint, au bout de 120 mètres, une branche de la Grande Couche, qui n'est autre chose, selon toutes les apparences, que le repli dont nous avons parlé tout à l'heure ; la seconde, distante de 25 mètres seulement de la précédente, se dirige du côté de l'est, et après un parcours de 160 mètres rejoint la branche orientale de la Rivoire ; la troisième traverse est à 450 mètres du jour ; elle se dirige vers l'ouest et atteint à 115 mètres une branche identique, croyons-nous, à celle que la traverse n° 1 a rencontrée. La continuation des travaux, si notre manière de voir est exacte, aura pour résultat de dessiner à la gauche de la galerie principale une demi-ellipse analogue à celle que tracent les galeries d'allongement de la Rivoire à l'étage n° 8. Une demi-ellipse à peu près semblable se dessinerait sur la droite si l'on exécutait, à l'étage n° 9, les galeries d'allongement du repli de la Rivoire ; et les deux demi-ellipses seraient comme soudées ensemble par la galerie principale n° 9, dans les 400 premiers mètres de son parcours.

La concession de Combéramis est contiguë à celle de la Grande Draye, et la ligne de séparation est, à quelques degrés près, dirigée de l'ouest à l'est, Combéramis étant au nord et la Grande Draye au sud. Il résulte de là qu'on doit s'attendre à retrouver aux couches de la concession de Combéramis, exactement la même allure qu'à celles de la Grande Draye ; seulement les points analogues doivent se trouver à un niveau plus bas. C'est en effet ce que montre la coupe où nous avons tracé en traits pleins les portions de couches qui sont déjà parfaitement déterminées par les travaux mêmes de la concession, ponctuant celles dont la position n'est connue que par induction.

Les travaux actuellement existants dans cette concession se divisent naturellement, comme ceux de la Grande Draye, en deux catégories : 1° les travaux des Crêts, portant exclusivement sur les petites couches ; 2° les travaux inférieurs, dans lesquels les trois principales couches du bassin sont en exploitation.

Nous ne dirons rien ici des travaux des Crêts, qui n'ont qu'un intérêt tout à fait secondaire, et sont d'ailleurs à peu près épuisés.

Quant aux travaux inférieurs aux Crêts, ils comprennent deux étages distincts. La galerie principale de l'étage n° 1, le plus élevé, a été ouverte sur les affleurements mêmes de la Grande Couche, dans une partie qui correspond à la Bastille de la concession de la Grande Draye : on a suivi la couche jusqu'à la limite sud de la concession, sur une distance totale d'environ 220 mètres. Sur la gauche de la galerie principale, une galerie à travers bancs, dirigée d'abord vers le sud-est, puis vers l'est, a rencontré plusieurs replis appartenant aux couches Henriette et du Bois de Bataille, ainsi qu'on le voit par la coupe ; deux replis, convexes vers le haut, appartenant l'un à la couche Henriette, l'autre à la couche du Bois de Bataille, ont échappé à la galerie à travers bancs qui passait au-dessus ; on les a atteints et exploités en partie au moyen de la galerie inférieure.

Les travaux de dépilage de cet étage sont déjà très-avancés. Il reste cependant des galeries d'allongement à faire dans le dernier repli, nouvellement découvert, appartenant à la couche du Bois de Bataille, et aussi dans quelques portions de couches négligées jusqu'ici à cause des étranglements qu'on a rencontrés, étranglements qui peuvent ne pas avoir une aussi grande persistance qu'on paraît le craindre et qu'il faudrait explorer avec plus de persévérance qu'on ne l'a fait jusqu'ici.

L'étage n° 2 est desservi par une galerie de roulage, munie d'un chemin de fer, qui a été dirigée exactement vers le sud-est. Cette galerie est à peu près au même niveau que la galerie des Trois-Embranchements de la concession de la Grande Draye; elle coupe la Grande Couche à 290 mètres du jour et à 820 mètres environ de l'entrée de la galerie des Trois-Embranchements; ces 820 mètres étant mesurés, naturellement, dans la Grande Couche, savoir : 120 dans la concession de Combéramis et 700 dans la concession de la Grande Draye. Du côté du nord, la Grande Couche a été poursuivie, en direction jusqu'à ses affleurements, sur une longueur de 190 mètres environ. Au-delà de la Grande Couche, la galerie principale a été continuée, toujours dans l'orientation sud-est, jusqu'à la rencontre d'une veine qu'on a appelée Faux-Filon, mais qui n'est autre que la couche Henriette, avec pendage direct (vers l'ouest). A 12 ou 15 mètres plus loin, la galerie, légèrement infléchie du côté de l'est, rencontre la couche du Bois de Bataille (filon du Derrouchay). Là, la galerie prend l'orientation N. 86° E., orientation normale, à 12° près, à la direction moyenne des couches, et elle rencontre, à 42 mètres du filon du Derrouchay, un premier repli à pendage inverse ; puis, 10 mètres plus loin, un deuxième repli à pendage direct, qui appartiennent évidemment à une même couche, la couche du Bois de Bataille. La galerie principale s'arrête quelques mètres plus loin ; il est certain, cependant, qu'au-delà il existe d'autres replis appartenant aux couches Henriette et du Bois de Bataille; ces replis s'infléchissent probablement au-dessus du niveau de la galerie principale, mais on les atteindrait inévitablement au moyen de traverses montantes.

On a pratiqué dans tous les replis rencontrés des galeries d'allongement souvent un peu trop inclinées à l'horizon. Le développement de ces galeries, en ne tenant compte que de la projection horizontale, est comme suit :

Grande-Couche		310 mètres.	
Couche Henriette.		45	(inachevée).
Couche du Bois de Bataille	1er repli	65	—
	2e repli	45	—
	3e repli	250	—

Indépendamment de ces travaux, nous mentionnerons ici une galerie de recherche, partant de la galerie principale, d'un point distant de 170 mètres du jour. L'objet de cette galerie était de recouper la portion de la Grande Couche qui dans la concession voisine forme la Rivoire. On voit par notre coupe que le point de départ D de cette galerie doit être peu éloigné du sommet de la Rivoire, de sorte qu'en se dirigeant vers le sud, comme on l'a fait en effet, sauf quelques sinuosités, on devait, à cause du relèvement général de l'axe des plis du côté du sud, s'approcher de plus en plus de la couche et probablement même l'atteindre tangentiellement, en poussant la galerie suffisamment loin. Mais il est évident qu'un tel travail ne pouvait donner aucun résultat utile, du moins au point de vue de l'exploitation immédiate. Que s'il s'agissait d'une simple exploration, il eût été préférable de faire d'abord un sondage de 8 à 10 mètres ; puis, si l'on n'avait pas ainsi rencontré la couche, on eût foncé un puits de 10 à 15 mètres de profondeur, au fond duquel ont eût pratiqué simultanément deux galeries à travers bancs, marchant, l'une vers l'est, l'autre vers l'ouest. Disons toutefois que ces explorations ne sont nullement nécessaires, grâce à l'ensemble des données que l'on possède sur les gîtes du bassin et à leur continuité bien reconnue.

Les travaux de la concession du Peychagnard sont à 6 kilomètres environ des travaux de la Grande Draye. Ils sont à un niveau élevé de 6 à 700 mètres au-dessus du niveau de la Rivoire ; en tenant compte de l'inclinaison de l'axe des plis (10 centimètres par mètre), on voit qu'il y a correspondance parfaite dans les zones exploitées dans les deux concessions. Seulement il n'est pas possible de reconnaître dans ces deux concessions exactement les mêmes replis, soit que les travaux d'exploitation n'aient pas encore porté sur des régions absolument *analogues*, ce mot étant pris dans le sens que nous lui avons attribué plus haut, soit, ce qui nous paraît beaucoup plus probable, que les inflexions ne soient pas tout à fait identiques. Les accidents du sol au Peychagnard sont en général plus brusques; aussi les couches sont-elles plus fortement relevées, leurs inflexions sont plus fréquentes et d'une amplitude moindre. C'est ce dont on peut juger par la coupe faite normalement à la direction moyenne des couches.

Il y a au Peychagnard quatre étages de travaux. A chaque étage la galerie principale s'avance dans l'intérieur de la montagne à peu près parallèlement aux couches et ordinairement dans une couche même; puis, à des distances variables du jour, des traverses normales à ces galeries et aux couches servent à reconnaître et à exploiter les divers replis. L'aérage est assuré, de même que dans les autres concessions, par des communications ménagées entre les divers étages.

Les hauteurs respectives des trois niveaux supérieurs au-dessus du niveau de la galerie inférieure n° 4 sont les suivantes :

		Différences.
Galerie n° 1...........	57 mètres.	
		17 mètres.
Galerie n° 2...........	40	
		15
Galerie n° 3...........	25	

L'étage n° 1, le plus élevé, est entièrement épuisé; on y conserve seulement la galerie principale et un puits d'aérage communiquant avec l'étage n° 2.

A l'étage n° 2, l'on a exploré le bassin dans la profondeur assez restreinte qu'il présente dans cette région; les traverses normales à la galerie de direction atteignent d'une part les schistes talqueux, à l'ouest; d'autre part, à l'est, les grès liassiques. La Grande Couche, à ce niveau, est épuisée ; les dépilages de la couche Henriette et de la couche du Bois de Bataille sont très-avancés.

La galerie principale de l'étage n° 3 a 500 mètres environ de longueur totale, ce qui est à peu près la profondeur de cette région du bassin, dans le sens de la direction des couches. Elle suit, dans la plus grande partie de sa longueur, une des branches de la Grande Couche. A cette galerie se rattachent deux traverses se dirigeant à l'est, du côté des calcaires, et une traverse dirigée à l'ouest vers les schistes talqueux. La plus rapprochée du jour est la traverse ouest ; elle est arrêtée à l'une des contre-pentes, probablement l'avant-dernière à ce niveau, de la couche Henriette. Les deux autres traverses, distantes de 120 mètres seulement l'une de l'autre, recoupent plusieurs replis encore peu explorés, appartenant, les uns à la couche Henriette, les autres à la couche du Bois de Bataille.

L'étage n° 4 est celui dont les travaux ont le plus d'importance, et par leur développement et aussi parce que cet étage, parfaitement aménagé, n'a encore été dépilé sur aucun point, excepté dans une région de la Grande Couche voisine des affleurements. La galerie principale suit la Grande Couche sur une longueur de 250 mètres environ ; elle s'infléchit au sud en suivant une inflexion convexe vers le haut et rejoint ensuite, à travers bancs, les travaux de l'étage n° 3 pratiqués dans l'inflexion subséquente, laquelle a sa convexité tournée vers le bas. De cette galerie partent trois traverses, deux dirigées vers l'ouest et la troisième vers l'est. La plus rapprochée du jour se dirige à l'ouest ; elle a atteint récemment les schistes talqueux ; elle rencontre un certain nombre de replis dont les positions respectives sont indiquées dans la coupe. La plus éloignée du jour est dans le même sens et explore les mêmes replis. La traverse intermédiaire commence à 100 mètres du jour ; elle se dirige d'abord au sud-est sur une longueur de 200 mètres, puis à l'est-sud-est sur une longueur de 190 mètres. Cette traverse est dans tout son parcours à une faible distance horizontale (60 à 90 mètres) des affleurements des replis successifs qu'elle rencontre; ces replis sont au nombre de 14; la Grande Couche est coupée trois fois. De ce côté, on se trouve avoir atteint la formation calcaire; mais, malgré le voisinage des calcaires, et bien qu'on ait rencontré sur plusieurs points des travaux anciens dont on ignore la véritable étendue, il est évident qu'il reste encore des ressources très-considérables.

TROISIÈME PARTIE. —*Evaluation de la richesse du bassin du Drac. — Indications sur les travaux de recherche et d'aménagement à exécuter. — Voies de communication.*

Dans l'évaluation des ressources que peut renfermer un bassin, il est indispensable de distinguer : 1° celles qui sont exactement reconnues et immédiatement disponibles, sauf l'exécution des travaux qui doivent préparer les dépilages; l'importance de ces ressources est toujours susceptible d'être fixée avec une grande précision, du moins lorsqu'on possède des plans exacts des travaux; 2° celles qui doivent être fournies par des couches dont on connaît l'existence et l'allure générale, mais qu'il faut aller chercher dans des régions qu'on n'a pas directement explorées par des galeries d'allongement. L'estimation des ressources de cette deuxième catégorie ne peut se faire, on le comprend, que d'une manière fort incertaine, puisqu'on n'a que des données incomplètes sur les accidents plus ou moins importants, tels qu'inflexions, étranglements, que l'on doit s'attendre à rencontrer. Ajoutons que, dans les cas où, comme cela a lieu pour le bassin du Drac, le terrain qui renferme les dépôts de combustible s'enfonce sous des terrains plus modernes, d'une épaisseur non reconnue, il convient alors, pour ne présenter que des appréciations sérieuses, de ne point porter en ligne de compte les richesses qui peuvent exister dans le prolongement hypothétique des gîtes à une grande distance des régions actuellement exploitées.

L'application de ces principes à l'étude du bassin du Drac nous a conduit, au moyen de calculs qu'il serait beaucoup trop long de reproduire ici, à des résultats dont nous donnons le résumé dans le tableau ci-après. On remarquera que nous n'avons considéré isolément que les trois concessions de la Grande Draye, de Peychagnard et de Combéramis; ce sont les mieux étudiées et les plus riches en ressources immédiates ou prochaines. Nous avons réuni ensemble les dix autres concessions et présenté enfin, au bas du tableau, les chiffres qui s'appliquent à la totalité du bassin.

NOMS DES CONCESSIONS.	RESSOURCES aménagées.	RESSOURCES non aménagées.	TOTAL des 2 colonnes précédentes.
	tonnes.	tonnes.	tonnes.
La Grande Draye	522,000	3,230,000	3,752,000
Le Peychagnard	154,000	2,795,000	2,949,000
Combéramis	84,000	2,895,000	2,979,000
Autres concessions	20,000	750,000	770,000
TOTAUX	780,000	9,670,000	10,450,000

La principale conséquence qu'on peut déduire de ce tableau est celle-ci, que, dans l'hypothèse d'une production annuelle de 100,000 tonnes, la durée probable de l'exploitation des gîtes actuellement connus dans le bassin est d'environ 104 années; elle serait deux fois plus considérable si la consommation ne devait pas dépasser l'importance qu'elle a aujourd'hui.

Mais on ne doit pas perdre de vue que nous n'avons pas cherché à tenir compte des gîtes qui peuvent exister dans les régions non explorées du bassin, notamment dans les points où le bassin s'enfonce au-dessous des calcaires. Il y a lieu de penser cependant que, dans le prolongement des gîtes sous les calcaires, on trouvera, dans un avenir plus ou moins éloigné, des ressources presque indéfinies; seulement, les frais d'extraction deviendront nécessairement de plus en plus considérables, et par suite les prix du charbon de plus en plus élevés.

Fig. 1 Fémur.

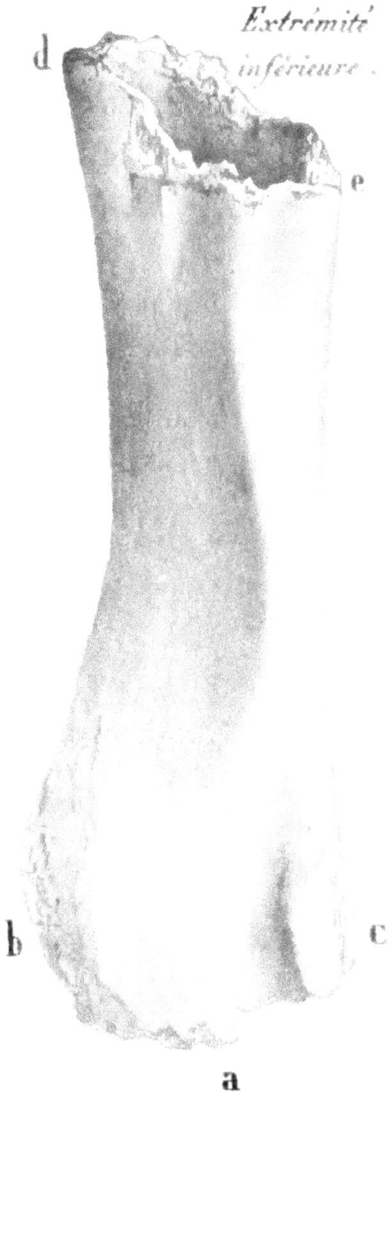

:S A MERCUROL.

Venons maintenant à quelques indications sur les travaux d'avenir qu'exigera le développement des ressources du bassin.

On a pu voir, par le tableau qui précède et mieux encore par les descriptions détaillées que nous avons données dans la deuxième partie de ce mémoire, que l'aménagement des couches de la Grande Draye est très-satisfaisant. Les travaux d'exploration, dans cette concession, sont largement développés et judicieusement conduits. En définitive, au moyen des travaux tels qu'ils sont aujourd'hui, et sans exécuter aucune galerie au rocher ni même aucune galerie d'allongement, mais seulement les montantes et les traverses de niveau nécessaires au dépilage des massifs reconnus, cette mine pourrait à elle seule alimenter la consommation pendant dix ans, en supposant que les besoins ne dussent pas s'accroître dans ce laps de temps; par là les concessionnaires pourraient tripler ou quadrupler les bénéfices annuels de l'exploitation, mais en marchant vers l'épuisement des gîtes. Il n'est pas à craindre, hâtons-nous de le dire, qu'un tel système soit suivi, à en juger par l'esprit d'intelligente prévoyance qui a présidé jusqu'ici à l'exploitation.

Nous avons peu à dire sur les travaux d'avenir nécessaires dans cette concession, attendu que tout se réduit à poursuivre et à développer le système d'aménagement adopté. Remarquons toutefois que le 9e étage, le plus important par l'énorme quantité de combustible qu'il paraît devoir donner, n'a été que très-imparfaitement étudié, bien qu'il soit depuis longtemps en cours d'exploitation, et que sur certains points on y ait déjà pratiqué des dépilages évidemment prématurés (1). Il est

(1) Nous voulons parler du repli de la Grande Couche appelé la Croix, qui s'étend à gauche de la galerie principale. Ce repli a été entièrement dépilé, antérieurement à l'année 1847, et il n'est pas possible aujourd'hui de pénétrer dans les vieux travaux pour y étudier l'allure de la couche.

très-essentiel que les galeries d'allongement de cet étage soient continuées avec le plus d'activité possible, principalement celles qui sont ouvertes à la gauche (ouest) de la voie principale. C'est de ce côté, en effet, que règnent les plus grandes incertitudes sur la constitution du bassin. On devra aussi poursuivre la galerie au rocher n° 3, dont l'avancement est suspendu depuis quelques années. Nous sommes porté à croire que cette galerie, bien qu'elle se rapproche à la fois de la limite ouest de la concession et des affleurements des couches, atteindra encore, à une faible distance du point où l'on s'est arrêté, un nouveau repli de la Grande Couche, offrant un pendage vers l'est.

Aussitôt que le 9e étage aura été complètement exploré, et deux ans tout au plus doivent suffire, on aura alors toutes les données nécessaires pour déterminer l'emplacement et la direction d'une 10e galerie d'écoulement, qu'il sera essentiel de commencer sans plus tarder.

Comme la Grande Draye, la mine du Peychagnard est très-judicieusement aménagée. Les ressources immédiatement disponibles sont très-considérables et plus considérables que dans la concession de la Grande Draye, eu égard, bien entendu, à l'importance très-différente que l'extraction annuelle moyenne atteint dans l'une et l'autre concession. La cause principale de l'infériorité de la production du Peychagnard réside dans la situation défavorable de cette mine pour les transports. J'examinerai tout à l'heure ce qu'il serait possible de faire à cet égard.

Quant aux travaux intérieurs, la marche à suivre dans l'avenir résulte de la description que j'ai donnée de leur état actuel. Il faudra poursuivre les galeries d'aménagement commencées et ouvrir en même temps des galeries d'allongement dans les nombreux replis récemment recoupés par la traverse est (n° 2) de l'étage inférieur, et explorer ces replis d'une part jusqu'à leurs affleurements vers le nord-est, de l'autre jusqu'aux contournements que l'on doit s'attendre à rencontrer au sud-ouest, dans l'intérieur du bassin. Ce qui ne sera pas moins essentiel, ce sera de reprendre l'avancement, suspendu depuis plusieurs années, de la galerie principale de l'étage inférieur. Il conviendra de la conduire, à peu près parallèlement aux couches, jusqu'au centre de la concession et au-delà; on arrivera, de cette manière, dans des régions encore inexplorées à cet étage. Au fur et à mesure qu'on avancera ainsi, il faudra explorer le bassin normalement aux couches, au moyen de traverses suffisamment rapprochées l'une de l'autre et dirigées les unes vers l'est, les autres vers l'ouest. Il est probable que l'on rencontrera, outre les couches secondaires, la Grande Couche elle-même, par suite de l'inclinaison que les plis présentent habituellement vers le nord. On mettra ainsi à découvert, selon toutes les apparences, des ressources extrêmement considérables, à peine soupçonnées aujourd'hui.

Un cinquième étage d'exploitation devra être créé dans quelques années; mais ce travail n'est nullement pressé, à moins qu'on ne veuille donner, dans l'avenir, une plus grande extension à la production de la mine.

Les travaux actuels de Comberamis sont à la veille d'être épuisés. A la vérité, il reste encore à explorer quelques replis recoupés par les galeries principales du premier et du deuxième étage, et d'autres replis qui sont situés plus à l'est et que l'on atteindra en prolongeant ces galeries. Ces explorations ne doivent pas être négligées; mais comme elles ne porteront que sur les couches secondaires, les ressources qui en résulteront ne pourront suffire à maintenir l'extraction au chiffre élevé qu'elle a atteint dans ces dernières années, grâce au développement donné aux dépilages ouverts dans la Grande Couche. Il est donc indispensable d'attaquer sans retard, au moyen d'une nouvelle galerie d'écoulement, les replis de la Grande Couche qui s'étendent en contre-bas des travaux actuels. L'existence de ces replis n'est pas douteuse; ils sont le prolongement immédiat de ceux qu'on exploite dans la concession de la Grande Draye. On peut voir, par la coupe, où nous avons simplement reproduit, en les traçant en lignes ponctuées, les diverses inflexions de la Grande Couche et des couches secondaires telles que les font connaître les travaux de la Grande Draye, quelle est, suivant toutes les probabilités, la structure du bassin dans les régions que traversera la galerie d'écoulement.

L'emplacement de cette galerie est aisé à choisir : l'on a en effet des notions très-précises sur les couches qu'il s'agit d'atteindre et, de plus, le terrain présente une pente assez uniforme (vers l'ouest). Le mieux sera de se placer exactement, ou à peu près, à l'ouest de l'entrée de la galerie inférieure, à une distance telle que l'amont-pendage ménagé entre les deux niveaux soit de 25 à 30 mètres, et de se diriger normalement aux couches, c'est-à-dire ici E. 8° S. On ne doit pas ouvrir la nouvelle galerie à moins de 25 mètres en contre-bas des travaux actuels, afin d'être assuré d'atteindre la Rivoire et de pouvoir l'exploiter sur une assez grande hauteur. Il serait également hors de propos de mettre plus de 30 mètres d'intervalle entre les deux niveaux : on ne pourrait, en effet, à cause de la faible pente du sol, acheter un léger accroissement d'amont-pendage qu'au prix d'une beaucoup plus grande longueur donnée à la galerie, qui déjà, dans les conditions ci-dessus énoncées, aura environ 450 mètres à parcourir avant d'arriver à la branche de la Grande Couche qu'on exploite dans les travaux actuels ; d'ailleurs un amont-pendage trop étendu est toujours peu commode pour les dépilages.

Je répète que l'exécution de cette galerie ne devrait pas être plus longtemps différée. Il faut observer toutefois qu'on serait dispensé de recourir à un percement aussi coûteux, si l'on pouvait utiliser les galeries d'extraction déjà ouvertes dans la concession de la Grande Draye, aux étages n°s 8 et 9. Ce serait même là, au point de vue purement technique, le meilleur système d'aménagement ; mais ce système suppose une fusion d'intérêts qui, bien que fort désirable à mon avis, ne laisse pas que de présenter de sérieuses difficultés, de quelque manière qu'elle soit tentée.

Les travaux d'exploitation des autres concessions du bassin ont été jusqu'ici fort peu développés. On est cependant assuré de l'existence de la Grande Couche dans la plupart de ces concessions. Dans celle de Puteville, notamment, contiguë à la Grande Draye, on a exploité, il y a déjà bien longtemps, un gîte d'une épaisseur de 10 à 12 mètres, se relevant de tout côté, de manière à former un berceau elliptique dont le grand axe se dirigeait du nord au sud : ce gîte appartenait évidemment à la Grande Couche ; il serait intéressant de rechercher s'il n'existerait pas d'autres replis plus ou moins éloignés. A la vérité, le voisinage des schistes talqueux laisse peu d'espérances. Dans la concession du Châtelard, qui touche aux concessions de Comberamis et de la Grande Draye, on sait positivement qu'il existe une couche de 10 à 15 mètres de puissance (prolongement évident de la Grande Couche) qui a été délaissée, parce qu'elle ne donnait qu'un combustible très-friable, sans débit dans le commerce. Mais outre que les explorations ont été très-peu développées et qu'il est presque certain que l'anthracite s'améliorerait à une certaine distance des affleurements, il ne serait peut-être pas impossible d'arriver bientôt à tirer parti des charbons friables ou des menus. Nous reviendrons tout à l'heure sur la question des menus, qui est liée à celle de l'amélioration des voies de transport.

Enfin, dans la concession des Boines, où l'on a exploité, de 1834 à 1847, les couches secondaires ; dans celle de Serre-Leycon, où les mêmes couches sont en ce moment en cours d'exploitation, et dans la concession de Chuzins, il y aurait à rechercher dans le voisinage des calcaires le prolongement de la Grande Couche. Ces trois concessions sont contiguës à celle du Peychagnard. C'est surtout dans la concession des Chuzins la mieux placée quant aux transports, que de telles explorations auraient de l'intérêt.

Indépendamment des recherches à faire dans les terrains concédés, la seule inspection de la carte géologique jointe à ce mémoire, montre que diverses régions non encore concédées pourraient être explorées avec de grandes chances de réussite. Pour ne parler que des régions où le succès nous paraît le plus probable, nous désignerons ici : 1° la zone allongée que l'on observe aux environs de Saint-Théoffrey et qui vient se réunir, vers le sud, aux concessions de Comberamis et de Pierre-Châtel; 2° les alluvions qui recouvrent, au sud du bassin, les grès du Peychagnard et des Chuzins. Ces alluvions sont probablement peu épaisses, du moins près du flanc des montagnes,

Je crois utile de donner maintenant quelques indications générales relativement à la méthode à suivre dans les travaux d'exploration.

La meilleure méthode d'exploration est, sans contredit, celle qu'on a été naturellement conduit à employer dans les trois concessions les plus riches ou du moins les mieux étudiées du bassin, la Grande Draye, Comberamis et le Peychagnard, et qui consiste à suivre les gîtes dans leur inclinaison, d'étage en étage. De cette manière, les données que fournit l'exploitation d'un étage servent de guide pour la recherche des gîtes à l'étage immédiatement inférieur. Partout où une telle méthode peut être employée, il est sage de ne pas devancer les progrès naturels de l'exploitation par des recherches qui seraient faites bien au-dessous des régions que l'on connaît et que l'on exploite.

Que s'il s'agit d'entreprendre des fouilles loin de toute exploitation, il faut alors rechercher avec soin les affleurements, presque toujours marqués à la surface du sol par des traces apparentes, surtout quand ils se rapportent à des gîtes de quelque importance. On étudiera tout d'abord ces affleurements, en combinant une ou deux galeries d'allongement exécutées sur le mur même avec des galeries montantes ou descendantes sur le mur suivant la ligne de plus grande pente, et quelques galeries transversales allant du mur au toit dans le cas où l'épaisseur du gîte dépasse la largeur des galeries. Ces études préliminaires faites, si leur résultat est satisfaisant, il conviendra généralement d'attaquer la couche par une galerie à travers bancs, ouverte à 15 ou 20 mètres en contre-bas des affleurements explorés. La direction de la galerie dépendra naturellement des circonstances locales et de l'allure qu'on aura reconnue aux affleurements. Néanmoins, on devra ordinairement s'écarter le moins possible de la direction est-ouest (ou l'inverse); car on sera assuré ainsi de marcher à peu près normalement à la direction des couches du bassin, circonstance d'autant plus essentielle qu'après avoir rencontré la couche vers laquelle on s'est dirigé par la connaissance de ces affleurements, il sera presque toujours à propos de pousser plus loin la galerie à travers bancs, afin d'explorer le bassin dans sa profondeur. A mesure que l'on s'avancera ainsi, les couches traversées devront être explorées par des galeries d'allongement; on devra, en même temps, à l'aide de plans bien exacts, tâcher de se faire une idée des inflexions qui peuvent exister en-dessus ou en-dessous du niveau où l'on se trouve, et chercher aussi à identifier, si cela est possible, les couches explorées avec celles dont nous avons fait connaître les caractères; par là on pourra arriver à savoir dans quelle région du bassin on se trouve et quels résultats probables doit donner la continuation de la galerie à travers bancs.

Il peut se faire que, dans les terrains que l'on veut explorer, on n'ait pu observer aucune espèce d'affleurements ou que les affleurements observés soient tout à fait insignifiants et irréguliers. Même dans cette hypothèse, des recherches peuvent quelquefois être entreprises avec chance de succès ; il y a alors certaines règles qu'il est indispensable de suivre.

En premier lieu, l'on doit éviter autant que possible le voisinage des schistes talqueux. On a vu, en effet, dans la première partie de ce mémoire, que la Grande Couche est dans les régions les plus élevées du terrain anthracifère, et qu'entre la dernière couche, laquelle est rarement exploitable, et la formation talqueuse, il existe ordinairement une épaisseur de grès stériles d'environ 150 mètres, mesurée normalement aux couches, et beaucoup plus grande en suivant la surface du sol. Il est mieux de se rapprocher des calcaires, on a ainsi plus de chances de rencontrer la Grande Couche.

Une fois l'emplacement des fouilles déterminé, on ouvrira une galerie, si toutefois la pente du sol est assez prononcée, c'est-à-dire si elle excède 10 à 12 centimètres par mètre. Ici, avec plus de raisons encore que lorsqu'on a des affleurements déjà reconnus, on devra diriger la galerie de recherche à peu près exactement de l'est à l'ouest (ou l'inverse), à moins de circonstances locales exceptionnelles, qu'il faut, autant que possible, tâcher d'éviter. Il serait puéril de se préoccuper beaucoup de la forme arrondie ou ravinée des pentes que l'on doit attaquer ; ce n'est là qu'un élément très-secondaire auquel on a accordé jusqu'ici beaucoup trop d'importance (1).

---

(1) Dans beaucoup de recherches qui ont été entreprises dans le bassin du Drac et notamment dans la concession de Pierre Châtel, les explorateurs se sont laissé visiblement guider par cette idée, que c'est de préférence sous les mamelons de forme arrondie que doivent se trouver les masses les plus abondantes de combustibles. De là des galeries de recherche très-peu inclinées aux couches du terrain et marchant même quelquefois exactement du nord au sud ou inversement.

L'idée de la correspondance des mamelons aux gîtes de combustible se retrouve, formulée en ces termes, dans le mémoire cité ci-dessus, que M. Frank a consacré aux mines du Drac : « Les masses « d'anthracite des Alpes prennent généralement naissance sous des « mamelons, se prolongent et se terminent avec eux, dans une direc- « tion absolument semblable à celle de leur crête. Chaque modifica- « tion dans cette direction est accompagée d'un étranglement. La

Si le sol n'offre qu'une pente très-faible, on ne pourra plus procéder que par puits verticaux ou par des sondages. Le sondage devra surtout être employé dans le cas où il faut s'attendre à traverser, avant d'arriver à la formation anthracifère, une forte épaisseur de calcaires ou de terrains d'alluvion.

Il nous reste à examiner maintenant quelles sont les améliorations qui pourraient être réalisées, soit dans le système d'exploitation en usage, soit dans les voies de communication.

Quant au système d'exploitation (1), il présente une imperfection très-grave; on abandonne au fond des travaux presque tous les menus produits par les dépilages. D'après M. Giroud, la proportion des menus abandonnés forme, dans les mines de

---

« régularité de ces masses, leur étendue sont donc relatives à celles « de ces mamelons. Elles se prolongent rarement au-delà d'affaissements marquants; quand ils sont moins apparents, elles ne sont « interrompues que jusqu'au prochain relevement du sol. La dureté « de l'anthracite est en raison de celle de ses salbandes et de leur « inclinaison; cette inclinaison est en rapport avec celle du versant « du mamelon. La connaissance superficielle de ces lois invariables « révèle les principes auxquels doivent être astreintes les recherches « d'anthracite dans le canton de la Mure. Une étude plus approfondie conduirait probablement à des conséquences d'un intérêt plus « général. » *Annales des mines*, 1849, page 549).

Il y a cependant quelque chose de vrai dans ces observations qui sont seulement incomplètes et ne doivent pas être trop généralisées. Au-dessus des masses de combustible arrondies, comme est par exemple la Rivoire (concession de la Grande Draye), le terrain a dû présenter, dans l'origine, une forme analogue; mais la plupart du temps cette forme a disparu à peu près complètement par l'effet des dénudations. Aujourd'hui, les mamelons bien compactes appartiennent le plus habituellement aux grès stériles qui forment la base du terrain anthracifère, ce qui s'explique par la dureté extrême que ces grès présentent presque constamment.

(1) J'ai déjà eu l'occasion de renvoyer, pour la description des procédés de l'exploitation, aux mémoires publiés par M. Giroud et par Frank, dans les *Annales des mines*.

la Grande Draye et du Peychagnard, à peu près 1/5 de la totalité. Il y a lieu de penser que cette proportion est dépassée dans beaucoup d'ateliers d'abattage, et qu'en moyenne il faudrait plutôt l'évaluer à 1/4 (1).

L'extraction des menus n'entraînerait aucune modification radicale dans les procédés d'exploitation que l'on suit aujourd'hui. A la vérité, ces menus servent de remblais, associés aux débris du toit dont la chute accompagne les dépilages d'étage en étage. Mais ce supplément de remblais, dans la plupart des cas, n'est pas indispensable, et d'ailleurs on pourrait, sans trop de frais, introduire au besoin dans la mine des remblais apportés de l'extérieur. Il ne serait même jamais nécessaire de remblayer ainsi qu'un ou deux étages, après quoi on continuerait à exploiter sans remblais rapportés, absolument comme on le fait aujourd'hui.

La seule difficulté dans la question de l'utilisation des menus réside dans le manque de débouchés, et le manque de débouchés tient presque exclusivement aux conditions dans lesquelles les transports se font aujourd'hui.

Dans l'état actuel des choses, le prix de l'anthracite qui, sur

---

(1) M. Gueymard, dans la *Statistique de l'Isère* (1844), évalue à 1/4 la proportion des menus abandonnés. M. Gueymard dit à ce sujet : « J'ai tellement senti la nécessité d'avoir recours, dans un siècle environ, aux menus laissés dans les travaux souterrains ou bien aux gîtes vierges d'anthracite friable, que j'ai engagé tous les concessionnaires à conserver avec soin les plans des travaux souterrains, avec beaucoup de notes sur les menus. Je les ai invités en même temps à laisser dans leurs archives toutes les notes qui se rapportent aux fouilles qui n'ont mis à découvert que le combustible friable et qui n'a aucun débit en ce moment. On sera trop heureux, dans les temps reculés il est vrai, de rencontrer des combustibles fossiles quels qu'ils puissent être, car les besoins se feront vivement sentir dans toutes les classes sociales. » (*Statistique générale du département de l'Isère*, t. I, pag. 501.)

les lieux d'extraction, est de 8 francs la tonne au plus, et descend même à 6 francs pour les mines les plus éloignées des routes, est bien plus élevé dans les principaux centres de consommation. À Grenoble, où se transportent les 3/4 au moins des produits extraits, le prix moyen de vente est de 21 francs et atteint quelquefois, pendant les saisons défavorables aux transports, 23 francs ou même 24 francs; soit de 13 francs à 16 francs de frais de transport pour une distance qui n'est, en moyenne, que de 35 kilomètres. A la Mure, le prix de vente ne descend pas au-dessous de 13 francs; à Gap (Hautes-Alpes), il s'élève à 42 francs.

Ces chiffres font ressortir l'imperfection des voies de communication qui desservent les mines et expliquent l'impossibilité de tirer parti des menus, dont le transport serait plus coûteux encore à cause des difficultés de manipulation.

Il n'y a aucune amélioration notable à attendre en conservant les voies de terres actuelles, dont le tracé et l'entretien sont, à tout prendre, assez satisfaisants. Examinons donc en quelques mots s'il ne serait pas possible de relier le bassin à Grenoble par l'établissement d'un chemin de fer.

Deux tracés très-différents peuvent être mis en présence.

L'un suivrait la vallée du Drac, en descendant le long des pentes de la montagne de Monteynard; la différence de niveau entre Grenoble et les principales exploitations, qui est de 7 à 800 mètres, serait rachetée par un système de plans inclinés automoteurs où les wagons pleins remonteraient les wagons vides. Ces plans inclinés pourraient se développer jusqu'à Champ, à 12 kilomètres de Grenoble, non loin du confluent du Drac et de la Romanche; au-delà la voie serait tout à fait en plaine et n'aurait qu'une pente de 1/2 centimètre par mètre.

Le deuxième tracé remonterait la vallée de Notre-Dame de Vaux, franchirait le col peu élevé qui sépare cette vallée de celle de Laffrey, et à partir de là descendrait, par des plans inclinés, sur Mésage ou Vizille ; on suivrait ensuite la Romanche et le Drac.

De ces deux tracés, le premier nous paraît bien préférable sous tous les rapports. Il exige moins de travaux d'art et se prête plus aisément à la construction de plans automoteurs ; enfin, et c'est là une considération décisive, il se concilie beaucoup mieux avec le développement que, dans l'avenir, les exploitations prendront nécessairement dans le sens de l'inclinaison générale des couches, de l'est à l'ouest.

Quels seraient les frais d'établissement et d'exploitation dans le premier tracé, le seul que je croie utile d'examiner ici ? Les études que j'ai faites sur ce point n'ont pu être assez approfondies pour me permettre de donner des chiffres très-approchés. J'ai lieu de penser toutefois que l'on pourrait ne pas dépasser une dépense de 90,000 francs par kilomètre, soit 3 millions 1/2 pour le parcours total, capital dont l'intérêt annuel serait, à 5 p. %, de 175,000 francs. En évaluant à 125,000 francs les frais d'entretien et d'exploitation, pour un tonnage de 3 à 4 cent mille quintaux métriques, on arrive à une dépense annuelle de 300,000 francs. D'après cela, on voit que 30,000 tonnes par an seraient transportées à raison de 10 francs par tonne, tandis que le prix minimum actuel est de 13 francs ; or, dans l'état présent de la consommation, on peut déjà s'attendre incontestablement à avoir à transporter plus de 30,000 tonnes.

Il est facile de calculer quelle serait l'économie obtenue dans l'hypothèse, assez probable d'après ce qu'on a vu dans la première partie de ce mémoire, où la consommation viendrait à s'élever à 100,000 tonnes par an. Sur ce chiffre, Grenoble et les marchés qui y aboutissent absorberaient environ 80,000 tonnes; l'augmentation des frais d'exploitation serait d'ailleurs peu considérable; en sorte que le taux du transport descendrait à 4 fr. ou 4 fr. 50 centimes. Bien avant d'atteindre cette limite, la presque totalité des menus trouverait un débit assuré, à la faveur d'une différence établie entre leurs prix de vente et les prix de vente des charbons durs (1).

On voit par ce que nous venons de dire de quelle importance est, au point de vue de l'avenir des mines du Drac et des intérêts des consommateurs, la question de l'amélioration ou pour mieux dire de la transformation des voies de transport. Cette question mérite, dès à présent, d'être étudiée de la manière la plus sérieuse. Les propriétaires des mines d'anthracite ne doivent point perdre de vue que l'achèvement prochain du chemin de fer de Saint-Rambert à Grenoble et le prolongement très-probable de cette voie jusqu'à Saint-Etienne en ligne directe, amèneront les houilles de la Loire aux environs de Grenoble à des prix beaucoup moins élevés qu'aujourd'hui. Or, chacun sait que les houilles de la Loire, outre les usages auxquels elles sont exclusivement propres, sont préférées à l'anthracite à prix égal, ou du moins luttent avec des chances balancées pour presque toutes les consommations, soit domestiques, soit industrielles. N'est-il donc pas à craindre que l'invasion des houilles de la Loire sur les principaux marchés du département de l'Isère ne vienne paralyser, ou du moins diminuer dans une forte proportion, la production des mines d'anthracite? Et au point de vue des intérêts généraux de la consommation, n'est-ce pas en perfectionnant les voies de communication et en opposant les uns aux autres les combustibles d'origines diverses, même étrangères, que l'on peut espérer de trouver le meilleur remède à la hausse constante qui, depuis quelques années, se fait sentir dans les principaux bassins, au grand détriment de beaucoup d'industries que les progrès de cette hausse menacent dans leurs conditions d'existence.

---

(1) Au besoin, on aurait recours à des procédés d'agglomération analogues à ceux que l'on suit pour les houilles menues de la Loire.

Au surplus, nous croyons savoir que déjà les propriétaires de la mine du Peychagnard, l'une des plus importantes du Drac, sont à la veille d'établir des plans inclinés avec chemin de fer, afin de relier à la plaine de la Mure les exploitations de cette concession. Le parcours de ces plans inclinés sera de 15 à 1,800 mètres environ. Ce sera là comme un premier pas dans la voie où nous pensons qu'à tous égards il serait désirable que l'on entrât sans trop différer.

—

Le Mémoire qui précède a été publié dans le courant de l'année 1855. Depuis cette époque, les travaux d'exploitation des principales concessions du bassin du Drac ont été poursuivis activement; les travaux d'aménagement surtout ont été très-développés. La production a suivi en même temps la même marche ascendante que par le passé.

Le tableau ci-après fait connaître les chiffres de la production dans les diverses mines du bassin pendant les années 1855, 1856 et 1857.

Nos d'ordre.	NOMS DES CONCESSIONS.	PRODUCTION EN QUINTAUX MÉTRIQUES		
		En 1855.	En 1856.	En 1857.
1	La Grande Draye........	283198	310343	316593
2	Comberamis..............	136039	135393	134833
3	Puteville.................	23166	30343	32983
4	Le Peychagnard..........	62461	76049	75231
5	Les Bétoux...............	»	»	»
6	Chuzins..................	»	»	»
7	Prunières................	»	»	»
8	Pierre Châtel.............	»	»	»
9	Le Chatelard.............	»	»	»
10	Les Boines...............	»	»	»
11	Serre-Leycon.............	37300	25002	29700
12	Laffrey..................	»	»	»
13	Saint-Barthélemy.........	»	»	»
	TOTAUX.....	542664	577330	589340

Voici maintenant quels ont été les travaux d'aménagement les plus importants exécutés dans chacune des trois concessions de la Grande Draye, de Comberamis et de Peychagnard.

Dans la concession de la Grande Draye, l'exploration de la grande couche au niveau de l'étage de la Rivoire (nº 9) a été poursuivie. L'allure de la grande couche, à ce niveau, est maintenant bien connue. Les galeries d'allongement dessinent, à droite et à gauche de la galerie principale, deux demi-ellipses, soudées ensemble par cette galerie, dont les 400 premiers mètres sont pratiqués au point le plus bas d'une inflexion concave vers le haut. Malgré les dépilages prématurés dont le repli de la Croix, près de l'entrée de la galerie, a été l'objet, il y a plus de dix ans, il reste encore à l'étage nº 9 d'immenses ressources.

A 15 mètres en contre-bas de la galerie de la Rivoire, une nouvelle galerie d'écoulement a été ouverte vers la fin de 1856; cette galerie, appelé le Villard, se dirige sensiblement du sud au nord, comme les galeries principales des étages 7, 8 et 9, c'est-à-dire parallèlement à la direction générale des couches. On aura à exploiter, à ce niveau, le repli de la Croix, et probablement un repli subséquent encore inexploré, et en outre, les couches secondaires, dans les régions où elles se moulent sur les replis appelés, dans la grande couche, la Croix, la Rivoire, le Faux-Filon, la Grande Draye. Il se pourrait cependant qu'on se trouvât à un niveau trop élevé pour pouvoir atteindre ces diverses régions; mais la région correspondante à la Grande Draye ne saurait échapper.

Dans la concession de Comberamis, on a enfin commencé le percement de la galerie d'écoulement dont l'exécution devenait si urgente. Cette galerie a aujourd'hui environ 150 mètres de longueur, et n'est pas encore sortie des calcaires liasiques. L'emplacement n'en a pas été choisi d'une manière très-heureuse. Le mieux eût été de se placer à peu près exactement à l'ouest de l'entrée de la galerie principale de l'étage n° 2, à une distance calculée de manière à avoir 25 à 30 mètres d'amont-pendage entre les deux niveaux; mais l'on s'est porté beaucoup trop au nord. En raison du plongement général des axes des plis vers le nord, il est à craindre que l'on ne passe au-dessus de la Rivoire pour n'atteindre la Grande Couche que dans le repli subséquent, la Grande Draye.

Un autre travail d'aménagement d'un assez grand intérêt se poursuit dans cette concession, il consiste en une galerie d'allongement qui suit la couche du bois de Bataille, en se dirigeant vers le nord. On est, depuis plusieurs années, dans un étranglement très-persistant, où l'épaisseur de la couche se réduit à quelques centimètres; mais il peut se faire que l'on dépasse cet étranglement avant d'avoir atteint les affleurements. De plus, cette galerie permettra de rejoindre, à travers bancs, le point le plus bas d'une inflexion de la couche Henriette qui a échappé à la galerie principale parce que la galerie principale est trop au midi par rapport à cette inflexion.

Dans la concession du Peychagnard, la galerie principale de l'étage n° 4, dont l'avancement était suspendu depuis plusieurs années, a été poursuivie activement; elle se dirige, à quelques degrés près, parallèlement aux couches, et s'enfonce dans la montagne. Quand on aura pénétré assez profondément, on sondera le bassin, à droite et à gauche de la galerie, par des traverses normales aux couches. Il est probable que l'on rencontrera ainsi, outre les couches secondaires, divers replis de la Grande Couche elle-même.

En outre, un cinquième étage d'exploitation vient d'être créé, à 29 mètres en contre-bas de l'étage n° 4. On a déjà traversé la Grande Couche sur une épaisseur de 6 à 7 mètres. Le lambeau de la Grande Couche que ce nouvel étage permettra d'exploiter est très-important; il se présente sous la forme d'un N, embrassant entre ses deux branches extrêmes un écartement de 150 à 200 mètres; on atteindra, en outre, les couches secondaires du bassin, dont les inflexions reproduisent assez exactement celles de la Grande Couche.

Grâce à ces nouveaux travaux d'aménagement, la production de la mine du Peychagnard pourra recevoir prochainement une grande extension. Le seul obstacle que cette extension rencontrait jusqu'ici résidait dans la situation défavorable de la mine pour les transports. Cette difficulté va disparaître ; un chemin de fer, avec plans inclinés, qui a été commencé il y a près de deux ans et sera bientôt achevé, conduira les charbons dans la plaine jusqu'aux limites de la concession.

Il resterait, ainsi que nous l'avons indiqué dans le mémoire ci-dessus, à relier le bassin du Drac à la ville de Grenoble par un chemin de fer dont l'exécution, selon nous, sera tôt ou tard indispensable, si l'on veut donner à ce bassin toute l'importance que l'avenir paraît lui réserver. Jusqu'ici, les principaux concessionnaires ont reculé devant les dépenses qu'un tel travail exigerait, retenus peut-être aussi par l'espérance de voir exécuter le chemin de fer de Grenoble à Briançon par Gap, qui a été en effet l'objet d'études approfondies : mais ces études mêmes et celles qui ont été faites relativement au tracé par la Romanche, paraissent devoir assurer définitivement la préférence à ce dernier tracé. La question reste donc à peu près telle que nous l'avons posée il y a trois ans, avec cette seule différence, toute à l'avantage des exploitations, qu'il suffirait de les relier à la plaine, soit à Vizille, soit à Champ, au lieu de conduire le charbon jusqu'à Grenoble même. On doit compter, en effet, que, dans un avenir peu éloigné, les rails de la Compagnie du Dauphiné s'étendront jusqu'à Vizille, centre industriel très-important.

Nous avons insisté, dans le Mémoire ci-dessus, sur la grave question de l'utilisation des menus produits par les dépilages. Cette question se trouverait résolue, pour ainsi dire, d'elle-même, du moment où le combustible pourrait être transporté à très-bas prix ; si les nouveaux débouchés ainsi procurés aux menus étaient insuffisants, il serait aisé de recourir à des procédés d'agglomération analogues à ceux que l'on suit pour les houilles menues de la Loire. L'agglomération pourrait peut-être, quoique avec plus de difficulté, être pratiquée dès à présent sur les lieux mêmes de production. C'est là un progrès dont la réalisation est éminemment désirable, et qui équivaudrait à augmenter, sans nouveaux travaux, d'un cinquième ou même d'un quart la production annuelle du bassin, puisqu'on ne peut évaluer à moins d'un cinquième ou d'un quart la quantité de charbon menu qui reste enfouie dans les mines. Nous sommes heureux d'annoncer que des études très-sérieuses sur les divers procédés d'agglomération qu'on pourrait employer, sont poursuivies en ce moment par les propriétaires des principales concessions du bassin. Il y a tout lieu d'espérer que ces études ne demeureront pas sans résultat.

NOTICE

SUR LA MÉRIDIENNE

QUI EST DANS L'ESCALIER DU LYCÉE DE GRENOBLE,

Par M. J.-J.-A. PILOT.

Il existe aux archives de la préfecture de l'Isère, sur cette méridienne, une note que nous croyons de l'abbé Gattel, lorsqu'il était professeur à l'Ecole centrale de Grenoble, et qui est la description de cet ouvrage curieux de gnomonique, avec l'indication du moyen de s'en servir. Plus d'un demi-siècle s'est écoulé depuis lors : à cette époque, déjà, comme le constate l'auteur de cet écrit, il n'y avait plus ni miroirs, ni styles, soit pour marquer les heures, soit pour connaître les lieux du soleil et de la lune. Il paraît que le mémoire descriptif que nous citons avait pour but d'appeler, dans le temps, les soins de l'administration départementale sur les réparations peu coûteuses de ce beau travail, et qu'il accompagnait une lettre d'envoi que nous n'avons point retrouvée.

Voici le contenu textuel de la note, ayant pour titre : *La méridienne qui est dans l'escalier de l'École centrale de l'Isère.*

Cette méridienne a été construite, en 1673, par un jésuite, d'après les principes et peut-être sous la direction du célèbre Kircher, qui, vers cette époque, aurait séjourné en France, soit à Lyon, soit à Avignon.

L'on trouve dans son *Ars magna lucis et umbræ*, pag. 770 à 780, des problèmes qui ont pu servir au gnomoniste de Grenoble. Il y a même des tables de comparaison des heures diverses de toutes les maisons jésuitiques du monde, destinées à leur cadran.

Quoi qu'il en soit, les diverses lignes qui composent la méridienne de Grenoble sont tracées sur les deux rampes de l'escalier qui conduit du premier au deuxième étage du principal corps de logis. Deux miroirs, placés horizontalement sur les deux fenêtres qui font face aux rampes, y réfléchissent les rayons du soleil sur les lignes, et indiquent :

1° Les heures et demi-heures françaises, marquées en chiffres romains, au bout des lignes noires.

2° Les heures romaines, depuis une jusqu'à vingt-quatre, marquées en chiffres arabes, au bout de lignes rouges qui coupent les noires dans un plan différent.

3° Les heures babyloniennes, marquées également en

chiffres arabes, placées à l'extrémité de lignes jaunes, dirigées encore dans un autre plan.

4° Les signes dans lesquels se trouve le soleil, indiqués par des lignes horizontales, couleur boue de Paris; lorsque le rayon réfléchi se trouve dans l'intersection de ces lignes avec les noires, rouges ou jaunes, on connait la position céleste du soleil.

5° Tous les mois, indiqués en majuscules jaunes et placées auprès de lignes obliques, vertes et rouges.

6° Les quatre saisons, indiquées en majuscules rouges, dans les mêmes intervalles.

7° Les heures auxquelles le soleil se lève et se couche et auxquelles le crépuscule commence et finit à chaque mois, indiquées en chiffres arabes, noirs et boue de Paris, placés le long de lignes ponctuées de même couleur.

Dans la première rampe, on remarque de plus :

1° Les signes, peints à la fresque, avec leurs attributs; mais l'exécution en est plus que médiocre.

2° Le calendrier de la vierge Marie (*kalendarium Marianum*). Ses sept fêtes y sont indiquées en minuscules jaunes, placées auprès des lignes des mois dans lesquels elles se rencontraient.

3° Une table qui indique quelle heure il est dans plusieurs pays, à telle heure donnée de Grenoble; il y a douze villes indiquées, telles que Lisbonne, Madrid, Londres, Paris, etc., et dix contrées principales, telles que la Perse, les Indes, le Pérou, etc. Cette table, intitulée *horologium universale*, est tracée en parallélogrammes verts, couleur de chair et boue de Paris; elle a huit pieds de hauteur sur dix de largeur.

4° Une table qui sert à trouver les lieux du soleil et de la lune et les jours et heures de celle-ci dans tout l'univers; elle est nommée *horologium novum;* elle est composée de dix-huit demi-cercles concentriques, de diverses couleurs, dont les deux derniers indiquent les heures solaires et lunaires ; des segments de cercle de couleur rouge, tracés d'après un centre différent, coupent les dix-huit demi-cercles et vont aboutir sur leur diamètre commun, sur lequel sont indiquées les heures du matin en chiffres arabes rouges, et celles du soir en chiffres noirs. Les jours de la lune sont indiqués dans une échelle double qui traverse les dix-huit demi-cercles et est perpendiculaire à leur diamètre commun.

Pour trouver les heures, jours et lieux ci-dessus, on se sert d'une grande flèche mobile sur un axe de fer placé au centre du diamètre ; on la fait tourner jusqu'à ce qu'on rencontre les intersections des diverses lignes.

Cette table est de la même grandeur que la précédente.

5° Un calendrier des saints jésuites, dont les noms, en minuscules jaunes, étaient placés, comme ceux de la vierge, dans les mois où ils se rencontraient; ils ont été effacés, à l'exception de celui de François-Xavier.

Dans la deuxième rampe :

1° Un calendrier des exploits de Louis XIV, indiqués et placés comme les précédents, tels que les prises de Dôle, Gray, Philisbourg, Tournay, Douai, etc., etc.

2° Une table pour trouver les jours de la lune, dont le titre est : *Novum kalendarium civile lunæ;* elle a la forme d'un cylindre déroulé et coupé par des parallèles horizontales et verticales de diverses couleurs. La première verticale contient les noms des mois ; la première horizontale, des jours donnés de la lune en chiffres romains ; les autres, divers numéros en chiffres arabes. Une épigraphe en trois vers latins indique la manière dont il faut s'y prendre pour obtenir le résultat désiré.

3° Une table d'épactes, depuis 1674 jusqu'à 1721.

Cette méridienne est peinte sur les quatre murs verticaux et sur les voûtes des deux rampes d'escalier, quoique leur inclinaison et leur direction varient en divers sens ; elle a été réparée en 1757 ; elle a besoin de l'être : les lignes inférieures sont légèrement effacées en quelques parties, mais leur direction est bien conservée ; les miroirs des fenêtres et l'aiguille de l'*horologium novum* n'existent plus.

Les réparations que ce bel ouvrage exige sont très-modiques ; on ne croit pas qu'elles puissent s'élever à 100 fr.

On voit, d'après ces derniers détails, que la méridienne du lycée de Grenoble est toujours, à peu de chose près, dans le même état où elle se trouvait il y a une soixantaine d'années. A la vérité, plusieurs lignes ont été refaites dans la direction et sur le tracé encore apparent des lignes primitives; un semblable travail a été fait pour les dates et les légendes presque effacées, et pour des chiffres détériorés par le temps. Une nouvelle table d'épactes, de 1855 à 1899, a remplacé l'ancienne table de 1676 à 1711, restaurations intelligentes qu'on doit à M. Moufflet, proviseur actuel de l'établissement; mais, d'un autre côté, la belle table *horologium universale* indiquant, à une heure donnée à Grenoble, l'heure qu'il était dans d'autres villes et contrées, n'offre plus aucune trace du nom de ces divers lieux. La flèche mobile de l'*horologium novum* et les miroirs des fenêtres n'existent point non plus; la méridienne est toujours muette; espérons que ces réparations, encore à faire, auront aussi leur accomplissement.

Les deux tables, *horologium universale* et *horologium novum*, accessoires principaux de la méridienne, sont tracées, l'une à droite, et l'autre à gauche, sur les murs latéraux d'une rampe de l'escalier, en montant du premier au deuxième étage. A la suite de l'*horologium universale* est le calendrier de Marie, *calendarium Marianum*, et, au-dessus de l'*horologium novum*, celui des jésuites, *calendarium societatis Jésus*, où ne figurent plus que deux seuls noms : *S. Xaverius* (saint Xavier), et *P. Regis* (le père Régis), tous les deux au mois de décembre. Il est facile de reconnaître, par la seule qualification de père, donnée à ce dernier saint, qu'à l'époque où le calendrier a été fait, le père Jean-François Régis, l'une des gloires des jésuites, quoique vénéré et déjà reconnu comme saint dans son ordre, ne l'était point encore publiquement, puisqu'il n'a été canonisé qu'en 1737, et que sa fête est célébrée, aujourd'hui, le 16 juin, jour de sa canonisation. Le calendrier de la sainte Vierge présente sept fêtes : la Conception immaculée, la Nativité, la Présentation, l'Annonciation, la Visitation, la Purification et l'Assomption. Les noms de ces fêtes, écrits en minuscules jaunes, sont indiqués et placés sous les lignes des mois qui y correspondent et suivant la croissance et la décroissance du cours du soleil (1). Au milieu des lignes de diverses couleurs, à leur position, sont inscrits les noms des mois, et placés les signes du zodiaque, les indications des maisons célestes, des saisons de l'année, du lever et du coucher du soleil, etc., etc.

Sur les murs de la rampe qui continue, on trouve, à droite, le calendrier du roi, *calendarium regium*, ainsi que la table d'épactes qui a remplacé une table précédente, et, à gauche, le calendrier civil de la lune, *calendarium civile lunæ*. Les

---

(1) CALENDARIUM MARIANUM.

Visitatio.	Junius. Julius.
Assumptio.	Maius. Augustus.
Nativitas.	Aprilis. September.
Annunciatio.	Martius. October.
Purificatio. Præsentatio.	Februarius. November.
Conceptio immaculata.	Januarius. December.

faits constatés dans le calendrier du roi sont : la naissance du dauphin (le roi Louis XIV), le 5 septembre 1638 ; le baptême du roi, le 12 avril 1643 ; la prise de Gravelines, le 28 juillet 1644 ; la prise de Philisbourg, le 11 septembre suivant ; le mariage du roi, le 5 juin 1660 ; la naissance du dauphin (Louis dit le *Grand Dauphin*, fils du roi Louis XIV), le 1er novembre 1661 ; la prise de Lille, le 27 avril 1664 ; la prise de Tournay, le 26 juin suivant ; la prise de Douai, le 6 juillet de la même année ; la prise de Courtrai, le 18 du même mois ; la prise de Besançon, le 7 février 1668 ; la prise de Dôle, le 14 du même mois ; la prise de Gray, le même mois de février ; la délivrance de Voerden, le 11 octobre 1672 ; la prise de Maëstrich, en juin 1673 ; la deuxième prise de Gray, en 1674 ; la deuxième prise de Besançon, le 15 mai de la même année ; la prise de Limbourg, le 21 juin 1675 ; la délivrance de Maëstrich, en septembre 1676 ; la paix de Nimègues, le 5 février 1679. Tous ces faits, consignés dans le calendrier du roi Louis XIV, sont rangés et placés, comme les fêtes du calendrier de Marie dont on vient de parler, sous les lignes des mois auxquels ils appartiennent.

CALENDARIUM REGIUM.

Nuptiæ. *Trajec.* *expugnatio.* *Gravaingæ* *expugnatio.*	*Limbur* *Tornaci* *Duaci* *Cortr.* } *exp.*	*junius.* *julius.*
	2 *Vesontiani* *exp.*	*maius.* *augustus.*
Baptismum regium. *Insulæ expug.* *Dies natalis delph.* *Philisburgi expug.* *an.* 1644.	*Trajectum* *liberatum.* *Graiaæ* *expug.*	 *aprilis.* *september.*

Melianæ deditio (1) *an.* 1674	*martius.*
Voerdenium liberatum.	*october.*

Dies natalis delph.	1ª *Graiaci* / 1ª *Vesontiani*	*expug.*	*februar.*
Dolæ expug.	*anno* 1668.		*novemb.*
Pacis promulgatio.			

Ancienne table d'épactes, de 1673 à 1721.

ANNÉES.	ÉPACTES.	ANNÉES.	ÉPACTES.	ANNÉES.	ÉPACTES.
74	23	90	19	6	15
75	4	91	1	7	26
76	13	92	12	8	7
77	26	93	23	9	18
78	7	94	4	10	0
79	18	95	15	11	11
80	29	96	26	12	22
81	10	97	7	13	3
82	21	98	18	14	14
83	2	99	29	15	25
84	13	100	9	16	6
85	24	1	20	17	17
86	5	2	1	18	28
87	16	3	12	19	9
88	27	4	13	20	20
89	8	5	4	21	1

(1) Ces deux mots latins : *Melianæ deditio*, paraissent d'abord signifier reddition de Mont-Mélian ; une médaille frappée pour conserver la mémoire de ce fait d'armes offre, en l'effet, l'inscription : *Montis Melianæ deditio* ; mais ici s'élève une difficulté. La place de Montmélian, défendue par le marquis de Bagnase, se rendit à Catinat, après un siége de 18 mois, le 21 décembre 1691, tandis que la reddition dont il s'agit est indiquée comme ayant eu lieu en 1674, dans le mois de mars ou d'octobre ; il y a dès lors évidemment une erreur soit de nom, soit de date. Le mot *Melianæ* parait avoir été restauré ; peut-être était-il question de Mulhouse, qui ouvrit ses portes à l'armée française, après une bataille livrée dans ses environs et gagnée par Turenne, le 29 octobre 1674.

Cette table a été remplacée par celle qui suit et qui donne les épactes de 1855 à 1899.

Table d'épactes, de 1855 à 1899.

ANNÉES.	ÉPACTES.	ANNÉES.	ÉPACTES.	ANNÉES.	ÉPACTES.
55	12	70	28	85	14
56	23	71	9	86	15
57	4	72	20	87	6
58	15	73	1	88	17
59	26	74	12	89	28
60	7	75	23	90	9
61	18	76	4	91	20
62	0	77	15	92	1
63	11	78	26	93	12
64	22	79	7	94	23
65	3	80	18	95	4
66	14	81	0	96	15
67	25	82	11	97	26
68	6	83	22	98	7
69	17	84	3	99	18

NOVVM KALENDARIVM CIVILE LVNÆ.

DIES LUNÆ.	V.	X.	XV.	XX.	XXV.	XXIX	* 30	V.	X.
Januar........	5	10	15	20	25	29	30	0	0
Februar.......	4	9	14	19	24	28	0	0	0
Marti.........	5	10	15	20	25	29	30	0	0
April	4	9	14	19	24	28	29	0	0
Majus	3	8	13	18	23	27	28	0	0
Junius	2	7	12	17	24	26	27	0	0
Julius.........	1	6	11	16	21	25	26	31	0
Augus	0	5	10	15	20	24	25	30	0
Septem	28	3	8	13	18	22	23	0	0
Octob	28	3	8	13	18	22	23	0	0
Novemb.......	26	1	6	11	16	20	21	0	0
Decemb.......	26	1	6	11	16	20	21	0	0

Trois vers latins hexamètres, inscrits au-dessus de cette table, indiquent le moyen de s'en servir :

Annua lunari jungatur epacta diei
Alternoque omnes terdenos rejice mense
Et collecta diem lunæ te summa docebit.

Quant à la méridienne proprement dite, elle consiste en des lignes obliques coupées dans des plans différents et tracées, soit sur les murs latéraux, soit sous les voûtes des deux rampes. Ces lignes sont noires, rouges ou jaunes, suivant qu'elles indiquent les heures françaises, romaines ou babyloniennes; il n'y a de demi-heures marquées que les demi-heures françaises. La couleur de ces lignes est ingénieusement expliquée par deux vers latins hexamètres, inscrits avec la date de 1673, dans un cartouche au-dessus de la fenêtre de l'escalier, faisant face à la première rampe :

GALLE NIGRAM
ROMANE RVBRAM
FVLVAM QVE BABELE
HIC TIBI PINGO HORAM
MIXTO DO SIGNA
COLORE
1673.

Un autre cartouche, au-dessus de la fenêtre à côté, qui fait face à la deuxième rampe, contient une invocation au temps et à l'éternité :

TEMPORI
ET
ÆTERNITATI

La même date 1673, ci-dessus mentionnée, époque où a été faite la méridienne, est rappelée aussi dans une autre inscription placée au-dessus de l'arc de la voûte de la première rampe ; cette inscription est ainsi conçue :

PICTVM ANNO 1673.

On y avait ajouté : RESTAVRATUM 1755,

témoignage attestant que la méridienne du lycée de Grenoble a déjà été restaurée, il y a un siècle ; mais on vient de modifier ainsi l'inscription depuis que la méridienne a été restaurée de nouveau.

RESTAVRATVM

PRIM. 1755. ITER. 1855.

SUR QUELQUES ACTES

ET

PROCÉDURES D'EXCOMMUNICATION

EN DAUPHINÉ,

Par M. J.-J.-A. PILOT.

Il y a deux mois à peine, qu'en démolissant le chœur de l'ancienne église de Corenc pour en utiliser les matériaux à l'achèvement de la nouvelle église construite à côté, on a trouvé dans une fente du vieux mur, entre deux pierres, un papier assez curieux, portant la date de 1376. Cette pièce, bien conservée, et qui a déjà été publiée dans deux journaux de la localité (1), est un avis donné par l'official du diocèse

(1) *Courrier de l'Isère*, n° du 7 novembre 1857 ; *Bulletin officiel des Chemins de fer du Dauphiné et de la Savoie*, n° 18, du 31 octobre au 7 novembre 1857.

de Grenoble au chapelain de Corenc, qui l'était en même temps de Saint-Ferjus, paroisse voisine, de la levée d'excommunication de Servon Bordet, prononcée sans doute contre lui, par suite de retard dans le paiement de quelque rente ecclésiastique, ce qu'on doit induire de la substance et des termes mêmes de cette lettre d'avis. Nous en donnons la traduction textuelle :

« L'official de la cour de Grenoble, au chapelain de Saint-Ferjus et de Corenc (1), salut dans le Seigneur. Nous vous mandons d'annoncer publiquement que nous avons absous Servon Bordet, excommunié pour contumace, sur l'instance du seigneur Humbert Meyard, chanoine de Saint-André de Grenoble, comme nous l'absolvons par le vu de nos lettres, ainsi que les participants y dénommés. Donné le second mars de l'année mil trois cent soixante et seize. — Derrière est le sceau. — J. Chicot. »

Pour les participants (2).

---

(1) Il paraît que c'était le même chapelain ou curé qui, à cette époque, faisait le service des deux églises.

(2) *Officialis curie Gratianopolitane capellano Sancti Fergeoli et de Corenco, salutem in Domino. Mandamus vobis, quatenus Servonum Bordeti excommunicatum ob contumaciam, ad instantiam domini Humberti Meyardi, canonici Sancti Andree Gratianopolitani quem ostensione literarum una cum suis participantibus in hiis scriptis absolvimus, absolutum publice nuncietis. Datum die secunda martii anno Domini millesimo tercentesimo septuagesimo sexto.— Retro litterarum sigillum. — J. Chicoti.*

Pro participantibus.

Cette pièce, comme on vient de le dire, a été trouvée dans un trou de la muraille du chœur, à hauteur d'homme, à côté de l'autel (au-dessus du chœur s'élevait le clocher, ce qui a pu faire croire que la lettre en question existait dans un trou du clocher même). Il est probable qu'après avoir annoncé publiquement le contenu de la pièce reçue, le chapelain ou curé l'aura mise dans la fente du mur, où elle est restée jusqu'à nos jours, où, sans doute, il était

La récente découverte de cette pièce, qui est l'avis donné de l'absolution accordée à un excommunié, il y a près de cinq siècles, nous a naturellement amené à faire des recherches sur les actes de cette nature, dont le souvenir a pu se conserver. Voici quelques détails fournis par notre histoire locale sur des excommunications ayant eu lieu en Dauphiné, à diverses époques.

Un de nos anciens souverains du pays, le comte Guigues III, était en guerre avec saint Hugues, évêque de Grenoble, au sujet de la juridiction de cette ville qu'ils se disputaient l'un à l'autre. Le prélat, trop faible pour faire face au prince, le frappa d'interdit; Guigues ne tarda point à s'accommoder avec l'évêque, et, pour obtenir plus facilement, avec le calme de la conscience, la rémission de la peine encourue, il entreprit un pénible et long pèlerinage à Saint-Jacques de Compostelle en Espagne (1).

---

dans l'usage d'entreposer les lettres, avis et publications dont il donnait connaissance aux fidèles, et que des réparations, soit de recrépissage, soit d'enduit, ayant été faites dans ce temps au chœur, la lettre de l'official diocésain sera restée cachée dans l'épaisseur du mur. Nous sommes ainsi loin de penser que cette lettre puisse avoir le moindre rapport, comme on a voulu le croire, soit avec la fondation de l'ancienne église de Corenc, soit avec celle de son clocher, construits l'un et l'autre à une époque reculée, et cités comme déjà existants au XIIe siècle.

(1) Ce pèlerinage à Compostelle était, à cette époque, en grande vénération; on s'y rendait de plusieurs points du Dauphiné. On lit, dans un acte de la fin du XIe siècle, c'est-à-dire de l'époque même où vivaient le comte Guigues III et saint Hugues, que *Rainaud Folchier de Lans* donna, sans rien retenir, et abandonna à Dieu et à Hugues, évêque de Grenoble, toute la dîme qu'il avait en la paroisse de *Lans*. Cet acte, passé à Grenoble dans l'église de Sainte-Marie (la cathédrale), en l'assistance de plusieurs clercs, est daté du jour où le même Rainaud reçut le bourdon pour le pèlerinage de Saint-Jacques. *In die qua sportam accepit pro itinere sancti Jacobi.* (*Cartulaire de saint Hugues. — Parrochia de Lans.*

En 1300, Reymond, seigneur de Meuillon; Reynaud de Montauban, seigneur de Montmaur; Jourdan, pour le seigneur de Rozans, et Odon de Lachièras, encoururent les censures de l'évêque de Vaison, qui ordonna, est-il dit dans l'acte qui existe, aux chapelains du Buis et aux autres chapelains de son diocèse, d'annoncer dans leurs églises que lesdits nobles et tous fauteurs et auxiliateurs dudit Reymond de Meuillon étaient excommuniés. Ce dernier et les autres seigneurs ci-dessus nommés appelèrent au pape de la sentence épiscopale, afin qu'elle fût réformée et déclarée nulle et abusive. L'appel consista en une protestation faite devant un notaire, le 10 juillet de cette année, et notifiée à Pierre Gumbert et Hugues de Moriers, le premier *baile*, et le second juge de la ville de Sisteron (1).

En 1319, Guillaume, évêque de Grenoble, excommunia des habitants d'Allevard qui refusaient de s'acquitter d'une cense qu'il prétendait lui être due. Ceux-ci, afin d'obtenir la levée de l'interdit, firent le paiement de la somme exigée, après avoir protesté qu'ils ne devaient rien, et ajoutant que s'ils consentaient à payer ce qu'on leur demandait, c'était plutôt pour avoir leur absolution que pour toute autre cause (2).

Plus tard, en 1341, le dauphin Humbert II ayant à se plaindre des habitants de Romans, assiégea et prit cette ville; l'archevêque de Vienne, leur seigneur et protecteur, à cause de la collégiale de Saint-Barnard, dont il était abbé, mais qui n'avait guère à opposer au vainqueur que des armes spirituelles, eut recours aux censures de l'église; il prononça contre

---

(1) *Instrum. protestationis quam fecerunt dus. Rem. Medull. Dus. et Raynaud. de Monte albano et quidam alii, capellanis de Buxo ne promulgarent sententiam excommunicationis in eos.* Archives de l'ancienne chambre des comptes du Dauphiné.

(2) *Plus pro causa habendi absolutionem quam alia causa.* (Valbonnais, *Histoire du Dauphiné*, tom 2, p. 437).

lui une sentence d'excommunication qu'il adressa à ses suffragants de Valence, de Die, de Viviers, de Grenoble, de Saint-Jean de Maurienne, de Genève, et à leurs officiaux et vicaires, ainsi qu'aux abbés, prieurs, prévôts, doyens, archidiacres, précepteurs et recteurs ou curés et vicaires des églises de ces diocèses et de la province viennoise (1).

Le prince appela de cette sentence d'interdit au pape ; il traita ensuite avec l'évêque, devenu de son côté moins difficile sur les clauses d'un accommodement (2).

Le même Humbert devait à la chambre apostolique la somme de seize mille florins qu'il avait empruntée. De nombreux délais de paiement lui furent d'abord accordés ; enfin, le pape Benoît XII, voulant être payé, crut devoir employer les mêmes censures comme moyen le plus propre à déterminer son débiteur à s'acquitter complètement. Celui-ci, dont les finances étaient épuisées ou sur le point de l'être, et à qui les revenus de ses états suffisaient à peine pour ses dépenses ordinaires, fit offre, afin d'éteindre la dette, de l'une des terres de Miribel, de Saint-Marcellin ou d'Avisan, persuadé qu'une telle cession serait acceptée. Il fut répondu au dauphin qu'il fallait que la somme entière fût payée ; de sorte que ce dernier se vit forcé de chercher les fonds qu'il fit parvenir à la chambre apostolique ; mais alors cette chambre ne voulut pas les recevoir ni lever l'interdit si l'on n'ajoutait à la somme des 15,000 florins la terre d'Avisan qui avait été offerte dans le temps. Le prince ne put obtenir qu'à ce prix le repos de sa conscience.

---

(1) *Litteræ archiepiscopi Viennens. ad suffraganeos, quibus eis mandat ut publicari faciant sententias excommunicationis a se prolatas contra Humbertum Dalphinum et valitores suos.* (Valbonnais, *Histoire du Dauphiné*, tom. 2, p. 430).

(2) *Litteræ provocationis Humb. Dalphini ad Benedictum papam de quibusdam processibus ac sententiis prolatis per archiep. Viennens.* (*Ibid.*, tom. 2, pag. 433).

Avisan fut réuni au comtat Venaissin ; à cette condition, l'excommunication fut levée (1).

Au XIVe siècle appartient également la lettre d'avis de levée d'excommunication, trouvée à Corenc, et qui est datée du 2 mars 1376.

Une vingtaine d'années après, en 1398, des officiers du dauphin firent arrêter des hommes et saisir des animaux qu'ils faisaient paître dans des lieux prohibés, contrairement à une ordonnance du juge majeur du Viennois et Valentinois ; ces hommes étaient, soit de l'église, soit du diocèse de Vienne : à ce titre, Rougemont, archevêque de cette ville, assez peu attaché aux intérêts d'un prince qui lui disputait sa temporalité, crut devoir les protéger de toute sa puissance ecclésiastique. L'archevêque, par une sentence adressée aux chapelains ou curés de Saint-Marcellin, de Chevrières, d'Albon, de Moras et autres lieux où des saisies avaient été opérées, frappa d'interdit tous ceux qui avaient ordonné les poursuites, qui les avaient exécutées ou y avaient pris part, ainsi que ceux entre les mains de qui se trouvaient les bestiaux et objets saisis, jusqu'à ce que le tout fût restitué. Cette sentence était motivée sur un article du statut, portant : *S'il arrive que les hommes, animaux ou autres biens meubles quelconques des églises ou personnes ecclésiastiques, de leurs hommes ou de leurs lieux, soient amenés ou saisis, par quelques-uns, en proie, gage ou autre*

---

(1) *Datio in solutum per Humb. Dalphinum Benedicto XII, castrorum Miribelli et Sancti-Marcellini, pro sexdecim mille flor. in quibus ei predictus Dalphinus tenebatur.*

Assignatio facta dom. Papæ castri de Avisano, in casu quo castra superius nominata in solutionem debiti recipere recusaret.

Litteræ quibus Humb. Dalph. ratum habet recessum dom. Papæ a contractu pro datione in solutum castrorum Avisani et Miribelli. (Valbonnais, *Histoire du Dauphiné*, tom. 1er, p. 323 et 324 ; tom. 2, pag. 437 et 438).

manière quelconque, malgré eux; que ceux qui les ont aidés ou qui s'y sont prêtés soient excommuniés par ce seul fait (1). Le procureur fiscal du dauphin près de la cour majeure de Vienne ne tarda point à appeler d'une telle sentence. Une opposition fut signifiée à l'archevêque; elle était formulée sur le droit du dauphin de défendre de pâturer dans ses terres, et sur divers défauts de forme de l'interdit archiépiscopal, tels que de ne point avoir été précédé d'un monitoire canonique, ni des renseignements qui auraient dû être pris par suite de l'audition des parties (2).

Dans les premières années du XVe siècle (1407), un frère mineur inquisiteur du Dauphiné avait condamné un hérétique d'Oulx, Antoine Galon, et sa femme, à une amende pécuniaire; le trésorier de cette province obligea ces derniers à lui payer, au nom du dauphin, la somme exigée; mais comme cette amende tombait alors dans le fisc du domaine au lieu du fisc de l'église, les commissaires inquisiteurs du saint-siége excommunièrent le trésorier lui-même. Il y eut appel au pape, de sa part et de celle de Jacques de Saint-Germain, avocat et procureur fiscal général (3).

Un autre titre nous apprend que l'emploi des censures ecclésiastiques, pour le paiement des dettes, était encore alors fréquent, quoique, depuis près d'un siècle, il fût défendu de

---

(1) *Preterea statuimus quod si contingat homines vel animalia vel quecumque alia bona mobilia ecclesiarum sive personarum ecclesiasticarum seu hominum aut locorum suorum deduci vel capi per aliquos in predam seu pignorationem vel alio quocumque modo, eis invitis, adjutores aut eorum factores excommunicationi subjaceantur ipso facto.*

(2) *Appellation et autres pièces concernant une sentence de l'archevêque de Vienne, qui avoit excommunié des officiers du Dauphin;* 1398.

(3) *Acte du pénultième novembre* 1407. — *Archives de la chambre des comptes.*

se servir d'interdit pour cette cause en Dauphiné. Car déjà le pape Clément VI, par une bulle datée d'Avignon, du 4 des nones d'avril de la première année de son pontificat, avait ordonné que dans toutes les terres du dauphin Humbert, les officiaux ne connaîtraient point des dettes pécuniaires et ne pourraient, pour cet unique motif, soumettre les sujets de ce prince à aucun interdit. Par une bulle du même jour, adressée au prieur de Saint-Laurent et au prévôt de Saint-André, de Grenoble, ses commissaires, le même pape leur avait enjoint de faire exécuter ses intentions dans les états du Dauphin (1). Il existe aussi des lettres du pape Innocent VI, du 11 des calendes de juillet de la huitième année après son élection, confirmatives de ces deux bulles, en faveur du dauphin Charles, successeur d'Humbert II (2), et d'autres lettres plus récentes accordées dans le même but, par le pape Eugène IV (3). Néan-

(1) Archives de la chambre des comptes du Dauphiné.

(2) Mêmes archives.

(3) Bulle du 3 des ides de juillet 1435, rendue sur la demande des états du pays et celle du dauphin Louis (depuis le roi Louis XI). (*Archives de l'ancienne chambre des comptes du Dauphiné*). Un mandement du prieur de Saint-Laurent de Grenoble, agissant au nom de l'évêque de cette ville, l'un des commissaires du saint-siége délégués par le souverain pontife pour l'exécution de cette bulle, est adressée aux archevêques et évêques du Dauphiné et d'autres lieux voisins. On y voit que la défense expresse de l'interdit est, à la fois, pour les dettes pécuniaires et les *injures verbales (pro pecuniario debito, verbalibus injuriis)*. Le commissaire invite tous ceux que la bulle en question peut concerner à s'y conformer, en levant toutes les excommunications prononcées dans les cas y exprimés. Une seule réserve est faite en faveur des prélats, par respect pour leur caractère : ce n'est que sur leur troisième refus d'obéir qu'ils sont excommuniés; pour eux, une première désobéissance entraînait seulement l'interdiction de l'entrée de l'église, et une seconde, la suspension (*mêmes archives*. Valbonnais, *Histoire de Dauphiné*, tom. 2, p. 437 et 438).

moins, malgré cette double et formelle inhibition de recourir à l'interdit dans notre contrée, l'usage s'y était tellement conservé par la force invétérée des choses, qu'il fallait, de temps à autre, toute l'énergie et l'insistance d'habiles magistrats pour faire valoir et respecter les libertés du pays contre les abus et les empiétements d'une autorité rivale. Le titre indiqué plus haut, conservé à la chambre des comptes, et daté du 8 janvier 1438, constate que des défenses venaient d'être faites à l'archevêque de Lyon d'user d'interdit contre les habitants du Dauphiné, pour dettes civiles ; il formule en même temps un appel au pape et au concile de Bâle, par le procureur général près du conseil delphinal, tant en son nom qu'en celui des états du pays, d'une ordonnance rendue par un commissaire de ce concile, contrairement à ces défenses (1). On peut citer aussi le fait suivant pour établir combien, d'un côté, l'on était habitué aux *rescrits* ou sentences d'excommunication, afin de contraindre les débiteurs au paiement de leurs dettes, et combien, de l'autre, la justice veillait à ce qu'il ne fût fait à ces démarches aucun droit. En 1461, les consuls de la ville de Grenoble avaient obtenu un interdit contre un nommé Bonthoux ; le parlement défendit aux consuls de s'en servir, d'après un arrêt du 15 décembre de cette année, pour la raison que c'était là un acte contraire à la Pragmatique (2). Quels que fussent de tels abus, il faut cependant conclure qu'à cette époque une grande amélioration s'était introduite dans la législation en Dauphiné, du moment que les débiteurs pour dettes civiles ne devaient plus y être poursuivis par la voie de l'interdit. Encore cette défense, qui était devenue une des libertés de nos pères, ne fut-elle pas toujours observée, comme

(1) *Appel fait au pape et au concile de Bâle, par le procureur général du Dauphin, le 8 janvier 1438 (chambre des comptes du Dauphiné).*

(2) *Guidonis Papæ decisiones ; questio XVII.*

le prouvent assez les fréquents appels adressés aux papes et les inhibitions réitérées faites aux tribunaux ecclésiastiques.

Enfin, un dernier document que nous indiquons est une sentence d'excommunication prononcée par Aloys de Tristan, docteur dans les deux droits, auditeur de la chambre apostolique générale à Rome, contre Jacques Marc, prieur de Bernin, en son nom et en celui de Laurent Alleman, chanoine et sacristain de l'église cathédrale de Grenoble (1), Louis Alleman, seigneur de Lers et de Séchilienne; Pierre Odobert, conseiller au parlement de Grenoble; Aymon Terrail, seigneur de Bayard (2); Pierre Moriane, Michel Barbin et Pierre Sanigay, marchands de cette ville, faute par eux d'avoir payé 1,500 écus d'or dus depuis longtemps à Laurent et à Julien de Médicis, simplement qualifiés *marchands* (3). Cet exemple prouve que si l'excommunication était ordinairement l'arme principale dont se servait le clergé pour contraindre ses débiteurs au paiement des sommes qu'ils lui devaient, il y avait des cas aussi où le clergé, à son tour, était frappé des mêmes censures lorsque les créanciers se trouvaient assez puissants pour

---

(1) Oncle, selon toute apparence, de Laurent Ier Alleman, alors évêque de cette ville.

(2) Père du chevalier Bayart ou Bayard.

(3) *Dominus Jacobus Marchi, prior prioratus Bernini, ordinis Sancti-Benedicti, Gratianopolitane dyocesis, suo proprio ac procuratorio nomine venerabilium virorum dominorum Laurentii Alamandi, canonici et sacriste ecclesie Gratianopolitane, Ludovici Alamandi de Lers et de Sechilina, Petri Odoberti, consiliarii dalphinatus, Aymonis Terallii, domini de Beart (sic), Petri Moriane, Michaellis Barbini, et Petri Sanigay mercatorum Gratianopolitan. Auctoritate apostolica denunciantur excommunicati, aggravati et reaggravati una cum invocatione brachii secularii, ad instantiam spectabilium virorum Laurentii et Juliani de Medicis ac sociorum mercatorum Roman. ob non solutionem mille quingentorum scutorum auri antiquorum.* (Sentence d'excommunication de 1478; chambre des comptes du Dauphiné).

les faire tourner contre des ecclésiastiques eux-mêmes. Ce titre, que nous citons ici et qui est daté du 26 janvier 1478, peut en être une preuve suffisante ; il est certain que les deux Médicis, Laurent et Julien, dont il s'agit, sont les deux frères de l'illustre famille de ce nom ; l'un (Julien) assassiné le 26 avril de cette même année, et l'autre, mort le 9 avril 1492, à l'âge de 44 ans. Ces deux frères jouissaient d'un pouvoir absolu à Florence, où ils faisaient fleurir les arts et les lettres, en même temps qu'ils étaient à la tête d'un commerce étendu, ayant des facteurs et des comptoirs dans des villes considérables.

Nous ne parlons point des monitoires lancés, chaque jour, des bureaux des officialités diocésaines, soit du chef de ces bureaux, soit sur la simple demande des officiers même civils, pour obliger, sous les peines d'excommunication ou d'exclusion du rang des fidèles, tous ceux qui pouvaient savoir les moindres circonstances d'un fait, d'un crime ou d'un délit quelconque, à faire connaître et dénoncer le coupable s'ils le savaient ; à faire aussi tous aveux et toutes déclarations demandés par la justice. L'usage de ces monitoires a subsisté jusqu'au moment de la révolution de 1789.

On sait que trois commandements de l'église, aujourd'hui supprimés et qu'on lit encore dans le catéchisme du diocèse de Grenoble, de l'année 1784, étaient ainsi conçus :

Hors le temps noces ne feras,
Payant les dîmes justement.
Les excommuniés tu fuiras,
Les dénoncés expressément.
Quand excommunié tu seras,
Fais-toi absoudre promptement (1).

(1) *Catéchisme du diocèse de Grenoble, contenant l'abrégé de la doctrine chrétienne, etc., etc. — A Grenoble, chez veuve Giroud et fils*, 1784, in-12.

DES ARCHIVES ET DES JOYAUX

DES DAUPHINS,

Par M. J.-J.-A. PILOT.

L'église de Saint-André, à Grenoble, était, comme on le sait, la chapelle des dauphins; ils y avaient leurs archives, placées d'abord derrière l'autel, et transférées ensuite dans la sacristie où ils tenaient aussi l'étendard et l'épée du Dauphiné, avec d'autres objets de prix faisant partie du trésor, et désignés sous le nom de *précieux et riches joyaux (pretiosa et virtuosa jocalia)*, ainsi qu'ils sont indiqués dans les anciens titres.

Il existe deux inventaires de ces archives, faits, l'un en 1277, et l'autre en 1346, précédés tous deux d'un préambule en forme de procès-verbal, où sont dénommés les commissaires qui chaque fois furent chargés de ce travail, ordonné en premier lieu par la dauphine Béatrix, et plus tard par Henri de Villars, lieutenant général pour le dauphin Humbert II. Nous donnons ici la traduction du préambule de ces deux inventaires, qui constatent que les titres, actes, documents et papiers en question étaient, en 1277, dans une armoire derrière le maître-autel de l'église de Saint-André, et, soixante ans après, dans la sacristie de la même église.

1er Inventaire.—*Inventaire des titres existant dans l'église de Saint-André de Grenoble.—L'an du seigneur mil deux cent soixante et dix-sept, le jour de jeudi après la fête du bienheureux Barthélemy, arrivée le 6 du mois d'août, ont été trouvés en une armoire derrière l'autel, dans l'église de Saint-André, les instruments, les lettres et les priviléges ci-après, par les religieux hommes seigneur B., prieur de Saint-*

Laurent de Grenoble, et frère Humbert (1), *gardien des frères mineurs de Moirans, et par Jacques de Ravenne, jurisconsulte, spécialement députés à cet effet, en vertu d'ordre d'illustre dame Béatrix, comtesse de Viennois et d'Albon et dame de Faucigny* (2).

2° Inventaire. — *Registre des instruments et lettres du dauphin, touchant le bailliage du Graisivaudan. Au nom du seigneur, amen. L'an de l'incarnation du même*, 1346, *le* 25° *jour du mois d'avril, a été commencé le présent registre par nobles et circonspects hommes, seigneurs Etienne du Roux, chevalier, docteur en lois et juge de l'hospice du dauphin et de tout le Dauphiné, et Reymond Fallavel, jurisconsulte, conseillers delphinaux, commissaires en cette partie, spécialement députés par révérend père en Christ et Seigneur, seigneur Henri de Villars, par la grâce de Dieu archevêque et comte de Lyon, lieutenant de notre seigneur le dauphin précité, de tous les priviléges et autres documents concernant le bailliage du Graisivaudan, et trouvés en des coffres existant dans la sacristie de l'église de Saint-André, touchant le fait du dauphin de Viennois ; à cela étant appelé par lesdits mêmes seigneurs : Jean Sadoud, de Montbonnot; Andrenon de Morges, Guillaume du Roux et Guillaume du Port, notaires.*

Suit l'indication des titres, actes, etc., etc.

Tous les titres énoncés dans ce premier registre appartien-

(1) Humbert d'Allevard ; il est ainsi nommé, au bas de l'inventaire, dans la clôture du procès-verbal qui en fut dressé par Michel Ranoulx *(Ranulphi), notaire public par autorité impériale.*

(2) *Inventarium titulorum existentium juxta ecclesiam Sancti-Andree Gratianopolis.* Parchemin ; pièce originale (archives de l'ancienne chambre des comptes). L'inventaire est écrit sur quatre peaux formant un rouleau de plus de deux mètres ; au bas est le monogramme du notaire avec la formule de son attestation.

nent au bailliage du Graisivaudan. Quatre autres volumes ou registres, de la même année 1346, complètent l'inventaire et renferment les autres documents et actes relatifs au comté de Vienne et à *la baillivie* du Viennois, à la *judicature* du Viennois et Valentinois, aux baronnies de la terre de la Tour et de Valbonne, et à celle de Montauban et de Meuillon. Il est à remarquer, pour entrer dans ces détails, que le premier volume ci-dessus, concernant le bailliage du Graisivaudan, c'est-à-dire bailliage de Grenoble, contient aussi, à la suite, une copie de l'inventaire de 1277, et qu'on s'est servi des derniers feuillets de ce volume ainsi que des feuillets blancs des quatre autres volumes ou registres, pour y transcrire, plus tard, des actes ou analyses d'autres titres, postérieurs à l'époque dont il s'agit.

Le premier inventaire, divisé en quatre chapitres ou sections, comprend seulement 300 pièces, savoir :

Premier chapitre : instruments ou chartes de reconnaissance des fiefs et autres reconnaissances.	60 pièces.
Deuxième chapitre : achats, échanges, donations et autres acquisitions et priviléges.	65
Troisième chapitre : accords, traités de paix, compromis, conventions, ratifications.	46
Quatrième chapitre : cautionnements, obligations, testaments, permis et autres actes.	127
Total.	300 pièces.

L'autre inventaire, postérieur au précédent de plus d'un demi-siècle, indique un bien plus grand nombre de pièces que le premier. Soixante-neuf ans s'étaient écoulés depuis 1277, et, à l'époque où il fut rédigé, le Dauphiné, dans cet intervalle de temps, s'était accru des baronnies de la Tour-du-Pin et de Valbonne, et de celles de Montauban et de Meuillon. Le nombre total des titres de ce dernier inventaire de 1346 s'élève à 1877 pièces, ainsi classées :

Bailliage du Graisivaudan.	466 pièces.
Comté de Vienne et baillivie du Viennois. . .	411
Judicature du Viennois et Valentinois	378
Baronnies de la Tour-du-Pin et de Meuillon..	462
Baronnies de Montauban et de Meuillon. . .	150

Tous ces titres sont généralement des XIIIe et XIVe siècles; il y en a fort peu du XIIe siècle; le plus ancien est de 1155.

Il faut conclure de cette absence complète de documents antérieurs à cette dernière date, que tous les actes ayant pu exister auparavant ont dû être égarés et perdus dans les mouvements de crises politiques survenues à la chute du royaume de Bourgogne, ou détruits à l'époque de la terrible inondation de 1219; ou bien que les dauphins, intéressés à faire disparaître les traces d'une domination antérieure à la leur, auront été eux-mêmes les destructeurs de ces anciens monuments de notre histoire. Peut-être aussi, ce qu'il y a de plus probable, ces princes, sans trop s'inquiéter du passé, se sont-ils uniquement bornés à ne conserver dans leurs archives que des actes de leur propre administration.

Un dernier document, daté du 15 novembre 1355, nous apprend que les mêmes archives étaient encore alors dans la sacristie de l'église de Saint-André, et que là se trouvaient également les joyaux du dauphin, déposés dans un coffre fermé à clef et scellé.

On désignait sous ce nom de joyaux : l'épée du dauphin, dont la poignée était, dit-on, du bois de la vraie croix;

Un anneau;

Un sceptre,

Et la bannière delphinale, appelée aussi bannière de Saint-Georges, représentant ce saint à cheval et terrassant un dragon.

Peu de renseignements nous sont parvenus sur ces objets précieux; les actes nous apprennent seulement qu'on les regardait comme fort anciens et qu'ils étaient conservés avec le plus grand soin.

Lorsque le dauphin Humbert II, à Lyon, dans le couvent des Frères Prêcheurs, le 16 juillet 1349, voulut confirmer définitivement le transport de ses états en faveur de Charles, fils aîné de Jean, duc de Normandie, depuis le roi Charles V, et qu'il remit solennellement à ce jeune prince son autorité, il lui livra ces joyaux pour mieux l'instituer son successeur, « *et, en signe desdites saisine et dessaisine*, est-il dit dans « l'acte, *bailla audit Charles l'espée ancienne du Dalphiné* « *et la bannière Saint-George, qui sunt anciennes enseignes* « *des dalphins de Viennois, et un ceptre et un anel, et veult* « *que doresnavant ledit Charles soit tenuz et reputez en* « *nom et en effet vrai dalphin de Viennois.* »

Il est surtout un titre, celui du 25 novembre 1355, ci-dessus mentionné, où les mêmes joyaux sont qualifiés de riches et précieux, et qui constate que le dauphin Charles, ayant désiré les avoir à la cour, envoya exprès en Dauphiné un héraut d'armes, Ogier Rivière, à qui ils furent remis par Bérenger de Montaud, archidiacre de Lodève, l'un des conseillers du prince.

Cet acte curieux, qui n'a été publié qu'en partie par Valbonnais (histoire du Dauphiné, tome 2, page 621), existe en entier et en original à la chambre des comptes ; c'est le procès-verbal de la remise de ces joyaux à l'envoyé Ogier, et de la remise des mêmes objets par Ogier au dauphin. Suit la traduction de cet acte. Nous dirons, en passant, que l'énoncé du titre que lui donne Valbonnais n'est point celui de l'acte original. Cet auteur, au lieu de se borner à transcrire cet énoncé tel qu'on le lit dans un protocole de Pilat ou Pilati, l'a changé complètement, suivant son habitude et à sa manière ; car on peut faire la même remarque pour la plupart des pièces qu'il a publiées.

« Instrument de l'épée du Dauphiné et de la bannière de « Saint-Georges, précieux joyaux portés en France et livrés « au seigneur Charles dauphin de Viennois. »

« Au nom de Notre Seigneur Jésus-Christ. Sachent tous et « un chacun présents et à venir, que l'an du même seigneur « 1355, l'indiction huitième, le 25e jour du mois de novem- « bre, par devant moi notaire et les témoins soussignés, en « présence d'illustre prince seigneur Charles fils, premier né « du roi des Français, dauphin de Viennois et comte de Poitou, « s'est constitué Ogier Rivière, damoiseau, sergent d'armes « dudit seigneur notre roi ; comme, dernièrement, ledit notre « seigneur le dauphin aurait envoyé ledit Ogier dans les par- « ties du Dauphiné, c'est-à-dire à Grenoble, afin qu'il lui ap- « portât l'épée du Dauphiné et la bannière de Saint-Georges, « qui sont et qu'on dit être précieux et riches joyaux du « Dauphiné ; et comme ledit notre seigneur le dauphin aurait « ordonné à vénérable homme seigneur Bérenger de Montaud, « archidiacre de Lodève, conseiller dudit notre seigneur le « dauphin, de se faire donner partout où il les trouverait ladite « épée et ledit étendard, et de les lui envoyer par ledit Ogier « comme l'affirmaient lesdits seigneurs dauphin et Ogier. « Pour cela est-il que ledit Ogier affirme et confesse avoir eu « et reçu, à Grenoble, dudit seigneur archidiacre ladite épée « ayant la garde en forme de glaive superposé, la poignée « étant, comme on le dit, de bois de la vraie croix et ladite « bannière de Saint-Georges où apparaissait encore du sang « du dragon; lesquelles épée et bannière, en présence dudit « Ogier et en vertu du mandat dudit seigneur dauphin, il « avait fait tirer de la sacristie de l'église de Saint-André de « Grenoble, où elles étaient et ont longtemps été conservées « avec plusieurs instruments, lettres et privilèges du Dau- « phiné, dans un coffre fermé et scellé; lesquels mêmes épée, « glaive et bannière, en présence des témoins soussignés, il li- « vra, rendit et remit, réellement et de la main à la main, au- « dit même seigneur dauphin présent et dans ses propres « mains et recevant les mêmes épée, glaive et bannière; les- « quels objets ayant été ainsi livrés, rendus et remis par ledit

« Ogier entre les mains dudit seigneur dauphin ; le même sei-
« gneur dauphin les tenant, ayant et confessant avoir eus et
« reçus dudit Ogier, desquels mêmes épée, glaive et bannière
« décharge, libère et quitte entièrement, pour lui et ses héri-
« tiers futurs, lesdits Ogier et seigneur archidiacre et tous
« gardiens des clefs de ladite sacristie, ainsi que tous autres et
« un chacun qui y a intérêt et peut ou pourrait y être inté-
« ressé, s'engageant par pacte exprès, valide et solemnel de
« ne plus leur demander, ni à aucun d'eux, lesdits joyaux ni
« aucun desdits joyaux et dans aucune occasion ; bien plus,
« ledit seigneur dauphin a promis, de bonne foi, tenir ladite
« quittance et les choses susdites, vraie et vraies, les avoir de
« gré, fermes et agréables, perpétuellement pour lui et ses
« successeurs dans le Dauphiné, de les observer inviolablement,
« de ne jamais consentir, en aucune manière, par lui ou par
« autrui, qu'un autre fasse, vienne ou veuille venir contre.
« Desquelles toutes choses ledit seigneur dauphin a voulu et
« ordonné et ledit Ogier a demandé qu'il fût fait par moi, no-
« taire soussigné, tout autant d'instruments publics qu'eux
« et que chacun d'eux voudraient avoir. Ces choses ont été
« passées dans le village de Cercelles, près de Saint Denis, en
« France ; présents : illustre prince seigneur Louis de France,
« comte d'Anjou, frère germain dudit seigneur dauphin, et
« nobles hommes seigneurs Adam de Melun, chambellan ;
« Guy de Leuse et Arthaud de Beausemblant, maîtres de
« l'hôtel dudit seigneur dauphin, chevaliers, témoins appelés
« et priés à ce que dessus. Et moi, Humbert Pilat, de la Buis-
« sière, clerc du diocèse de Grenoble, notaire public par au-
« torité apostolique, impériale et du roi des Français, ai assisté
« à toutes les choses précitées. »

Depuis cette époque, aucun acte ne fait plus mention de ces joyaux du Dauphiné, ni de la bannière de Saint-Georges. Il paraît, toutefois, que l'église de Saint-André fut regardée longtemps encore comme le lieu où devaient être conservés et déposés les insignes glorieux du pays : c'est là, en effet, qu'on y transporta, en 1430, après la bataille d'Anthon, gagnée par les Dauphinois, sur le prince d'Orange, son étendard, pris dans la mêlée et qui était *son signe de guerre* (1). Il était formé de deux pièces d'étoffe en soie, l'une rouge et l'autre noire, les deux pièces d'égale longueur et largeur ; d'un seul côté était représenté un soleil levant, avec ses rayons. Un document officiel de cette époque atteste ce fait (2) ; il y est dit que cet étendard est suspendu publiquement, et que chacun peut le voir dans la chapelle des princes dauphins, à Grenoble (3). D'autres enseignes enlevées à l'ennemi dans la même déroute avaient également été offertes et déposées dans diverses églises (4).

« Instrumentum de ense dalphinatus et vexillo sancti Georgii, preciosis jocalibus portatis in Francia et traditis domino Karolo dalphino viennensi.

« In nomine domini nostri Jesu Christi, noverint universi et singuli, presentes; et futuri quod anno ejusdem domini m. ccc. l. quinto, Indictione octava, die xxv mensis novembris, coram me notario et testibus infra scriptis, constitutus in presentia illustris principis domini Karoli, Francorum regis primogeniti, dalphini viennensis et comitis Pictavensis, Ogerius Riverie, domicellus, serviens armorum prefati domini nostri regis, cum nuper dictus dominus noster dalphinus misisset dictum

---

(1) *Quod suum erat signum bellicum.*

(2) *Processus super insultu guerre Anthonis.*

(3) *Et ita ex dicti stendardi, in capella dominorum Dalphinorum principum dudum illustrium Gratianopoli situata, appensione in publico facta potest a quocumque videri.*

(4) *Quorum capitaneorum et aliorum ibidem existentium stendardi una cum stendardo, baneria et penuncello dicti D. Ludovici per dalphinenses et suos consocios fuerunt lucrati et in diversis ecclesiis oblati et repositi.*

Ogerium ad partes dalphinatus videlicet apud Gratianopolim, ut sibi afferret eusem dalphinatus et vexillum sancti Georgii, qui sunt et esse dicuntur preciosa et virtuosa jocalia dalphinatus, et mandasset dictus dominus noster dalphinus venerabili viro domino Berengario de monte alto, archidiacono Lodoriensi, consiliario predicti domini nostri dalphini, ut ensem et vexillum predictos acciperet ubicumque essent et sibi mitteret per Ogerium antedictum, pro ut predicti domini dalphinus et Ogerius asserebant; hinc est quod dictus Ogerius asserens et confitens dictum ensem cum gladio superposito ad manubrium ut dicitur devera cruce, et dictum vexillum sancti Georgii in quo adhuc apparebat de sanguine draconis, habuisse et recepisse, apud Gratianopolim, a dicto domino archidiacono qui eos ensem, gladium et vexillum accipi et extrahi fecerat, presente dicto Ogerio, virtute mandati dicti domini dalphini, de sacristia ecclesie sancti Andree Gratianopolis, ubi, cum multis instrumentis, litteris et privilegiis dalphinatus, custodiebantur in quodam cofino clauso et sigillato, et diu fuerant custodita, ipsos eusem, gladium et vexillum, coram testibus infra scriptis, realiter et manualiter tradidit reddidit et assignavit eidem domino dalphino presenti, et in suis propriis manibus recipienti ipsos ensem, gladium et vexillum; quibus ita traditis, redditis et assignatis per dictum Ogerium in manibus dicti domini dalphini, ipse dominus dalphinus ea tenens habeus et confitens habuisse et recepisse a dicto Ogerio, de ipsis ense, gladio et vexillo dictos Ogerium, dominum archidiaconum et quoscumque custodes clavium dicte sacristie, aliosque omnes et singulos quorum interest et interesse potest et poterit in futurum solvit, liberavit totaliter et quitavit pro se, heredibus et futuris suis, pactum expressum validum et solempue faciens de predictis jocalibus vel aliquo alio, eorum occasione ab eis vel eorum altero ultérius non petendis, quin ymo, bona fide promisit ipse dominus dalphinus presentem quitationem et omnia supradicta verum et vera fore camque et ea perpetuo pro se et suis futuris in dalphinatu rata, grata et firma habere et inviolabiliter observare et nunquam per se vel per alium contra facere vel venire, in contra venire volenti aliqualiter consentire; de quibus omnibus, dictus dominus dalphinus voluit et precepit et dictus Ogerius requisivit sibi et omnibus et singulis habere volentibus fieri per me notarium infra scriptum tot quos voluerint publica instrumenta. Acta fuerunt hec in villa de Cerselles prope sanctum Dyonisium in Francia, presentibus illustri principe domino Ludovico de Francia, comite Andegavensi, germano fratre dicti domini dalphini, et nobilibus viris dominis Adam de Meleduno, camballerio; Guidone de Leusa et Artando de Bello simili, magistri hospitii dicti domini dalphini, militibus, vocatis et rogatis testibus ad premissa ac Ego Humbertus Pilati de Buxeria, clericus Gratianopolitane dyocesis, apostolica, imperiali et domini Francorum regis auctoritatibus notarius publicus, premissis omnibus interfui. Hoc inde instrumentum jussus et requisitus recepi et notavi. (*Pilati. Registre* 1352-1355, f° XLIII. *Recto, dernier cahier.*)

NOTE SUR LE SORGHO,

Par M. Emile GUEYMARD.

La culture du sorgho en France date de quelques années. Cette plante fut étudiée dans le principe par quelques botanistes, puis les industriels cherchèrent les moyens d'en extraire le principe sucré. Les agriculteurs reconnurent bientôt dans le sorgho une plante fourragère, et on fit de nombreuses tentatives qui ont porté leur fruit.

En effet, on coupe le sorgho deux, trois et quatre fois par an, comme la luzerne, suivant la nature et la richesse du sol. Les chevaux, les bœufs, les vaches sont très-friands de cette plante;

ils la mangent avec avidité. Ce fourrage a quelques rapports physiques avec le maïs, mais on lui donne la préférence pour la nourriture des vaches. La betterave et le maïs, considérés comme fourrage, sont excellents, donnent beaucoup de lait aux vaches, mais la qualité est médiocre. Le sorgho donne autant de lait que les deux plantes précédentes, mais il est bien préférable.

Ainsi, comme plante fourragère, le sorgho l'emporte sur la betterave et sur le maïs.

Examinons le sorgho comme plante sucrée et alcoolique. Cette plante est la rivale sérieuse de la canne à sucre. Je trouve dans un rapport fait à l'Académie des sciences par le célèbre chimiste Dumas, au nom de M. Leplay, inventeur du meilleur procédé pour la distillation des alcools faits avec la betterave, les résultats officiels suivants :

M. Leplay vient de distiller 300,000 kil. de sorgho récolté sur les terrains de Toulouse, de Montauban, de Carcassonne et de Narbonne.

Les graines de sorgho avaient été semées dans les mois d'avril, de mai, de juin et de juillet.

Le sorgho semé en avril et mai a donné :

70	à	73	eau.
9	à	9	ligneux.
21	à	18	principes sucrés.
100		100	

Le sorgho semé en juin et juillet a produit :

80	à	82	eau.
9	à	9	ligneux.
11	à	9	principes sucrés.

Ainsi, le produit obtenu par les semailles des mois d'avril et de mai a été double de celui des mois de juin et de juillet. Il résulte de ces analyses que, pour avoir la plus grande quantité de sucre ou d'alcool, il faut semer le sorgho avant le 1er juin, avant même le 15 mai, pour qu'il puisse atteindre sa maturation.

On a distillé des plantes de sorgho à l'état non mûr ou herbacé, demi-mûr et bien mûr ; on a obtenu, en alcool à 90 degrés, les produits suivants :

100, non mûr,	ont donné de	1,8	à	5,9	alcool à 90 degrés.
100, demi-mûr,	—	4,3	à	7,45	—
100, bien mûr,	—	7,45	à	9,80	—

Si l'on voulait connaître la quantité de sucre, il faut ajouter environ les 2/5 en sus et on aurait le tableau suivant :

100, non mûr, de	2,52	à	8,26.
100, demi-mûr, de	6,02	à	10,43.
100, bien mûr, de	10,43	à	13,72.

Les plantes sucrées, betteraves, canne à sucre et sorgho ne donnent pas en réalité les chiffres fournis par l'analyse, parce qu'il est impossible de se soustraire aux effets destructeurs de la fermentation; mais on voit cependant dans le sorgho un rival dangereux pour la canne à sucre. Cependant il y a un revers de médaille, c'est le transport du sorgho contenant, en bonne maturité, 70 % d'eau ; c'est en même temps la conservation du principe sucré dans la plante. Comme on ne peut pas distiller toute la récolte dans quelques jours, il faudra dessécher le sorgho. Les essais de M. Leplay, par des courants d'air chaud, ont donné déjà des résultats satisfaisants. Il a bien fallu, dans le temps, des essais nombreux et persévérants pour la betterave, et il en faudra moins pour le sorgho, puisque la culture est avantageuse. Du 1er avril au 30 mai, on pourra semer le sorgho tous les huit jours et on aura des plantes pour distiller pendant deux mois, sans s'occuper des moyens de conservation.

La dessication des plantes de sorgho conserve intégralement toute la partie sucrée. La betterave, placée dans des silos, perd une partie de son sucre.

Le sorgho, coupé comme plante sucrière, doit avoir ses graines noires. Avant ce moment et après il y a moins de sucre; c'est pour cela que je conseille d'échelonner la culture par huitaine, pendant les mois d'avril et de mai.

La graine du sorgho coupé au moment où il donne le maximum de sucre s'élève, d'après M. Boussingault, de 2,000 kil. à 2,500 kil. par hectare. Cette graine est une bonne nourriture pour les animaux. Le sorgho, comme plante fourragère et comme plante sucrée, se cultive comme le maïs. C'est une conquête très-précieuse.

Il semble toutefois que la science agricole ne rencontre plus d'obstacles, mais seulement des préjugés là où la presse vraie n'arrive pas.

Pour cultiver le sorgho avec fruit, il faut de bonnes graines, et nous devons à M. Vilmorin, déjà si connu, les moyens d'avoir pour les graines les meilleurs pères, les meilleurs descendants. Bientôt les connaissances deviendront populaires. M. Vilmorin a trouvé les moyens d'avoir des graines qui donnent des betteraves chargées au maximum de sucre, des graines de garance produisant la racine, contenant le maximum d'alezarine, des graines de colza fournissant la plante qui donne le maximum d'huile. Gloire à ces hommes qui consacrent leurs veilles au bonheur des populations !

NOTE

SUR LA

PETITE ET MOYENNE CULTURE DE LA BETTERAVE.

CONVERSION DE SON JUS EN SIROP ET EN ALCOOL,

Par M. Emile GUEYMARD.

La culture de la betterave a commencé dans le nord de la France sur une grande échelle, pour la fabrication du sucre.

Le département de l'Isère fonda plus tard de dix à douze fabriques. Je faisais tous les ans une inspection officielle pour l'examen des appareils, et bientôt je fus initié à tous les détails de cet art. Ces fabriques furent montées de suite à grands frais pour avoir de 60 à 80,000 quintaux de betterave, plante inconnue dans nos contrées; les paysans la repoussèrent et les fabricants furent obligés de louer des terrains à des prix trop élevés et de cultiver eux-mêmes la betterave pour leur consommation. Le prix de revient dut dépasser les limites ordinaires. Ils produisaient peu, à des prix exorbitants, et enfin la loi votée dans l'intérêt des colonies finit par amener la ruine complète de tous ces malheureux industriels qui avaient cru, dans le principe, à la protection promise par le gouvernement.

Nous marchions, à cette époque, à grands pas vers le progrès que l'agriculture et l'industrie réclamaient impérieusement. Une pensée fixe me dominait, et je l'avais publiée pour faire un appel à la petite culture. Je pensais que tous les propriétaires pouvaient jouir du double bienfait de la betterave, comme plante fourragère èt comme plante industrielle. Les événements ne nous ont pas permis de résoudre cet intéressant problème. Mes concitoyens me sauront quelque gré de porter à leur connaissance cette solution que nous devons à la Belgique.

Je vais donner les détails de la conversion du jus de betterave en sirop, d'après M. Docte, fabricant à Gembloux, près Namur. Il s'agit ici de la petite culture et de la moyenne ferme. Pour tout outillage, il ne faut qu'une chaudière en cuivre, de la capacité de 300 à 500 litres. Le prix de cette chaudière est de 150 à 250 fr., suivant sa capacité et l'épaisseur du cuivre. Il faut en outre un petit pressoir de 100 à 150 fr. Total de la dépense, de 250 à 400 fr.

Les betteraves lavées, on en met de 300 à 400 kil. dans la chaudière, avec un seau d'eau. On place le couvercle et on cuit la betterave à la vapeur, comme nous cuisons la pomme de terre dans toutes nos fermes. Cette opération dure de 3 à 5 heures; on chauffe la chaudière avec des combustibles fossiles.

Les betteraves cuites sont placées dans des sacs en toile ordinaire et portées à la presse ; on en retire le jus : la pulpe est de 30 % du poids de la betterave.

Le jus est versé dans la chaudière et on évapore jusqu'à consistance de sirop ou de mélasse. Cette opération dure de 5 à 6 heures. 100 de betteraves donnent de 11 à 13 de sirop; moyenne, 12.

La pulpe est destinée pour nourrir et engraisser les bestiaux de la ferme. Dans la Belgique, on la mêle avec de la paille hachée, et cette nourriture est mangée avec avidité.

Dans une petite ferme, on ne travaille que la quantité de betteraves que les bestiaux peuvent consommer. Dans les établissements moyens, si on n'a pas l'emploi de toute la pulpe, on la place dans des silos recouverts de terre ; elle se conserve parfaitement.

Le sirop ou mélasse que l'on produit tous les jours est emballé dans des barils ou dans des tonneaux. Quand ils sont pleins, on les expédie aux fabriques d'alcool, qui les reçoivent avec plaisir. Le prix de ces sirops a varié de 0 fr. 30 à 0 fr. 50 le kilog.

Nous pouvons maintenant passer à la question financière, car c'est là le point de mire. Prenons 2,500 kil. de betterave et voyons le bénéfice que l'agriculteur peut faire.

2,500 kil. betterave, à 2 fr. .... 50 f. »

Pour cuire 2,500 kil. betteraves avec une chaudière de 425 litres, il faudra faire quatre opérations qui dureront au maximum 20 heures. Pour évaporer, il faudra encore 24 heures, soit 44 heures, ou en nombre rond, deux jours de 24 heures. Ces opérations se

A reporter . . . 50 »

	Report. . .	50 f.	»
feront avec les personnes de la ferme presque à temps perdu, puisqu'elles ne commenceront qu'à partir du 1er novembre. Portons encore, si on veut, les journées à 1 fr. 25, et pour les 48 heures on aura		5	»
Combustible fossile pour deux jours de 24 heures, 500 kil. anthracite, au maximum		10	»
Entretien de la chaudière................ ...		2	»
Futaille des mélasses....................		1	»
Total..................		68	»

Les 2,500 kil. de betteraves produiront 300 kil. sirop ou mélasse à 0 fr. 30	90	»
750 kil. pulpe............................	3	50
	93	50

Bénéfice net, 25 fr. 50.

Prenons la mesure de nos contrées pour être bien compris de tous nos agriculteurs : la sétérée de 900 toises carrées ; la moyenne du produit en betteraves a dépassé 15,000 kil. en 1857. Or, si le bénéfice pour 2,500 a été de 25 fr. 50, celui de la sétérée sera de 153 fr.; c'est le bénéfice net industriel, car j'ai porté la betterave à 2 fr. les 100 kil., prise à la ferme, tandis qu'elle n'est vendue que 2 fr., transportée à la distance de 1 à 16 kil. pour arriver aux fabriques.

La sétérée produisant 15,000 kil. de betterave à 2 fr., donne donc un produit de 300 fr.; or, il est bien prouvé qu'en moyenne la récolte en chanvre, si pénible, si chanceuse, ne dépasse pas 200 fr.

En 1857, tous les propriétaires des environs de Grenoble ont déclaré qu'au prix de 2 fr. les 100 kil., ils aiment mieux cultiver la betterave que le chanvre.

Je crois devoir encore mentionner un autre produit qui a bien quelque valeur. Tous nos propriétaires enlèvent petit à petit l'exubérance des feuilles des plantes de betteraves que les bestiaux mangent avec avidité. Cette opération dure près de deux mois. Au moment de l'arrachage, tous les débris de la betterave qui proviennent du nettoyage sont encore au profit de la ferme.

Il ne faut pas croire qu'en écrivant ces quelques lignes pour la petite ferme qui pourra dépenser de 250 à 400 fr. une fois pour l'outillage, je sois opposé aux grandes fabriques d'alcool. Je viens, au contraire, à leur aide. En effet, l'arrachage des betteraves se fait à partir du 15 octobre et doit être terminé le 1er novembre. Prenons une usine moyenne recevant 3,000,000 kil. de betteraves, il faut de suite un capital de 60,000 fr.; de plus, il arrivera tous les jours à l'usine 200,000 kil. de betteraves qu'il faudra recevoir et mettre en silos; c'est un embarras immense et qui n'est bien apprécié que par les hommes du métier.

L'usine recevant moins de betteraves trouvera plus tard les sirops ou mélasses qui arrivent un, deux et trois mois plus tard. Elle n'aura pas besoin de 60,000 fr. du 15 octobre au 1er novembre, non compris tous les frais occasionnés par les silos. Ainsi donc, toutes ces petites succursales qui seront une source de richesses pour nos petits propriétaires intelligents viendront en aide à la métropole.

Nous avons en ce moment trois fabriques d'alcool en pleine activité : à Grenoble, à Saint-Laurent en Chartreuse et à la Tour du Pin.

Si je suis bien compris, nous verrons bientôt surgir ces petites fabriques de mélasse. Il n'en faudra qu'une pour donner le signal du progrès, et je crois devoir faire un appel à la ferme-école de l'arrondissement de Grenoble et à toutes nos sociétés d'agriculture.

COMPTE-RENDU

DU

SERVICE MÉDICAL DE L'HOPITAL CIVIL DE GRENOBLE

PENDANT LES MOIS D'AOUT, SEPTEMBRE, OCTOBRE ET NOVEMBRE 1857 (1);

Par le docteur A. CHARVET, médecin en chef.

Nombre des malades présents dans les salles au 1er août 1857:

Hommes	28	60
Femmes	32	

Il est entré pendant les quatre mois :

Hommes	157	314
Femmes	157	

TOTAL des malades traités pendant la durée du service :

Hommes	185	374
Femmes	189	

Il est sorti pendant les quatre mois :

1° Après guérison ou avec amélioration, ou sans changements notables :

Hommes	131	260
Femmes	129	

2° Par évacuation sur d'autres services :

Hommes	4	9
Femmes	5	

(1) Chargé du service médical dans les salles militaires, exclusivement, pendant les années 1854, 1855 et 1856, je n'ai pu reprendre ces comptes-rendus que depuis 1857.

3° Par décès :

Hommes	17	38
Femmes	21	

En outre, il est resté dans les salles au 30 novembre :

Hommes	33	67
Femmes	34	

Si sur les 374 malades traités, on élimine ceux qui étaient dans le service antérieurement au 1er août, et ceux qui sont restés après le 30 novembre, on trouve que 260 malades sont entrés et sortis pendant la durée du service et qu'ils comprennent ensemble 4510 journées de présence, soit, en moyenne, 17 jours 3/10 de jour par individu.

Sur ce chiffre de 260, sont compris 133 hommes pendant 2138 journées; séjour moyen, 16 jours.

127 femmes comprenant 2372 journées; séjour moyen, 18 jours 7/10.

Les 38 décès, sur un total de 374 malades, donnent le rapport de 1 sur 9,84, mais avec une assez notable différence entre les deux sexes, le rapport étant pour les hommes de 1 sur 11, et pour les femmes de 1 sur 9.

Tableau numérique des maladies observées pendant l'automne 1857.

	Hommes.	Femmes.
Fièvre typhoïde	3	6 (1)
Fièvre muqueuse	13 (2)	10
Courbature	2	4
Fièvre quotidienne	11	4
Fièvre tierce	4	»

(1) Un cas survenu après avortement.
(2) Un cas compliqué sur la fin d'accès intermittents.

	Hommes.	Femmes
Fièvre quarte	4	»
Fièvre topique.	»	2
Erysipèle	»	2[1]
Rougeole	1	»
Chlorose et chloro-anémie	»	3
Rhumatisme, soit aigu, soit chronique.	14	2[2]
Lombago	2	»
Pleurodynie	1	3[3]
Sciatique	»	1
Rhumatisme articulaire	2[4]	2
Irritation gastrique	2	2[5]
Gastralgie	»	3[6]
Irritation gastro-intestinale.	»	1
Entérite.	5	2
Entéro-colite, — diarrhée, — dyssenterie.	16	13
Cholérine	1	2
Entero-péritonite par étranglement interne.	1	»
Dégénérescence squirrheuse présumée ou confirmée de l'estomac.	3	»
Cancer du rectum.	»	1
Ictère simple	2	2

(1) Un à la face, l'autre à la jambe.

(2) Un cas sur une femme de 26 ans, atteinte d'abord d'aménorrhée, puis de céphalalgie intense, et enfin de rhumatisme.

(3) Une de ces malades atteinte ultérieurement d'accès quotidiens et successivement de catarrhe pulmonaire.

(4) Hémoptysie survenue chez l'un d'eux.

(5) Chez l'une, après un accouchement.

(6) Un cas précédé d'aménorrhée et compliqué de vomissements.

	Hommes.	Femmes.
Maladie organique du foie.	1 [1]	1
Engorgement des viscères abdominaux. . .	1	»
Tumeur sur le trajet du colon ascendant avec engorgement dans le flanc droit . . .	»	1
Tumeur dans la fosse iliaque droite avec diarrhée	»	1 [2]
Amygdalite..	1	2
Angines diverses.	4	»
Bronchite	15	10
Bronchorrhée et catarrhe pulmonaire chronique	11	4
Bronchite aiguë ou chronique compliquée d'asthme	5	»
Pneumonie	2 [3]	2
Pleurésie sans épanchement ou avec épanchement consécutif	6 [4]	2
Hémoptysie	3	2 [5]
Phthisie.	16 [6]	15
Péricardite	1	1
Palpitations du cœur sans lésions organiques	»	2
Maladies organiques du cœur, hypertrophies	8	13

(1) Avec ascite.

(2) Suite de coups au ventre.

(3) Dont une compliquée d'accès intermittents pernicieux, survenus.

(4) Deux cas avec coexistence de tubercules, un cas avec fièvre tierce survenue.

(5) L'une consécutive à une suppression menstruelle, l'autre précédée de dysménorrhée.

(6) Un homme, arrivant d'Afrique, atteint simultanément de fièvre quarte rebelle.

	Hommes.	Femmes
Tumeurs hémorrhoïdales simples.	1	»
Anasarque essentielle, suite de refroidissement subit	1	»
Œdème des extrémités inférieures, sans maladie grave.	2	»
Ascite.	»	1
Albuminurie	»	3
Irritation du col de la vessie	»	2 [1]
Pertes séminales.	1	»
Leucorrhée	»	2
Aménorrhée simple	»	4 [2]
Métrorrhagie	»	3
Engorgement chronique de l'ovaire droit . .	»	1
Métrite légère, suite de couches	»	1 [3]
Métro-péritonite puerpérale avec phthisie antérieure à la grossesse.	»	1 [4]
Affection laiteuse	»	1
Avortement	»	2
Céphalalgie chronique	»	3 [5]
Congestion cérébrale simple ou compliquée.	4	4
Apoplexie avec hémiplégie	3	»
Ramollissement du cerveau ; hémiplégie consécutive.	»	1
Epilepsie	5	3

(1) Un de ces cas avec grossesse et complication de fièvre intermittente survenue.

(2) Dont un cas compliqué d'anasarque ultérieurement.

(3) Evacuée de la Maternité.

(4) *Idem.*

(5) Dont une de nature syphilitique.

	Hommes.	Femmes.
Accès épileptiformes (guérison confirmée).	1	»
Myélite avec paraplégie plus ou moins complète	3	»
Danse de Saint-Guy.	»	2
Hypochondrie	2 [1]	1
Erythème	»	1
Fièvre miliaire avec diarrhée, suite d'accouchement laborieux	»	1 [1 bis]
Syphilis, dont une constitutionnelle	2	»
Rachitisme (compliqué de bronchite grave, phthisie)	»	1
Goître.	»	2
Tumeur blanche.	1 [2]	4 [3]
Coxalgie	»	1
Cancer ulcéré au sein	»	1 [4]
Cancroïde au nez	»	1
Brûlure par sinapisme	»	1
Cécité.	»	1
Déviation congéniale du pied.	»	1
Misère, vieillesse, passagers indigents ayant besoin de quelques jours de repos	6	17

Tableau des décès en 1857.

	Hommes.	Femmes.
Fièvre typhoïde	1	2

---

(1) Un cas avec flux hémorrhoïdal fréquent et nullement supprimé.

(1 *bis*) De la maternité.

(2) Au genou droit de nature rhumatismale.

(3) Deux au tarse gauche; une au genou droit; une au poignet droit, suite de rhumatisme articulaire.

(4) Ascite survenu ultérieurement.

	Hommes.	Femmes.
Diarrhée.	3	5
Cholérine..	1	»
Entéro-péritonite (étranglement interne). .	1	»
Cancer du rectum.	»	1
Angine	1	»
Phthisie.	5	5
Maladie organique du cœur	2	4
Péricardite aiguë	1	»
Albuminurie.	»	1
Congestion cérébrale avec éclampsie.. . . .	1	»
Ramollissement du cerveau avec hémiplégie	1	»
Cancer du sein, ascite survenue.	1	»

L'individu mort de fièvre typhoïde était un marchand colporteur âgé de 32 ans. Gravement malade depuis plusieurs jours lorsqu'il entra à l'hôpital, il présentait, outre l'affection typhoïde, les symptômes d'une péricardite aiguë, et il a succombé à cette double affection le cinquième jour de son entrée. A l'autopsie, outre les lésions dépendantes de la fièvre typhoïde, nous trouvâmes une hypertrophie commençante du cœur et adhérence générale de cet organe avec le péricarde. Mais le fait le plus remarquable dans cette autopsie, et probablement tout à fait étranger à la mort, c'est l'existence d'un orifice de communication à la partie moyenne de la cloison interventriculaire. Il y avait donc une libre communication entre les deux ventricules. La direction de l'ouverture était oblique dans l'épaisseur de la cloison qui, elle-même, était hypertrophiée; cette double circonstance faisait que l'ouverture était un canal ayant près de trois centimètres de longueur; il était en forme d'entonnoir, son diamètre au ventricule gauche étant de deux centimètres et n'étant que d'un centimètre au ventricule droit. Les parois de ce canal étaient lisses, polies, tapissées, évidemment par l'endocarde, et colorées en jaune par de la substance graisseuse sous-jacente (1). Evidemment il y avait eu pendant la vie un courant habituel dans le canal et probablement il se faisait du ventricule gauche dans le droit. Dans quelles conditions physiologiques était cet homme avant le développement de la fièvre typhoïde? C'est ce que nous n'avons pu savoir. Nous devons dire encore qu'il était phthisique; le poumon gauche contenait beaucoup de tubercules à divers degrés de développement; il était creusé de plusieurs cavernes et adhérait à la plèvre costale dans presque toute son étendue. Le poumon droit était sain et présentait une anomalie (celle-ci évidemment congéniale); il était divisé en cinq lobes dont le plus petit formait à lui seul tout le sommet du poumon.

Une détenue âgée de 30 ans fut apportée à l'hôpital le 17 septembre, de la prison, ayant une fièvre typhoïde survenue après un avortement. Elle mourut huit jours après son entrée.

Le troisième cas de décès par fièvre typhoïde est celui d'une enfant de 6 ans, qui fut amenée de Domène dans une période déjà avancée de la maladie.

Outre le décès par dégénérescence cancéreuse du rectum (2), dix autres malades ont succombé à des affections du tube intestinal, savoir :

Un homme dans la force de l'âge, entré atteint de cholérine, sans aucuns renseignements antérieurs à son admission, mort le troisième jour (3).

---

(1) Des anomalies de ce genre ont déjà été observées, quoique rarement.

(2) Dégénérescence dans une étendue de cinq centimètres à partir de l'orifice anal, consistance presque cartilagineuse sur toute cette longueur; la portion attenante à la paroi du vagin est seule ulcérée; rectum fortement dilaté au-dessus de la partie indurée.

(3) Injection rouge de tout le tube intestinal et surtout de la portion grêle. Erosions superficielles de la muqueuse gastrique au voisinage de l'orifice cardiaque; rate fortement engorgée et friable.

Un homme de 54 ans, habitant à Jarrie, a eu, avant le 26 juillet, époque de son entrée à l'hôpital, des accès de fièvre intermittente simples d'abord, et qui se sont compliqués ensuite de vomissements et de selles diarrhéïques blanchâtres. Ces accidents ont cédé en partie au traitement, puis la diarrhée s'est reproduite en alternant à plusieurs reprises avec de la constipation jusqu'au 19 août, jour du décès.

Outre les altérations de la muqueuse intestinale, nous avons observé à l'ouverture un engorgement considérable du foie et de la rate.

Un jeune homme de 25 ans, demeurant à la Buisserate, où il travaillait comme terrassier au chemin de fer, a fait en août un premier séjour d'un mois à l'hôpital, pour une dyssenterie aiguë extrêmement grave. Sorti dans un état d'amélioration notable, mais non convalescent, et contre nos avis, il rentra dans les premiers jours d'octobre avec une diarrhée chronique à laquelle il a succombé.

Un vieillard (84 ans), employé dans les bureaux de l'administration de l'hôpital, est mort d'une diarrhée déjà ancienne quatre jours après son entrée dans la salle.

Un garçon d'écurie de 25 ans, vigoureusement constitué et habituellement bien portant, a été placé dans la salle ayant tous les symptômes d'un étranglement interne de l'intestin, hoquets, vomissements, coliques, constipation insurmontable, ballonnement du ventre, etc., etc. Il est mort le troisième jour de son entrée, et nous avons constaté à l'autopsie l'existence d'une entéro-péritonite générale. Une partie des circonvolutions adhéraient entre elles et formaient une seule masse dans laquelle des anses intestinales étaient distendues par des gaz et d'autres anses cachées et rapprochées de la colonne lombaire par le retrait du mésentère. Plusieurs points étaient violacés et sphacélés; ces désordres étaient évidemment la conséquence d'un rétrécissement de deux centimètres de longueur vers la fin de l'intestin grêle, un peu avant son entrée dans le cœcum. La portion d'intestin placée immédiatement au-dessus du rétrécissement présentait une distension énorme.

Nous n'avons pas pu obtenir de renseignements sur les causes de cette maladie.

Une des cinq femmes décédées par suite de maladies des voies intestinales était âgée de 69 ans; elle était entrée à l'hôpital avec une diarrhée chronique et y a reçu des soins pendant deux mois avant de succomber.

Une autre femme (66 ans), dans des conditions analogues à la précédente, a été apportée réduite au dernier degré de marasme et est morte le lendemain de son entrée à l'hôpital.

Une troisième malade, âgée de 30 ans seulement, avait la diarrhée depuis 15 mois quand elle est venue réclamer des soins; elle n'a séjourné qu'un mois dans l'hôpital.

Chez une femme de 51 ans, la diarrhée, devenue chronique, était compliquée d'une toux opiniâtre avec expectorations abondantes quand elle vint à l'hôpital où elle vécut encore cinq mois. Nous reconnûmes dans le poumon gauche un petit nombre de tubercules dont un du volume d'une noix. En outre, les deux reins étaient remplis de vésicules hydatiques dont les plus grandes égalaient le volume d'une noisette.

Enfin, la cinquième femme décédée par suite de diarrhée venait des salles de la Maternité; elle avait eu un accouchement laborieux qui fut suivi d'une éruption miliaire générale et de diarrhée, et elle n'a vécu que neuf jours dans les salles des fiévreuses (1).

Le jeune garçon de 13 ans, mort avec les symptômes d'une

(1) Utérus volumineux à parois engorgées et infiltrées; l'ovaire droit participe à ces altérations, muqueuse intestinale phlogosée dans divers points, particulièrement dans la portion grêle voisine du cœcum où il existe des ulcérations et des follicules engorgés et ramollis. Les ganglions mésentériques correspondants sont engorgés aussi; cependant, il n'y avait eu aucun symptôme de fièvre typhoïde.

angine le cinquième jour après son entrée, ne se plaignait que des accidents récents et caractéristiques de l'angine pharyngienne simple : douleurs et rougeur dans l'arrière-gorge, difficulté de la déglutition, un peu de fièvre continue avec exacerbation le soir. Le timbre de la voix n'était point altéré ; il demandait des aliments et mourut inopinément. A l'ouverture nous trouvâmes des tubercules et des cavernes dans les deux poumons et des érosions ulcéreuses aux cordes vocales.

Parmi les dix phthisiques décédés, les cinq hommes étaient compris entre 18 et 27 ans. Chez les femmes, la plus jeune en avait 25, et la plus âgée 66. Hommes et femmes ont tous séjourné au moins plusieurs semaines dans l'hôpital avant de succomber.

Rien de particulier chez les décédés par maladie du cœur. Un des hommes n'était à l'hôpital que depuis neuf jours quand il est mort, et une des femmes depuis onze jours. Une autre femme récemment accouchée à la Maternité fut évacuée dans le service des fiévreuses, où elle mourut cinq jours après d'une maladie ancienne du cœur.

Enfin, le 18 novembre, un homme de 45 ans a été apporté agonisant d'une péricardite aiguë, et il est mort le 19.

Chez l'un de ces malades, les parois du ventricule gauche présentaient une hypertrophie très-considérable ; il y avait aussi des adhérences partielles avec le péricarde et un épanchement séreux considérable dans cette cavité ; le tissu des deux reins était ramolli.

Chez une autre, le cœur avait doublé de volume tout à la fois par l'épaississement des parois et par l'agrandissement des cavités.

Un homme de 60 ans présentait avant la mort une infiltration séreuse énorme de la face, du tronc et des membres. A l'autopsie, nous trouvâmes un épanchement séreux considérable dans le péricarde et dans les deux plèvres, et un peu d'épanchement dans le péritoine. Le ventricule gauche était hypertrophié et le ventricule droit était envahi par de la substance graisseuse dans presque toute l'épaisseur de ses parois.

Nous avons traité trois cas d'albuminurie, tous trois sur des femmes; une seule, dans le courant des quatre mois, a succombé, mais l'état des deux autres était loin de s'améliorer.

A la suite d'affections morales vives, un homme de 69 ans a été frappé dans le courant de juin 1857 de congestion cérébrale et successivement d'accès d'éclampsie; une diarrhée opiniâtre est venue aggraver la situation et hâter la mort, qui a eu lieu le 8 août.

Les sinus veineux de la dure-mère étaient fortement distendus par du sang; une sérosité abondante s'écoula à l'incision des membranes du cerveau; les ventricules cérébraux en étaient pleins, et enfin les couches optiques étaient fortement piquetées en rouge.

Une femme de 35 ans, après avoir été soumise, nous a-t-on dit, à un traitement mercuriel énergique pour une affection syphilitique constitutionnelle, présenta des symptômes manifestes de ramollissement du cerveau. Je la vis plusieurs fois en ville pendant la durée de cette dernière maladie, qui s'est terminée par une hémiplégie du côté droit et par la mort.

Autopsie : Injection sanguine des méninges, épanchement séreux sous-arachnoïdien, considérable ; sérosité sanguinolente dans les ventricules, plus abondante dans le gauche. C'est la seule lésion appréciable à laquelle on puisse rapporter la paralysie du côté droit.

La femme morte d'ascite était âgée de 67 ans et portait au sein gauche un cancer ulcéré depuis plusieurs années; elle était réduite au dernier degré de marasme longtemps avant d'entrer à l'hôpital, où elle n'a vécu que 13 jours.

Autopsie : Sauf l'ulcération du sein, il n'y avait d'autre lésion qu'un épanchement de sérosité citrine de 10 litres environ dans le péritoine; le canal intestinal était vide, refoulé et fortement réduit dans ses dimensions; les viscères abdominaux étaient décolorés, mais il n'y avait aucune lésion apparente pour expliquer l'ascite.

Un vieillard de 86 ans s'est éteint sans autres symptômes qu'un affaiblissement progressivement croissant pendant les 40 jours qu'il a passés dans les salles.

Une femme de 75 ans est décédée aussi sans état maladif apparent trois jours après son entrée.

Les malades sortis après guérison ont présenté un grand nombre de cas intéressants; pour ne pas donner trop d'extension à ce compte-rendu, je n'en signalerai que quelques-uns :

Une fille de 17 ans est venue à l'hôpital atteinte de péricardite aiguë ; essoufflements, palpitations de cœur, suffocation imminente dans le décubitus horizontal, matité compacte à la percussion dans la région péricardique, etc. Ces symptômes ont résisté à un traitement énergique : vésicatoires, sangsues, laurier-cerise, digitale, antispasmodiques, etc. Une anasarque considérable et presque générale se produisit ultérieurement et vint aggraver la situation. Enfin, des accidents typhoïdes s'ajoutèrent à l'affection primitive; la malade fut prise de diarrhée, soubresauts musculaires, rêvasserie avec délire, langue sèche et fuligineuse, et enfin perte de la connaissance pendant plusieurs jours, après quoi les symptômes de la péricardite et ceux de la fièvre typhoïde diminuèrent progressivement ; la convalescence marcha lentement, mais très-régulièrement; l'épiderme s'exfolia en totalité par larges plaques ; les cheveux, les sourcils même tombèrent; pendant plusieurs semaines, il y eut un tremblement musculaire qui rendait tous les mouvements incertains, mais qui cessa peu à peu, à mesure que les forces se rétablirent.

Une femme de 48 ans souffrait depuis très-longtemps de céphalalgie aiguë et presque permanente. Sur quelques indices vagues et après plusieurs autres essais de médication sans résultat, j'essayai un traitement anti-syphilitique par les pilules de Dupuytren et l'iodure de potassium. Une amélioration notable se manifesta presque immédiatement; les douleurs avaient cessé tout à fait après quinze jours de traitement et la malade sortait, malgré nos avis, le vingt-sixième jour après son entrée, complètement soulagée, mais probablement non complètement guérie.

Une fille de 22 ans, mal réglée, et atteinte depuis quelque temps déjà de chorée dans tout le côté droit exclusivement, fut reçue dans les salles et guérie en cinq jours par une application de sangsues aux cuisses, des frictions d'huile de morphine camphrée sur la longueur de la colonne vertébrale et sur tout le côté droit, et par des bains sulfureux.

DE L'EMPLOI

DE LA CHAUX HYDRAULIQUE DE SASSENAGE

POUR LES REJOINTOIEMENTS,

ET DES PRÉCAUTIONS A PRENDRE POUR ARRIVER A UN BON RÉSULTAT;

Par M. E. CHAPER, ancien capitaine du génie.

Messieurs, avant d'entrer dans quelques détails bien techniques sur une des applications de la chaux hydraulique de Sassenage, je vous demande la permission de vous soumettre quelques considérations destinées à faire excuser, s'il est possible, la minutie et le peu d'intérêt apparent de cette communication.

CONSIDÉRATIONS PRÉLIMINAIRES. — Je crois, après avoir

parcouru un assez grand nombre de villes fort diverses, que Grenoble est une des mieux dotées que l'on puisse rencontrer, sous le rapport des matériaux de toute espèce. Des pierres de taille de toute qualité, depuis les plus tendres jusqu'aux plus dures, des moellons de toute consistance et de toute forme, des sables en abondance, des graviers quartzeux ou calcaires, des chaux à tous les degrés de puissance hydraulique, jusqu'au ciment le plus parfait, d'excellente terre à briques, des plâtres, des bois de construction à profusion, et tout cela presque dans l'enceinte de nos murs; la nature, je le répète, s'est montrée envers nous d'une libéralité extrêmement rare. Et pourtant, Messieurs, notre amour-propre national a eu souvent à souffrir des comparaisons faites par des étrangers entre les constructions de notre ville et celles de ses rivales bien moins favorisées.

Je ne puis admettre que le goût ou l'intelligence nous manquent pour mettre en œuvre les moyens qui abondent à notre portée. Je vois à notre infériorité au moins apparente d'autres raisons. La principale peut-être, et je n'oserais la traiter d'abus, c'est l'usage qui veut que chaque maison ou à peu près soit construite par un entrepreneur aussi économe que possible (c'est son métier), pour être divisée ensuite et subdivisée, presque autant que le territoire d'une commune entière, entre une foule de propriétaires. C'est à cet usage très-économique et très-sage, à bien des points de vue, que doit être attribuée, ce me semble, l'absence de luxe et même d'élégance des constructions de Grenoble.

Tout en regrettant bien un peu l'élégance, je ne songerais pas à critiquer l'architecture grenobloise, si l'on ne pouvait, et je vais vous en citer quelques exemples, nous taxer assez souvent d'incurie, de négligence, pour ne pas dire davantage. Serait-ce que l'excès des richesses nous a rendus paresseux? Peut-être. On dit bien que les meilleurs agriculteurs ne se forment pas dans les terres les plus fertiles, et je crois que la routine des ouvriers a prévalu souvent jusqu'ici, à Grenoble, sur l'expérience et l'instruction.

Mais j'arrive aux exemples : N'avez-vous pas été frappés plus d'une fois de l'aspect désagréable des façades un peu anciennement recrépies à Grenoble? Le crépissage se détache en larges écailles, reste longtemps soulevé de la sorte, comme les plaques d'une espèce de lèpre, et tombe en laissant sur la face du bâtiment des plaies qui ne font que s'accroître. Je sais bien que partout ailleurs les crépissages se détruisent à la longue; mais je crois cette action beaucoup plus rapide ici qu'ailleurs. Ce n'est pas que les propriétaires réparent moins qu'ailleurs leurs façades ou le fassent à moins de frais. Je suis convaincu que la faute en est surtout au choix du mortier et à sa fabrication. Je ne veux qu'indiquer ce sujet, sur lequel j'espère revenir quelque jour.

Un autre effet, tout à fait du même genre et aussi désagréable à la vue, est dû à l'altération rapide de la mollasse. Cette pierre est d'un usage très-commode et fort peu coûteux ; seulement, l'air et l'humidité la désagrègent. On n'avait jamais, que je sache, essayé dans Grenoble de remédier à cet inconvénient, ou du moins les anciennes façades attestent que les essais n'avaient pas réussi. Cependant plus d'un préservatif était indiqué. Le génie militaire en avait même expérimenté un avec succès à Rabot, sur une caserne dont toute la façade est en mollasse de Voreppe. — C'est tout récemment que M. Gueymard, cet infatigable chercheur de choses utiles à tous, vient d'appeler l'attention publique sur les procédés inventés dans le Nord, et depuis peu préconisés.

Vous parlerai-je de la couleur sombre, si triste à voir, que tous nos enduits prennent à l'air au bout de fort peu de temps? Elle est due, je le crois, à l'emploi dans le mortier de sable de l'Isère. Les couleurs incorporées avec la chaux s'altèrent assez vite et la couleur du sable domine de plus en plus. De là cet aspect maussade de nos rues, aspect qui frappe vivement les voyageurs qui traversent Grenoble. Je crois que là encore le remède est tout près de nous, et que les sables calcaires, blancs ou jaunâtres, donneraient à nos murs un tout autre aspect si on les mêlait au mortier. L'expérience en a été faite, elle a réussi ; mais la routine est bien difficile à changer.

C'est à modifier ces usages vicieux, à sortir la paresse des ouvriers de ces ornières, que je voudrais voir contribuer nos efforts à tous. Si chacun de nous veut y mettre du sien, communiquer à cette société et, par elle, au public les renseignements pratiques qu'il aura pu recueillir, il est probable que quelques personnes au moins essaieront de mettre à profit nos indications et que de proche en proche elles se répandront autour de nous. N'est-ce pas le but de la Société dont nous faisons partie ?

Mais il importe surtout que les faits énoncés soient très-précis et très-certains, les observations parfaitement claires. Sans cela, les expériences répétées avec quelques différences donneraient peut-être des résultats tout autres.

C'est ce que j'ai tâché de faire dans les notes suivantes, auxquelles je vous demande pardon d'avoir fait une préface si longue.

Nature des travaux. — Dans l'architecture militaire, de très-grandes surfaces de murs sont exposées aux intempéries des saisons, sans être protégées par la saillie des toitures. Ces murs ont en général un talus très-marqué, de sorte que l'eau y séjourne un temps assez long. Aussi les crépissages ne peuvent s'y conserver et l'on doit se contenter de garnir les joints des pierres. Tant que ces jointoiements tiennent, la muraille se conserve bien ; quand ils se dégradent, les herbes s'établissent dans les joints, et leur action très-prompte dans un pays humide a bientôt dégradé la surface, au point de permettre l'escalade et même de faire ébouler les revêtements.

De là l'importance qu'attachent aux rejointoiements les ingénieurs militaires; les ingénieurs civils, placés dans d'autres conditions, ont plus rarement à s'en préoccuper. Cependant dans notre pays de montagnes, les murs de soutènement sont très-fréquents et leur entretien exige les mêmes soins que les remparts des fortifications.

Endroit ou les expériences ont été faites. — C'est à ce genre de travail que se rapportent les expériences faites au fort Barraux avec un entier succès par M. le commandant Letocart, il y a plus de dix ans, et répétées en 1857 par moi au fort de la Bastille.

A la Bastille, les revêtements que j'ai fait réparer étaient tous en moellons d'assise disposés bien régulièrement. Au fort Barraux les moellons du parement étaient quelconques, leurs formes aussi irrégulières que possible; on a été jusqu'à remplacer par du mortier de grandes portions de parement de rocher délité par l'action de l'air. De plus, toutes les expositions ont été éprouvées au fort Barraux; aussi peut-on considérer les résultats comme tout à fait concluants.

Epoque des travaux.—Les travaux que j'ai fait faire ont commencé dans les premiers jours du mois de mars; on a dû les suspendre dans les derniers jours du mois de juin. Repris à la fin d'août, ils auraient pu être continués jusque vers le 15 octobre. Faits par la grande chaleur, les rejointoiements sont mauvais; ils se fendent sous un retrait trop brusque. Il en serait à plus forte raison de même s'ils étaient encore frais au moment des premières gelées. Souvent on a été obligé de recommencer des parties déjà faites, par suite de très-fortes pluies. Les portions toutes fraîches étaient délavées par les orages.

La chaux employée était la chaux hydraulique de Sassenage; elle était apportée en pierres et déposée dans un magasin couvert. Cette précaution est importante. L'extinction doit être très-soignée. Voici comment on s'y prenait :

La chaux vive était étendue sur l'aire du magasin en couche

à peu près uniforme de 7 à 8 centimètres d'épaisseur. On allait quelquefois jusqu'à 15, à cause du volume des pierres. Cette couche était arrosée d'eau ordinaire avec un arrosoir de jardinier. J'ai fait varier les quantités d'eau employée ; le minimum a été de 50 litres par mètre cube de chaux vive. Après plusieurs tâtonnements je me suis arrêté à 100 litres par mètre cube de chaux. Au-dessous de ce chiffre la quantité de pierres qui ne se délitent pas est considérable ; il reste une foule de morceaux qui ne fusent pas, bien que de très-bonne nature ; toute l'eau a été absorbée par les parties moins paresseuses. Au delà de 100 litres d'eau, la quantité d'incuits diminue peu. Les pierres qui restent ne se délitent pas, à moins que l'on n'atteigne 1,500 ou 2,000 litres par mètre cube, ce qui noie la chaux.

Le chiffre de 100 litres d'eau par mètre cube nous a donné de fort bons résultats : je suis loin de le donner comme absolu.

La nature de la chaux varie, dans la même carrière, suivant les cuites, les bancs, etc., et les extinctions n'ont pas été assez nombreuses pour permettre d'établir une moyenne bien fondée.

Les mêmes raisons ne permettent pas de donner le rapport de la chaux vive employée aux incuits obtenus, avec une approximation suffisante. Cette proportion a été de 0$^{m.c.}$500 d'incuits, à 3$^{m.c.}$500 de chaux, ou 1/7, en 1857. Il serait intéressant de continuer les expériences à ce point de vue.

La première couche de chaux vive arrosée, on en met dessus une seconde que l'on arrose également, puis une troisième, et ainsi de suite. Plus la masse de chaux sur laquelle on opère est considérable et mieux le travail se fait. Un tas de 3 m. c. de chaux est assez convenable ; on peut lui donner une hauteur de 0,50 cent. environ, formée de quatre couches ou de trois, suivant la grosseur des pierres, avec une base suffisante, et l'opération se fait bien. Mais elle va plus vite quand on agit sur une plus grande masse de chaux, et elle laisse moins d'incuits, à proportion ; car on comprend bien que la partie où ils sont le plus abondants est la surface du tas, surface plus grande à proportion pour une faible quantité.

Il est bon de faire observer que l'eau d'extinction doit être répartie presque également dans les différentes parties du tas en fusion, surtout quand on doit le recouvrir d'une couche de sable. Ou sinon il vaudrait mieux en mettre un peu plus en commençant ; la chaleur qui se produit vaporise l'excès d'eau des couches inférieures et la vapeur agit sur les tranches supérieures. Si l'excès était en haut, cette vapeur se produirait inutilement.

Je crois qu'il est mauvais d'ajouter de l'eau après coup sur un amas en travail ; cependant aucune expérience spéciale n'a été faite à ce sujet.

Le tas une fois préparé on le laisse fuser pendant trois jours au moins. Ensuite le travail, s'il continue, est très-peu apparent. Les ouvriers pensent cependant qu'il vaut mieux laisser l'action se prolonger et même beaucoup plus ; mais je n'ai pas de donnée positive relativement à cette théorie. Il paraît certain que l'opération est bien plus rapide et plus régulière quand on recouvre tout le tas de chaux en fusion d'une couche de sable de 5 centimètres environ d'épaisseur.

Tamisage de la chaux. — La chaux une fois éteinte, on la prend au tas et on la passe au tamis fin pour en séparer tous les incuits. On la conserve en sacs ou en amas dans un magasin clos. Ce tamisage ne peut se faire en plein air; le vent causerait une perte considérable. Dans l'intérieur d'un magasin, le manœuvre qui tient le tamis aspire une quantité de chaux nuisible à sa santé. J'avais fait suspendre le tamis dans le magasin, et au moyen d'une corde passant par une fenêtre entr'ouverte on lui imprimait des secousses qui remplaçaient l'action directe de la main.

Préparation du mortier. — Le mortier était préparé avec

du sable aussi tamisé et par petites broyées. Tout mortier resté sans emploi était jeté au bout de six heures environ.

Le manœuvre mélangeait deux parties de sable fin et une de chaux tamisée, et broyait avec fort peu d'eau. Ici la quantité d'eau employée ne peut être indiquée; elle variait suivant les jours et les heures du jour. Il fallait en effet du mortier plus clair avec un temps sec et chaud. Le parement était exposé au midi et les pierres avaient beau être arrosées avant le travail, elles desséchaient très-vite le mortier s'il n'était pas employé clair. Par un temps humide ou une petite pluie, on pouvait se servir de mortier très-sec. Le travail était alors excellent.

J'ai dû proscrire l'usage de tamiser le mortier une fois préparé. On comprend en effet combien il se perd de chaux de cette manière.

Les proportions de chaux et de sable que j'ai indiquées plus haut, 1 et 2, sont celles qu'avait employées le commandant Letocart au fort Barraux; c'est du reste les chiffres adoptés ordinairement pour les maçonneries. On a essayé de les changer, et des rejointoiements ont été faits avec des mortiers composés successivement de 2 de chaux pour 5 de sable, et 2 de chaux pour 3 de sable.

Le premier, 2 de chaux et 5 de sable, a donné de fort mauvais résultats; le mortier se fendait aussitôt et n'adhérait pas bien.

Le deuxième, composé de 2 de chaux pour 3 de sable, outre l'inconvénient grave de coûter plus cher, avait également celui de donner de mauvais rejointoiements qui se fendaient par le retrait. — Celui de 1 de chaux et 2 de sable seul résistait bien.

Le procédé employé au fort Barraux a été suivi scrupuleusement, et les résultats ont été conformes aux premiers que l'on avait obtenus.

Les joints ont été dégarnis de tout le vieux mortier non adhérent, au moyen de crochets en fer. — Puis, et c'est un des points essentiels à un bon travail, toute la surface grattée a été arrosée violemment au moyen d'un jet de pompe à incendie, dirigé sur chaque joint successivement. Un homme placé sur une échelle ou un échafaudage promène le jet d'eau lentement et ne passe d'un point à l'autre que lorsque l'eau qui rejaillit de la muraille est bien limpide. Quand l'opération est faite par un homme soigneux, toutes les parties du joint sont parfaitement à vif et le mortier adhère sans un seul point défectueux.

Le mortier est fouetté dans les joints à la truelle ; on a soin de tenir toujours les maçons approvisionnés d'éclats de pierre pour garnir les joints trop grands. Autrement, ils bourrent les trous de mortier sur une grande épaisseur et le retrait de cette masse la fait fendre.

Le mortier en place, il faut en régler la surface, et c'est de beaucoup la partie la plus délicate de l'opération. Le maçon doit se servir uniquement pour cela d'une cuiller en fer battu. Avec le cuilleron, il fait les joints étroits et surtout les joints verticaux. Dans ces derniers, l'emploi de la cuiller forme un canal symétrique à droite et à gauche, plus large quand le joint s'ouvre, plus étroit quand les pierres se rapprochent, et le mortier n'est jamais trop comprimé. La truelle ne peut pas donner ces résultats à un égal degré; elle arrache le mortier et ne le répartit pas également à droite et à gauche. Pour les joints horizontaux, l'ouvrier emploie le manche de la cuiller, en ayant soin de faire toujours saillir la pierre supérieure au-dessus du joint et de faire recouvrir au contraire toujours la pierre inférieure par le mortier. Cette précaution est de toute nécessité ; il vaut encore mieux un joint bien fait avec du mortier même très-médiocre, qu'un joint mal fait avec le meilleur mortier. S'il se fait une fente horizontale, une fissure entre la pierre de dessus et le ciment du joint, la gelée a bientôt brisé l'adhérence et le mortier tombe au bout de peu d'années.

Il est difficile d'obtenir des ouvriers qu'ils renoncent à la truelle pour faire les joints. On a dû renvoyer plusieurs anciens maçons pour en former de plus jeunes à un travail en dehors de leurs habitudes.

Voici, en résumé, les détails du système expérimenté au fort Barraux et aux fronts du midi de la Bastille, système dont les résultats ne laissent plus aucun doute :

1° Se servir de chaux hydraulique de Sassenage ;

2° L'éteindre par arrosement et la tamiser ;

3° Broyer le mortier par petites portions et le composer de 2 de sable fin et 1 de chaux ;

4° Arroser avec un jet de pompe tous les joints nettoyés auparavant à la pointe ;

5° Étendre le mortier avec une cuiller, en faisant toujours saillir la pierre supérieure sur le joint, et recouvrir la pierre inférieure par le mortier.

Reste à exposer la dépense d'une pareille opération.

La portion d'escarpe rejointoyée à la Bastille, dans l'exercice de 1857, était formée exclusivement de moellons d'assise avec 1/10e de pierres de taille. La surface réparée a été de 2691 mètres 81 cent.

Il a été employé pour ce travail :

Chaux vive de Sassenage, 11m450.

Sable pur du Drac, 15m900.

Ciment pour les pierres de taille, 300 kil.

Journées de manœuvres. 224 j. 90.

— de maçons, 402 j. 10.

Les sommes dépensées sont de :

Chaux vive..............	11m450	à	17 f.	»	194 f.	65
Sable du Drac...........	15m900	à	7	50	119	25
Ciment..................	300		5	90	17	70
Journées de manœuvres ...	224,90	à	1	75	393	58
— de maçon	402,10	à	3	50	1,407	35
A reporter.					2,132	53

Report . . .	2,132 53
Location et usure de cordes et échafaudages....	220 »
Transport d'agrès, dépense en menus ustensiles, etc.	60 »
	2,412 f. 53

Ce qui donne, par mètre carré, une dépense de 0 fr. 8998 ou environ 0 f. 90 c.

Les travaux ont été faits à une très-grande hauteur, puisqu'il y a environ 120 mètres de différence de niveau entre la partie inférieure de la Bastille et la ville. Aussi tous les matériaux sont grevés d'un transport considérable. D'un autre côté, la surface à rejointoyer était revêtue en moellons d'assise, ce qui diminue beaucoup la main d'œuvre et la dépense en mortier. Dans quelle proportion se balancent ces deux influences contraires, je ne pourrais le dire, et par suite, je ne saurais dire, ce qui serait cependant d'une utilité immédiate et pratique, à combien reviendrait le mètre carré de rejointoiement dans la ville.

Je sais seulement que le prix du mètre carré de rejointoiement ordinaire à la Bastille, d'après le bordereau du génie, est de 0,50, ce qui fait, comme vous voyez, une différence énorme. Mais pour peu que l'on ait fait faire des rejointoiements à la tâche, on sait combien un ouvrier peut aller vite en faisant mal, et combien il faut de temps pour faire bien. On sait aussi combien un rejointoiement mal fait a peu de durée.

Je suis donc d'avis que, malgré la différence de prix qui est considérable, la méthode exposée ci-dessus est très-bonne, même comme économie. Des rejointoiements faits par le procédé ordinaire à Grenoble depuis moins de vingt ans sont détruits et à refaire en presque totalité. Ceux du fort Barraux, faits par le procédé que je viens d'exposer, il y a dix ans, sont encore complètement neufs et rien n'annonce qu'ils doivent s'altérer de longtemps.

Bien des raisons me portent à croire que l'on pourrait réduire notablement la dépense de ce genre de travail. Mais voilà trop longtemps que j'abuse de votre attention pour développer les détails d'une expérience bien spéciale et qui, d'une application assez rare, n'a d'autre mérite que d'être faite et rapportée avec exactitude.

Dans un article sur les écoles de Grenoble, dans les temps anciens, nous avons donné plus haut, page 60, la traduction d'un règlement scolaire prescrit par les consuls de cette ville, en 1520, et qui présente une idée de la manière dont l'enseignement se pratiquait à cette époque. La nouvelle pièce que nous publions ici n'est pas moins curieuse; elle contient un règlement plus récent de trente-neuf ans que le premier, mais bien plus étendu et qui a été homologué par l'ordre du parlement en 1559.

ORDRE ET RÈGLEMENT

POUR L'ESCOLLE DE GRENOBLE,

Par M. J.-J.-A. PILOT.

Premièrement sera leu en ladicte escolle publiquement et au son de la cloche par le principal et régent d'ycelle, chacun jour non scollable selon les commandements de l'esglise ainsi que s'ensuit.

A six heures du matin jusques à sept sera faicte une leçon en philosophie et mesmement d'Aristote, à laquelle tous les pedagogues seront tenus d'assister, sinon que légitimement ils se treuvent empeschez, et cependant ne se fera aucune aultre leçon.

Despuis lesdicts sept heures jusques à huict ne se fera encores aucune leçon en ladicte escolle ains lesdicts regentz et pedagogues feront repeter à leurs enfants et en leurs chambres particulièrement les leçons qu'ils auront ouy le soir précédent.

A huict heures jusques à dix liront deux regentz, chescun en sa classe dont le plus hault lira à la première heure de rhetorique et à l'aultre heure quelque oraison de Ciceron et le second regent lira à la première desdictes heures des preceptes de grammaire et principallement de syntaxe et à l'aultre de Terence ou des espitres de Ciceron et, surtout, le régent aura soing d'exercer ses disciples à bien et promptement décliner les noms et conjuguer les verbes : *Nam nisi, his jactis fundamentis quidquid superstruxeris corruet.*

Les jours de mercredy et vendredy sont baillez aux enfants des termes en françois pour composer en prose et en vers selon leur capacité ; lesquelz ils seront tenuz apporter et rendre sur la fin des leçons d'après diner ou à tourner leurs leçons en françois, et de rechef, retourner ce françois en latin sans regarder dans leurs livres, et non seulement en jours de mercredy et vendredy mais chacun jour.

A douze heures (après midy) sera leu à la plus haulte classe en grec, grammairien ou aultre auteur selon encores la capacité des auditeurs et à l'aultre classe on lira *de civilitate morium* ou aultre tel livre pour les petitz enfans avec quelques reigles de grammaire comme des genres, déclinaisons ou verbes, sans toutesfois s'arrêter trop à ces reigles lesquelles vault mieulx apprendre et pratiquer en lisant les bons auteurs.

A une heure jusques à trois ne sera faicte aulcune leçon en ladicte escolle, comme a esté cy dessus dict de sept jusques à huict, et cependant lesdictz regentz et pedagogues feront aussi repeter à leurs enfants les leçons précédentes de ce jour ou corrigeront leurs compositions.

A trois heures jusque à quatre, on lira à la plus haulte classe quelque compendium de dialectique, et, de quatre jusques à cinq, de poësie comme de Virgille, Orace, Ovide ou autre fameux poëte, avec quelque compendium aussi de la quantité, et, à l'aultre classe, se lira de Caton ou aultre tel livre avec les verbes de Despautire et après cella sera encores faicte répétition des concordances.

Despuis cinq jusques environ six heures chescun desdicts regentz fera disputer en sa classe ses auditeurs des leçons qu'ilz auront ouy tout ce jour, assisteront lesdicts regentz tant pour se prendre garde de ceulx qui ne disputeront, que pour juger des doubtes et controverses que pourront estre entre leursdicts auditeurs et de leurs disputes survenir.

De trois en trois mois ou à la fin de chescun quarton de l'ordonnence des leçons, pour le moings, le regent de la plus haulte desdictes classes proposera quelque chose que consiste en démonstrations, délibérations à ses auditeurs pour décliner et se rendront où prononceront les déclamations huict jours après, un jour de feste, après diner et y seront convoquez les consuls de la ville les parents et amis des déclamants et aultres notables de ladicte ville qu'on pourra avoir.

Incontinent que les regentz seront entrez en leur classe, les auditeurs s'assirront avec toute modestie et silence esquelz ne sera despuis permis pour lesdicts regentz discourir d'un lieu à l'aultre, ou confabuler ensemble, ne sourtir de leurs classes jusques à ce que les leçons, compositions et disputes soyent parachevées.

Lesdicts regentz, quand ils auront commencé à lire ou interpreter ung livre, le continueront tant qu'il leur sera possible, pour ce que les mutations et variété d'auteurs sont pernicieuses et sont domaigeables aux auditeurs.

Le sammedy, la cloche de ladicte escolle sera sonnée deux

foys environ sept heures du matin, au son de laquelle toutz les pedagogues seront tenuz s'assembler à ladicte escolle avec leurs disciples jusques aux abeccudaires inclusivement, pour, de là, aller avec lesdicts regentz, aux frères mineurs ouyr messe laquelle sera célebrée comme de coustume, en tel ordre qu'on va à la procession, et, ladicte messe dicte, se remectront en mesme ordre pour retourner à l'escolle, et de là lesdicts pedagogues s'en pourront aller et emmener leurs enfans qui ne vont encores à ladicte escolle, et les autres entreront; chescun en sa classe où ils seront appelez par le normateur, afin de reciter le texte qu'ilz auront ouy toute la sepmaine devant les regentz.

Et ceulx qui oyent en philosophie, ledit sammedy incontinent après midi au son de ladicte cloche, seront tenuz venir disputer contre les positions que leur seront proposées par l'ung d'eux, et en proposeront les uns après les autres, en reciteront sans intermission, horsmi au temps de vaccations generalles, et sera tenu le lecteur en philosophie y adsister comme disceptateur et cathedrant.

Ne se fera aulcune lecture dans la présente cité de Grenoble, despuis la plus aulte dissipline d'humanité jusques à la plus basse et aux fondements de grammaire, que celles qu'on fera à ladicte escolle, lesquelles feront simplement lesditz pedagogues repeter à leurs dissiples selon l'interpretation des regentz de ladite escolle, sans murmure, aux fins de ne confondre l'entendement des enfans et les détourner de leur bon train.

Sera deffendu à tout pedagogue tenant chambre hors l'escolle, prendre charge d'aucun enfant cappable d'aller en ladicte escolle, sans en advertir incontinent le principal et luy donner le nom et surnom d'icelluy par escript.

Promectront les pedagogues audit principal d'aller visiter leurs chambres une fois le moys, pour s'avoir et entendre l'ordre et diligence qu'ils trouvent à enseigner leurs enfants et cognoistre ceulx qui sont ou non cappables pour aller à ladicte escolle, et ceulx qui seront esté trouvez cappables par ledict principal y seront envoyez par lesdicts pedagogues, et à ceulx qui les auront retenuz ledict principal pourra demander son sallaire de la porte cy après déclaré, comme s'ils y avoient esté, sans pour ce inquiéter les parents si bon luy semble.

Aulcun pedagogue en faisant estat dicelluy ne pourra recepvoir en sa chambre aulcun autre pedagogue luy menant d'enfans, ou auquel il donne gage pour luy ayder à instruire ses enfants, pourvu que est commis faire escolle particullière et aultre que celle qu'est publiquement introduicte par la ville au préjudice de laquelle et des regentz qui y seront establis; ladicte ville n'entend qu'on puisse rien entreprendre, sans, en ce, comprendre ceulx qui ensemblement vouldront louer une mesme chambre, pour évicter à plus grands frays pour leurs maistres et sans fraude.

Ne sera loysible auxdicts pedagogues de donner à leurs dissiples licence de jouer aux jours sur sepmeyne que premièrement les regentz ne l'ayent donné en ladicte escolle, et, lors, se pourront assembler les enfans pour jouer à tous jeux honnestes et decentz et ce faisant parleront latin et en toutes leurs aultres congressions tant en classe que hors d'icelle, au circuit de ladite escolle, et pour les contraindre à faire cellà et toutes choses décentes sera mis ung normateur en chescune classe, pour les observer et noter les contrevenantz; lequel en fera récit chescune sepmeyne devant lesdicts regentz, et à chescun d'eux en sa classe, pour en faire punition corporelle ou pécuniaire, ainsi qu'on a à coustume faire et que le cas le meritera.

Aux vaccations ou relaxations de Pasques, Noël, vendanges et de caresme prenant, chescun pedagogue se ramgera selon ladicte escolle, et quant est de courir la poulle audict caresme entrant, ne la pourra faire courir pendant qu'on lira à ladicte escolle.

Le principal de ladicte escolle pour l'exaction de son salaire acoustumé qu'est d'un soul tournois pour moys, pour chescun enfant qui vaict ouy les leçons qui se font en ladicte escolle, ha droict de saisir et prendre des livres ou aultres meubles des enfans susdicts, environ le commencement d'un chescun moys, à faulte de leur payement, sans pour ce en pouvoir estre aucunement inquiété de leurs parents ou aultres quelconques personnes.

Et pour ce que, oultre ledict soul de l'escolle, tout le profit que peult honnestement faire le principal d'icelle gist à tenir d'enfans en pension, et qu'il est bien raisonnable que ceulx qui portent le faix d'une chose en reçoipvent quelque prouffit, ne sera loysible a aucun pedagogue ou faisant estat d'icelluy de faire profession directement ou indirectement, et, par interposites personnes, de tenir lesdicts enfans en pension, joinct que, par tel moyen ils pourroient estre distraictz de leur estat concernant l'érudition des enfants qui leur seront baillez en charge, sans aussi en ce comprendre qui se vouldroient charger de la nourriture des enfans de leur condition et de deux ou trois au plus de leurs voysins ou aliez ; et, si ainsi il est trouvé bon de leurs parents, qu'il se fasse.

Pour avoir moyen de faire dire la messe tous les sammedis comme a esté cy dessus dict, seront continuées les collectes de Sainte Catherine et de St Nicolas qu'on a à coustume faire en lesdictes escolles, pour lesquelles chescun enfant allant à l'escolle paiera audict principal assavoir : pour la collecte de Sainte Cattherine deux liards et pour chescun des aultres ung liard, oultre ce que pour la façon ou entretenement des choses desdictes classes au commencement de l'ordinaire des leçons. Après vendanges, chescun desdicts enfans allant à l'escolle paiera audict principal deux deniers tournois.

Au premier jour desdictes leçons d'après vendanges sera sonnée la cloche de ladicte escolle deux fois, au son de laquelle s'assembleront lesdicts principal, regentz, pedagogues et enfans dans la plus grande desdictes classes aux fins de examiner par lesdicts principal et regentz, en présence des pedagogues, toutz lesdictz enfans pour estre mis pour ycelle année de classe et leçon selon qu'il sera trouvé cappable au jugement desdicts principal et regentz ayant heu conférence avec leurs pedagogues respectivement, sauf de pouvoir réunir de temps en temps lesdictz enfants d'une classe en aultre si l'on veid qu'il soit nécessaire sans attandre l'année suivante.

Et pour maintenir en ladicte escolle l'union qui est requise les pedagogues porteront au principal et regentz d'icelle l'honneur que ledict estat mérite et tel qu'ilz vouldront estre fait à eux mesmes s'ils estoient en leur charge, et pareillement lesdicts principal et regentz pourteront celle bennevollence auxdicts pedagogues qu'ilz sont tenus leur pourter, et s'il survient aucun differend entre aucuns d'eux s'essaieront de le pacifier sommairement et sans bruit.

Que les contrevenantz au présent règlement seront corrigez comme desobeissantz à leurs maistres ou supérieurs dans ladicte escolle, et ycelle convoquée au son de ladicte cloche comme si on vouloit faire une leçon, et ce par le principal ou l'un des regentz d'icelle, selon que le cas le méritera, en présence des consulz de la ville ou de l'ung d'iceulx qui seront à ces fins appelez et tenus d'y assister et faire faire main forte auxdicts principal et regentz si besoin est par les serviteurs de ladicte ville, sur que le cas fut de si petite importance qu'il ne mérita pour la correction d'icelle de faire telle et si grande assemblée qu'on laisse à la discrétion desdicts principal et regentz.

Et à cette fin que nul ne puisse prétendre cause d'ignorance du présent règlement et qu'on puisse d'heure à heure cognoistre s'il y est contrevenu, sera affigé une copie d'icelluy en langue latine au plus apparent et eminant lieu de ladicte escolle. Rebolet, consul.

A nos seigneurs du parlement,

Supplie humblement les consulz de Grenoble, disantz que par

ci devant auroict esté fait quelque règlement pour le faict des escolles de la présente cité, lequel après avoir esté observé ung peu de temps pour le changement des maistres principaulx et regentz auroict esté délaissé et presque mis en obly au grand domaige et interest de toute la république, auquel reglement a esté aussi adjouxté et en aultres endroictz diminué, selon que besoing a esté.

Ce considéré, que sans injunction et mandement de la cour demeureroict frustratoire et ne seroict observé, vous plaise icelluy autoriser, et ordonner qu'il sera publié et enregistré en l'escolle, et par les maistres regentz et pedagogues d'eulx conservé, et pour ce que d'ycy après y pourroict survenir quelque différence, auquel bien souvent les consuls ne peuvent estre hobeys, vous plaise commectre et députer ung de vos nosseigneurs ou deux pour faire observer ledict règlement et si besoing est former procès jusques à diffinitive exclusivement, aussi vous plaise pourvoir que de raison si ferez bien. Rebolet, consul. Adèrons comme aussi, 4 juillet 1556, aux fins d'aultre semblable requeste ; faict ce II décembre mil Ve LVIII. Bucher, procureur général.

Est le règlement de l'escolle cy attaché, auctorisé et inthimé, suyvant le consentement du procureur général du roy suyvant sa forme et teneur et sera leu et publié dans l'escolle de la présente cité de Grenoble, et sont commis aux fins de la présente requeste et pour y pourvoir, MM^es Laurent Rabot et Girard Servient conseillers du roy céans, et un chescun d'eulx, premier sur ce requis et soyt enregistre. Faict à Grenoble, en parlement, le IIIe décembre l'an mil V^c cinquante-huict. Marrel.

A nos seigneurs du parlement,

Supplie humblement les consulz de Grenoble, disans que la cour auroict emologué le règlement cy attaché suyvant sa forme a teneur et ordonné qu'il sera publié sans avoir commis la publication d'icelluy.

Sur ce vous plaise commectre la publication d'icelluy a tel que vous plairra et faicte provision convenable. Rebolet, consul.

Est commis Mᵉ Antoine Morand, greffier civil de la cour aux fins de la requeste. Faict à Grenoble, en parlement, le xiiᵉ décembre mil vᶜ cinquante-huict. Truchon.

Le règlement susescript a esté leu et publié en la grand classe de l'escolle de la présente cité de Grenoble, où estoient les trois regentz ci-après nommés, et grand nombre de pedagogues et escolliers assistans convoquez au son de la cloche de ladicte escolle, et après laquelle publication nous Anthoine Morard, secrétaire du roy et greffier civil en la cour de parlement de ce pais, commissaire à cest acte par elle député sur la requeste présentée par les consuls dudict Grenoble, le douziesme de ce mois de décembre, avons faict commandement de par le roy et ladicte cour, à Mᵉ Pierre Bergeron principal regent d'icelle escolle, et Mᵉ Bresson second regent; Mᵉ Pierre Pichot part régent de ladicte escolle, et Mᵉˢ Jacques Anglancier, Ennemond Fichot, Renaud Bernardi, Jehan Berlion, Bertrand Roche, François Symond, François Fevrier, Jehan Gota, Bertholomée, Pierret Piat, Pierre Monier, Guillelme Jehan, A. Pilla, Pierre Adiard, Pierre Brun, tous pedagogues en la cité de Grenoble, de tant par eulx que aultres pedagogues et escolliers absentz estroictement garder et observer le contenu aususdict règlement, en ce que le chescun concerne et peult toucher, sur les peynes y contenues et aultre arbitraire à la dicte cour; de quoy Mᵉ Jacques Robolet, Guigues Chappot, consulz de ladicte cité; Mᵉ Loys Robert, docteur, et Jacques Eymé, conseiller dudict Grenoble, par la bouche de monsieur Mᵉ Ennemond Fiehard, conseiller du roy et auditeur en la chambre des comptes de ce pais, là présentz, ont requis actes que luy avons octroyés pour luy servir et valloir ce que de raison. Faict au lieu que dessus, le XIIIe dudict décembre mil Vc cinquante huict (1).

NOTE

SUR UN

PERFECTIONNEMENT DE GAZ HYDROGÈNE CARBONÉ

A L'USAGE DE L'ÉCLAIRAGE,

Par M. Emile GUEYMARD,

Ingénieur en chef et directeur des mines, doyen de la Faculté des sciences de Grenoble, en retraite, officier de la Légion d'honneur.

La distillation des houilles, des lignites, de la tourbe et du bois donne de l'hydrogène carboné, mêlé d'autres gaz qui diminuent la puissance de l'éclairage et donnent des produits infects, insalubres, même dangereux, quand l'épuration est incomplète.

Jusqu'à ce jour, je n'ai jamais vu que des épurateurs à la chaux qui ne peuvent pas absorber tous les gaz nuisibles. J'avais exposé en 1845, à la Société de statistique de Grenoble, mais verbalement, un perfectionnement bien simple qui enlevait toute odeur désagréable, et qui donnait au gaz une flam-

---

(1) *Archives du parlement de Grenoble.* (Enregistrement des arrêts d'audience ; registre coté : arrêts du 3 novembre 1558 au 26 juin 1559 ; f° 14, rect.) — Ce règlement de l'école de Grenoble mentionne, plus haut, Despautire ou plutôt Despautère, grammairien alors fort estimé. A cette époque, ses rudiments, sa grammaire et sa prosodie, qui ne sont plus consultés aujourd'hui que par quelques savants, étaient fort en usage et ils l'ont été dans tous les colléges jusqu'au moment où ils ont été remplacés par des traités et autres ouvrages plus méthodiques. Jean Despautère, né en Flandre, est mort à Comines en 1520.

me magnifique, valant de 15 à 20 % de plus, quant au pouvoir éclairant, du même gaz épuré par la chaux.

En 1847 j'ai dirigé des expériences chez M. Pivan, dans un appareil qui fut construit dans un atelier d'après le plan que je remis. Le succès fut complet.

Plus tard, la même expérience fut faite par moi à l'usine à gaz de St-Joseph, à Grenoble. Les résultats furent les mêmes.

J'ai donné mon procédé à l'usine à gaz de Gap, et je pense qu'il doit être en activité.

Comme ce perfectionnement est resté inconnu, j'ai pensé qu'une communication ne serait pas sans intérêt. Je vais, en conséquence, le décrire.

Quand on distille les combustibles minéraux pour produire le gaz d'éclairage, il se produit en même temps du carbonate d'ammoniaque, de l'hydrosulfate d'ammoniaque, de l'acide carbonique, et peut-être aussi du sulfure de carbone.

Ces quatre substances traversent les épurateurs à la chaux. L'acide carbonique libre est absorbé. Le carbonate d'ammoniaque est décomposé, l'acide carbonique est aussi absorbé par la chaux, et l'ammoniaque devenu libre passe dans les eaux du gazomètre. La portion non dissoute dans l'eau arrive aux becs d'éclairage, mêlée avec le gaz hydrogène. De là cette odeur ammoniacale dans les appartements.

L'hydrosulfate d'ammoniaque est décomposé, mais seulement en partie, par la chaux des épurateurs. Il s'en dissout une portion dans les eaux du gazomètre, et le reste suit dans les tuyaux, mélangé avec le gaz hydrogène carboné. Arrivé au bec, il brûle et donne de l'acide sulfureux dans les appartements et dans les magasins. Une partie échappe même à la combustion, car les métaux de toute espèce qui sont dans les appartements et dans les magasins noircissent par le soufre en passant à l'état de sulfure.

Enfin, le sulfure de carbone, indécomposable, même par la chaleur des cornues et par la chaux des épurateurs, arrive aussi aux becs, et en brûlant il donne de l'acide carbonique et de l'acide sulfureux.

Tels sont les phénomènes qui se passent par la distillation des combustibles fossiles dans les appareils fermés, dans les usines à gaz ; telles sont les réactions qui ont lieu par la chaux des épurateurs.

Pour avoir le gaz parfaitement pur, il fallait ajouter peu de chose, et je suis étonné qu'on n'ait pas fait depuis longtemps ce que je prescrivais ici en 1845. Voici mon appareil :

Fig. 1, épurateur à la chaux ; fig. 2, autre épurateur communiquant avec le premier par un tube A. L'épurateur fig. 2 est divisé en deux compartiments, B et C. Le supérieur B est rempli de mousse imbibée d'acide sulfurique à 50° de l'aréomètre de Beaumé. L'inférieur C est rempli de mousse imbibée d'une dissolution de sulfate de fer à 20° de l'aréomètre.

On met les mousses B et C dans des paniers d'osier ayant un fond à claire-voie pour faciliter l'ascension du gaz.

Telle est la combinaison que j'ai fait établir dans les deux localités précitées.

Voyons maintenant les réactions chimiques qui se passent dans l'épurateur fig. 2.

Les gaz pour se rendre au gazomètre traversent d'abord la mousse imbibée de sulfate de fer, puis celle imbibée d'acide sulfurique.

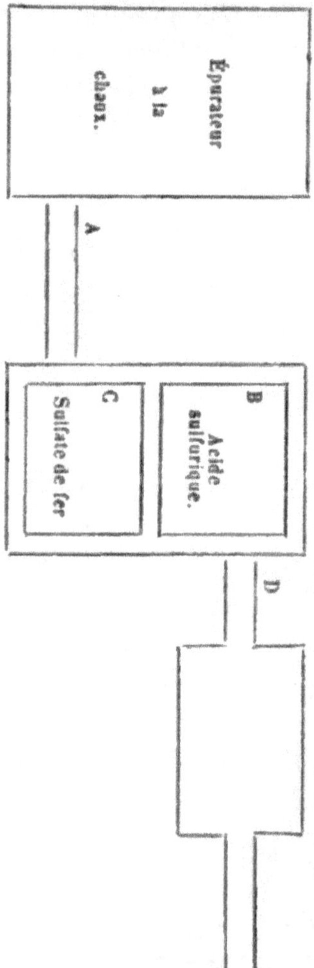

Fig. 1.

Fig. 2.

Caisse contenant de la fleur de soufre.

Le carbonate d'ammoniaque est décomposé par le sulfate de fer ; il se forme du carbonate de fer et du sulfate d'ammoniaque. S'il s'échappait encore un peu de carbonate d'ammoniaque, l'acide sulfurique en B n'en laisserait pas passer un atôme, et il se formerait encore du sulfate d'ammoniaque et de l'acide carbonique qui ne serait jamais qu'une fraction infiniment petite par rapport au gaz hydrogène carboné, et il ne pourrait pas altérer l'intensité de la flamme des becs.

Il passe aussi par le tube A une grande quantité d'ammoniaque libre, mais sa combinaison en B est complète, et il se produit du sulfate d'ammoniaque.

L'hydrosulfate d'ammoniaque qui arrive en A est entièrement décomposé en C par le sulfate de fer; il se produit du sulfure de fer et du sulfate d'ammoniaque.

Dans les deux appareils que j'avais fait construire, les gaz sortant en D brûlaient avec une flamme éblouissante, et je n'ai pu y reconnaître la présence de l'acide sulfureux, de l'ammoniaque et de l'hydrosulfate d'ammoniaque.

On peut donc, presque sans frais, par ce procédé, se procurer le gaz hydrogène carboné pur, sans odeur pendant la combustion, et n'altérant nullement les métaux qui sont dans les appartements ou dans les magasins. Je dis presque sans frais, car les mousses B et C lessivées donneront du sulfate d'ammoniaque, qui servira à payer l'acide sulfurique et le sulfate de fer employés.

Quand l'acide sulfurique et le sulfate de fer seront saturés, on enlèvera les paniers B et C, et on les remplacera par deux autres que l'on préparera d'avance. Il ne faut que trois minutes pour la manœuvre de ces paniers.

Après avoir lessivé les mousses, on peut les faire sécher et les faire resservir à de nouvelles opérations.

Les deux appareils dont je me suis servi étaient alimentés avec les houilles de Saint-Etienne, dans la Loire.

Un bec établi sur le tube A donnait un gaz qui rougissait le papier de tournesol et noircissait un papier imbibé d'acétate de plomb.

Un bec établi en D donnait un gaz si pur, que le papier de tournesol et le papier imbibé d'acétate de plomb n'ont pas changé de couleur.

Quand les combustibles fossiles que l'on distille sont très-pyriteux, il se produit du sulfure de carbone. Si les conduites pour arriver aux becs sont très-longues, il peut se condenser en totalité, mais comme il bout à 48° centigrades, des vapeurs peuvent encore arriver aux becs, quand les conduites de gaz sont courtes. Dans ce cas, il brûlerait en donnant dans les appartements de l'acide carbonique et de l'acide sulfureux, ce qui est incommode et nuisible.

Le sulfure de carbone ne peut pas être décomposé dans les épurateurs, et pour le réduire au néant, il faudrait ajouter une caisse E après le deuxième épurateur, et la remplir de mousse saupoudrée de fleur de soufre qui a la propriété de condenser le sulfure de carbone.

AYMAR DU RIVAIL,

Par M. J.-J.-A. PILOT.

Aymar du Rivail, ainsi nommé par les biographes et ceux qui ont écrit sur le Dauphiné depuis le XVIIe siècle, quoique son nom fût Aymar Rival, et que, de son vivant, il n'ait jamais été connu sous d'autre dénomination, peut être considéré, après Mathieu Thomassin, comme le plus ancien historien du pays. Ce titre lui appartient par son ouvrage *De Allobrogibus* (des Allobroges), chronique où il traite de l'histoire du Dauphiné, remontant, bien entendu, suivant un usage adopté par des écrivains de son temps, au déluge, ou tout au moins à la dispersion des hommes, et finissant à son époque. L'ouvrage en question, divisé en neuf livres, et daté de 1535, est resté manuscrit durant deux siècles et plus; il a été mis au jour et imprimé en 1844, avec des notes et des éclaircissements, par les soins de M. de Terrebasse, à qui l'on doit une vie de Bayart, estimée, et des travaux consciencieux. Cet auteur, dans les préliminaires historiques, littéraires et bibliographiques qui précèdent l'histoire des Allobroges, donne sur Aymar du Rivail des indications précieuses (1). Depuis lors, M. Giraud, ancien député de la Drôme, a publié, en 1849, sous le nom d'*Aymar du Rivail et sa famille*, des renseignements pleins d'un vif intérêt (2); mais tous les deux, dans leurs investigations, ne remontent point aux premiers aïeux connus d'Aymar, de même qu'ils ne font point connaître quels ont été ses derniers descendants. Des recherches plus heureuses m'ont mis sur la voie de ces minutieux détails, qui résultent de divers documents dont je présente ici l'analyse :

1° Un hommage du 17 juillet 1393, rendu devant un commissaire du conseil delphinal par Pierre Rivail, fils de Guillaume, pour le château de Lieudieu (3);

---

(1) *Aymari Rivalii delphinatis, de Allobrogibus libri novem, ex autographo codice bibliothecæ regis editi; cura et sumptibus Ælfredi de Terrebasse. Ludovicus Perrin, typ. Lugduni.* M D CCC XXX III. In-8°. — M. Macé, professeur à la Faculté des lettres de Grenoble, a donné une traduction du premier livre d'Aymar du Rivail, sous le titre de : *Description du Dauphiné, de la Savoie, etc., au XVIe siècle, extraite du premier livre de l'histoire des Allobroges, par Aymar du Rivail.* Grenoble, Allier, 1852.

(2) *Aymar du Rivail et sa famille.* Notes extraites tant de ses écrits que de son testament et de diverses pièces jusqu'ici inédites, par M. Giraud, ancien député, membre correspondant du comité historique des arts et monuments. Lyon, imp. de Louis Perrin. M. DCCC XLIX. In-8° de 104 pag.

(3) *Homagium nobilis Petri Rivallii, pro castro Locidei.* — Il est

2° Des lettres de Louis, dauphin, du 7 novembre 1410, par lesquelles il donne à Antoine de Clermont, seigneur de Monteison, les *lods* de l'acquisition qu'il avait faite du même château ou maison forte, de Jean Rivail, chevalier (1) ;

3° Un dénombrement donné à la chambre des comptes du Dauphiné, le 8 juin 1433, par François de Murinais dit de Bellecombe, seigneur de Murinais, et où il est dit que nobles Allemand, Claude et Jean Rivail frères, tenaient de son fief une tour appelée de la Macle, située près de son château (2);

4° Acquisition de la terre et seigneurie de Blanieu, faite le 13 novembre 1539, de Guillaume de Poitiers, seigneur de Saint-Vallier, par noble Aymar Rivail, conseiller au parlement de Grenoble, au prix de 900 livres (3) ;

---

dit dans cet acte et les pièces dont il donne la teneur que Pierre Rivail, qualifié de notaire de la cour majeure de Vienne et de la terre de la Tour, avait acheté de Jean Liactard dit de Barbarin, le 17 décembre 1392, au prix de dix-huit vingts, ou 360 florins, le château de Lieudieu, fief du dauphin, et que son père, appelé Guillaume, habitant de Murinais, était homme lige du seigneur de cette paroisse. Jacques de Montmaur, gouverneur du Dauphiné, et le conseil delphinal, avaient commis Bergadan de Murriel, jurisconsulte dans les deux droits, conseiller dalphinal et juge de la même cour majeure, à l'effet de recevoir l'hommage en question, qui fut passé, à Vienne, dans la maison de ce commissaire, en présence de Girin-Peyre, de Saint-Symphorien ; de Martin Marquis, de Lyon, et de Jean Rivail, frère dudit Pierre.

(1) *Lettres de Louis, dauphin, par lesquelles il donne à Antoine de Clermont, seigneur de Montoyson, les lods de l'acquisition qu'il avoit faite de la maison forte de Lieudieu, de Jean Rivail, chevalier, pour la somme de 260 florins ; ledit achapt estant fait au nom de Jeanne Claveson sa femme.* (Lieudieu).

(2) Ancien registre : *Dénombrements de Murinais et de la maison forte de Montalieu* (Murinais).

(3) Ancien registre : *Octavus liber retentionum ; ab anno 1533 jusqu'en 1544* (Chevrières).

5° Un dénombrement fourni devant le vibailly de Saint-Marcellin, le 31 août 1540, par le même noble Aymard Rivail, conseiller du roi en Dauphiné, qui déclare avoir droit sur la terre de Lieudieu, et posséder dans la vallée d'*Argentant* (sic), au mandement de Murinais, une maison noble appelée la Riverie ou Rivalière, ainsi qu'une tour dite Macle, près du château de ce lieu, et d'autres biens et rentes dans le même mandement, et pour lesquels Pierre et Aymar Rivail, ses prédécesseurs, avaient fait hommage à Pierre de Murinais, en 1317 (1);

6° Hommage prêté par Aymard Rivail, le 22 août 1541, pour la terre de Blanieu (2);

7° Dénombrement fourni pour la même terre par le même Rivail (Aymard), le 10 février 1542 (3).

Il résulte de l'examen et du rapprochement de ces titres que la famille Rivail (plutôt *Rival*), d'où sortait notre historien et jurisconsulte Aymar du Rivail, était originaire de Murinais; du moins qu'elle y habitait dès le commencement du XIVe siècle, époque où cette paroisse appartenait aux dauphins de Viennois. Le dauphin Jean II, ayant échangé cette terre, le 16 février 1315, avec Pierre de Murinais, écuyer, contre les droits qu'il avait sur les châteaux et terroirs de Saint-Etienne de Saint-Geoirs et de la Forteresse, Pierre et Aymar Rivail devinrent dès ce moment hommes liges de ce seigneur, ce qui fait voir pourquoi, en 1317, ils auraient prêté hommage à Pierre de Murinais, sur l'ordre du châtelain delphinal de

(1) Ancien registre : *Denominationes Viennesii et Valentinesii* (Murinais).

(2) Ancien registre : *Hommages faits en mains de messieurs des comptes de Dauphiné, receus par les secretaires desdits comptes, en l'année 1541 et autres ensuivantes, fins en 1560* (Blagnieu).

(3) Ancien registre : *Denominationes traditæ in camera computorum dalphinalium per nobiles totius delphinatus ; de anno 1543, ad causam homagiorum per eos receptorum* (Blagnieu).

Chevrières, lorsque, auparavant, ils faisaient cet hommage au dauphin. Il faut induire également de ce dernier titre que l'objet de l'hommage de 1317 étant le même que celui du dénombrement de 1540, c'est-à-dire que s'agissant, dans l'un et dans l'autre acte, de la maison de la Riverie ou Rivalière, située dans la vallée d'Argentinant, sur la paroisse de Murinais, aujourd'hui commune de ce nom, cette maison, à l'époque d'Aymar du Rivail, était la propriété de sa famille depuis plus de deux siècles. Peut-être même, les Rivail la possédaient-ils depuis plus longtemps encore. Il est à croire, au surplus, qu'ils tiraient leur nom de ce lieu, et, pour être juste, il faut dire que si bien les Rivail sont qualifiés de nobles dans les documents que je cite, on trouve d'autres Rivail classés parmi les taillables, en 1393 et 1425, et qui habitaient la même localité. Avaient-ils une origine commune, c'est probable.

Aymard du Rivail, assez infatué de sa qualité de gentilhomme, comme on le voit par ses écrits où il affecte de parler de sa naissance et de son père, et qui prend dans ses ouvrages les titres de seigneur de la Rivallière, de Blagnieu et de Lieudieu, rapporte, livre Ier de l'*Histoire des Allobroges*, que le fief de Lieudieu était attribué aux aînés de sa famille : « *Et Locidei imperium juridictionemque primogeniti possiderunt.* »

Ceci n'est point entièrement exact. Les documents de la chambre des comptes, que je viens de citer, constatent, il est vrai, que Lieudieu fut acheté de Jean Liactard dit de Barbarin, en 1392, par Pierre Rivail, fils de Guillaume, pour le prix de 360 florins, et que Pierre Rivail en fit hommage le 17 juillet de l'année suivante ; mais ils indiquent aussi que la même terre fut vendue, en 1410, par Jean Rivail, chevalier, à Antoine de Clermont, seigneur de Monteison, qui en fit l'acquisition, au nom de Jeanne de Claveyson, sa femme, pour le prix seulement de 260 florins. Marie de Clermont, fille d'Antoine, porta ensuite Lieudieu à Humbert de Seyssel, son mari, seigneur d'Aix et de la Bâtie de Seyssel, en Savoie ; elle en prêta hommage au dauphin Louis, le 18 février 1446. Cette terre n'aurait ainsi appartenu aux Rivail que dix-sept ou dix-huit ans, de 1392 à 1410; on ne voit plus que, depuis cette époque, elle soit retournée à aucun membre de leur famille. Dans son dénombrement du 1er août 1540, fourni devant le vibailly de Saint-Marcellin, Aymar Rivail déclare lui-même avoir simplement droit sur Lieudieu, pour avoir appartenu à ses prédécesseurs. Toute sa seigneurie ne consistait donc, tout au plus, que dans des prétentions reposant peut-être sur ce que son prix de vente se trouvait inférieur de beaucoup au prix d'acquisition.

Quant à Blagnieu, il acquit lui-même cette terre par acte du 13 novembre 1539, de Guillaume de Poitiers, seigneur de Saint-Vallier, au prix de 900 livres (1) ; il en prêta l'hommage à la chambre des comptes le 22 août 1541, et il en fournit l'aveu ou le dénombrement le 10 février de l'année suivante.

Aymar du Rivail déclare dans cet aveu qu'il possède le mandement de Blagnieu avec toute juridiction, situé au diocèse de Vienne, confrontant le mandement de Murinais et le chemin qui va de Murinais au château de Chevrières, la rivière allant de Meyssin à Chatte, compris dans les susdites limites ladite rivière, les moulins de Bossan et les prés qu'il avait, appelés Bâtours, du couchant; le chemin allant de Murinais, par la grange des Priès et Lolive, à Saint-Marcellin, du levant; les mandements de Saint-Marcellin, Plan et Chatte du vent et midi; et où il y avait 60 maisons d'habitants, 17 setiers froment, 17 setiers avoine, 6 quartaux seigle basse mesure, 8 florins, deux somées vin et deux poules.

Un siècle après, Blagnieu n'appartenait plus aux Rivail;

(1) Ancien registre : *Octavus liber retentionum ; ab anno* 1533 *jusques en* 1541 (Chevrières).

acheté aux enchères, le 11 janvier 1644, par Jean Allemand de Rochechinard, au prix de 34,000 livres, sans compter les frais de criées ordinaires, il fut cédé, le 26 mars de la même année, pour la somme de 41,032 liv. 6 sous 7 deniers, par ledit Jean Allemand à Jean de la Croix, seigneur de Chevrières, président au parlement de Bourgogne (1).

Ces documents que je signale, tirés de l'ancienne chambre des comptes du Dauphiné, fournissent quelques renseignements sur Aymard Rival et sur sa famille. D'autres actes que j'ai pu recueillir viennent les compléter. Ces actes sont :

1° Une acquisition, datée du 9 avril 1481, de quatre setiers de froment, petite mesure, faite par noble et égrège homme, seigneur Guigues Rival, docteur en droit, habitant de Murinais, de noble Damieu Rostain, au prix de 30 écus d'or ; lesdits quatre setiers de froment, affectés sur un tènement de maison, terre et verger, du contenu de 10 sétérées, au lieu *de Buriaco*, aujourd'hui Burdet. Il est stipulé, de plus, dans cet acte d'achat, que le vendeur cède aussi à l'acquéreur la cense d'une poule que faisait Pierre *de Torniaco*, de la même paroisse de Murinais ;

2° Une copie du testament de Guigues Rivail, docteur dans les deux droits, chanoine et vicaire d'Embrun, passé dans le palais archiépiscopal de cette ville, en la chambre du testateur, le 8 janvier 1519. Dans ce testament, Guigues Rivail nomme ses frères Aymar et Jean ; deux sœurs, Marguerite et Catherine, et sa mère Georgette de Maubec ; il fait divers legs à la chapelle de la Conception de la bienheureuse Marie, en l'église cathédrale d'Embrun, ainsi qu'à l'hôpital de Saint-Marcellin, et il veut qu'avec ses biens et ceux de ses deux

---

(1) Ancien registre : *Investitures et naturalités, commençant en l'année 1613 et finissant en mars 1649* (Blagnieu).

frères, s'ils y consentent, il soit construit un couvent de chartreux à Murinais;

3° Une copie d'un testament d'Aymar du Rivail, du 10 février 1544, passé à Grenoble dans sa maison, et que reçut Rollet Narcié, notaire de cette ville. L'existence de ce testament est un fait nouveau. Cette pièce, inconnue aux biographes d'Aymar du Rivail, nous apprend qu'à cette époque il avait déjà perdu trois enfants : Laurent, Madeleine et Guigues. Elle révèle surtout une circonstance curieuse et ignorée de la vie du jurisconsulte et historien dauphinois; c'est qu'il fut appelé à Paris, par ordre du roi, pour assister au fameux procès du chancelier Poyet, et qu'avant d'entreprendre ce voyage pour la capitale, il se crut obligé de faire son testament, sans doute dans la crainte d'événements fâcheux, à cause de la distance des lieux. Nos pères, il y a moins d'un siècle, avaient encore les mêmes appréhensions lorsqu'il fallait se décider à quitter le foyer domestique pour un voyage, souvent moins éloigné.

PRÉAMBULE DU TESTAMENT.

Au nom de Dieu, amen. Sçaichent tous présens et advenir comme en l'an mil cinq cens quarante et quatre, prins à la Nativité, et le dixiesme jour de febvrier, noble et puissant seigneur, monsieur Aymar Rival, chevallier, conseiller du roy, seigneur de Blagnieu, de la Rivallière et du Lieudieu, en bonne prospérité de sa personne et en son bon sens et entendement, se veulant absenter de ce pais, mandé expressément de par le roy pour ses affaires dont luy fault aller à Paris pour estre à la vhuydange du procès de monsieur Guilhiaume Poiet, chancelier de France, estant là en prison, a faict son testament en présence de moy notaire, etc., etc.

4° Une copie du dernier testament d'Aymar du Rivail, du

16 juillet 1557, reçu par le même notaire Rollet Narcié. Cette pièce, expédiée sur l'original, et qui est du XVIe siècle, confirme l'opinion émise par M. Giraud sur la date vraie du testament de du Rival, qui est bien de 1557 ;

5° Un extrait de l'inventaire des biens meubles et immeubles dépendant de la succession de feu Guillaume Rivail, fils et héritier de feu Aymar Rivail, et qui avait réuni sur sa tête tous les biens de sa famille; cet inventaire, commencé, le 31 décembre 1596, par Pierre Pain, substitut du greffier au bailliage de Saint-Marcellin, en vertu d'une ordonnance du vibailli, contient, ainsi que l'indique son titre, le détail minutieux des biens meubles et immeubles dudit défunt Guillaume Rivail, appartenant à Horace Rivail, son fils ; il donne aussi l'énumération de plusieurs testaments des Rivail, en remontant à 1347; entre autres de Philippe et d'Aymar, tous deux fils d'Aymar Rivail, et conseillers, comme leur père, au parlement de Grenoble. Ces deux derniers testaments sont datés, l'un du 6 février 1573, et le second, de l'année suivante;

6° Une requête du 3 novembre 1598, adressée au parlement de Grenoble par les chartreux, tendant à obtenir que les biens de Guillaume Rivail, lesquels biens consistaient principalement dans la maison d'Argentenant, leur fussent dévolus par suite des dispositions de dernière volonté de ces deux frères. Guigues Rivail, dans son testament du 8 janvier 1519, avait manifesté le désir qu'il fût construit une chartreuse à Murinais, dans le cas où ses deux frères, Jean et Aymard, y auraient consenti. Dans un premier testament de 1538, Aymard Rivail s'exprimait en ces termes : *Item voluit et consentiit quod fiat monasterium cartusience aut aliud in domo sua de Argentinant cum prædiis propinquis, si possit fieri, juxta voluntatem fratrum suorum.* Item veut et consent qu'il soit fait un monastère de chartreux ou autre couvent dans sa maison d'Argentenant avec les propriétés voisines, s'il y a moyen, suivant la volonté de ses frères. Le même Aymard

Rivail, dans le cas où ses héritiers viendraient à décéder sans enfants, leur substituait aussi les chartreux. La même disposition se trouvait également rappelée et confirmée dans le dernier testament d'Aymard Rivail, de 1557. En conséquence, les chartreux demandaient d'être envoyés en possession des biens de Murinais, laissés par Guillaume Rivail, dernier descendant d'Aymar Rivail, et attendu qu'il venait de décéder sans enfants légitimes. Cette requête nous apprend en effet que Guillaume ne laissait qu'un fils naturel, nommé Horace, à la vérité institué par testament et sous la tutelle de Gaspard de Fassion, sieur de Sainte-Jay. Il paraît que les chartreux renoncèrent à leur instance, de sorte que cette affaire n'eut aucune suite;

7° Un mémoire écrit et signé de la main d'Horace Rivail dit de Blagnieu, daté du 15 janvier 1645, et qui rappelle divers legs faits aux religieux des Carmes, par les Rivail, avec les dates des testaments, les indications de quelques alliances et d'autres renseignements curieux. Ce mémoire, sur lequel sont aussi des notes de la main d'Anne Rivail, fille et héritière d'Horace, mariée à Antoine de Chabod, seigneur de Nantoin, comprend une période de près de quatre siècles.

Ces titres établissent l'origine, la filiation et la position de fortune des Rival ou Rivail, pendant tout cet espace de temps, depuis la première moitié du XIVe siècle jusqu'à la fin du XVIIe; ils ont servi à former l'arbre généalogique à la suite de cette notice.

D'un autre côté, quelques-unes de ces pièces peuvent intéresser l'histoire du pays : ainsi, M. Giraud, en parlant d'un ancien tableau qui est aujourd'hui dans l'église de la Sône et qui relate un vœu fait par Guillaume Rivail, de reconstruire la chapelle du pont de pierre qui avait existé sur l'Isère, près de ce village, pense que cette chapelle n'a point été refaite et que déjà le pont était à cette époque en ruines, comme le suppose d'ailleurs la tradition du pays. Le mémoire d'Horace Rivail, fils de ce Guillaume, nous fait connaître, à ce sujet, que la chapelle en question fut refaite par ses soins, d'après les intentions de son père, exprimées dans son codicille du 13 décembre 1594, mais qu'elle fut renversée de nouveau et détruite avec le pont, lors de la grande inondation de 1652 : il ajoute que le tableau qui était dans la chapelle a été transféré, à cette époque, dans l'église paroissiale du lieu. Ces deux faits sont rappelés également dans une requête, adressée à l'archevêque de Vienne par Charles de Chabod, fils d'Antoine, comme héritier des biens d'Horace Rivail son aïeul, et à l'effet d'obtenir que les religieuses de la Visitation de Saint-Marcellin fussent autorisées à faire célébrer les messes dues pour le service de l'ancienne chapelle de la Sône. Elles venaient d'acheter, depuis peu, du même Charles de Chabod, suivant acte du 18 mai 1712, au prix de 19,150 livres, son domaine d'Argentenant, situé sur la paroisse de Murinais, sous la condition de se conformer aux clauses et charges qui grevaient le domaine vendu, et du nombre desquelles était l'obligation expresse de faire dire d'autres messes, au nombre de cent quatre, chaque année.

Par le même acte, ces religieuses étaient en outre tenues à la complète exécution des anciennes fondations faites par les Rivail. L'une d'elles consistait en un déjeuner offert au seigneur et à la dame de ce lieu, au curé et aux officiers de la communauté, dans la maison d'Argentenant, le mercredi des Rogations, jour où la procession se rendait à la chapelle du vieux manoir, et en une distribution ou *donne* d'un pain blanc à chaque chef de famille et deux verres de vin à tous les assistants à la cérémonie. La distribution avait lieu à l'issue de la messe, qui, le même jour, se disait dans la chapelle. Il en est fait mention dans un certificat du consul et du châtelain de Murinais, daté du 25 septembre 1712, et où la dépense totale, pour cette fondation, est évaluée à la somme annuelle d'environ vingt livres.

GÉNÉALOGIE D'AYMAR DU RIVAIL, D'APRÈS LES TITRES ET PIÈCES AUTHENTIQUES.

PREMIER DEGRÉ.

Pierre Rival, habitant de Murinais, vivait en 1317; à cette époque existait aussi Aymar Rival, probablement son frère (1);

DEUXIÈME DEGRÉ.

Malen ou Mallen Rival. Je le crois fils de Pierre; il testa le 14 mai 1347; sa femme s'appelait Gaione (2).

TROISIÈME DEGRÉ.

Guillaume Rival, fils de Malen, testa le 2 novembre 1399; sa femme Aymarde Rival lui survécut (3); il eut pour fils :

1° Pierre Rival qui, le 17 décembre 1392, acheta la terre de Lieudieu, dont il fut investi le 7 juillet suivant, et qui fonda le couvent des Carmes de Vienne le 3 octobre 1394. Il est qualifié, dans l'acte d'investiture de la terre de Lieudieu, de notaire de la cour de Vienne et terre de la Tour, et fils de Guillaume Rival, habitant de Murinais; il fit son testament le 7 janvier 1400 (4).

2° Jean, dont il sera parlé ci-après;

3° Falque ou Falcon, indiqué comme frère de Pierre et de Jean Rival, dans un acte d'acquisition faite d'une maison, le 12 juin 1405, et que ces trois frères, savoir : Pierre, Jean et Falque donnèrent au monastère des Carmes de Vienne que venait d'établir Pierre Rival, l'un d'eux (5).

---

(1) Voir la notice qui précède, pag. 272.

(2) Pièce F ci-après et pièce H, nos I et II.

(3) Pièce F et pièce H, n° III.

(4) Pièce A, pièce H, n° IV. — Une copie de l'acte de fondation du couvent des Carmes de Vienne, par Pierre Rival, et les pièces y jointes, ont été publiées par Me Giraud, à la suite de sa notice *Aymar du Rivail et sa famille;* cette copie et ces pièces sont extraites d'un inventaire des titres et documents des Pères Carmes de Vienne, fait en 1688 et déposé aux archives de l'évêché de Grenoble.

(5) Acte de donation fait aux Carmes de Vienne, transcrit dans l'inventaire ci-dessus.

Falque fut marié ; il paraît avoir eu pour fils : Alemand, Claude et Jean, mentionnés dans un acte d'aveu ou de dénombrement, fourni, le 8 juin 1433, par François de Murinais, seigneur de ce lieu, et où il est dit qu'ils tenaient de son fief une tour, appelée *Macias*, située proche du château de Murinais. Alemand Rival est indiqué comme cousin germain paternel de Guigues, père d'Aymar du Rivail, dans l'*Histoire des Allobroges* de ce dernier, pag. 523 ; il y est rapporté que cet Alemand fut militaire, qu'il contracta des dettes et dissipa presque tout son avoir; il testa le 7 mars 1462. Il est question aussi d'Alemand Rival dans le codicille d'Aymar du Rivail, daté du 16 juillet 1557, portant la même date que son testament et qui rappelle une Clauda Rival ou Rivallie, veuve Janin, du lieu de Murinais, mère de défunt Michel Janin, laquelle pourrait être, soit une fille de cet Alemand Rival, soit une propre nièce d'Aymar du Rivail (1).

QUATRIÈME DEGRÉ.

Jean Rival est appelé frère de Pierre, dans l'acte d'investiture précité du 7 juillet 1394 (2) ; il fut jurisconsulte dans les deux droits, et juge ordinaire de la terre de Vinay, en 1420 (3). Il testa le 19 février 1448 : sa femme, Antoinette Fallavel, testa elle-même le 7 mars 1462 (4) ; de ce mariage est né Guigues Rival.

CINQUIÈME DEGRÉ.

Guy ou Guigues Rival, docteur en droit, a été juge et vibailli de la cour majeure du Viennois et Valentinois, c'est-à-dire vibailli de Saint-Marcellin, fonctions qu'il remplit de 1486 à 1493 (5) ; il fonda en l'église des Carmes

---

(1) Pièce F et pièce H, n° VII.

(2) Pièce A.

(3) *Johannes Rivallii, juris utriusque peritus, tanquam judex ordinarius terre Vignayci*. (Registre *Secundus Vienn. et Valentin.*, lettre E, fol. 577). — *Valbonnais; Histoire de Dauphiné*, tom. I, p. 222; arrest du conseil delphinal qui confirme la tutelle des enfants d'Aubert de la Tour à Marguerite de Châteauneuf.

(4) Pièce H, nos V, VI et XII.

(5) *Registrum litterarum officiariorum ab an.* 1365, *ad an.* 1670. Dans ce registre, les provisions de vibailly de Saint-Marcellin, données à Guy Rival, sont datées du 7 août 1486, et celles de son successeur, François Mulet, portent la date du 22 août 1493.

de Saint-Marcellin une chapelle rappelée dans le testament de Guillaume Rival, son petit-fils, et où il est dit que Guigues était son aïeul. Ce dernier a épousé Georges ou Georgette de Maubec, décédée le 6 mai 1519, après avoir testé seize ans auparavant, le 10 octobre 1503 (1). Du mariage de Guigues Rival et de Georgette de Maubec sont nés :

1° Jean Rival, qui fut militaire; il testa le 14 novembre 1519; il est indiqué comme décédé dans le testament d'Aymar Rival ou du Rivail, son frère, du 16 juillet 1557 (2). Il est probable qu'il a été marié et qu'il a laissé des filles. Aymar du Rivail, dans son testament de 1557, parle de nièces à lui, qui se seraient mariées *à gens de petite qualité et étrangiers.*

2° Guigues Rival, docteur dans les deux droits, chanoine et vicaire général de la cathédrale d'Embrun; il fonda dans cette cathédrale, par son testament du 8 janvier 1519, une chapelle en l'honneur des saints Yves et Ehiard, institua à Saint-Marcellin un hôpital où il régla, suivant ses dispositions de dernière volonté, le mode d'administration, et légua quelques rentes aux Carmes de Vienne, en même temps qu'il proposa de construire un couvent de chartreux à Murinais, dans le cas où ses frères seraient de cet avis; ce qui ne fut point exécuté (3).

3° Aymar Rival, connu sous le nom d'Aymar du Rivail; il aura son article ci-après;

4° et 5° Marguerite et Catherine Rival, mentionnées, toutes deux, dans le testament de Guigues Rival, leur frère, du 8 janvier 1519 (4).

SIXIÈME DEGRÉ.

Aymar Rival, connu sous le nom d'Aymar du Rivail, fut nommé conseiller au parlement de Grenoble, le 1er septembre 1521 (5), et chargé, quelques années après (1529), avec Ennemond Mulet, autre conseiller en cette cour, d'un message auprès du duc de Savoie, au sujet de voies de fait et de graves insultes dont des Piémontais venaient de se rendre coupables sur le capitaine et les gens qui gardaient le fort de Château-Dauphin appartenant au roi : les

---

(1) Pièce H, nos VIII, XXIV et XVI.

(2) Pièce C et pièce H, n° IX.

(3) Pièce C. Pièce H, n° X.

(4) Pièce C. Il est question, dans la pièce F, de Catherine Rivail, veuve d'Alexandre Pin, sieur ou seigneur de Colonge; il serait fort possible que ce fût la même Catherine dont il s'agit ici.

(5) *Registrum litterarum officiariorum, ab ann.* 1365, *ad ann.* 1670.

deux conseillers s'acquittèrent de leur mission délicate avec succès (1). Il existe deux testaments d'Aymar, datés, l'un de 1544 et l'autre de 1557 et la mention d'un précédent testament de 1538. Aymar était veuf d'une de ses parentes, on en ignore le nom, lorsqu'il épousa en secondes noces Marguerite ou Margon Girard, du lieu de Mourmoiron, dans le comtat Venaissin, femme d'une rare beauté mais peu riche, et de parents honnêtes (2); il en eut :

1° Laurent Rival, décédé jeune, mentionné dans le testament de son père en 1544 (3) et dans son *Histoire des Allobroges;*

2° Philippe Rival, par des lettres patentes du roi François Ier, datées de Lyon, du 14 septembre 1548, fut pourvu de la charge de conseiller au parlement de Grenoble, de son père, et, comme il n'avait pas l'âge voulu de trente ans, pour l'exercice de la magistrature, par d'autres lettres de ce jour, le roi continua Aymar, son père, dans ladite charge, jusqu'à ce que son fils eût atteint l'âge requis. Le même prince, en 1553, et quoique Philippe Rival n'eût point encore les trente ans, lui permit de siéger et d'opiner au parlement, soit aux audiences, soit en conseil, comme les autres conseillers; mais cette cour souveraine, guidée par un motif d'indépendance et de justice, ne voulut admettre le nouveau titulaire qu'autant que son office et celui de son père n'en formeraient qu'un seul et que le père cesserait complètement ses fonctions dès que le fils aurait atteint sa trentième année. Philippe Rival a siégé au parlement de 1554 à 1560, époque où il céda son office à son frère Aymar. Il fit son testament le 6 février 1573; il ne parait pas qu'il ait été marié ni qu'il ait eu des enfants (4);

3° Aymar Rival suivit l'état ecclésiastique; il fut chanoine de Valence, prieur de Vourey et en même temps official du diocèse de Grenoble, de 1554 à 1560 : cette dernière année, son frère Philippe, conseiller au parlement de cette ville, s'étant, en sa faveur, démis de son office, il en a été pourvu, par des lettres patentes, datées du 31 décembre, et fut reçu conseiller en cette cour, le 28 mars suivant 1561 (5).

4° Guigues Rival, mort jeune, avant 1544 (6);

5° Guillaume; il aura son article séparé;

---

(1) Registre vum *Generalia;* de 1524 à 1540.

(2) Pièce D.; pièce H, nos XI, XII, XIII, XIV et XV.

(3) Pièce D.

(4) Pièces D, E et F.

(5) Pièces D et N.

(6) Pièce D.

6° Madeleine Rival, décédée avant 1544 (1);

7° George ou Georgette Rival; il ne paraît pas qu'elle ait été mariée; elle vivait encore en 1574 (2).

SEPTIÈME DEGRÉ.

Guillaume Rival embrassa le métier des armes : on le voit, en 1590, sous le nom de Blanieu, suivre Lesdiguières dans une reconnaissance sur les rives du Guiers près du fort des Echelles, et deux ans après, sous les ordres du même capitaine, prendre part à l'attaque de la citadelle de Cavours; fait prisonnier, plus tard, dans quelque rencontre, il fut conduit à Turin, d'où il parvint à s'évader le 3 septembre 1594. En mémoire de cette délivrance, qu'il regarda comme miraculeuse, Guillaume Rival voulut que l'on rebâtit sur le pont de la Sône une ancienne chapelle et que l'on y plaçât, en *ex voto*, un tableau destiné à conserver le souvenir de son évasion : il mourut à Forcalquier, le 14 décembre de la même année, après avoir fait son testament le 7 janvier 1592, laissant pour veuve Marguerite de Sassenage (3), et un fils naturel, mais institué son héritier Horace, qui suit (4).

HUITIÈME DEGRÉ.

Horace Rival est nommé dans le testament de Guillaume Rival son père, du 7 janvier 1592; il vivait encore en 1652 (5). Il n'eut que deux filles :

1° N. Rival, religieuse dans le couvent de la Visitation de Saint-Marcellin, mentionnée dans un acte du 18 mai 1652 (6).

---

(1) Pièce D.

(2) Pièce D. La copie du testament d'Aymar du Rivail, du 16 juillet 1537, transcrite sur le registre *Inventaire des titres et documents des Pères Carmes de Vienne, etc., etc.*, cité plus haut, la même copie qu'a publiée M. Giraud, contient la mention que lesdits testaments et codicille y joint ont été expédiés à damoyselle Georges Rivallie, le 13 mars 1574, par Sébastien Narcié, notaire à Grenoble, garde des contrats et papiers de feu Rollet Narcié. Cette dernière date est rappelée aussi pièce F.

(3) *Histoire de la vie du connestable de Lesdiguières*, par Louis Videl; Paris, 1638, in-f°, pag. 114 et 133. — Pièce D; pièce H, XV, XVI, XVII, XVIII, XIX, XX, XXI, XXII, XXIII, XXIV, XXV, XXVI et XXVII. — Pièce O.

(4) Pièce G.

(5) Pièces H, I, J et M.

(6) Pièce I.

2° Anne Rival, héritière des biens de son père (1).

NEUVIÈME DEGRÉ.

Anne Rival, fille et héritière d'Horace Rival, épousa Antoine de Chabod ou Chaboud, seigneur de Nantoin, avec qui elle était mariée en 1632, et à qui elle survécut (2) ; elle vivait encore en 1701 et demeurait, à cette époque, à la Côte Saint-André (3).

DIXIÈME DEGRÉ.

Charles-Antoine de Chabod ou Chaboud, fils d'Antoine et d'Anne Rival, vendit le domaine d'Argentenant aux religieuses de la Visitation de Saint-Marcellin, le 12 mai 1712 : en lui finit la descendance, connue, de la famille d'Aymar du Rivail (4).

PIÈCES A L'APPUI.

Pièce A.

HOMMAGIUM PRO CASTRO LOCIDEI.

In nomine Domini amen ; per hoc presens publicum instrumentum, cunctis tam presentibus quam futuris appareat manifestum, quod anno Domini millesimo tercentesimo nonagesimo tertio et die decima septima mensis julii, apud Viennam in domo habitationis venerabilis et circumspeti viri domini Bergadani de Murrielis, juris utriusque periti, consiliarii dalphinalis et judicis curie majoris Vienne et terre turris ac commissarii in hac parte, constitutus personaliter, propter infrascripta peragenda in presentia dicti domini Bergadani consiliarii dalphinalis judicis curie jam dicte et commissarii ad hoc specialiter deputati per maniflicum et potentem virum dominum Jacobum de Monte Mauro,

(1) Pièces H, I et J.

(2) Pièces H, I et J.

(3) Registre de la révision des feux ; année 1701, commune de la Côte Saint-André.

(4) Pièces K et M.

Cambellanum regium, gubernatorem dalph. ad relationem consilii, ut de ejus commissione constat litteris signatis et sigillatis in pendenti cera rubea, quarum tenor inferius describitur, meique notarii subscripti et testium inferius nominatorum presentia, nobilis Petrus Rivallii filius nobilis Guillermi Rivallii, de Murinaysio, pro se et suis heredibus et successoribus suis in futurum quibuscumque, ad petitionem, instantiam et requisitionem dicti domini Bergadani, consiliarii, judicis et commissarii predicti, petentis instrumentum et solempniter recipientis, virtute sue commissionis, nomine et ad opus domini nostri dalphini et suorum successorum ac ommium aliorum quorum interest, intererit seu interesse poterit in futurum, meique notarii subscripti tamquam publice persone stipulantis solempniter et recipientis nomine et ad opus domini nostri dalphini dictique nobilis Petri Rivalii, suorum heredum et successorum quorumcumque ommium aliorum quorum interest, intererit seu interesse poterit in futurum, ipse, inquam, nobilis Petrus Rivallii, virtute commissionis jam dicte de licencia et consensu dicti domini nostri Gubernatoris dalph. superius nominati, ad relationem consilii concesse, confessus fuit, et in veritate, palam et publice recognovit et recognoscit se tenere et tenere velle, inperpetuum, pro se et successoribus suis quibuscumque in futurum, in feudum et de fendo dalphinali et domini nostri dalphini videlicet : castrum Locidei cum suis juribus, pertinenciis, obventionibus meri et mixti imperii, quod castrum noviter acquisivit a nobili Johanne de Barbarino alias Liactardi titulo emptionis, pretio decies octo viginti seu tercentum et sexaginta florenorum ut constat instrumento manu Stephani Raffomerii recepto et signato, ut in eo legitur sub data M.CCC nonagesimo secundo, die decima septima mensis decembris. Quodquidem homagium nobile dictus nobilis Petrus, ad causam castri predicti juridictionis meri et mixti imperii, jurium, pertinentium et obventionum ejusdem virtute commissionis de qua supra fit mentio inferius inserte, more nobilium, eidem domino Bergadano tanquam consiliario dalphinali, judici curie predicte et commissario ad hec duputato, nomine domini nostri dalphini et suorum successorum, ad causam castri predicti et occasione premissorum, salvo penitus et reservato sibi quod propter premissa erga fidelitatem quam habere posset erga dominum Murinaysii cujus dictus nobilis guillermus ejus pater est homo ut fertur sibi ratione fidelitatis prejudicare non possit, homagium nobile oscultando more stando pedes ad causam predictam et juxta formam litterarum commissionis predicte et aliarum ordinationis super hoc factarum Ipsis annex., fecit et prestitit ac etiam promisit et juravit ad sancta Dei evangelia, in manibus dicti domini commissari ad hec deputati, recipientis nomine domini nostri dalphini et suorum successorum, occasione et ex causa premissorum et ad causam predictam inquantum ipsum tangit et tangere posset, esse bonus, probus et fidelis domino nostro dalphino et suis successoribus et alia facere que continentur in capitulis fidelitatis in nova et veteri formis prout et quemadmodum in litteris commissionis et ordinationis predictarum continetur, ad causam dicti castri, cum renunciationibus ad hec necessariis et opportunis; quarumquidem litterarum ordinationis et commissionis de quibus supra fit mentio tenores seriatim de verbo ad verbum sequntur et sunt tales: Jacobus de Montemauro Cambellanus regius, Gubernator dalphinatus universis presentes litteras inspecturis notum facimus quod, recepta supplicatione nobis pro parte Petri Rivallii notarii curie Vienn. et terre Turris, cujus tenor talis est; vobis magnifico et potenti viro domino Jacobo de Montemauro Cambellano regio, Gubernatori dalphinatus humiliter supplicat vester humilis servitor Petrus Rivallii, quod cum nobilis Johannes Liactardi alias de Barbarino sibi vindiderit castrum Locidei cum juribus et pertinenciis ipsius franchum, nisi reperiretur moveri de dominio domini nostri dalphini, pretio XVIII[xx] florenorum cujus possessionem acceptare minime voluit, cum dubitet penam juris incurrere casu quo contrarium reperiretur et dictus Johannes venditor minatur ipsum compelli facere ad solutionem dicti pretii possessione minime adepta castri jam dicti, quatenus dominationi vestre placeat cum sit paratus facere que debebit perquin facere sumptibus partium utrium moveatur vel ne de dominio dicti domini nostri dalphini et constito quod moveatur postulat, supplicat et requirit se ipsum seu ejus certum procuratorem nomine ejusdem investiri et retineri et de eodem paratus solvere et facere que debebit alias super premissis ordinari ad finem quod venditor suus sibi teneatur pro ut juri convenit eidem que venditori inhiberi ne sit ausus eumdem supplicantem compelli facere ad solutionem dicti pretii donec per vos super hiis fuerit ordinatum et alias sibi provideri de opportuno remedio pro ut dominationi vestre et solite justicie est fieri consuetum, ejus que supplicationis tenore diligenter attento, dicto Petro Rivallii supplicanti concedimus quod veniat et faciat homagium et recognitionem debitas domino nostro dalphino ad causam ejusdem Locidei cum suis juribus et pertinenciis, empti per eum solvat que laudimia et venditiones pro ut tenetur et retenebitur de eodem nomine dalphinali. Datum Gratianopoli die quarta mensis marcii anno Domini millesimo CCC nonagesimo tertio. Per dominum Gubernatorem in Consilio, presentibus dominis Nicolao de Rancia, Johanne du Drac consiliariis regiis Jo. Serpe, Guillemo Gelinon advocato fiscali judice appelationum et Audrico Garini anditoribus computorum. Henrici. Jacobus de Montemauro Cambellarius regius, gubernator dalphinatus dilecto nostro domino Bergadano de Murrielis, judici majori Vienn.

et terre Turris consiliario dalphinali salutem : visis literis hiis nostris presentibus annexis et attentis contentis in eisdem, ad supplicationem et requestam Petri Rivallii notarii curie predicte judicature, ex certis causis nos moventibus et de gracia speciali, vobis harum serie committimus et mandamus quatenus homagium et recognitionem debitas ad causam dicti castri Locidei, suorum que jurium, pertinentium et obventionum meri et mixti imperii noviter per ipsum Petrum titulo emptionis acquisitorum a nobili Johanne de Barbarino alias Liactardi, pretio xviii^{xx} flor. ut constat instrumento manu Stephani Raffomerii, clerici, notarii Vienn. auctoritate imperiali publici, juxta formam et tenorem dictarum litterarum hiis presentibus annexis, in formam debitam et cum clausulis opportunis per publicum instrumentum, recipiatis nomine dalphinali, inde que dictum instrumentum dicti homagii et recognitionis in publicam formam in camera dalphinali computorum transmitatis infra unum mensem, ipso attento quod dictus Petrus, de laud. et venditionibus solvit receptori generali dalphinatus videlicet sexaguita florenos auri, ut constat per literas dicti receptoris, eumdem Petrum de predictis castro, juribus et obventionibus ejusdem retinuimus et investivimus; per presentes in aliis jure dalphinali semper salvo et in omnibus alieno; quibus sic peractis, eidem Petro et suis licenciam concedimus possessionem dicti castri juridictionis et jurium eorumdem tenendi et accipiendi ac de ipsis utendi per se et suos successores in futurum tamquam de re sua propria legitime acquisita. Datum Gratianopoli, die nona julii, anno Domini millesimo tercentesimo nonagesimo tertio. Per dominum Gubernatorem, ad relationem Consilii quo erant domini Johannes Serpe, Guillelmus Gelinon advocatus fiscalis, Jo. Vallini ac Andricus Garini, anditore, Henrici. De quibus omnibus et singulis dictus dominus commissarius nomine dalphinali et dictus Petrus nomine suo et suorum, quilibet ipsorum petiit sibi fieri publicum instrumentum per me notarium subscriptum unius et ejusdem tenoris. Acta et data fuerunt hec anno, die et loco quibus supra presentibus testibus Girino Payre, de Sancto Simphoriano, martino marchisii, de Lugduno, et Johanne Rivallii, fratre dicti Petri Rivallii, ad premissa vocatis et rogatis.

Et ego Franciscus de Alamenco, clericus, de Romanis, Viennensis diocesis, habitator Vienne, auctoritate imperiali notarius publicus et curie domini nostri dalphini, juratusque, premissis litteris, procurtorio homagio, juramenti receptioni et omnibus et singulis supradictis, dum sic agerentur coram dicto domino Bergadano, judice et commissario, una cum dictis testibus, presens fui et per predictam notam exqua nota hoc presens publicum instrumentum extrahi, scribi et grossari feci et hic manu mea propria me subscripsi, signoque meo signavi, rogatus et tradidi ad opus et valorem domini nostri dalphini.

Pièce B.

EMPTIO QUATUOR SESTARIORUM FRUMENTI CENSUS ET GALLINE.

In nomine Domini amen; noverint universi et singuli presentes pariter et futuri hoc presens verum et publicum instrumentum inspecturi[1], visuri, lecturi seu etiam audituri, quod anno incarnationis dominice millesimo quadringentesimo octuagesimo quarto et die nona mensis aprilis, coram me notario publico et testibus inferius nominatis, existens et personaliter constitutus nobilis Damianus Rostagni habitator parochie et mandamenti Caprilliarum Vienn. diocesis, qui sciens, certus, prudens et sponte, omnibus vi, dolo ac metu semotis ut dicit, pro se, suis heredibus et in posterum successoribus universis, vendidit et titulo pure perpetue, perfecte et simplicis venditions dat, donat, tradit, cedit et concedit perpetuo, penitus et remittit nobili et egregio viro domino Guigoni Rivallii, legum doctori, habitatori parrochie et mandamenti Murinesii, Viennensis diocesis, ibidem presenti, stipulanti solemniter et recipienti pro se et suis heredibus et in posterum successoribus universis, videlicet : quatuor sextaria frumenti, mensure basse Murinesii, census et de puro, mero et franco allodio et cum omni directo dominio eorumdem que eidem venditori faciebant et facere consueverant videlicet dicta quatuor sestaria frumenti, basse mensure, Rigaudus, Antonius, Petrus et Giraudus de Burdiaco, mandamenti Murinesii, in et super quodam tenemento domus, terre et viridarii ipsorum fratrum, continente circa decem sesteriatas, sito in mandamento predicto, loco dicto in Burdiaco, juxta suos confines, in terreario dicti nobilis venditoris contentos; et dictam gallinam faciebat et facere consueverat, ante presentem venditionem, sibi venditori Petrus de Torniaco, de Murinesio, in et super quadam petia terre que solebat esse nemus, sita *en la Vertecy*, juxta nemus et terras dicti nobilis emptoris cum suis aliis confinibus; ad habendum, tenendum, possidendum, vendendum, donandum, alienandum, permutandum, perpetuo, pacifice, possidendum et alias quiquid placuerit et videbitur faciendum, et hoc pretio et nomine pretii trigenta scutorum auri, realiter in mei et testium subsignatorum presentia numeratorum, videlicet in undecim ducatis auri et residuum in scutis auri novis regiis, boni ponderis, habitis et receptis per dictum nobilem venditorem a dicto emptore; ita et taliter quod idem venditor de dicto pretio ad plenum contentatus et inde dictum emptorem et suos quitat, liberat perpetuo, penitus et absolvit, cum pacto expresso, solemni, firmo et valido de non.....

Pièce C.

TESTAMENTUM DOMINI GUIGONIS RIVALII.

Anno domini millesimo quingentesimo decimo nono et die octava mensis januarii. Quoniam vehementia egritudinis corporalis sit, etc., unde dum corpus quies est, etc., etc. Idcirco reverendus pater dominus Guigo Rivalii, juris utriusque doctor, canonicus et vicarius Ebredunensis, per Dei gratiam sanus corpore et mente, sensu discretus et sobrius, volens, in futurum periculis obviere tanquam verus, fidelis et catholicus in unione sanctæ matris ecclesiæ sibimet salubriter providere per dispositionem bonorum suorum mobilium et immobilium presentium et futurorum ubilibet existentium et in quibuscumque rebus et locis consistant ad presens et in posterum cupiens ordinare, ne forsan eum decedere contingat finaliter intestato, suum nuncupativum testamentum in hunc modum fecit et facere procuravit. In primis autem recommendavit animam suam in altissimo creatori qui eam creavit et si contingat eum mori in presenti civitate elegit sepulturam corpori suo infra majorem ecclesiam Ebredunensis in capella conceptionis beatæ Mariæ ante altare ejusdem in quo est Yvo et Ebiarius et accepit pro anima sua quinquaginta scuta auri ad solem tam pro sepelimento, novena, cantaribus et aliis necessariis exponenda ad electionem suorum executorum infra scriptorum sine tamen pumpa funeri sed pro missis et pauperibus helemosinis. — Item legavit curato pro gagio spirituali decem solidos de dicta summa semel tantum solvendos. — Item legavit tria scuta pro uno lapide ad tenendam aquam benedictam in eadem capella. — Item legavit septuaginta scuta auri solis pro emendo unum pratum bene situm pro fundatione duarum missarum celebrandarum in eadem cap lla sancti Yvonis et Ebiarii secundum ritum ecclesiæ, die dominico de officio tunc occurenti cum commemorationibus et orationibus dictorum sanctorum Yvonis et Ebiarii, et deffunctorum, aliam, die sabbati, in eodem altari; de quibus jam habent reverendi domini de capitulo sexaginta scuta acquilæ et tria auri ad solem regis, residuum ampleatur de ejus bonis mobilibus vel immobilibus. — Item legavit nobilibus Aymaro et Joanni Rivalii ejus fratribus de aliis bonis suis, cuilibet, decem florenos semel tantum solvendos et cum hiis heredes

suos particulares instituendo, etc., etc. — Item legavit nobilibus Margaritæ et Catherinæ Rivalii suis sororibus, cuilibet, partem suam domus, censuum, directorum, reddit
uum et aliorum bonorum tam mobilium quam immobilium existentium in oppido de Romanis. Perini et sancti Stephani Montagne, equis portionibus inter eas dividendo et si moriantur vel altera ipsarum sine libero vel liberis a suo vel suis corporibus procreatis et etiam liberi ipsarum, pars illius detrehatur, vendatur et expediatur in Helemosinis aut pro dotibus filiarum maritandarum. — Item ordinavit bona sua mobilia existentia in hac civitate vendantur pro premissis insequiis fiendis et si non sufficiant accipiantur de bonis suis ubicumque existentibus. — Item heredem particularem fecit nobilem dominam Georgiam de malobeco, ejus carissimam matrem, in decem scutis et in usufructu omnium bonorum suorum ejus vita durante et post ejus mortem ipsum usum fructum ipsorum bonorum reliquit supradictis fratribus suis domino Aymaro et Joanni Rivalii, eorum vita durante tantum. In reliquis vero omnibus bonis suis mobilibus et immobilibus nomine institutionis universalis voluit quod dentur et applicentur pro constructione fienda domus claustralis et ecclesie edificande pro cartusiensibus commorandis in loco de Murinensi, Viennensi diocesi, in domo sua et suorum fratrum si sui fratres predicti voluerint ibi edifficare et construi facere tam de parte sua quam de eorum partibus; sin autem voluit et ordinavit quod executores sui infrascripti distribuant de suis censibus suam partem concernentibus, existentibus in loco sancti Stephani de Campis usque ad valorem quinque florenorum annualium post mortem tamen dictorum suorum matris et fratrum et distribuantur primo conventu Carmellitarum Viennæ, singulis annis, usque ad summam dictorum quinque florenorum et quod ementur candelle et faces pro luminaria magnæ missæ singulis diebus dicendæ alias per nobilem petrum Rivalii dominum loci dei ejus predecessorem fundatæ, et dentur quinquaginta scuta heredibus Juannini Tache, de Murinesio, equis portionibus inter eos dividenda, aut unum fundum usque ad illum valorem. Reliqua vero bona reliquit jure universalis institutionis hospitali oppidi sancti Marcellini Viennensi diocesi regenda, distribuenda per rectores hospitalis deputandos singulis annis per communitatem dicti oppidi; itaque singulis annis eligantur duo probi et boni viri qui bene et fideliter regant ipsum hospitale et predicta bona; itaque eligatur die XXVI[a] mensis decembris unus novus prior per habitantes ipsiusdem oppidi, et predecessor illo anno cum novo sit rector, ut novus melius negotia medio predecessoris intelligat; sic que semper duo sint, et singulis annis unus tantum eligatur, et ille qui exivit ab officio compota reddat ac reliqua prestet aliis duobus ac priori fratrum Carmellitarum sancti Marcelini nec non curato dicti

loci pro tempore existente quibus prioribus dare voluit singulis annis decem florenos pro laboribus ipsorum. Executores vero hujusmodi sue ultime voluntatis ac ultimi sui nuncupati testamenti et gradiatores fecit et ordinavit, ac esse voluit patres priores conventuum Carmelitarum Viennæ et sancti Marcelini predicti, priores confreriæ sancti Yvonis civitatis Ebredunensis, egregium dominonum Johannem Desiderii jurium licenciatum advocatum et procuratorem fiscalem archiepiscopalem Ebredunensem ac me notarium infrascriptum, cum potestate quod ipsi executores premissa exequi faciant vel alius ipsorum, etc., et illi qui exequi facient, eis dedit seu dare voluit et jussit decem scuta semel tantum; hoc autem, etc., vallere voluit, etc., etc., frangens, revocans, annulans, etc., etc. Rogans et requirens. Acta fuerunt hæc in palatio archiepiscopali Ebredunensi, in camera ejusdem domini Guigonis Rivalii, vicarii prefati, vulgariter nuncupata camera de Abraham, presentibus ibidem venerabilibus viris dominis Daniele Desiderii, precantore; Nicolao de Doxio, canonico; Petro Gigani alias Jay...... in ecclesia Ebredunensi; egregio domino Joanne Desiderii, jurium licentiato; Nicolao de Doxio, canonico Ebredunensi et thesaurario archiepiscopoli; domino Antonio Jaquini, cappellano de chancellata; magistro Joanne Leusie, habitatore Ebreduni et Rostagno Alphanti,...... diocesis Ebredunensis, testibus ad premissa per eum convocatis, congregatis et requisitis et rogatis.

Pièce D

TESTEMENT DE NOBLE ET PUISSANT SEIGNEUR MONSIEUR AYMAR RIVAL,

Chevallier, conseiller du roy, seigneur de la Rivallière, de Blagnieu et du Lieu-Dieu.

Au nom de Dieu, *amen :* Sçaichent tous présens et advenir comme en l'an mil cinq cens quarante et quatre prius à la Nativité et le dixiesme jour de febvrier, noble et puissant seigneur monsieur Aymar Rival, chevallier, conseiller du roy, seigneur de Blagnieu, de la Rivallière et du Lieu-Dieu, en bonne prospérité de sa personne et en bon sens et entendement, se voulant absenter de ce pais, mandé expressément de par le Roi pour ses affaires dont luy fault aller à Paris pour estre à la vhuydange du procés de monsieur Guilhieaume Poiet, chancellier de France, estant là en prison; a faict son testement en la présence de notaire et tesmoingts soubs escripts ainsy qu'il s'ensuict, premièrement a faict le signe de la croix et a recommandé son ame à Dieu, Nostre-Dame et à tous les saincts et sainctes de paradis, et a crié merci à Dieu de tous les péchés qu'il a faicts, le priant luy pardonner par le mérite de sa saincte passion. — *Item*, a ordonné, s'il meurt dedans Grenoble, qu'il soit enterré à l'esglise Nostre-Dame, près son fils Laurent et sa filhie Magdaleine et son fils Guigues, par manière de depoust, et s'yl meurt aillieurs eslu sa sépulture à la chapelle de ses prédécesseurs des Carmes de Saint-Marcellin. — *Item*, veult estre exposé à ses funérages, trentin et bout de l'an, cent escus soleil pour une fois, à messes, aulmosnes et aultres chouses nécessaires. — *Item*, institue madama Margon, sa femme, en la tierce part des fruicts de tous ses biens, non compris or, argent monoyé et non monoyé compris dans cette institution le doère annuel qu'il luy a donné en contract de mariage et que elle puisse élire pour faire son habitation réelle maison dudict testateur qu'elle vouldra, ou partie d'icelle, neuble, et faict le dict testateur la présente institution à sa dicte femme, tant qu'elle vivra et demerera en viduyté et vivra honestement. — *Item*, sy le dict testateur de la dicte dama Margon, ung ou plusieurs enfants masles ou femelles ou tous deux, aultrement les enfants que seront dessoubs nommés, institue particullièrement ung chescung deulx et d'elle en trois cens escus d'or sol pour une fois, aux fins qu'ils soient colloqués en l'esglise et jusques à ce qu'ils soient d'eage pour estre d'esglise, qu'ils soient norris et les masles qu'ils soient entretenus aux escoles par ses dicts héritiers universels. — *Item*, institue particulièrement noble George, sa fillhie naturelle et légitime, en trois cens escus sol, pour la colloquer en quelque monastère, et qu'elle soit norrie jusques à tant qu'elle soit colloquée au dict monastère, et sy elle ne veult estre religieuse, l'institue particulièrement en neuf cens escus semblables, comprises les robes nuptiales, et que cinq cens escus soient paiés pour une paye; la reste à vingt escus par an. — *Item*, faict son héritier particulier messire Aymar, son second fils naturel et légitime prieur du bourg en deux cens escus, et priant monsieur Guilhieaume de Maulbec, son cousin germain, chanoyne de Vienne, seigneur de Pipet et de Armenay, qu'il bailhie audict messire Aymar sa chanoynie de l'esglise cathédrale de Valence et qu'il le face dispenser pour obtenir la cure de Bellecombe au dyocèse de Grenoble. — *Item*, institue son héritier noble Philippe Rival son fils ayné naturel et légitime son château, mandement et juridiction de Blagnieu et en tous ses biens, maisons, granges, mollins, prés. terres, vignes, bois, rentes et tous aultres biens meubles et immeubles, droicts et actions estant audict mandement de Blagnieu et de Chevrières, Sainct-Etienne, Montagne, Sainct-Anthoine et Chaste, Sainct-Latier, Saune, Perins, Romans, Besaye,

Clay et aux lieux circonvoisins, et luy substitue ses enfants masles, naturels et légitimes *in infinitum*. — *Item*, institue noble Guilhieaume Rivail son petit fils naturel et légitime en son chasteau mandement et juridiction du Lieu-Dieu au bailliage de Vienne, et en ses maisons de Grenoble et estables, et tous ses biens meubles, immeubles, droicts et actions estant au terroir de Grenoble et auprès dudict Grenoble, et en sa tour Mascle estant prés du chasteau de Murinays, et en tous ses biens immeubles estants au mandement de Murinays en la vallée de vers l'esglise perrochiale dudict lieu et aussy en ses rentes qu'il prent en tout le mandement de Murinays et à Varassieu, et à sainct Estienne et molins Sainct-Geurs, et en tous ses biens meubles et immeubles, droicts et actions despuis le dict mandement de Murinays en ça, et, après luy, luy substitue ses enfants masles, naturels et légitimes *in infinitum*. — *Item*, faict ses héritiers universels lesdits nobles Philippe et Guilhieaume sesdicts enfants en tous ses aultres biens, soit or, argent monnoyé et non monnoyé et aultres biens meubles et immeubles, et sy l'ung d'eulx décedoyt sans enfants masles, naturels et légitimes, ou ses enfants masles, naturels et légitimes viendroient à mourryr sans enfants masles naturels et légitimes *in futurum*, substitue le survivant desdicts héritiers et ses enfants masles naturels et légitimes *in futurum, ordine successive*. Et s'il advenait que lesdicts Philippe et Guilhieaume ou leurs enfants masles *in futurum* vinssent à décéder sans enfants masles naturels et légitimes, substitue en tous ses biens et au dernier vivant d'iceux ses autres enfants masles, naturels et légitimes qui seroient nés de ladicte dama Margon et leurs enfants masles naturels et légitimes *in infinitum*; et s'il advenoit que tous sesdicts enfants ou les enfants de sesdicts enfants *in infinitum* mourussent sans enfants masles, naturels et légitimes, leur substitue et à ung chascung d'eux et au dernier vivant, en tout son bien substitue ledict messire Aymar Rivail, sondict fils, et ses enfants masles naturels et légitimes *in infinitum*, s'ils ne sont *in sacris* et après, luy et ses enfants descedant sans enfants masles et légitimes, substitue ladite dama Margon sa femme durant sa vie, et après, ordonne que de tous sesdicts biens soit faict ung monastère de chartreux en sa maison de Argentenant, soubs le chasteau de Murinays, et que là se face le service divin et que l'on ne puisse transmarcher sesdicts biens en aultre monastère de chartreux, et sy à ladicte maison et de ses biens ne se peult faire monastère de chartreux, substitue en sesdicts biens les paouvres de Dieu. — *Item*, veult et ordonne ledit noble testateur que auxdictes institutions et substitutions ne soient appelés ses enfants *in infinitum* qui seront ecclésiastiques et *in sacris* ou en religion, et que les premiers masles soient toujours appelés, et après, les aultres *gradatim eos invicem substi-*

tuendo; et veult ledict seigneur testateur et despose que ses substitutions dessus exprimées *inter liberos masculos procedent in futurum vulgariter pupilariter et per fidei commissum* et que les substitutions en pupileage ayent lieu de substitution pupillaire, encore que la mère desdicts enfants fust en vie, desfendant à sesdics enfants toute alliénation desdicts biens *ac legitimam et trebellianicam*, et veult que sesdictes substitutions ayent lieu *in omnibus bonis suis et ultimo liberorum suorum et liberorum liberorum in infinitum decedentium sine liberis masculis naturalibus et legitimis eis invicem substituendo* et faict exequateurs de son dict testement noble et puissant seigneur monsieur de Botières et du Thovet, capitaine de cinquante hommes d'armes, chevallier de l'ordre du roy, et son lieutenant général, de là les monts, allyé et compère dudict seigneur testateur, et ledict sieur Guilhieaume de Maulbec, son cousin germain, et maistre Lyonet Yserable, chastelain dudict Murinays, et ung chescun d'eux, et veult que sadicte disposition valhie par testament nuncupatif, et s'il ne peult valloir par droict de testement qu'il valhie par droict de codicille ou aultre droict par lequel il pourra et debvra mieulx valloir, revocant ledict testateur tous aultres testements et donations par ci-devant par ledict sieur faicts; ce présent demeurant en ses forme et vigueurs, priant aussy les tesmoingts soubs nommés que de ce present son testement portent tesmoinage de vérité en temps et lieux et moy dict notaire que d'iceluy face instrument ung ou plusieurs en faveur de ceulx qu'il appartiendra par l'advenir. Faict et récité à Grenoble, dans la maison dudict seigneur testateur, presents à ce vénérable personne Mre Claude Ferrand, chanoyne de l'esglise dudict Grenoble; Mre Laurent Dominici, *alias* Fagi, prebstre de ladicte esglise; Mre André Botin, docteur ès droict dudict Grenoble; Drevon Callié, pellatier dudit Grenoble; François Aubert, clerc de Chasteauneuf de Drie en Auvergne, et Jehan Bret, *alias* Revol, de Chevrière, et Michel Rossin, serviteur dudict sieur testateur, tesmoingts à ce par ledict sieur testateur priés et requis comme par luy bien cognus et de moy Rollet Nercié, cytoien dudict Grenoble, notaire royal delphinal, public cy soubz signé. — NERCIE.

Pièce E.

ARRÊT DE RÉCEPTION DE PHILIPPE RIVAL,

Comme conseiller au parlement de Grenoble.

Sur la requeste présentée à la court par Me Philippe Rival, conseiller du roy en la court de céans, tendant à ce que les lettres par luy obtenues du roy, données à Fontainebleau, le xxe décembre dernier, contenant déclaration dudict seigneur et permission audict Rival qui, dresenavant, encore qu'il n'ait attaint l'aige de trente ans, ayant toutes foys surpassé l'aige de vingt-ung, il puysse dresenavant es procès et aferes qui se offriront par devant la court de céans et que sa voix et opinion y soit comptée et soit de tel efect comme celle de l'ung des autres conseillers en la dicte court, tout ainsi que s'il avoit attaingt ledict aige de trente ans.

Veu par la court lesdictes lettres, ensemble ladicte requeste et les conclusions du procureur général du roy mises sur ycelles, aultres lettres données à Lyon le xxiiie de septembre mil cinq cent quarante-huict, par lesquelles le roy a donné audict Me Philippe Rival ledict office de conseiller vaccant par la résignation de Me Aymar Rival, son père, et aultres lettres du mesme jour par lesquelles le roy a permis audict Me Aymar Rival, conseiller, pour l'insuffisance d'aige dudict Me Philippe Rival son fils, l'exercice dudict office demeure audict Me Aymar Rival sa vie durant et temps qu'il luy plaira, tout ainsi que par ci-devant il en auroit joui et usé et autrement comme est contenu esdictes lettres; l'arrest donné par la court sur l'enterinement desdites lettres du xviiie mars M.VCXLIX, aux modifications que ledict Me Philippe Rival n'entreroit comme conseiller en ladicte court et ne jouyroit audict office ne ycelluy exerceroit qu'il n'eust attaingt l'aige de trente ans, et pairvenu audict aige ne porroyt ycelluy exercer, sinon que ledict Me Aymar Rival père ne se fut desmis de l'exercice d'icelluy; et aultres lettres dudict Me Philippe Rival, données à Château-Brien, le xxie juing M.VCLI par lesquelles ledict seigneur permect audict Me Philippe Rival encore qu'il n'ait attaingt l'aige de trente ans, et la clause apposée tant auxdictes lettres de survivance qu'arrest de vérification d'icelles il puisse, comme conseiller, son dict père présent en audience, entrer en ladicte court, assister et oppiner en tous procès, tant en audiences que au conseil, en son ordinaire degré de sa réception et mesmement comme est contenu en ycelles; l'arrest donné sur l'enterinement desdites lettres du viie mars MVCLII, contenant aussi déclaration quoique l'estat et place dudict Me Aymar Rival père en l'estat et place dudict Me Philippe Rival fils ne soyt que ung estat et ung office de conseiller en ladicte cour, et tout ce que faust à voir.

La court a interriné et interrine lesdictes lettres patantes données à Fontainebleau le vingtiesme décembre passé, jouxte leur forme et teneur, sous la modification et déclaration sur ce octroyée par la court et contenues au registre de la réception des conseillers en icelle. — Signé : Bellievre, F. Davanson.

Publié le xvie janvier 1554, à Noel.

Pièce F.

INVENTAIRE DES BIENS MEUBLES ET IMMEUBLES APPARTENANT A NOBLE ORACE RIVAIL,

Fils et héritier de feu messire Guillaume Rivail, seigneur de Blagnieu ; du 31 décembre 1596 ; (extrait pour ce qui concerne les titres trouvés dans une chambre de la maison forte d'Argentenant.)

Copie d'un testament dudit feu sieur de Blagnieu, escript de sa main en six feuillets de carnet ; non signé.

Dans un autre sac non coté ny intitullé, le testament de noble Aymar Rivail, signé de Blagnieu, signé Narcié, en l'année 1574 et le 13 mars.

Autre testament de noble Philippe Rivail, aussi conseiller du roi ; signé Faucheran, du 6 febvrier 1573, avec plusieurs missives pour son particullier.

Autre sac de thoille ; dans icelluy, le testament de noble Allemand Rivail, receu par Lionnard Izerable, not.; en parchemin.

Testament de Malein Rivail, signé Pysal, notaire, en parchemin.

Testament de noble Jehan Rivail, receu par Rigault Iserable, notaire ; en parchemin.

Testament de noble Guill. Rivail, receu par Pierre de Savoye, not.; en parchemin.

Testament de noble Fallavie Rivail, receu par Pierre Durma, not.; en parchemin.

Testament de noble Aymarde Rivail, rellaissée et veuve de noble Gaill. Rivail, receu par François Rebut, not.; en parchemin.

Autre testament de Falcoz Rivail, receu par Me Derna, not.; en parchemin.

Autre testament de noble Pierre Rivail, receu par Me Bertrandy, not.; en parchemin.

Autre testament de damoiselle Catherine Rivail, relaissée et veuve d'Anthoine Pin, sieur de Colonge ; receu par Maridat, not.; en parchemin.

Le testament de damoiselle Catherine Rivail, escript en trois feuillets, papier ; signé Maridat, not.

Testament de noble P. Rivail, receu par Tauliat, not.; en parchemin.

Testament de noble Guiguauz Rivail, fait en l'année 1519, au mois de janvier ; en parchemin.

Arrentement passé par ledict feu sieur de Blagnieu à Jehan Nicollas dict Sage, de la maison d'Argentenant et ses dépendances, en l'année 1588 et le 3 novembre ; receu par Me Vihier, not.

Inventaire des meubles et estat de ladicte maison d'Argentenant, signé Vihier, not.

Demande et protestations dudict feu sieur contre ledict Nicollas, pour raison de son dict arrentement ; en deux feuillets et demy ; non signé.

Pièce G.

A Nosseigneurs de Parlement,

Supplie humblement le R.-P. prieur de la Grand'-Chartreuse, général de l'ordre des Chartreux ;

Disant avoir esté en nature nobles et égrèges personnes Guigues Rival, docteur ès droits, vicaire du seigneur archevesque d'Embrun, et Eymar Rival, seigneur de Blanieu, chevalier et conseiller du roy en sa cour de parlement de Dauphiné ;

Lesquels eurens d'une très-grande dévotion envers l'ordre des Chartreux, leur auroient, par leurs testamens et actes de dernière volonté, délaissé plusieurs biens pour faire prier Dieu pour leur âme. Car ledit Guigues, en l'an 1519, par son testament, voulut, par tiltre d'institution universelle, que de tous ses biens fust faict ung couvent et monastaire des Chartreux au lieu de Murinais, en la maison qui appartenoit à luy et à ses frères, et si sa volunté et celle de ses frères se conformoient pour bastir ledict monastaire audict lieu de Murinais.

De laquelle volunté bien mémoratif ledict messire Eymar Rival, par ung testament qu'il fist l'an 1538 (1), auroit faict ung légat *in his verbis : item voluit et consentiit quod fiat monasterium cartusience, aut aliud, in domo sua de Argentenant, cum prediis propinquis, si possit fieri juxta voluntatem fratrum suorum.*

Recongnoissant assez quelle avoit esté la volunté de ses frères, à

---

(1) Ce testament de 1538 est rappelé dans d'autres pièces jointes à la procédure formée par les Chartreux pour être mis en possession de la maison d'Argentenant ; il parait que c'est un premier testament d'Aymar du Rivail qui aurait testé de nouveau en 1544, et, en dernier lieu, le 16 juillet 1557.

laquelle non seulement il prestoit consentement, mais encores adjoustoit sa propre disposition et voire telle estoit leur affection à l'endroit dudit ordre que, par le même testament, *post mortem heredum sine liberis et suæ uxoris*, il substituoit en tous ses biens ledict monastaire.

Depuis ce testament, estant nés d'autres enfans audict seigneur, il fist en l'année 1557 et le 16 juillet son dernier et vallable testament, par lequel, au cas du déceds de ses enfants, héritiers et substitués, sans enfants, il voulut, du bon plaisir de la maiesté royalle (qu'estoit pour l'amortissement) estre faict ung monastaire de Chartreux ou aultre en sa noble maison d'Argentenant, substituant ledict monastaire, audict cas, en sadicte maison et en tous ses autres biens, situés à Murinais, non acquis par luy ou Jehan, son frère, par l'ordre de l'escripture (suivant la disposition du droict). Les Chartreux, premiers nommés, sont préférés aux aultres monastaires qui ne seroient appelés que au refus des Chartreux, comme sera montré *suo loco*.

Le cas de la substitution, par le dernier testament portée, est arrivé par le décedz de tous les enfans du testateur sans enfans naturels et légitimes, capables d'exclure telle substitution; laquelle d'ailleurs se trouveroit inutillement apposée par ledict Eymar qui n'estoit en ce faict que comme exécuteur de la volonté de ses fréres ainsi que luymême confesse.

Le dernier des enfans dudict testateur fut noble Guillaume Rival, seigneur de Blanieu et Argentenant, qui seroit décédé, saisi de tous les biens qui furent dudict Eymar et Guigues, et, sans laisser aulcuns enfans qu'un seul naturel, par luy touteffois institué, auquel fut pourveu de tuteur, en premier lieu, de la personne de M° Novel de Villiers, docteur et advocat à Saint-Marcellin, et, maintenant, en sa place, de la personne de noble Gaspar de Fassion, sieur de Sainte-Jay.

Parce que dessus l'héritier dudict Guillaume est chargé et obligé de faire construire ledict monastaire dans la maison d'Argentenant, en laquelle le suppliant offre establir tel nombre de réligieux de son ordre, que les biens contenus en ladicte substitution, qui à ces fins luy seront vuidés, pourront supporter et auquel il fera faire le service selon la volunté e. intention dudict testateur et selon la régle de son ordre.

Ledict de Villiers premier tuteur auroit accepté au nom de son pupil l'hoirie dudict noble Guillaume, avec inventaire; ledict suppliant se pourvoit maintenant que le faict luy est venu à notice, pardevant vous suivant son prévileige pour n'estre tenu se joindre en la discretion pendante au siége de Saint-Marcelin, et que d'ailleurs il fault distraire de ladicte hoirie les susdicts biens, offrant néanmoins y rapporter l'arrest qui s'en suivra.

Ce considéré plaira déclarer et ordonner que ladicte maison d'Argentenant et tous les biens qui en dépendent (excepté ceulx que le tuteur fera par bons tiltres apparoistre estre acquis par ledict testateur et Jehan son frère), sera destrait dudict inventaire, et, le tout vuidé et relassé au suppliant avec les fruicts, dès le décès dudict noble Guillaume Rival, pour estre le tout employé jouxte la volunté desdicts sieurs Rival, et, néanlmoings, condamner ledict tuteur à faire construire ledict monastaire dans ladicte maison d'Argentenant, de fournir la dépense que pour ce regard, sera nécessaire, avec despens de cette instance, *jus. justitiam que in causa religionis.* Signé :

Lettre pour appeler parties; faict à Grenoble, en parlement, le IIII novembre M. V[c] IIII[xx] XVIII. Signé LOBAT.

Pièce B.

FONDATIONS TESTAMENTAIRES DES RIVAL.

I.

Noble Malen Rival, par son testament du 14 may 1347, ordonna que l'on dict quatre grandes messes annuelles et perpétuelles, et qu'il fust faicte une aumosne annuelle et perpétuelle de douze sestiers de sègle, si elle se pouvoit faire de ses biens sans emprun, et qu'il fust tenu à perpétuité pour un confrère du sainct Esprit.

II.

N. Gaione, femme dudict Malen, ordonna, par son testament, qu'on fist célébrer trois grandes messes annuelles et perpétuelles, qu'elle fonda sur une pièce de pré sis à Murinès, lieu dict en Rivaria, jouxte le chemin tendant de Rivaria vers Quincenet et jouxte la terre de noble Pierre Rival, et donna au luminaire de Saint-Jean de Murinès neuf deniers de cense, le gros tournois compté pour quatre sous, sur certaine pièce de terre qui fust d'un nommé Laurents.

III.

Noble Guilhaume Rival, par son testament du 2 novembre 1399, a laissé une messe toutes les semaines, à perpétuité, sur une sienne vigne, située en la paroisse de Murinès, lieu dict en Menona, jouxte le collombier du seigneur dudict lieu et jouxte le violet par lequel on va de la Trameury vers l'église dudict Murinès, pour laquelle messe célébrer, le recteur de sa chappelle de Sainct-George tient ladicte vigne; et une autre messe toutes les semaines à perpétuité en sa dicte chappelle, pour laquelle il a donné trois florins d'or annuels; pour laquelle messe il a obligé certaine pièce de terre, sise en la paroisse de Murinès, lieu dict en Trameury, jouxte la vigne des héritiers de Jean Péronet et le chemin public tendant du chasteau de Murinès à Sainct-Marcellin; et trois messes annuelles, le jour de son trépas en sa dicte chappelle, en payant deux gros pour chaque messe, avecque le diné suffisant, et à la fin de chaque messe, les prelstres fissent les absolutions sur son tombeau.

IV.

Le 3 octobre 1394, noble Pierre Rival, seigneur de Lieudieu, a fondé les Carmes de Vienne (comme conste par instrument) et y a esté enterré, parquoy cessent les messes ordonnées en son testament, faict le 7 janvier 1400, sinon que le légat de douze livres de cire pour les cierges de la grande messe journallière qui, par ladicte fondation, doibt estre dicte audict monastère des Carmes de Vienne; et a légué deux florins annuels aux frères dudict couvent, pour célébrer une grande messe et commémoration des morts tous les ans, le jour de son décès, au cas qu'il fust enterré audict couvent, et quiconque seroit seigneur du Lieudieu seroit tenu d'offrir annuellement, à la feste de l'Epiphanie, à la grande messe, ou faire offrir une pièce d'or valant au moins un florin, de l'encens et une torche de trois livres pour le service de l'église et divin office.

V.

Noble Jean Rival, par son testament du 19 février 1448, a légué une eymine de froment de cense au curé de Murinès, toutes les années, affin que, venant à l'offertoire, il jette de l'eau beniste sur sa tumbe et y die le *De profundis*, et que le dernier jour des rogations, on donna, à perpétuité, vers la croix de bois de sa maison d'Argentenant, un pain blanc de quatre deniers et deux plains verres de vin à chaque chef de maison de Murinès ; et que chaque chef soit tenu de dire un *Pater* et *Ave Maria*, et que, là, on offre au curé qui dira l'évangile, qu'on a accoustumé de dire et *De profundis* avecque l'aspersion de l'eau beniste, un pain blanc d'un liard, avecque un pot de vin, et que son héritier et ses successeurs soient confrères du sainct Esprit, de Murinès.

VI.

Noble Anthonia Falavelle, par son testament du 7 janvier 1469, a laissé aux Carmes de Sainct-Marcellin huict florins d'or pour une fois, affin qu'ils célébrassent une messe, tous les ans, le jour de son trépas.

VII.

Noble Alemand Rival, par son testament du 7 mars 1462, a légué à l'église de Murinès une eymine de froment, annuelle et censuelle, pour dire une messe annuelle le jour de son trépas, et si le curé refuse de la dire, ne la donne ni lègue à la dicte église, et, par son codicille le jour suivant, a légué une eymine froment à la dicte église de Murinès.

VIII.

Noble George de Maubec, par son testament du 10 octobre 1503, ordonna qu'il fust faict un anniversaire à perpétuité le jour qu'elle mourroit, de cinq prebstres, en la chappelle de Sainct-George des Rivals et autres lieux de l'église paroissiale de Murinès, et qu'une de ces messes soit des cinq playes, et a vouleu qu'on donna à chaque prebstre deux gros et à diné, ou trois sans diné, et, de sa dotte, a fondé une messe toutes les semaines, à perpétuité, en la chappelle des Rivals, aux Carmes de Sainct-Marcellin, et est morte le 6 may 1519. Aymar, son fils, fonda, en après, ceste messe de certaine partie de la dotte de sa dicte très-chère mère.

En marge est écrit : *Ceux de la maison de Maubec sont chargés de payer cette messe; Madame du Métral paye annuellement.*

IX.

Noble Jean Rival, par son testament du 14 novembre 1519, ordonna que l'on dit tous les jours une messe à perpétuité, et, les jours de feste, vespres en l'église paroissiale de Murinès, et, pour ce, a laissé cinquante-trois florins sur tous ses biens, jusques à ce que le monastère fust faict, dont est parlé en son testament.

En marge est écrit : *Noble Aymar Rival, son frère, ordonne de cecy en son testament comme est cy après.*

X.

Révérend P. Mr Guigues Rival, chanoine et vicaire d'Embrun, par son testament du 8 janvier 1519, a fondé deux messes à Embrun, toutes les semaines, à perpétuité, pour lesquelles il y a laissé revenu.

XI.

Noble Aymar Rival, seigneur de Blanieu, Lieudieu et la Rivallière, conseiller du roy, mon ayeul, ordonne, par son testament du 16 juillet 1557, que son corps et ceux de ses enfants seroient portés en sa chappelle des Carmes de Sainct-Marcellin et que, en la dicte chappelle, seroit faict, là où il seroit enterré et ses dicts enfants, un sépulchre de pierre, eslevé, et que seroient escrits, dans la pierre qui seroit dessus ledict sépulchre, ces mots : *Cy gist noble M. Aymar Rival, chevallier, seigneur de la Rivallière, de Blanieu et Lieudieu, conseiller du roy, qui mourut l'an .... Deus ejus misereatur.*

XII.

Item a fondé, ledict testateur, au couvent des Carmes dudict Sainct-Marcellin, une messe tous les lundys pour les ames de soy, de son père, sa bonne mère et de tous ses prédécesseurs, pour sa femme, ses enfants, en sa chappelle dudict couvent, et, pour icelle fondation, a légué deux cents florins petite monoye, pour un coup, et ordonne que ces deux cents florins se mettent en achapt de quelque rente ou possessions, afin que le service ne se perde, comme ont laissé perdre lesdicts Carmes une petite fondation d'un *De profundis* de sa grand'mère noble Anthoine Falavelle, en non faisant recognoistre la rente a eux laissée pour ladicte fondation.

XIII.

Item a légué cinq florins tous les ans pour faire un anniversaire le jour de sa mort, tous les ans en sa dicte chappelle.

XIV.

Item que ses héritiers fassent faire les aumosnes et dire les messes ordonnées par ses prédécesseurs et par luy, chacun en son endroict au lieu de leurs héritages où elles se trouveront fondées.

XV.

Item ordonne que son héritier universel, selon la fondation de feu noble Jean Rival, son frère, en son testament, fasse dire une messe tous les jours en sa chappelle de Sainct-George, de l'église paroissiale de Murinès, ou en la chappelle de sa maison d'Argentenant, ou en la chappelle qui sera faicte dans son chasteau de Blanieu, et par diverses fois une partie des dictes messes ès dictes chappelles, et que l'on die, tous les dimanches et festes solemnelles, vespres suivant ledict testament en ladicte église, et que son héritier universel paye lesdictes messes et vespres du revenu du pré du testateur, situé à Veratieu, et du revenu de sa vigne de la Chambardière, assise à Murinès, et du loage de la petite maison du testateur, et de ses biens prochains d'icelle maison, estant près l'église paroissiale dudit Murinès ou d'autre revenu que luy plaira.

XVI.

Noble Guilleaume Rival, seigneur de Blanieu, Lieudieu, la Saune et Argentenant, mon père, fonde, par son testament du 7 janvier 1592, dès le jour de son décès, à perpétuité (outre les autres fondations de ses prédécesseurs, qu'il entend qu'elles soient tousjours continuées), tous les lundys de l'année, deux messes, l'une en l'église où il sera enterré, et, l'autre, aux Carmes de Vienne, dont ses prédécesseurs sont fondateurs, pour lesquelles messes dire il donne à chacun desdicts lieux, pour un coup, la somme de trente-trois escuts un tiers qui seront mis en fonds par son héritier et exécuteurs de son testament pour en prendre par lesdictes églises le revenu, en faisant le service et non autrement, à quoy ordonne que son héritier tienne la main à le leur faire faire.

XVII.

Ordonne que le jour de son trespas soit donné vinct sestiers, moitié froment, moitié segle aux pauvres.

XVIII.

Il veut qu'il soit faicte une aumosne aux pauvres tous les ans, à perpétuité, de Blanieu, Lieudieu et de la Saune, de quinze sestiers froment, à sçavoir : cinq sestiers à ceux de Blanieu, cinq sestiers à ceux de Lieudieu et cinq sestiers à ceux de la Saune, despuis Pasques jusques à la Sainct-Jean-Baptiste, qui seront distribués ès lieux plus nécessaires qu'on sçaura, par le rapport des consuls et plus gens de bien desdicts lieux, sans qu'il y aye nulle fraude, ni déception, par faveur ou autrement ; et feront souvenir lesdicts pauvres de prier Dieu pour son âme, chargeant aussy les officiers desdicts lieux d'y tenir la main.

En marge est écrit : *M. de Chevrières ayant acquis Blanieu s'est chargé de faire l'aumosne de cinq sestiers audict Blanieu. Pour les autres dix sestiers du Lieudieu et de la Saune, a esté pourveu, comme se void cy-après.*

XIX.

Veut que son héritier fasse mettre une grande pierre sur son tumbeau, où il y aura engravé dessus : *Cy gist messire Guilhaume Rival, seigneur de Blanieu, Lieudieu, la Saune et Argentenant, qui, en son vivant, fut premièrement gentilhomme ordinaire de la chambre de Mgr François de Valois, duc d'Alençon et frère du roy, et du despuis aussi gentilhomme ordinaire de la chambre des roys Henri troisiesme et quatriesme de ce nom*, et que le jour, an et lieu de son décès, y soit mis, et, après, *priès Dieu pour son âme.*

XX.

Et sur le tumbeau, contre le mur, soient mis et pendus une salade, gantelets, espée et esperons dorés, avecque une cotte d'armes où seront ses armoiries.

XXI.

Donne aux sœurs de Saincte-Clère, de Grenoble, trente-trois escuts un tiers pour un coup, pour la réparation de leur église, et prier Dieu pour luy.

XXII.

Il veut qu'il soit employé en l'église des Carmes de Vienne, ce qui faira besoin pour faire ce qui s'ensuit, et premièrement à faire les siéges et bancs du cœur de menuiserie avecque ses armoyries partout, une chasuble diacre et sous-diacre de velours vert avecque la croix de satin blanc, avecque ses armoiries et en broderie en chacune, un calice et une platine d'argent avecque aussy ses armoyries et nom, et faire mettre la pierre qu'il avoit faict tailler au milieu du cœur, haut, eslevé comme un autel ainsy qu'elle souloit estre pour servir de tumbeau au fondateur, son prédécesseur noble Pierre Rival, comme il souloit estre, et qu'aux corniches et frizes des siéges du cœur soit mis son nom, et l'an et jour qu'ils auront esté faicts.

En marge est écrit : Pour cecy et pour une des messes fondées, du seizième article cy-devant, *je paye une pension annuelle de cinq livres aux Carmes de Vienne, et, ce par transaction d'entre eux et moy, du* 5 *novembre* 1608. Ces mots, imprimés ici en caractères italiques, ont été rayés sur la pièce originale et remplacés par ceux-ci : M. de Nantuin a transigé avecque les pères Carmes.

XXIII.

Il veut aussy qu'on fasse une vitre à la fenestre de sa chappelle des Carmes de Sainct-Marcellin, avecque ses armoyries.

En marge est écrit : *Cecy a esté faict.*

XXIV.

Et remettre l'inscription que feu noble Guigues Rival son ayeul avoit faict metre au tableau sur l'autel de ladicte chappelle.

XXV.

Et qu'on fasse achever le priffaict baillé à Billard, menuysier de Sainct-Marcellin, pour la closture et autres choses de menuyserie de ladicte chappelle et qu'on la fasse fermer à clef.

XXVI.

Et en quelque endroict de ladicte chappelle soit escript : *Ceste chappelle fondée par noble Guigues Rival, ayant despuis esté presque ruinée par l'injure des guerres civilles, a esté remise en la façon qu'elle est maintenant par messire Guilhaume Rival, seigneur de Blanieu, son petit-fils, l'an, etc. Priès Dieu pour luy et ses prédécesseurs.*

XXVII.

Veut et ordonne encor ledit messire Guilhaume Rival, seigneur de Blanieu, mon père, par son codicille du 13 décembre 1594, qu'en ressouvenance et remerciement de la grâce qu'il pleut à Dieu luy faire par l'intercession de la benoicte Vierge Marie, le 8 septembre dicte année 1594, jour de sa nativité, qu'on fasse refaire aux despends de son hoirie, selon le vœu qu'il en avoit faict, la chappelle qui est sur le pont de la Sauneen la mesme forme et façon, autel, et tout ainsy qu'elle souloit estre anciennement; veut qu'il y soit faicte une chasuble, pour dire la messe, de damas bleu, avecque une croix de satin blanc, au milieu de laquelle soyent ses armoyries et de sa femme, joinctes ensemble, avecque le reste de l'habit et la nappe qui va sur l'autel, plus un calice, avecque la platine d'argent, du poids qu'il sera advisé, là où seront les armoyries de luy et de sa femme, joinctes ensemble; fondant en ladicte chappelle une messe basse tous les jeudys de la semaine, à perpétuité; et, à ces fins, qu'il fust baillé du fonds de son hoirie, ce qu'il sera raisonnable; laquelle messe sera dicte par le curé ou vicaire dudict lieu de la Saune; lesquels il prie que les pélerins qui y viendront soyent bien et honorablement receus; et soit attaché dans la dicte chappelle le petit tableau qu'il a faict faire.

En marge est écrit: Par ce vœu il sortit des prisons de Turin où Charles-Emmanuel, duc de Savoie, le détenoit prisonnier d'Estat.

La chappelle a esté refaicte et, après, l'an 1651, l'inondation de l'Isère l'a faict choir, et, l'an 1652, elle a esté transferrée à l'église paroissiale dudict lieu.

Tous ces ornements ont esté baillés; contract receu par de Rusan, notaire de Sainct-Marcellin.

Le 13 febvrier 1644, j'ay baillé à dire (comme j'avois accoutume de faire dire par le passé) cette messe à messire François Favier, curé de la Saune, pour neuf livres annuellement; contract receu par de Ruzan, secrétaire de Sainct-Marcellin.

Ce tableau y est, où il est représenté sortant de ladicte prison par ledict vœu qu'il fit ledict jour de Notre-Dame, 8 septembre 1594.

Ce quinze juin mil six cent quarante-cinq, je noble Horace Rival, seigneur de Blanieu et Argentenant, soubssigné, ay obtenu du vice-légat d'Avignon, par lettres de penitencerie, commutation de toutes les messes, offices, aumosnes et généralement de tout ce que m'obligeoyent mes prédécesseurs par leurs testaments et codicilles; desquels j'ay extraits les articles cy-devant escripts; et, le tout a été commué pour l'advenir, sçavoir :

A une messe tous les jours que moy et les miens seront obligés de faire dire à perpétuité, sçavoir : en la chappelle d'Argentenant, une, du moins, chaque semaine; une autre en l'église de Murinès, chaque semaine, et les autres cinq de la semaine, là où nous voudrons; et à deux autres messes que moy et les miens fairons dire toutes les semaines à perpétuité en nostre chappelle de Sainct George, de l'église paroissiale de Murinès, lorsqu'elle sera refaicte et cependant en ladicte église, et l'une desdictes messes se dira tous les lundys pour les morts; et, encores, à une autre messe, toutes les semaines, à perpétuité, que nous fairons dire là où il nous plaira; et encores à sept sestiers froment ou la valeur en autres grains, employables annuellement et perpétuellement par moy et les miens à des aumosnes.

Bien entendu que si la communauté de la Saune nous contrainct à bailler à ses pauvres les cinq sestiers froment portés par le dix huitième article cy devant, nous ne fairons lesdictes aumosnes perpétuelles que de quatre sestiers annuellement et de trois sestiers, si, aussi, la communauté de Lieudieu nous contrainct de bailler à ses pauvres les cinq sestiers portés par le mesme dix huitième article.

Et c'est à savoir que outre ce que dessus à quoy nous oblige ladicte commutation, moy et les miens demeurons obligés, à l'avenir, à perpétuité, de faire dire (suivant la fondation du troisième article cy-devant) une messe, toutes les semaines, à perpétuité, sur la vigne hypothéquée pour cela, que jay contrainct messieurs de Montmaiour de vuider, par sentence arbitralle du 16 avril 1644; laquelle vigne est située au mandement de Murinès, lieu dict en Menona vers le Colombier;

Et de bailler (comme j'ay faict par le passé) les pains et vin le dernier jour des Rogations, conformément au cinquième article cy devant.

Et pour ce qui est porté par le vingt deuxième article cy devant, la transaction d'entre les Carmes de Vienne et moy sera entretenue pour faire dire la messe fondée en leur église par mon père et pour les autres choses contenues en ladicte transaction, où je tacherai de convenir avec lesdicts Carmes pour ce regard, ainsy que verray à faire, pour faire dire ladicte messe de fondation et exécuter le contenu audict article vingt deuxième.

Fairons dire à perpétuité la messe fondée en la chappelle du pont de la Saune (comme j'ay faict par le passé) et exécuterons les autres choses de la fondation, le tout conformément à l'article 27 cy devant.

En foy des choses susdictes escriptes au long de ma main, j'ay soubsigné, ledict jour quinziesme janvier mil six cents quarante cinq. — Blanieu.

En marge est écrit : Relativement aux messes et aumosnes dont il est question en dernier lieu : ces dix messes perpétuelles, chaque semaine, se disent, savoir : cinq en l'église de Saincte-Marie de Sainct-Marcellin, les religieuses y étant obligées par contract reçeu par de Ruzan, notaire dudict lieu, le 18 mai 1652, et les autres cinq se disent à l'église de Murinès, en la chappelle d'Argentenant, par messieurs Fortys, prestres de Murinès, y estant obligés par contract receu par Naud, notaire dudict Murinès, du 15 may 1652.

J'ay faict cette aumosne jusqu'à 1652 inclusivement, que ces communautés de la Saune et de Lieudieu, poursuivant en justice M. de Nantuin, pour la perpétuité et arrérages de ces aumosnes, il a esté contrainct de transiger avec elles pour le tout en 1652; de sorte qu'à l'avenir nous ne fairons ces aumosnes que de trois sestiers annuellement à perpétuité.

Je laisse jouir du revenu de ceste vigne messieurs Fortys, prestres de Murinès, moyennant le service, par contract receu par Naud, notaire dudict lieu, le 8 febvrier 1646, et par autre contract receu par le mesme, le 15 may 1652.

Il y a autre transaction avec les P. P. Carmes, comme est dict à la marge du vingt deuxième article cy-devant.

En marge du mémoire est aussi une annotation faite de la main d'Anne Rival, veuve de M. de Nantoin, qui constate que le tout a été écrit par Horace Rival, son père, et où elle déclare qu'elle s'acquitte de la charge annuelle de trois setiers de froment. Nous transcrivons cette annotation avec son orthographe :

Je compran les trois cestiers si desus den les aumones que je fais penden l'année pour ne pas manqué de m'an aquité. — Signé : *A. de Rival, veuve de M. de Nantoin. — Tout ce ça qe'est escrit de la main de feux mon père.*

Pièce I.

CONVENTIONS ENTRE LES DAMES RELIGIEUSES DE SAINTE-MARIE ET M. DE BLANIEU,

Pour cinq messes par semaine dans ledict couvent, à perpétuité.

Comme ainsy soit que noble Horace Rivail, seigneur de Blanieu et Argentene, pour satisfaire aux volontés et ordonnances testamentaires de ses prédécesseurs, aye jusqu'à présent fait célébrer les messes ordonnées, et désirant concourir à ce qu'à l'advenir elles soient continuées, il auroit convenu pour cet effet avec les dames religieuses de Sainte-Marie de la présente ville de Saint-Marcellin, à la forme que s'en suit, pour cinq desdites messes, chacune semaine, outre autres cinq qu'il fait dire ailleurs toutes les semaines de l'année, attendu mesme qu'il a une fillie religieuse audit couvent; à cette cause, ce-jourd'hui dix-huitiesme may, année mil six cent cinquante-deux, après midy, pardevant moy notoire royal soubsigné, s'est personnellement establye dame Anne-Catherine Valantin, supérieure audit couvent de Sainte-Marie de Saint-Marcellin; laquelle, de son gré, assistée de l'avis et consentement des autres religieuses dudit couvent et nomement de dames Anne-Magdelaine Fabry, Anne-Hélène Sarrail, Marguerite-Agnés Roux et Louise-Marie Romanet icy présentes, a promis et par ces présentes promet et charge ledit couvent de faire dire à l'advenir, perpétuellement, cinq messes, chacune semaine de l'année, suivant l'intention desdits prédécesseurs dudit seigneur de Blanieu, et, ce, moyennant la somme de quarante-cinq livres tournois, pour checune annuité, bien entendu que, durant la vie naturelle dudit seigneur de Blanieu, il ne sera payé que trente-six livres pour checune année; pour l'asseurence duquel payement ledit seigneur de Blanieu icy présent, acceptant, tant en son nom que comme procureur de demoiselle Anne Rival de Blanieu sa fillie, femme de noble Anthoine de Chabo, sieur de Nantuin, par acte receu par moy dit notoire, du sixiesme août mil six cent cinquante-un, à moy originalement exhibé par ledit seigneur de Blanieu et par luy à l'instant retiré, promet et sure payer ou faire payer annuellement et perpétuellement audit couvent la susdite somme de trente-six livres pendant sa vie et quarante-cinq livres en après, à perpétuité, à chacun jour, premier jour d'avril, commençant au premier d'avril proche venant, à peine de tous despens, dommages et intérêts, soubsmettant lesdites parties, pour l'observation de tout ce que dessus, tous et chacun leurs biens présents et advenir quelconques, mesme ledit seigneur de Blanieu les siens propres et ceux de la demoiselle de Nantuin sa fillie, en vertu de sadite procuration, et, ce, à toutes cours royales delphinales, et renonciation à tous droits contraires; de quoy, etc., etc. Fait audit Saint-Marcellin, au parloir du couvent; présents M. Estienne Mellet, procureur dudit lieu, et Eymard Girod, fils d'Estienne, travailleur de Murinais, témoins requis, soubsignés avec les parties et non ledit Girod, pour ne savoir, enquis; signés à l'original : A.-C. Valantin; A.-H. Sarrail; M. Fabry; M. A. Roux; L. M Romanet; Blanieu; Mellet, présent; de Rusan, notoire.

Pièce J.

BAIL DE M. DE BLANIEU AUX CURÉS DE QUINCINET ET DE MURINAIS,

Pour les messes de la chapelle d'Argentenant.

L'an mil six cent cinquante-deux et le neufviesme jour du mois de juin, après midy; par-devant moy, notoire royal delphinal soubsigné et présents les témoins soubsnommés, estably et constitué en personne noble Horace de Rival seigneur de Blanieu et d'Argentene, faisant pour et au nom de dame Anne de Rival, sa fillie, mariée avec noble Anthoine de Chaboud, sieur de Nanthuin, lequel ayant contracté avec messires Georges et Vincent Foisy, prestres et curés de Quincinet et de Murinais, pour la célébration des messes spécifiées au contrat qui en a été passé par-devant moy, notoire, le quinziesme may dernier, et pour régler à tousjours lesdites messes, jours et lieu, aux fins de faire par les chacun le devoir de leur charge, et nonobstant les regles mentionnées audit contract, ils ont respectivement convenu et accordé par le teneur des présentes que lesdits sieurs curés seront tenus, comme ils promettent, célébrer ou faire célébrer lesdites messes aux lieux cy-après spécifiés, scavoir : une dans la chapelle d'Argentene, trois dans l'église de Murinais, en attendant que la chapelle Saint-George soit édifiée, et les autres deux aux lieux où bon semblera aux sieurs curés, chacune semaine, conformément audit contract, à la charge dudit service, à la décharge dudit seigneur de Blanieu et des sieus. — Item, par les mesmes présentes, ledit seigneur de Blanieu, audit nom, a promis auxdits sieurs curés de tenir, jouir et posséder en toute propriété les fonds dudit Saint-George, tenus et possédés par les héritiers de feu Dominique Barbier-Falcot, du continant après que l'instance de la vuidange desdits fonds et propriétés sera vuidée; laquelle ledit seigneur promet poursuivre dès que définitive le tout ce que dessus, sans déroger aux autres clauses contenues au contrat du quinziesme may dernier, lequel sera suivi et exécuté respectivement par les parties avec le présent, à peine de tous despens, dommages et intérest, soubsobligations et soubmissions de leurs biens quelconques aux cours du bailliage de Saint-Marcellin et autres et renonciation et clauses cy requises, nécessaires..... Savoir lesdits sieurs curés mettant la main contre la poitrine, à mode des personnes ecclésiastiques, et ledit seigneur de Blanieu entre les mains de moy dict notoire. Fait dans la maison desdicts sieurs curés; présents honnestes Chabert et Aymard Girod fils d'Estienne dudit lieu, témoins requis; ledit Chabert soussigné avec les parties, non ledict Girod pour ne savoir escrire, requis, signé à l'original Blanieu; G. Foisy; V. Foisy, Naud, not.

Pièce K.

A monseigneur monseigneur l'archevêque et comte de Vienne supplie humblement messire Charles-Antoine de Chabot, seigneur de Serre, Nantouin, Triol et autres places;

Que le défunt seigneur du Rival de Blanieu auroit fondé une messe tous les jeudys de chacune semaine dans la chapelle de Notre-Dame de Pitié sur le pont de la Sône, ladite chapelle estant démolie par la chute dudit pont, le service en auroit esté transféré par l'ordre de monseigneur l'archevêque de Vienne, votre prédécesseur, dans l'église paroissiale dudit lieu de la Sône,

Le suppliant a depuis vendu, aux dames religieuses de la Visitation establies à Saint-Marcellin, le domaine d'Argentenan, faisant la plus grande partie des biens dépendants de la succession desdits seigneurs du Rivail, et, par le contract de vente, lesdites dames se sont chargées de faire faire ledit service, au cas qu'il vous plût, monseigneur, le transférer et leur permettre de le faire faire dans leur église, à Saint-Marcellin,

Le suppliant, pour assurer ledit service et satisfaire à sa conscience, n'a cru pouvoir prendre plus de précaution que d'en charger lesdites dames, et il espère de la justice de Votre Grandeur,

Qu'il vous plaira, monseigneur, transférer ledit service dans l'église des dames religieuses de la Visitation à Saint-Marcellin, et d'en charger lesdites dames, à la forme du susdit contract de vente, et le suppliant continuera ses vœux pour la santé et prospérité de Votre Grandeur.

Ainsi reçeue, signé Gonet.

Nous accordons les fins de la présente requête.

Fait à Vienne, le 6 février 1713, signé Armand, ar. de Vienne.

Pour monseigneur, signé P. Lherbet, secrétaire.

Enregistré dans les registres de l'archevêché de Vienne, fol. 72, v°, le 7 février 1713. Signé P. Lherbet, secrétaire.

Pièce L.

Henri Oswal de la Tour-d'Auvergne, par la miséricorde divine et par la grâce du saint siége apostolique, archevêque et comte de Vienne, Primat des Primats des Gaules; vicegerant du souverain Pontife dans la province viennoise et dans sept autres provinces; abbé-chef, supérieur général et administrateur perpétuel de la sacrée abbaye et de tout l'ordre de Cluny; chanoine et grand prévôt de l'église cathédrale de Strasbourg, etc., etc.

Veu la translation du service de la chapelle de la maison forte d'Argentenant dans l'église de la Visitation de Saint-Marcellin, faite par feu M. de Montmorin, notre prédécesseur le 9 juin 1712, mise au bas du contrat de l'acquisition faite par lesdites religieuses, de ladite maison forte et biens en dépendant, nous approuvons et, en tant que de besoin, authorisons ladite translation voulant qu'elle soit exécutée suivant sa forme et teneur. Donné à Vienne, le 18 mai 1731. Signé Didier, vic.-gén.

Par son altesse, signé Dubarry.

Pièce M.

A monseigneur l'archevêque de Vienne,

Supplient très-humblement Votre Grandeur, la mère Marguerite-Alexis de Châteauneuf, supérieure, et ses religieuses;

Disant que noble Horace Rivail nous auroit chargé, par acte du 18 mai 1632, de faire acquitter dans notre église cinq messes par semaine, dont ledit Rivail étoit lui-même chargé par diverses dispositions testamentaires de ses autheurs, moyennant la somme de 45 livres par an; ce qui paroit avoir été exécuté jusques à l'an 1712 que messire Charles de Chabot, héritier des biens du susdit Rivail, nous vendit le domaine dit d'Argentinan pour le prix et somme de dix-neuf mille livres, par acte du 18 may 1712; dans lequel il est dit qu'au moyen de l'imputation de 900 livres en représentation du capital de la rente de 45 livres, ci-dessus énoncée et de 500 livres en sus, faisant en tout la somme de 1400, livres nous serions tenus de faire dire dans notre église trois messes chaque semaine et de faire trois communions par an. Or trois messes, chaque semaine, sans parler des communions, font, chaque année, 156 messes au moins, dont l'honnoraire est moindre que celuy qui est porté par les réglements du diocèse, suivant lesquels les messes de fondation sont à 12 sous au moins, ce qui monterait à 93 livres 12 sous chaque année ; tandis que 1400 livres, au denier vingt ne produisent que 70 livres. — Pour ces raisons et représentations, veu surtout quantité d'autres messes fondées dans notre église, nous prenons la liberté de recourir à Votre Grandeur, pour qu'il luy plaise faire desdites messes telle réduction qu'elle jugera convenable,

Pour cet effet, nous ne cesserons de prier le seigneur pour sa conservation et prospérité. Signés sœur Marguerite-Alexis Flandy de Châteauneuf, supérieure ; sœur Magdeleine-Séraphique Dantour, assistante ; sœur Magdeleine-Aimée de Lessertat ; sœur Olympe-Félicité Giroud, sœur Françoise-Mélanie Guillermet,

Vu la présente, nous avons ordonné et ordonnons que la suppliante feroit célébrer des messes pour l'acquit des fondations dont s'agit, à raison de douze sols pour rétribution de chacune. A Vienne, ce 24 janvier 1772. Signé † G., archevêque de Vienne.

M. Giraud pense qu'Aymar du Rivail fils, lié aux ordres ecclésiastiques, dut y renoncer, et qu'il épousa Anne de Maubec, la même dont il est question dans les *Mazures de l'Isle-Barbe*, par Claude le Laboureur, et où il est dit que, le 17 février 1577, Pierre Noir, seigneur de Lancin et de Poisieu, contracta mariage avec Guyonne de la Maladière, fille de Claude, seigneur de Massonas, et d'Anne de Maubec, veuve de messire Aymar Rivail, seigneur de Lieu-Dieu et d'Argentenant, conseiller au parlement de Grenoble. Anne de Maubec fut-elle réellement la veuve d'Aymar du Rivail fils, conseiller en cette cour comme son père, ou est-elle la première femme de ce dernier, qui, ainsi qu'on le sait, épousa d'abord une de ses parentes? Ce point de litige paraît encore obscur : il faudrait lire aussi, dans ce dernier cas, femme au lieu de veuve. Ce qu'il y a de certain, c'est qu'Aymar du Rivail fils était toujours official de Grenoble en 1560, et que, soit dans ses lettres de provisions de l'office de conseiller, datées du 31 décembre 1560, soit dans l'arrêt de sa réception au parlement, du 28 mars 1561, il est annoté que cet office était un office de conseiller lay.

Pièce X.

ARRÊT DE RÉCEPTION D'AYMAR RIVAL FILS,

Comme conseiller au parlement de Grenoble.

Sur la requeste présentée par Me Aymar Rival, docteur en droit, à ce que les lettres patentes du roy, contenant le don de l'Estat et office de conseiller lay en la cour du parlement de ce pays, que négueres souloit tenir Me Philippes Rival son frère fussent vérifiées et intérinées par ladicte cour, et en icelles intérinant que ledict suppliant fut receu à l'exercice dudict estat;

Veu ladicte requeste; icelles lettres patentes données à Orléans le dernier de décembre mil cinq cens soixante; le consentement des gens du roy mis sur ladicte requeste, ensemble le consentement du procureur du resignant;

La cour en entérinant la requeste du suppliant l'a receu et reçoit en l'estat et office de conseiller céans pour d'icelluy estat jouir ensemble des honneurs, autorités, prérogatives, prééminances, gages, proficts, émolumens et droicts appartenant audict estat; le tout en la forme desdites lettres, et après que ledict Rival a presté le serment en tel cas requis et accoutumé, a commis et commet Me Henry Marrel, conseiller du roy, céans, pour icelluy Rival, mectre en possession dudit office de conseiller. Signés : Truchon, H. Marrel.

Faict le XXVIIIme mars mil Ve LXI (1).

L'*Almanach général et historique de la province du Dauphiné*, pour l'année 1788, rapporte que Marguerite de Sassenage, femme de Guillaume Rival, fonda, en 1613, un couvent de Minimes dans la ville de Grenoble. M. Giraud, dans son ouvrage : *Aymar du Rivail et sa famille*, conteste cette assertion adoptée par M. de Terrebasse; il pense que Marguerite de Sassenage a dû être mariée à Horace Rival, fils de

(1) Arrêts du parlement de Grenoble; année 1561.

Guillaume, et, en cela, il s'appuie sur le témoignage de Chorier qui, dans sa généalogie de la maison de Sassenage, dit formellement que Marguerite fut mariée à Horace du Rivail, seigneur de Blanieu. Ce dernier passage paraissait décisif; les recherches que j'ai faites viennent lever à ce sujet toutes difficultés. L'acte où le rédacteur de l'almanach de 1788 a puisé, sans doute, cette idée de la fondation d'un couvent de Minimes à Grenoble, existe; mais cette pièce n'est point de l'année 1613, de même qu'il n'y est pas question, non plus, d'une fondation proprement dite : ce titre, qui est du 14 mai 1635, contient une donation de 4000 livres, faite par Marguerite de Sassenage aux religieux minimes de la Plaine, pour les aider à construire à Grenoble une église et un couvent devenus aujourd'hui le Grand-Séminaire; or, Marguerite de Sassenage est indiquée dans cet acte, en termes formels, comme étant la veuve de Guillaume Rival.

Pièce O.

DONATION ET FONDATION.

Au nom de Dieu tout-puissant, Père, Fils et Saint-Esprit, comme ainsi soit qu'entre toutes les œuvres par lesquelles les chrestiens se peuvent rendre agréables à Dieu et impétrer miséricorde et la rémission de leurs péchés, le jeusne, l'aulmosne et l'oraison avec l'observation de ses saints commandements tiennent le premier rang et sont, etc., etc......, à l'exemple du patriarche Abraham et de la bonne hostesse de Jésus-Christ, sainte Marthe, ces considérations auroyent induit dès long temps dame Marguerite de Sassenage, dame de Blanyeu, fille de deffunct messire Antoine de Sassenage, seigneur et baron dudit lieu, vefve de messire Guillaume de Rival, seigneur dudit Blanyeu et autres places, ne pouvant vacquer avec l'assiduite qu'elle désireroit à l'exercice du jeusne et de l'oraison, a tasché de se rendre participante à la commeunion de ceux qui en font la pratique ordinaire, savoir des religieux dont Dieu a orné le pourpris de son église et particulièrement des vénérables pères qui combatent soubs l'enseigne du bienheureux saint François de Paule, mesme au couvent Jésus-Maria de la Plaine lès Grenoble, auquel saint et à tous ses confrères elle a tousjours eu une particulière dévotion et tasché de les adsister du peu de moyens que Dieu luy a donné; et sçachant le dessein des pères dudit ordre de longtemps de s'establir dans ceste ville de Grenoble, à l'imitation des autres bons religieux et religieuses auxquels Dieu y a donné retraite, pour, par le moyen de leurs prières, prédications et autres exercices de piété, d'augmenter le zèle du culte et amour de Dieu, combattre les hérétiques et ennemis de son église, y estant ja acquis et fut bastie une maison et logement pour quelques-uns de leurs frères ne restant plus qu'à avoir la permission d'y bastir une église et faire fonds de deniers pour fournir aux frais nécessaires et des revenus pour l'entretien des religieux qui y seroyent establis, ladicte dame par son testament solennel par elle fait leur auroit légué la somme de quatre mille livres; néantmoins, craignant que par la perte de son testament ou autrement ledict légat demeurât sans effet, elle auroit voulu assurer ladite somme au proffit dudict père, du moins après sa mort, sitant est que ses affaires ne permettent qu'elle en puisse faire le paiement, afin qu'elle puisse, dès à présent, jouir des bienfaits et priviléges que les supérieurs dudit ordre ont accordé et accordent à leurs bienfaiteurs et fondateurs, etc., etc.; à ceste cause, ce jourd'hui compté le quatorziesme du mois de may, après midi, l'an mil six cent trente-cinq, regnant très-auguste et très-chrestien prince Louis treziesme..... Fait et récité à Grenoble, dans la maison de ladite dame, présents .... et moy Claude Froment, notoire et tabellion royal héréditaire audit Grenoble (1).

Il y a eu d'autres familles du nom de Rival, différentes de celle dont il s'agit ici. De l'une d'elles est Louis Rival, natif de Saint-Paul Trois Châteaux, licencié en droit de l'université de Valence, avocat du roi au siége de Montélimar, en 1550.

On doit citer aussi Pierre Rival qui, devenu capitaine et major au régiment du prince Carignan, et maréchal de bataille, fut, après quarante ans de service, anobli par des lettres patentes du roi Louis XIV, datées de Blois, du mois de mars 1652, confirmées par d'autres lettres du même prince, datées de Paris, du mois de janvier 1668. Ce qu'il y a de curieux,

---

(1) *Anciennes archives des Minimes*, pièce cotée : Donation de dame Marguerite de Sassenage, dame de Blanyeu, aux R.-P. Minimes, de IIII^{m} livres; 14 may 1635. — *Archives des notaires de Grenoble*; protocole de Claude Froment; année 1635.

c'est que ce Pierre Rival, né à Saint-Marcellin, est qualifié, dans ces lettres patentes et dans d'autres titres y joints, de seigneur de la Rivallière. Rien ne prouve, néanmoins, qu'il y ait eu aucun rapport entre ce Rival et les Rival, de Murinais, possesseurs également d'une maison dite la Rivallière, la Riverie, ou Argentenant.

Leurs armes étaient différentes.

Armes de Pierre Rival, telles qu'elles sont indiquées dans l'enregistrement des lettres patentes du mois de mars 1652 :

D'argent au lion d'azur, armé et lampassé de gueules ; au chef cousu d'azur chargé de trois haumes ou casques d'or (1).

Armes des Rival, de Murinais :

D'azur à trois étoiles d'or, avec cette devise : *Volat ad sidera virtus*.

INSCRIPTIONS GALLO-ROMAINES DE GRENOBLE,

Par M. J.-J.-A. PILOT.

En 1804, en démolissant la voûte ou porte de l'évêché, l'ancienne porte Viennoise de Grenoble, qui occupait une partie de la place actuelle de Notre-Dame, restreinte alors à l'espace au-devant de l'église, on a trouvé plusieurs pierres gallo-romaines ou de simples fragments employés, dans le temps, comme vieux matériaux, à la construction de cette antique porte, datant, ainsi qu'on le sait, de la fin du IIIe siècle de l'ère chrétienne.

Quelques-unes de ces pierres, sur lesquelles se lisent des

(1) *Anciennes archives de la chambre des comptes ;* registres *Generalia*, 23 f° 10, et 26 f° 48.

inscriptions qui ont pour nous un intérêt historique, en ce qu'elles apprennent l'âge et le rang de notre ancienne ville, existent encore. Transférées, d'abord, dans les allées du cimetière qui était près du Drac, à droite du chemin qui conduit au pont de fer suspendu ; déposées ensuite dans une pépinière voisine appartenant à la ville, ces pierres ont été rapportées à Grenoble en 1816, et placées sur un mur à hauteur d'appui, le long de l'enceinte ou clôture de la cour du lycée, à droite de la porte d'entrée de l'église où elles sont restées jusqu'en 1842. A cette époque, des constrution faites en cet endroit afin d'agrandir le lycée nécessitèrent, pour la troisième fois, leur déplacement ; elles furent déposées au bout de la rue contre le mur de la cour, en attendant qu'on pût leur assigner un local, sinon définitif, du moins plus convenable. Enfin, depuis cinq ans seulement, elles ont été transportées dans la cour ou préau qui est au-devant de l'église de Saint-Laurent, dans le vieux quartier, sur la rive droite de l'Isère, où la tradition place la ville primitive.

Déjà, et depuis fort longtemps, il y avait dans la rue Saint-Laurent, et aux deux côtés de la montée qui conduit à la cour où est l'église, trois autres pierres tumulaires qui semblaient déterminer le choix que l'administration municipale a fait du nouveau local et que paraissait devoir désigner aussi le voisinage de la curieuse et belle chapelle souterraine qu'on vient de restaurer.

Les pierres qui forment aujourd'hui la collection des marbres antiques, dans la cour de l'église de Saint-Laurent, sont au nombre de vingt-huit, dont douze, y compris une pierre ayant servi de cadran solaire, proviennent de la démolition de la tour de l'évêché ; nous les mentionnons dans l'ordre qui suit :

I.

Inscription consacrée à la mémoire d'un triumvir des lieux publics :

G. IIVIRO LOCOR.
PIISSIMO FILIO.

Entre les deux mots de la seconde ligne est un cœur, symbole ou expression de douleur que l'on voit sur d'autres marbres.

Hauteur du marbre, 0,60 centimètres.

Longueur, 1 mètre 35 cent.

Largeur ou épaisseur, 0,40 cent.

Hauteur des lettres de la première ligne, 0,14 cent.

Hauteur des lettres de la deuxième ligne, 0,07 cent.

L'inscription est gravée entre deux larges moulures. Lorsque, en 1804, on trouva cette pierre, il y en avait une autre de la même dimension ayant deux moulures semblables aux deux précédentes, aujourd'hui perdue, et sur laquelle se lisaient, sur deux lignes :

AER FLAM AV
PARENTES.

Rapprochant les deux pierres, qui ne sont que deux fragments, on voit qu'il s'agit d'un monument funéraire érigé au souvenir d'un agent du *trésor public*, *Flamine Augustal, et triumvir des lieux publics*, par des *parents à leur fils très-pieux*.

II.

Sarcophage de Sextus-Julius-Condianus, flamine de la jeunesse, questeur de Cularo.

Il ne reste plus qu'un fragment de ce beau sarcophage que nous avons vu presque intact en 1822. A cette époque l'inscription existait encore en entier ; nous la donnons ici telle que nous l'avons lue sur le marbre :

SEX. IVL. CONDIANI DEF. ANN. XXV
FLAMINIS IVVENTVTIS Q C V AEDIL
D M. VALERIVS IVLIANVS SOCER ET M
VALE. SECVNDILLA CONIVGI PIISSIMO.

Aux dieux mânes de Sextus Julius Condianus, décédé à l'âge de 25 ans, flamine de la jeunesse, questeur de Cularo pour la cinquième fois, Edile ; Marcus Valerius Julianus, son beau-père, et Valeria Secundilla à son époux le plus pieux (1).

Hauteur de la pierre, 0,70 centimètres.

Longueur, 2 mètres 69 cent.

Largeur, 0,87 cent.

Epaisseur des parois, de 0,16 à 0,20 cent.

Vide de la pierre, 2,29 de long, sur 0,54 de large, et 0,35 de profondeur.

Hauteur des lettres, 0,05 cent. 5 millimètres.

Hauteur des lettres D. M., 0,13 cent.

Fragment restant de l'inscription :

. . . . N. XXV
. . . . AEDIL M
. . . . OCER ET
. . . . GI PIISSIMO.

---

(1) Nous avons suivi, pour l'explication des lettres Q. C. V., l'interprétation qu'en a donnée dans le temps M. Champollion-Figeac (*Antiquités de Grenoble ou histoire ancienne de cette ville d'après ses monuments*; Grenoble, 1807 ; p. 65). Peut-être, s'il paraît peu probable qu'un homme, à 25 ans, ait pu être cinq fois questeur, vaudrait-il mieux traduire ainsi ces trois initiales : Q. C. V., *qui Cularone vixit*, qui vécut à Cularo ; comme on a lu sur des marbres trouvés à Narbonne : Q. N. V., *qui Narbone vixit*.

III.

AETER.

Ce mot se lit en grandes et belles lettres de la hauteur de 0,11 centimètres, sur une large pierre ornée à sa base d'une moulure, et qui paraît avoir servi à quelque monument public. Lorsqu'on a trouvé ce marbre, en 1804, le fragment était plus complet ; il présentait le mot AETERNA.

Hauteur de la pierre, 0,64 centimètres.

Largeur, 0,50 cent.

Epaisseur, 0,53 cent.

IV.

Tombeau de Vinicius Julianus, mort à Rome.

D. M.
SEX. VINIC.
IVLIANI
DEFVNCT. ROM.
VINICIA VERA
PATRI
PIISSIMO.

Aux dieux mânes de Sextus Vinicius Julianus, décédé à Rome ; Vinicia Vera, au père le plus pieux.

Cette pièce est un carré long, surmonté d'un chapiteau triangulaire, où sont sculptés l'*ascia* et, au-dessus, un disque, en bosse.

Hauteur de la pierre, 2 mètres, y compris le chapiteau ayant lui-même une hauteur de 0,68 cent.

Largeur, 0,89 cent.

Hauteur des lettres, 0,04 cent., 5 millimètres.

Épaisseur de la pierre, 0,33 cent.

V.

Tombeau de Gaius Papius Secundus, décurion de Cularo :

D. M.
G. PAPIO SECV
NDO DECVRIO
NI C.V. INTECEP
TVS ANN. XXXX ET
SECVNDANO FILLIO
EREPTVS AN.X
SENIA MARCVL.
CONIVGI
KARISSIMO
SVB ASSCIA
DEDCAV.

Aux dieux mânes ; à Gaius Papius Secundus, décurion de Cularo pour la cinquième fois, décédé à l'âge de quarante ans, et à Secundanus, son fils, ravi à l'âge de dix ans ; Senia Marcula, à son époux le plus cher, a dédié sous l'ascia.

Cette pierre est, comme la précédente, terminée par un fronton ou chapiteau triangulaire orné d'une tête d'homme mutilée, vue en face ; et au-dessous, entre les sigles D. M., est l'*ascia*.

Hauteur de la pierre, y compris le chapiteau, 1m47 cent.

Largeur, 0,67 cent.

Hauteur du chapiteau, 0,48 cent.

Hauteur des lettres, 0,05 en moyenne.

VI.

Fragment qui constate le souvenir d'un citoyen de Grenoble, de la tribu Voltinia,

EX IIIIV... RIE VOL
... CAIVS SIBI PATRI.

Ce fragment est la partie supérieure d'un cippe terminé par un chapiteau triangulaire où est figuré un disque.

Hauteur du fragment, 0,63 cent.

Largeur, 0,89 cent.

Épaisseur, 0,48 cent.

Hauteur des lettres, 0,05 cent.

VII.

Tombeau de Quintus Andius.

Q. ANDIO
QVINTINI
FILIO
QVINTANO
A.XX.

A Quintus Andius Quintanus, fils de Quintinus, âgé de 20 ans.

Hauteur de la pierre, 1^{m}03 cent.

Largeur, 0,54 cent.

Épaisseur, 0,44 cent.

Hauteur des lettres, 0,09 cent.

VIII.

Tombeau de Quintus Vitalis; fragment.

. . . .
Q. QVINTI
VALENTINI FIL.
VITALIS
DEF. AN. XXIII.
. . . .

Aux dieux mânes de Quintus Quintus Vitalis, fils de Valentinus, décédé à l'âge de 23 ans.

Cette pierre, provenant de la démolition de la porte de l'évêché, était engagée dans l'épaisseur même du voussoir, où elle faisait saillie sur la façade extérieure. En 1620, Alphonse de la Croix, évêque de Grenoble, ayant ordonné de faire quelques réparations à cette porte, on y plaça, au-dessus, ses armes, avec la date ou millésime de l'année. La pierre dont il s'agit est justement celle qui servait de clef à la voûte; elle présente, sur l'une de ses faces latérales, un creux où étaient les armes du prélat, et au-dessus se lit la date 1620.

Hauteur de la pierre, 0,75 centimètres.

Largeur, 0,73 cent.

Épaisseur, 0,50 cent.

Hauteur des lettres, 0,09 cent.

IX.

Tombeau de Crisus Secundus.

D. M.
CRISI SEC
VNDI FILI.
PINTISSIS.
PATRI
KARISSIM.

Il y a un cœur entre les deux lettres D M; et au bas de l'inscription est l'*ascia* (1).

Aux dieux mânes de Crisus Secundus; le fils le plus pieux, au père le plus cher.

Hauteur de la pierre, 1m64 cent.

Largeur, 0,62 cent.

(1) Au lieu de FILI., qui se voit lisiblement, M. Champollion a lu FIIN.

Épaisseur, 0,52 cent.
Hauteur des lettres, 0,04 cent.

X.

Tombeau de Caius Innocens.

D. M.

. . . . . .

C. INNOCENTI

S ICONIS FILIO

C. ANNORVM

SEX ET MS. VIII.

ET DIES XVI

P.

D. M.

A côté du P., au-dessus des deux dernières lettres D. M., est l'*ascia*.

Aux dieux mânes de Caius Innocens Ico; au fils Caius, âgé de six ans, neuf mois et seize jours; est posé (1).

Hauteur de la pierre, 1m11 cent.
Largeur, 0,45 cent.
Épaisseur, 0,21 cent.
Hauteur des lettres, 0,03 cent., 5 millimètres.

XI.

Tombeau de Cnatia Verinuia.

(1) Les deux premières lignes de l'inscription, tracées sur les moulures du chapiteau qui surmonte le cipe, sont illisibles; les quelques lettres qui semblent paraître ne sauraient du moins former un sens complet. On s'est borné à les indiquer ici par des points. Le mot FILIO et le C qui le suit, que n'a pas rendus M. Champollion, se lisent facilement. Ce qui est à remarquer, c'est que l'invocation aux dieux mânes D. M. se trouve à la fin et au commencement de l'inscription.

D. M.
ET MEMOR. AETER.
CNATIE VERINVIE
MILITIVS TITVLLIN.
VSCONI KAR.
SVB AS. DD.

Entre les deux lettres D. M. est l'*ascia*.

Aux dieux mânes et à la mémoire de Cnatia Verinuia; Militius Titullinus, à l'épouse la plus chère; a dédié sous l'ascia.

Hauteur de la pierre, 1m16 cent.
Largeur, 0,50 cent.
Épaisseur, 0,33 cent.
Hauteur des lettres, 0,06 cent.

XII.

Un cadran solaire sur un bloc de pierre, ayant 0m82 cent. de haut, sur 0m56 cent. de large et d'épaisseur. Au centre est la place du style.

Ces inscriptions, autant qu'il est possible de les classer par la forme des lettres, par l'orthographe des mots et par d'autres caractères, paraissent dater, les nos I, II, III, IV et V, du premier siècle, et les autres numéros, des deux siècles suivants; elles constatent que Grenoble, d'abord connu sous le nom de Cularo, était une ville municipale ayant un questeur, des décurions, des triumvirs des lieux publics, un édile; et que ses habitants, inscrits à Rome dans la tribu Voltinia, jouissaient du droit de suffrage dans les comices par tribus et dans les comices par curies.

Les marbres qui suivent, au nombre de seize, appartiennent aussi à Grenoble, où ils ont été trouvés à diverses époques ; ce sont :

I.

Autel à Mars Cassi.

MARTI AVG.
CASSI
SEVERINVS
CENSORINVS

A Mars Auguste Cassi ; Sévérinus Censorinus.

Cet autel a été trouvé, en 1777, au-dessus de la montée de Chalemont, sur le bord de l'ancienne route, près de la tour de Rabot. On remarque, sur la partie supérieure de cet autel et des deux autres qui suivent, des trous plombés qui feraient supposer que ces pierres ont dû servir de piédestaux à des statues.

Hauteur de la pierre, 0,73 cent.
Largeur, 0,33 cent.
Épaisseur, 0,35 cent.
Hauteur des lettres, 0,02 cent.

II.

Autre autel à Mars.

MARTI
D. DECMANIVS CAPER
T P I.

A Mars ; Décius Decmanius Caper a, par son testament, ordonné d'élever (testamento poni jussit).

Hauteur de la pierre, 1m23 cent.
Largeur, 0,68 cent.

Epaisseur, 0,58 cent.
Hauteur des lettres, 0,05 cent.

III.

Autel à Saturne.

SATVRNO
D. DECMANIVS CAPER
T P I.

A Saturne; Décius Decmanius Caper a, par son testament, ordonné d'élever.

Ce marbre et celui qui précède, tous les deux entièrement semblables, ont les mêmes dimensions; la hauteur des lettres est aussi la même. Ces deux pierres, au commencement de ce siècle, étaient dans la cour d'une maison de la rue Bayard.

IV.

Tombeau de *Sextus Attius Atticus*.

D M
SEX. ATTI ATTICI
OMNIBVS HONORIBVS FVNCTI
SEX. ATTIVS ATTICVS FIL.

Aux dieux mânes de Sextus Attius Atticus, revêtu de tous les honneurs; Sextus Attius Atticus son fils.

Cet Atticus, ainsi qualifié, devait être un magistrat municipal de Cularo et y tenir un rang distingué parmi les citoyens de la ville; il était, sans doute, fils de L. Attius Julianus, fils lui-même de Caius et d'Ingenua Bellica, fille de Titus; il avait pour frère Attius Julianus; tous dénommés sur un marbre trouvé à Grenoble en démolissant les restes de la porte de l'évêché, mais qui n'a point été conservé (1). Le nom d'Attia Bellica, fille d'Attius et femme de Sextilius Gallus, sévir augustal, se lisait sur une pierre dont il restait encore une moitié contre une maison dans la rue des Clercs, au commencement du dernier siècle. Charbot rapporte qu'Etienne Barlet, auteur d'un manuscrit sur les inscriptions de notre ville, et qui vivait au XVIe siècle, l'avait vue en entier (2). Les deux inscriptions aujourd'hui perdues, et celle qui reste, indiquée ci-dessus, mentionnent huit membres de la famille Attia, de Cularo, savoir :

Caius Attius;

Lucius Attius Julianus, son fils;

Ingenuia Bellica, femme de L. Attius Julianus;

Deux frères, Julianus et Atticus, fils de ces deux derniers;

Sextus Attius Atticus, dont il est question dans le monument élevé à sa mémoire, et qui paraît le même qu'Atticus ci-dessus;

Autre Sextus Atticus, son fils;

Attia Bellica, femme de Sextilius Gallus, fille d'Attius et petite-fille ou arrière-petite-fille d'Ingenuia Bellica, de qui elle aurait reçu elle-même son nom.

Hauteur de la pierre, 2 mètres 25 cent.

Largeur, 0,90 cent.

Épaisseur, 0,50 cent.

---

(1) Voici quelle était cette inscription :

L. ATTIO C. F. IVLIANO ET
INGENVIAE T. F. BELLICAE
ATTI F. IVLIANVS ET ATTICVS
PARENTIBVS.

Antiquités de Grenoble, etc., etc., par M. Champollion-Figeac. 1807, p. 90.

(2) SEXTILIO GALLO IIIIII AVG. ATTIA ATTICI FIL. BELLICA CONIVGI SANCTISS. ET SIBI VIVA POSTERIS Q. SVIS FEC.

Hauteur des lettres de la première ligne, 0,08 cent.

Hauteur des lettres des deux dernières lignes, 0,06 cent.

V.

Fragment d'inscription se lisant sur une pierre, entre deux moulures :

..E. M. FI.
..AE ..
..PTIMA ...
..Q. FILIA..
..MATE....

Souvenir d'une mère, à la mémoire d'une fille de Quintus, la meilleure des filles.

Hauteur de la pierre, 0,91 centimètres.

Largeur, 0,44 cent.

Épaisseur, 0,45 cent.

Hauteur moyenne des lettres, 0,09 à 0,10 cent.

Ce fragment, d'une conservation parfaite quant aux lettres qui sont d'un beau caractère et sans altération aucune, est cité par Barlet et Guy Allard ; ce qui nous étonne, c'est qu'on ait pu voir MATRI au lieu de MATE (MATER), qui se lit parfaitement.

VI.

Tombeau de Veratia Lucina.

D. M.
VERATIAE
LVCI. FILIAE
LVCINAE.

Un cœur est placé entre les deux sigles D. M.

Aux dieux mânes de Veratia Lucina, fille de Lucius.

Cette inscription, qu'on croyait perdue, existe ; elle est

vraisemblablement la même aussi que celle qui est rapportée par Guy Allard sous le nom de MERATIAE.

D. M.
MERATIAE
MATRI FILIA
LVCINA.

Une telle traduction serait à la fois incorrecte et fautive; on peut juger par là du peu de soin et de l'extrême négligence avec lesquels nos écrivains ont relevé le texte des marbres antiques. La pierre dont nous parlons n'offre absolument aucune difficulté; la lecture en est des plus faciles.

Hauteur de la pierre, 0,87 centimètres.

Largeur, 1 mètre.

Épaisseur, 0,57 cent.

Hauteur moyenne des lettres, 0,06 cent. 50 millimètres.

VII.

Tombeau de Cœlius Lucinus, décurion de Vienne.

D M
C. COELI
LVCINI
DECVR. VIENN.
SEXTIA THREPTE
COIVGI
KARISSIMO
ET COHEREDES.

Aux dieux mânes de Caius Cœlius Lucinus, décurion de Vienne; Sextia Threpte à l'époux le plus cher, et ses cohéritiers.

Cette pierre, trouvée aux environs de Grenoble, est terminée par un chapiteau triangulaire où sont sculptés un disque et l'*ascia*; elle fait, depuis 1812, partie des marbres gallo-romains de notre ville.

Hauteur de la pierre, 0,60 centimètres.

Largeur, 0,77 cent.

Épaisseur, 0,53 cent.

Hauteur des lettres, 0,03 cent.

VIII.

Tombeau de Dévillia Titiola.

D. M.
DEVILLIAE
CATVLLIANI FIL
TITIOLAE
BAEBIVS GRATINVS
ET BAEBIA
GRATINA
MATRI
PIENTISSIMAE.

Entre les deux sigles D. M. est tracé un cœur.

Aux dieux mânes de Dévillia Titiola, fille de Catullianus; Baebius Gratinus et Baebia Gratina, à la mère la plus pieuse.

Cette pierre était, de temps immémorial, enchâssée dans un mur de clôture donnant sur la rue Saint-Laurent, près de l'église et de l'ancien prieuré de ce nom.

Hauteur de la pierre, 1m26 cent.

Largeur, 0,56 cent.

Épaisseur, 0,43 cent.

Hauteur des lettres, 0,04 cent.

IX.

Tombeau de Gratia et de Quintus Julius Murinus, prêtre augustal.

GRATIAE GRAT.	Q IVLIO
FIL.	
DVLCISSIMAE	
Q. IVLIVS	MVRNINO
MVRNINVS	
ET SIBI T. F. I.	.... R. AVG. ....

1re inscription : *A Gratia, fille de Gratus, la plus chère, et à lui; Quintus Julius Murninus a fait élever ce tombeau*, ou bien : *a fait élever d'après un testament* (1).

2e inscription : *A Quintus Julius Murninus, homme augustal.*

Ce marbre existait dans la Grande-Rue-Neuve, en face de l'ancien couvent des Capucins, aujourd'hui démoli et dont il ne reste plus que l'église, devenue le temple des protestants.

Hauteur de la pierre, 0,70 cent.

Largeur, 1m27 cent.

Épaisseur, 0,40 cent.

Hauteur des lettres, 0,07 cent.

X.

Tombeau de Marcus Antonius Eudémo et de Vireia Gratina.

(1) *Tumulum fieri jussit* ou *testamento fieri jussit*. En rapportant cette inscription, M. Champollion n'a point rendu les mots Q. IVLIVS qui se lisent sur le marbre, et dont ils forment la quatrième ligne du premier compartiment.

D. M.
M ANTONI.
EVDEMONIS ET
VIREIAE GRATINAE
CONIVGI EIVS
ANTONIA GRATI
NVLA GRATIN. FIL
PARENTIBVS PIENTISS
IMIS VITA FVNC
TIS AC SEPVLTIS.

Les deux sigles D. M. sont séparés par l'*ascia*.

Aux dieux mânes de Marc-Antoine Eudémon et de Vireia Gratina, son épouse; Antonia Gratinula, fille de Gratina, à ses parents les plus pieux, passés de cette vie et inhumés.

Cette inscription et celle qui suit étaient, l'une à droite et l'autre à gauche de l'escalier qui conduit à l'église de Saint-Laurent.

Hauteur de la pierre, 1m23 cent.
Largeur, 0,60 cent.
Épaisseur, 0,45 cent.
Hauteur des lettres, 0,04 cent.

XI.

D M.
DECIMIAE
ALBINAE
Q VETTIVS
EPICTETVS
CONIVGI
SANCTISSIMAE.

Aux dieux mânes de Décimia Albina; Quintus Vettius Epictetus, à l'épouse la plus sainte (1).

Hauteur de la pierre, 1m91 cent.

Largeur, 0,90 cent.

Épaisseur, 0,36 cent.

Hauteur des lettres, 0,06 cent.

XII.

Tombeau de Titus Ælius Taurus.

Le cippe est terminé par un chapiteau triangulaire où est l'*ascia*, en creux.

D. M.
T. AEL. AVGG.
LIB. TAVRO
SABINVS MARCEL
LINA TAVRVS FILI.
PATRI PIISSIMO
ET ITALICAE CONIV
GI INCOMPARABILI.

Cette pierre était enchâssée, le siècle dernier, dans le mur d'une maison de la rue des Clercs, d'où elle fut transportée,

(1) Le marbre porte COIVGI pour CONIVGI. — Q. Vettius Epictète, époux de Décimia Albina, était sévir augustal, comme le constate une inscription existant autrefois à Grenoble, élevée à la mémoire de *Q. Vettius Nobilis*, un de ses affranchis.

D M
Q. VET. NOB.
LIBERTI
Q EPICTETI
IIIIIIVIR AVG.
HEREDES.

en 1830, dans l'allée d'une maison neuve, à l'angle de cette rue et de la rue Lafayette.

Aux dieux mânes; à Titus Ælius Taurus, affranchi des Augustes; Sabinus, Marcellina et Taurus, ses enfants, à leur père le plus pieux et à Italica, épouse incomparable.

Hauteur de la pierre, 1m50 cent.
Largeur, 0,65 cent.
Hauteur des lettres, 0,04 cent., 5 millimètres.

XIII.

Tombeau de Nammia Saturnina.

QVIETI PERP.
NAMMIAE SATVR
NINAE ET TAVRO
PARENT. PIENTISS.
T. AELA ITALICA ET
AEL. TAVRINIANV
S FILI. DE SVO POSV
ERVNT.

L'inscription est terminée par l'*ascia*.

La pierre sur laquelle elle est gravée était engagée dans le mur de l'ancienne porte de Bonne, avant sa démolition.

Hauteur de la pierre, 1m33 cent.
Largeur, 0,63 cent.
Épaisseur, 0,40 cent.
Hauteur des lettres, 0,05 cent., 5 millimètres.

Au repos perpétuel, à Nammia Saturnina et à Taurus, leurs parents les plus pieux: Titia Ælia Italica et Ælius Taurinianus, leurs enfants; ont fait élever, à leurs frais.

Le marbre porte NAMMIAE, au lieu de MAMMIAE qu'a lu M. Champollion.

XIV.

Tombeau de Titus Ælius Fortunatus.

D. M.
T. AEL. FORTVNA
TI ET PAPIRIAE
QVIETEAE PAREN
TIVM ET T. AELI.
QVIETI FRATRIS
T. AELIVS FORTV
NATVS PIISSI
MVS.

Aux dieux mânes de Titus Ælius Fortunatus et de Papiria Quieta, ses parents, et de Titus Ælius Quiétus, son frère; Titus Ælius Fortunatus, le plus pieux.

Hauteur de la pierre, 1m30 cent.
Largeur, 0,73 cent.
Épaisseur, 0,52 cent.
Hauteur des lettres, 0,04 cent.

Cette inscription, du temps de Guy Allard, qui la cite dans sa *lettre sur les Anciennes inscriptions de Grenoble,* était au bout de la Grand'Rue et enchassée dans l'ancien rempart de la ville. Cette pierre disparut ensuite, et on la croyait perdue lorsque, un siècle après, en 1797, elle fut retrouvée dans les fondations d'une maison appartenant à M. Camille Teisseire.

M. Champollion cite cette inscription avec quelques légères variantes. Notre version est rigoureusement conforme au texte du marbre.

XV.

Tombeau d'Uritiiana Titiana :

D. M.
VRITIIANI TITANI
P. C H
COIVGI
SANCTISSIMAII.

Aux dieux mânes d'Uritiiana Titiana; l'héritier a pris soin de faire élever ce marbre à l'épouse la plus sainte (1).

Hauteur de la pierre, 1m16 cent.

Largeur, 0,49 cent.

Epaisseur, 0,33 cent.

Hauteur des lettres, 0,06 cent.

Au commencement du dernier siècle, cette pierre était dans le jardin de la maison Rabot.

XVI.

Tombeau de Némétia.

MATRIS
NEMETIAII
LVCRETIA Q
. . . TVM.
. . . .

Nemetiaii est écrit pour *Nemetiae*; c'est un souvenir érigé

---

(1) Le mot *sanctissimaii* employé au génitif féminin pour *santissimae*, indique suffisamment qu'il s'agit d'une femme et non point d'un homme, et qu'il faut lire *Vritiianii Titanii* au lieu d'*Vritiiani Titani*, c'est-à-dire qu'il faut prendre le second jambage des deux lettres N pour un I séparé, de même que ces deux lettres présentent à la fois un A et un N entrelacés. Cette inscription est assez incorrecte; la version qu'en donne M. Champollion n'est point rigoureusement conforme au texte du marbre, d'ailleurs fort lisible.

par *Lucretia* à la mémoire de sa mère *Némenatia*, qui reposait sous cette pierre. Ce marbre, sorti du sol lorsqu'on baissa, en 1842, le niveau de la place de Saint-André, à l'endroit même où avait été le cimetière de l'ancienne église de Saint-Jean, est le fragment d'un cippe que surmonte une sorte de chapiteau; il a 0m56c de haut sur 0m30c, soit en épaisseur soit en largeur; les lettres ont 0m05c. La forme et le tracé de ces lettres ainsi que la grossièreté du travail dénotent un ouvrage du IVe au Ve siècle.

Si à ces marbres, qu'on vient d'énoncer, on en ajoute quelques autres, isolés dans divers endroits de la ville, on aura la collection complète des pierres gallo-romaines existant aujourd'hui à Grenoble.

Tombeau d'Aulus Caprilius Antullus, flamine de Mars, enchâssé dans le mur de façade d'une maison sur la place Grenette; la même maison ayant servi d'hôtel de ville depuis le milieu du XVIIe siècle jusqu'en 1719.

A. CAPRILIO ANTVLLO
FLAMINI MARTIS
PRIMVLVS
LIB. PATRONO.

A Aulus Caprilius Antullus, flamine de Mars; Primulus, affranchi, à son patron.

Hauteur de la pierre, 0,90 centimètres.

Largeur, 1m52 cent.

Hauteur des lettres, 0,08 cent. (1).

Sur une pierre engagée dans le mur au-dessus d'une porte,

---

(1) M. Champollion, en citant cette belle inscription, encadrée dans une moulure, emploie des U au lieu de V, simple erreur typographique. Les lettres et le marbre sont d'une conservation parfaite.

au fond de la cour d'une maison, dans la Grand'Rue, près de la place Grenette :

Q. SCRIBONIO
VOL. LVCVLLO
ET IVLIAE LVCI.
FIL. GRATILLAE
VXSORI.

A Quintus Scribonius Lucullus, de la tribu Voltinia, et à Julia Gratilla, fille de Lucius, son épouse.

Hauteur de la pierre, 0,60 cent.
Largeur, 0,85 cent.
Hauteur des lettres, 0,07 cent.

Sur une pierre d'un pilier, dans l'église cathédrale :

IVLIAE MARTIAE
T. F. I.
M. IVLIVS SATVURNINVS
HERES
ET T. ANDIVS.

Aux dieux mânes de Julia Martia ; Marcus Julius Saturninus son héritier, et Titus Andius ont fait élever d'après le testament (1).

---

(1) Cette inscription est rapportée comme il suit par Charbot, qui dit l'avoir vue lors des réparations faites dans la cathédrale de Grenoble, au temps du cardinal Le Camus :

D. M.
IVLIAE MARTIAE
T. FI.
M. VILIVS SATVRNINVS HERES
ET T. ANDIVS CV.

Cachée, depuis, sous le recrépissage des piliers de l'église, pendant plus d'un siècle, la même inscription disparut jusqu'en 1841, époque

Fragment sur une pierre d'un autre pilier, dans la même église :

M

ALERIUS

VG.

ECIT.

On peut rétablir ainsi l'inscription : D. M... VALERIVS... AVG.... FECIT.

Aux dieux mânes..., Valerius, prêtre augustal, a fait élever.

Hauteur des lettres 65 millim. (1).

Fragment sur une pierre d'une maison, à l'angle de la Grande-Rue-Neuve et de la rue Pertuisière.

TISIO.

---

où elle fut remise à jour. M. Champollion, qui ne l'avait pas sous les yeux, la cite ainsi :

D. M.

IVLIAE MARTIAE T. F.

M. IVL. SATVRNINVS

HERES ET ANDIVS.

Ces deux versions ne sont point conformes au texte du marbre, fort lisible, et qui ne saurait souffrir aucune difficulté : les trois lettres T. F. I. occupent une ligne distincte; elles sont espacées et séparées par des points; elles signifient, comme on le sait, *tumulum fieri jussit* ou *testamento fieri jussit.*

(1) Nicolas Charbot cite aussi une autre inscription, avec un fragment, qui étaient dans l'église cathédrale et que nous n'avons point retrouvés :

APPRONIAE

SABINAE M. FILIAE

CASSATAE P. HELVIVS MASSO

CONIVGI CARISSIMAE.

Cette inscription est rapportée différemment par M. Champollion.

. . NIAE LABEONIS FIL.

D'après des manuscrits il y aurait eu : ATISIO (1).

Dans une salle de la bibliothèque on voit une inscription, trouvée à l'Ile-d'Abeau en 1809, en travaillant au dessèchement des marais de Bourgoin, et transportée à Grenoble à cette époque :

D. M.
SEXT. BL. FAVSTINI SEX. BL.
PANSINVS PATRI PIENTISSIMO
ET LABENIA MARTINA CONIVGI
PIENTISSIMO.

Un cœur existe entre les deux lettres D. M. Tous les mots, à l'exception du second BL. et du premier PIENTISSIMO, sont suivis d'un cœur ; le mot PIENTISSIMO de la dernière ligne est lui-même gravé entre deux cœurs.

Aux dieux mânes de Sextus Blus Faustinus ; Sextus Blus Pansinus au père le plus pieux, et Labenia Martina à l'époux le plus pieux.

Le tombeau de Sextus Attius Atticus, mentionné plus haut, page 342, offre la même particularité ; les mots y sont, pour la plupart, séparés par des points en forme de cœur ; expression de douleur et d'un chagrin profond.

On peut ajouter, pour ce qui concerne les monuments funéraires et autres provenant de Grenoble et des lieux voisins,

(1) Le dictionnaire manuscrit de Guy Allard, daté de 1684, dit ATISIO. A cette époque, cette pierre était dans la rue des Vieux-Jésuites ; ce qui prouverait que la maison où elle se voit aujourd'hui, à l'angle des rues Pertuisière et Grande-Rue-Neuve du Lycée, a dû être construite postérieurement à cette date. Les lettres ont 0,40 de haut.

qu'ils sont généralement en pierre de Sassenage; quelques-uns sont en pierre de Roche-Plaine.

La forme de ces marbres funéraires varie assez peu ; nous avons indiqué ceux d'entre eux qui sont terminés par des chapiteaux. Plusieurs autres (les nos VII, IX et XI, pag. 327-330, et X et XI, pag. 337-338) présentent plus ou moins des restes de volutes, à leur partie supérieure : ces volutes, comme on le sait, accompagnaient la base d'un socle sur lequel s'élevait presque toujours une pomme de pin.

Ces pierres et fragments forment la collection des marbres antiques de Grenoble, au nombre de trente-quatre, et dont sept ne sont ni mentionnés, ni décrits dans l'ouvrage de M. Champollion sur les antiquités de cette ville.

Quant aux noms portés par nos premiers habitants de Grenoble, quelques-uns sont ceux de familles illustres et consulaires. On lit sur nos pierres : Censorinus, Julius Condianus, Vettius, Scribonius ; nous avons déjà parlé d'Attius Atticus.

D'autres noms sont moins connus.

Taurus, habitant de Grenoble, affranchi des Augustes, prit le nom de l'empereur Titus Ælius (Titus Hadrianus Antoninus Pius), Antonin le Pieux, son patron et libérateur; il épousa Italica, de laquelle il eut trois enfants : Sabinus, Marcellina et Taurus. Ce dernier, également appelé comme son père, Titus Ælius Taurus, fut uni à Mamuria Saturinina, de qui naquirent : Titia Ælia Italica et Titus Ælius Taurinianus, nom diminutif de Taurus.

Deux marbres antiques nous ont conservé le nom de cet affranchi et ceux de huit membres de sa famille.

Il est un autre nom qui mérite surtout notre attention.

Nos pierres constatent le souvenir de Gratus ; de Gratia, fille de Gratus, femme de Quintus-Julius-Murninus, prêtre attaché au culte d'Auguste ; de Julia-Gratilla, mariée à Quintus-Scribonius-Lucullus, de la tribu Voltinia ; de Bœbius-Gratinus et Bœbia Gratina, fils et fille de Devillia-Titiola ; de Vireia-Gratiana, femme de Marc-Antoine-Eudemo et d'Antonia Gratinula leur fille.

Tous ces noms ont évidemment la même racine. Gratinus, Gratina, Gratilla et Gratinula sont autant de diminutifs de Gratus et de Grata, tous noms d'abord donnés à de jeunes enfants, pour qui ils sont devenus, plus tard, des noms distinctifs.

Les anciens marbres qui donnent les noms que nous citons ici sont des premier et deuxième siècles de l'ère chrétienne, et, dès lors, bien antérieurs à l'empereur Gratien, qui n'a commencé à régner qu'en 375. Des doutes se sont plusieurs fois élevés sur l'étymologie commune donnée au nom de la ville de Grenoble (*Gratianopolis*, ville de Gratien) ; tout en respectant et même en adoptant cette étymologie, la plus généralement reçue, nous sommes étonné que l'on n'ait point émis l'idée, assez naturelle, que la même ville aurait pu être ainsi appelée du nom de quelques-unes de ses familles primitives les plus nombreuses.

Avant 1842, une inscription aujourd'hui perdue, qui alors faisait partie des marbres placés le long du mur du lycée, était celle d'Helvius Masso, décurion viennois, que nous avons relevée dans le temps, et que nous donnons ici, d'après les notes prises sur la pierre elle-même, formant un carré long, orné d'une moulure, et que terminait, de chaque côté, une queue d'aronde ; l'inscription, tracée sur trois lignes, occupait le milieu de l'encadrement.

D. HELVIVS MASSO M.
DEC. VIENNENSIS
VIVOS SIBI.

Aux dieux mânes ; Helvius Masso, décurion viennois, de son vivant.

Hauteur de la pierre, 0,65.
Largeur, 0,11.
Hauteur des lettres, 0,045.

Cette pierre provenait de la démolition de la tour de l'évêché, qui, commencée en 1804, ainsi qu'il a été dit dans cette notice, n'a été complètement opérée qu'en 1805 et même 1806.

Il est probable qu'Helvius Masso, après avoir exercé à Vienne les fonctions de décurion, s'était retiré à Grenoble, où a été trouvé le tombeau d'Apronia Sabina Cassata, sans doute sa femme, et qui est cité plus haut : sur ce dernier marbre, Helvius Masso a le prénom de Publius. Il est possible aussi qu'Helvius Masso ait fait élever son propre tombeau à l'époque où mourut Apronia.

Nous citerons également une autre pierre gallo-romaine que nous avons vue à l'angle d'une maison de la place actuelle de Sainte-Claire et de la rue des Vieux-Jésuites, où elle formait, il y a 35 ans, l'un des appuis d'une modeste boutique d'un sculpteur sur bois. Cette maison a été complètement rebâtie, et la pierre dont il s'agit, qui était le tombeau de Titius Gratus, a été jetée dans ses fondations, à quelques mètres de l'angle de cette rue.

Le marbre, haut seulement d'environ 1,20 cent., consistait en un carré, orné d'une moulure et que surmontait un chapiteau triangulaire où était l'*ascia*.

M. TITIO M. F.
VOLT.
GRATO.

A Marcus Titius Gratus, de la tribu Voltinia, fils de Gratus.

Ajoutons que cette pierre, perdue évidemment pour longtemps, avait été trouvée dans les décombres de la porte Traîne, l'ancienne porte romaine Jovia, détruite en 1591.

II.

COMPTE-RENDU DES SÉANCES

DE LA SOCIÉTÉ DE STATISTIQUE

DEPUIS LE 8 AVRIL 1856 JUSQU'AU 13 DÉCEMBRE 1858.

SÉANCE DU 8 AVRIL 1856. — VICE-PRÉSIDENCE DE M. CHARVET.

Le procès-verbal de la précédente séance est lu et adopté.

M. Gustave Vallier met sous les yeux du bureau diverses pièces relatives aux événements de 1814 et de 1815 dans le département de l'Isère, et dont il donne un aperçu succinct.

M. Galloix, au nom de la commission des livres, donne l'état ou inventaire des bulletins de la société (séance du 26 février).

M. Gariel présente trois planches en cuivre où sont gravés sur les deux côtés, par ordre de date, les noms et les poinçons, soit des orfèvres de Grenoble, soit de ceux de quelques autres localités de la province. La Société décide que ces planches seront lithographiées, sous la condition que le prix ne dépassera pas un chiffre de dépense limité par les fonds en caisse.

Le Secrétaire,
PILOT.

Pour le Président,
Le Vice-président,
CHARVET.

SÉANCE DU 6 MAI 1856. — PRÉSIDENCE DE M. GUEYMARD.

Le procès-verbal de la précédente séance est lu et adopté.

M. Pilot donne lecture d'une notice sur la population de Grenoble au XIVe siècle, et, depuis cette époque, jusqu'en 1790.

M. Galloix lit une notice sur l'invasion des troupes autrichiennes à la Frette, en 1814.

M. Méhier, membre de la commission du sceau (voir séance du

26 février), et son rapporteur, dépose un dessin déjà soumis au comité, et qui représente un écusson où figurent divers emblèmes relatifs aux sciences et aux arts; l'écusson est surmonté des armes de la ville de Grenoble et d'une couronne murale : autour, se lit l'inscription : *Veritas utilitas*. Ce membre fait observer que l'assemblage d'aussi nombreux attributs, dans un espace restreint comme celui du sceau dont il s'agit, ne pourrait pas être exécuté avec délicatesse, ni rendu, par l'effet de l'impression, d'une manière assez distincte ni assez précise; il est d'avis qu'on adopte une tout autre idée. Une discussion s'élève à ce sujet. Un autre membre expose qu'il serait plus convenable de choisir un symbole qui appartînt exclusivement au pays, et de remplacer par une inscription plus significative celle de : *Veritas utilitas*, que d'autres sociétés ont prise pour devise.

Cette proposition est adoptée. La Société décide que le sceau portera simplement l'empreinte des armes de la ville de Grenoble, écartelées de celles du Dauphiné, et qu'autour seraient inscrits ces mots : *Statistique, sciences et arts*, avec le millésime 1838, qui est celui de la fondation de la Société.

M. Seguin met sous les yeux de la Société des tableaux d'observations météorologiques faites au couvent de la Grande-Chartreuse; il fait connaître, au nom de M. Demarchi, que les mêmes observations qu'il fait pour la Société pourraient présenter plus de précision et d'exactitude, si les instruments dont il se sert, au lieu d'être placés à une fenêtre, dans la rue, l'étaient à un belvédère, au-dessus de la toiture du bâtiment; il croit que cette dépense ne dépasserait pas la somme de 50 fr. M. Seguin est chargé de s'entendre à cet effet avec M. Demarchi; il fera un rapport sur cet objet dans une prochaine séance.

Un membre ayant demandé où en était la publication des mémoires et du bulletin de la Société, des explications ont été données à ce sujet. M. Galloix a fait ressortir, à cet égard, que les fonctions du comité de rédaction semblaient avoir été révoquées par un article supplémentaire au règlement des 16 et 22 février 1847, ainsi conçu : *Le comité de rédaction se composera des membres du bureau.*

La Société, après un mûr examen, a décidé que cet article serait rapporté et que l'article du règlement primitif serait maintenu. Conformément à cette décision, M. Seguin a été nommé pour troisième membre du comité de publication, qui se trouve ainsi composé de MM. Pagès, Galloix et Seguin.

Le Président,
GUEYMARD.

Le Secrétaire,
PILOT.

SÉANCE DU 27 MAI. — PRÉSIDENCE DE M. GUEYMARD.

Le procès-verbal de la dernière séance est lu et adopté.

M. Félix Réal, ancien conseiller d'Etat et ancien député de l'Isère; M. Chaper, ancien préfet du Rhône, et M. Gerin, curé de la paroisse de Saint-André, à Grenoble, sont présentés comme membres de la Société, savoir : M. Réal, par MM. Gueymard et Pilot; M. Chaper, par MM. Vallier et Pilot, et M. Gerin, par MM. Pagés et Vallier. Il sera voté sur ces trois présentations dans la prochaine séance.

M. Charvet, docteur en médecine, lit une notice sur une dent fossile d'éléphant, trouvée près de Voiron, dans les travaux du chemin de fer, à une profondeur de plus d'un mètre au-dessous du sol. D'après les observations de M. Charvet, cette dent date d'une époque antédiluvienne. L'auteur prépare sur cet objet un travail plus étendu, dont il sera rendu compte ultérieurement.

M. Gueymard fait une lecture sur le platine des Alpes; elle résume ses recherches opérées dans la chaîne de nos montagnes, depuis 1847 à ce jour. M. Gueymard présente ensuite des observations et divers détails curieux sur la pénétration des bois, par le système Boucherie et par d'autres procédés plus perfectionnés.

M. Pilot lit une notice sur le sculpteur Jacques Richier et sur quelques-uns de ses ouvrages. Cet artiste, qui vivait sous Henri IV et sous Louis XIII, est auteur de la statue équestre de Lesdiguières à Vizille, des diverses sculptures et des bas-reliefs qui sont à ce château, du tombeau du connétable, à Gap, de la statue d'Hercule, dans le bois du Jardin de Ville, à Grenoble, etc., etc.

M. Gueymard propose à la Société de remettre en vigueur un usage qui existait à l'époque de sa création et qui était de charger un ou deux membres de faire une lecture obligatoire à la séance suivante. MM. Seguin et Gariel sont désignés par M. le président pour faire une lecture à la prochaine réunion.

Le Président,
GUEYMARD.

Le Secrétaire,
PILOT.

SÉANCE DU 29 JUILLET 1856. — VICE-PRÉSIDENCE DE M. CHARVET.

Le procès-verbal de la dernière séance est lu et adopté.

L'extrait de l'ordre du jour indique le vote sur la présentation de M. Réal (Félix), de M. Chaper et de M. Gerin.

Les membres présents de la Société n'étant point en nombre suffisant pour procéder à la nomination des membres proposés, cette nomination est renvoyée à la prochaine séance.

M. Pilot lit une notice sur les établissements d'instruction publique, à Grenoble, sous les dauphins et jusqu'au XVIe siècle.

Le Vice-président,
CHARVET.

Le Secrétaire,
PILOT.

SÉANCE DU 25 NOVEMBRE 1856. — PRÉSIDENCE DE M. GUEYMARD.

Le procès-verbal de la dernière séance est lu et adopté.

La Société a reçu en don :

1° *Mémoires de la Société d'agriculture, des sciences, arts et belles-lettres du département de l'Aube*, tome XX de la collection ; tom. VII, 2e série, nos 37 et 38 ;

2° *Bulletin semestriel de la Société des sciences, belles-lettres et arts du département du Var*, séant à Toulon ; 24e année ;

3° *Mémoires de l'Académie du Gard*, 1847-1848, un volume ; 1849-1850, un autre volume ; 1851, un volume ; 1852, un volume ; 1853, un volume ; 1854 et 1855, un volume ;

4° *Bulletin de la Société géologique de France*, deuxième série ; feuilles 66-71 du tom. 12e ; feuilles 8-14 et 15-19 du tome 13e, et liste des membres de la Société géologique de France, au 1er mai 1856 ;

5° *Résumé des observations recueillies en 1855 dans le bassin de la Saône*, par les soins de la Commission hydrométrique de Lyon ; un cahier.

La Société procède au scrutin secret sur la candidature de M. Réal (Félix), ancien conseiller d'Etat et ancien préfet de l'Isère ; de M. Chaper, ancien préfet, et de M. Gerin, curé de la paroisse de Saint-André, comme membres titulaires. MM. Réal (Félix), Chaper et Gerin sont admis.

MM. Dubeux (Gustave), procureur général près la cour impériale d'Aix, et Verlot, jardinier en chef de la ville de Grenoble, sont présentés comme membres de la Société. M. Dubeux, par MM. Gueymard et Pilot, et M. Verlot, par MM. Macé et Pilot. Suivant le règlement de la Société, il sera voté sur ces deux présentations dans la prochaine séance.

M. Macé communique une notice sur une inscription romaine trouvée à la Chapelle-Blanche (Savoie), et sur l'existence d'une voie romaine dans la vallée de la Rochette, sur une longueur de 25 kilomètres, en suivant la rive gauche de l'Isère. L'inscription trouvée à la Chapelle Blanche rappelle le souvenir d'une prêtresse d'Auguste; elle est ainsi conçue :

IVL : Q : FIL
VERAE
FLAM. AVG.
MAXIMILLA. FIL.
T. P. I.

On peut ainsi traduire cette inscription :

A Julia Vera, fille de Quintus, prêtresse d'Auguste; Maximilla, sa fille, a fait élever ce monument, d'après son testament.

Le travail de M. Macé est destiné au comité de la langue, de l'histoire et des arts de la France, institué sous les auspices du Gouvernement.

M. Vallier communique à la Société un plan de fouilles faites par M. Dupuy de Bordes, dans sa propriété de Saint-Ours, sur la commune de Veurey, et où ont été trouvés divers tombeaux remontant à une époque ancienne, et placés dans une enceinte dont on peut suivre les fondations : dans ces tombeaux étaient des ossements. Ce plan fait connaître la disposition des tombes et l'indication du tracé du bâtiment qu'on présume avoir été une chapelle. M. Vallier se propose de donner plus tard quelques renseignements sur l'objet et la nature de ces fouilles.

Le Président,
GUEYMARD.

Le Secrétaire,
PILOT.

SÉANCE DU 26 DÉCEMBRE 1856. — PRÉSIDENCE DE M. GUEYMARD.

Le procès-verbal de la dernière séance est lu et adopté.

La Société a reçu :

1° *Bulletin de la Société d'agriculture, sciences et arts, de la Sarthe*, 2me série, tome IV; 12e volume de la collection ; 1er et 2e trimestres 1856 ;

2° *Bulletin de la Société d'études scientifiques et archéologiques de la ville de Draguignan*, tome 1er; juillet 1856 ;

3° *Bulletin de la Société des antiquaires de Picardie*, année 1856, n° 3 ;

4° Le n° 27, 22 novembre 1856, de la *Propriété littéraire et artistique, Courrier de la librairie pour la France et l'étranger*, paraissant tous les samedis.

Il est donné connaissance d'une lettre de M. Vallier, membre de la Société, par laquelle il donne sa démission d'archiviste; cette démission est acceptée.

M. Seguin présente deux tableaux des observations météorologiques pour l'année 1855, faites à Grenoble par M. Demarchi, opticien.

Il lit ensuite une note sur des expériences relatives à l'écoulement du gaz de l'éclairage, à Grenoble, par la conduite de la compagnie Grenobloise. Ces expériences ont été faites par MM. Henri Breton, Henri Giroud et Seguin.

M. Gueymard donne plusieurs détails sur la fabrication du vin avec du marc ou résidu de raisin, d'après le procédé de M. Petiot; ce procédé pourrait être essayé dans le département de l'Isère lorsque le prix de cette boisson dépasse 30 fr. l'hectolitre. Le même membre présente quelques renseignements sur les engrais d'os et la manière de les fabriquer.

La Société procède au scrutin secret sur la candidature de MM. Dubeux et Verlot, comme membres titulaires. MM. Dubeux et Verlot sont admis.

Le Président,
GUEYMARD.

Le Secrétaire,
PILOT.

SÉANCE DU 13 FÉVRIER 1857. — PRÉSIDENCE DE M. GUEYMARD.

Le procès-verbal de la dernière séance est lu et adopté.

MM. Chaper fils et Imbert-Desgranges sont présentés comme membres de la Société par MM. Gueymard et Macé.

La Société s'occupe du renouvellement des membres du bureau d'administration et du comité de rédaction pour l'année 1857.

Le scrutin secret donne les résultats suivants :

Membres du bureau d'administration en 1857 :

MM. Alexandre CHARVET, *président.*
LORY, *vice-président.*
PILOT, *secrétaire.*
MACÉ, *vice-secrétaire.*
PERROTIN, *trésorier.*

Membres du comité de rédaction :

MM. SEGUIN, Henri BRETON et GERIN, curé de Saint-André.

Après les élections, M. Gueymard cède la présidence à M. Charvet.

M. Perrotin présente le compte des recettes et des dépenses de la Société pendant l'année 1856; il demande que la Société désigne deux membres pour l'examen du compte annuel. MM. Charvet (Victor) et Vallier sont désignés.

M. Pilot lit une notice sur les anciennes portes et les anciennes fortifications de Grenoble, avant le dernier agrandissement de cette ville.

Le Président,
GUEYMARD.

Le Secrétaire,
PILOT.

SÉANCE DU 20 MARS 1857. — VICE-PRÉSIDENCE DE M. LORY.

Le procès-verbal de la dernière séance est lu et adopté.

La Société procède au scrutin secret sur la candidature de MM. Chaper fils, capitaine du génie; Imbert-Desgranges, conseiller à la cour impériale de Grenoble. MM. Chaper et Imbert-Desgranges sont admis.

M. le docteur Charvet lit un mémoire intitulé : *Observations sur des cas d'anomalies anatomiques multiples.*

M. Victor Charvet présente à la Société quelques affiches imprimées du XVIIe siècle, relatives aux fortifications de Grenoble; l'une de ces affiches est l'avis donné par l'administration, de l'adjudication des travaux, pour le transfert de la porte de Bonne, en 1643; ce qui confirme l'opinion émise par M. Pilot, dans la précédente séance, au sujet des fortifications.

Le Vice-président,
Ch. LORY.

Le Secrétaire,
PILOT.

SÉANCE DU 24 AVRIL 1857. — VICE-PRÉSIDENCE DE M. LORY.

Le procès-verbal de la dernière séance est lu et adopté.

La Société a reçu :

1° Mollusques de la Savoie et du Léman, par François Dumont, professeur d'histoire naturelle à Bonneville, et Gabriel Mortillet, conservateur du musée d'Annecy;

2° Procès-verbal des délibérations du Conseil général du département de l'Isère; session de 1856.

M. le docteur Bernard présente l'état des recettes et des dépenses de la Société de statistique pendant l'année 1856.

Montant des cotisations de l'année	450 f. »
Allocation départementale (exercice 1855)	400 »
Intérêts du livret de la caisse d'épargne.............	51 78
Montant de l'avoir en caisse, vérification des comptes du 6 février 1856	1,702 05
Total de la caisse..........	2,603 83
Dépenses de l'année 1856........................	824 70
Déduction des dépenses sur la recette	1,772 f. 13

M. le docteur Bernard donne lecture d'un mémoire sur les eaux d'Uriage.

M. Seguin lit une notice sur la déclinaison de l'aiguille aimantée à Grenoble, mesurée le 20 avril 1855 par lui et M. Teynard.

M. Gustave Vallier lit une notice sur M. Albin Gras.

M. Pilot présente des documents inédits sur Dominique Villar, et une lettre que lui a écrite, dans le temps, au sujet de son père, le fils de ce célèbre botaniste.

Le Vice-Président,
Ch. Lory.

Le Secrétaire,
Pilot.

Dominique Villar, comme son nom est écrit dans son acte de naissance ou de baptême, sauf qu'il n'y a qu'un seul L au lieu de deux, comme signait son père et comme il signe lui-même dans les nombreuses lettres qui existent, naquit au village du Villar, commune du Noyer (Hautes-Alpes), le 14 novembre 1745.

Copie textuelle de l'acte de baptême de Dominique Villar, avec son orthographe :

« Dominique Vilar, fils naturel et légitime de Pierre et de Marguerite « Dastre Vigne, du Vilar, hameau de cette paroisse du Noyer, est né, le « 14 novembre de cette présente année 1745, et le même jour a été baptisé « avec les cérémonies accoutumées dans l'église paroissiale, par moy curé « soussigné; son parrain a été Antoine Dastre Vigne son grand père, et la « marraine Anne Vilar, sa tante, et ce, aux présences d'Antoine Bernard, « fils de Dominique et d'Antoine Bertrand, cordier, fils de feu Antoine, tous « deux du Noyer; témoins requis et signés avec moy; le père et le parrain; « la marraine n'ayant su. Sont signés : Dastre Vigne, Villar, A. Bernard, « A. Bertrand; Marchon curé. »

Un usage, dans plusieurs communes des Hautes-Alpes, est d'inscrire sur la pierre, au-dessus de la porte d'entrée des maisons, la date de l'année où elles ont été construites. La maison où naquit Villar, dans la commune du Noyer, présente, elle aussi, comme plusieurs autres, une date avec des lettres initiales. Des touristes et des auteurs de guides et d'itinéraires, en voyant cette date et ces lettres, ont pensé que c'était là une inscription commémorative, destinée à faire connaître la demeure où était né le célèbre botaniste. Ce fait doit être ici rectifié. L'inscription qu'on lit au Noyer est ainsi conçue :

D. V. 17 + 61 I. D. V.

Ce qui paraît signifier : *Dominique Villar*, 1761 ; *ici Dominique Villar.*

Or, cette date ne se rapporte aucunement à la naissance de Villar, qui avait alors 16 ans. A cette époque, son père était décédé, et il se trouvait, lui-même, possesseur du modeste héritage qu'il en avait reçu ; de sorte que la date 1761, que l'on a pu prendre de prime abord et sans examen, comme celle de la naissance de Villar, paraît devoir simplement indiquer l'année où Dominique Villar aurait fait reconstruire ou réparer en grande partie la maison paternelle.

Villar a eu des rapports intimes avec un grand nombre de savants les plus distingués de son temps. Il existe, à la bibliothèque des sciences de Turin, un recueil où sont dix-sept lettres de Villar à Allioni, datées de 1779 à 1791, relatives à des renseignements nombreux que le botaniste du Dauphiné demandait au célèbre naturaliste piémontais : l'orthographe de la signature est telle que nous la donnons ici. Plusieurs de ces lettres sont curieuses et pleines de sentiment ; elles peuvent intéresser la science, en même temps qu'elles peignent le cœur et le caractère de Villar.

Aperçu sur le Jardin de botanique de Grenoble, présenté aux administrateurs du département de l'Isère, par D. VILLAR, *médecin, membre de l'Institut national, professeur d'histoire naturelle.*

Citoyens administrateurs,

Vous m'avez demandé un aperçu sur le jardin de botanique, sur les plantes et arbres qu'il renferme, et s'il étoit vrai qu'on ait cultivé des légumes, hortolages ou plantes potagères?

Je vais répondre, citoyens, à ces trois questions aussi brièvement qu'il me sera possible ; mais je ne puis vous dissimuler que la troisième m'a causé de l'étonnement, même de l'indignation ; connoissant vous-mêmes le peu d'étendue de ce jardin et le citoyen Liottard, qui en est chargé, vous ne pourrez assez vous refuser à la partager.

Un jardin de botanique ne fut nulle part mieux placé qu'à Grenoble. Cette commune, de 20 à 23 mille habitants, laborieux, cultivant leurs champs, aiment les arts utiles dont ils connoissent le prix, car les premières étincelles de la liberté ont éclaté chez eux, est placée au pied des Alpes, pays fertile en plantes rares. C'est là qu'elles doivent d'abord être rassemblées et acclimatées, pour être ensuite envoyées à Paris et dans les autres départements.

Ce jardin, tant désiré par Pierre Bérard, savant botaniste de Grenoble, qui vit naître Tournefort, la gloire de notre nation, en 1650, fut établi en 1782: une école de chirurgie, dont il fut le complément, l'avoit précédé dix années auparavant.

En l'an II et l'an III, le vandalisme farouche voulut l'ensevelir comme tant d'autres monuments précieux aux arts, aux bonnes mœurs, à l'instruction publique et au soulagement de l'humanité. La philanthropie sage et éclairée de vos prédécesseurs le firent oublier en le faisant transporter dans un clos de la maison de détention, ci-devant *Bicêtre*. On sait que l'ambition de ces vampires destructeurs n'est pas d'aller visiter l'indigence ni le pauvre dans sa chaumière. On nous laissa donc subsister, mais sans secours. On nous donna un pré marécageux pour y transplanter nos beaux tulipiers, nos érables de Virginie et du Canada, nos cyprès, nos cèdres du Liban, le gincko du Japon à côté des mélèzes de nos Alpes, et le tout dans une espèce de marais. Nos belles plantes, envoyées par les frères Thoüin, par Cels et Willams, apportées par nous des Alpes: envoyées d'Orient par Toscan, bibliothécaire du muséum de Paris, furent placées dans les plattebandes tracées à la hâte, sur un jardin potager agrandi de moitié par l'addition d'une portion de ce pré marécageux qui était alors rempli de joncs et de carex. Dans ce temps désastreux, les égards, on pourrait dire la parcimonie, furent tels, que l'on conserva au concierge du dépôt le seul carré propre aux services, qui est abrité par les bâtiments qui se trouvent à l'entrée du jardin et dont il jouit encore. Ce carré, d'environ 400 mètres carrés, où le concierge Grimaud met des fleurs et quelques plantes potagères pour son usage, et qui n'est séparé du jardin botanique que par une allée, auroit-il offusqué la vue de ces êtres inquiets et malveillants qui blâment tout et souvent ne savent rien? En tout cas, il prouve la bonhomie, l'amour de la paix et la confiance qui existent entre le concierge et nous; car ses chats et ses chiens nous ont gratté et fait périr plusieurs plantes rares.

Nous avons supporté ces calamités et ces privations, contents de sauver nos chères plantes; nous les avons soignées de notre mieux, tandis que le discrédit absolu du papier-monnoy nous harceloit par des besoins continuels; nous avons prouvé que nous sommes François et républicains; ce double titre inspireroit le courage s'il n'existoit pas, mais le nom ne fait pas l'homme, ce sont les hommes qui font le nom et la gloire des nations; la nôtre consiste à remplir en bons Français les devoirs attachés à notre poste, quelque modestes et mal payés qu'ils puissent être: nos devoirs sont au-dessus de nos besoins.

Le jardin, de forme carrée, sur un sol bas et humide, entouré de murs, contient environ 5,000 mètres carrés (un arpent 1/3 ancienne mesure) dont la moitié est complantée en arbres étrangers et nationaux : le reste se trouve distribué en vingt-cinq plattebandes d'un mètre et demi de large, vingt-sept mètres de longueur, laissant des sentiers de huit décimètres entre elles pour les démonstrations.

Le bosquet, planté quatre mètres d'intervalle entre chaque arbre, en contient environ 200 de notre choix, ou plutôt tels que nous avons pu nous les procurer et les conserver. Les fresnes de Calabre, les érables à sucre, les sophora et les robinia pour la teinture, les acacias pour les fourrages et pour la médecine; les arbres de haute futaye qui réunissent à un accroissement prompt et facile la bonté et la solidité du bois sont ceux que nous préférons pour en répandre la connoissance par les leçons et les plants, par les démonstrations et par des dons, des échanges avec les départements voisins. Ceux du Mont-Blanc, du Rhône et Hautes-Alpes pourront dire ce que nous avons fait pour leurs établissements naissants.

Dans les plattebandes et les bordures autour du bosquet, nous avons cultivé en l'an V et l'an VI 1700 plantes ; notre sol est ingrat, nous en perdons beaucoup : plusieurs refusent de donner de leurs semences, le sol n'étant ni assez aéré, ni assez élevé.

Jamais, non jamais on n'a cultivé un seul carré de choux, pas même de pommes de terre. Le brave et généreux Liottard, père de quatre enfants, qu'il aime et qu'il soigne comme ses plantes, en cultive pour son usage, mais parmi les arbres ; lorsque je lui ai remis des pommes de terre jaunes, hâtives, envoyées par le citoyen Farconnet ou par les citoyens Gaudy de Genève, il a été obligé de les mettre dans les plattebandes des fougères, des mousses et autres cryptogames qui se refusent ordinairement à la culture et périssent dans nos jardins. En un mot, le peu de légumes et de jardinage que Liottard cultive pour son usage, n'ayant pas de moyens pour s'en procurer ailleurs, il les sème et les transplante parmi les arbres qui sont suffisamment espacés pour les intercaler ; ce mélange de plants, labours et d'engrais sont même profitables aux arbres, et l'on se tromperoit grossièrement si l'on pouvait présumer qu'un botaniste connu qui a de la réputation préfère des choux à des plantes rares, ce seroit peu connaître la belle passion que la botanique inspire à ses amants : qu'on lise donc J. Jacques, lui qui aimoit le père Liottard, qui le recevoit, lui écrivoit avec tout le penchant naturel. Rousseau a répondu pour nous à des soupçons qui seroient aussi injustes que révoltants s'ils n'étoient pas ridicules.

Citoyens administrateurs, je vous devois la vérité, vous êtes faits pour l'apprécier ; vous la vengerez près du ministre sage et éclairé que la calomnie a voulu tromper pour nous noircir.

Mais permettez-moi, citoyens administrateurs, de vous rappeler qu'il seroit temps que les arrêtés pris par le représentant Dupuis et par ves prédécesseurs, en l'an IV et l'an VI, fussent exécutés. Liottard n'est pas logé. Son père a dû une mort hélas! trop fatale pour lui et trop prématurée pour nous, à un sol humide et glacial où il couchoit. Point de logement, point de porte : nous entrons par une porte infectée par des latrines voisines. Je fais les démonstrations sous les fenêtres des filles publiques dont les maladies et la réclusion ne font pas toujours taire les manières indécentes ni la mauvaise langue; il n'est pas convenable ni même possible que vous laissiez plus longtemps le public et surtout les élèves de l'école centrale au conspect, aux chants et aux clameurs souvent obscènes et toujours dangereuses des filles publiques.

Salut et fraternité.

VILLAR, *professeur*.

Grenoble, le 28 pluviose, l'an VII de la République française.

Le nom de Villar a été écrit diversement; mais le plus souvent *Villars*, orthographe qu'adopta son fils, Dominique Villars, médecin en chef de l'hôpital militaire d'Alexandrie, en 1803.

Lettre de M. Villars fils à M. Pilot, du 6 novembre 1829 :

A Monsieur Pilot, rue Saint-Laurent, 37, *à Grenoble.*

Monsieur et estimable compatriote,

J'étais absent de Besançon au moment de l'arrivée de votre lettre, et quand même je m'y serais trouvé je n'aurais point été à temps de vous faire parvenir ma réponse pour l'époque indiquée. Je regrette donc et mon absence et surtout de n'avoir point été avisé quelques jours plus tôt de vos bienveillantes dispositions pour nous et pour la mémoire de mon laborieux et vertueux père, je ne suis parti de Besançon que le 20 au matin, et votre lettre n'est arrivée que le soir du même jour malheureusement. Je ne veux, je ne dois pas moins vous adresser un mot sur mon pauvre père, dont vous tirerez le parti que vous voudrez.

Je me rappelle parfaitement M. votre père que j'avais connu à Alexandrie; veuillez lui faire mes empressés compliments si vous êtes près de lui (1).

---

(1) Mon père Jean-Joseph Pilot (Dethorey), né à Germiny (Meurthe), officier supérieur et chevalier de l'empire, décoré à Wagram, habita quelques années Alexandrie, où il s'était marié et où il prit sa retraite. Ayant quitté cette ville, à l'époque de l'évacuation française en 1814, il se fixa à Grenoble; il y est décédé âgé de près de 80 ans, en 1841.

Dominique Villars, né le 14 novembre 1745, au Villar, hameau du Noyer, en Champsaur (Hautes-Alpes), est mort directeur de la faculté de médecine de Strasbourg, le 27 juin 1814, à la suite d'une attaque d'apoplexie, occasionnée par les travaux excessifs du cabinet. Entré à l'hôpital militaire de Grenoble comme élève pensionné du gouvernement et botaniste en 1772, il y demeura jusqu'à l'année 1774.

En 1775 et 1776, il fut adjoint à MM. Guettard et de Faujas, savants minéralogistes, et parcourut avec eux les montagnes du Dauphiné par ordre et aux frais du gouvernement pour en étudier les plantes et les minerais.

En 1778, nommé médecin du roi et professeur de botanique à l'hôpital militaire de Grenoble, il fut l'occasion de l'établissement dans cette ville d'un jardin botanique et de médecine aux frais de la province. Par ses travaux extraordinaires, par sa passion pour l'étude et particulièrement pour la botanique, par son zèle et sa rare capacité, il put suffire à tenir lieu de plusieurs professeurs ; c'est ainsi qu'il enseignait en même temps et pendant l'hiver, les principes de médecine et la physiologie à cinquante élèves, que sa réputation et celle de l'école y attiraient annuellement des provinces autres même que celle de Dauphiné, qu'il leur faisait un cours de botanique au printemps et de matière médicale en automne; consacrant en été, six semaines à des herborisations sur les montagnes des Alpes ou en Suisse avec ses nombreux élèves, payant souvent de sa bourse, pour ceux qui étaient peu favorisés de la fortune ; c'était ce qu'il appelait ses vacances de l'année.

Le docteur Villar enseigna et pratiqua la médecine à Grenoble, depuis 1778 jusqu'en 1805, pendant près de 30 ans. A cette dernière époque il fut appelé à Strasbourg comme professeur de botanique et, successivement, directeur de la faculté de médecine, et remplit aussi les fonctions de recteur de cette célèbre académie, d'une manière non moins honorable pour lui, qu'utile et satisfaisante pour le gouvernement et ses collègues.

M. Villar a présenté un phénomène bien rare, parmi les membres de l'université ; il fut tout à la fois savant et érudit professeur de botanique, d'histoire naturelle aux écoles centrales, professeur de médecine et praticien non moins habile que modeste et désintéressé. Il s'occupa beaucoup aussi d'agriculture et d'instruction publique, et fut chargé dans le département de l'Isère et pendant les orages révolutionnaires, de la direction et de la surveillance des écoles primaires ; il savait et il répétait souvent que l'instruction du peuple de Grenoble l'avait préservé des excès qui, ailleurs, avaient accompagné la révolution

Médecin militaire instruit et laborieux, naturaliste infatigable, homme de bien, il fut recherché par les savants de tous les pays ; grâce à ses travaux de tous les instants et à son aptitude extraordinaire, il put remplir honorablement tous ses devoirs envers le gouvernement, envers les académies qui se l'étaient associé et les savants qui avaient sa correspondance. Il disait avec *Linée* et pratiquait l'adage : *Innocui vivite; numen adest.* Peu de jours avant d'expirer il traça ses dernières volontés et ses adieux à sa famille ; *il demanda pardon à Dieu et à ses enfants de s'être abandonné à sa passion pour l'étude et pour la botanique et d'avoir trop négligé les intérêts de ses chers enfants.*

En quarante ans de travaux il n'avait point augmenté le petit domaine de ses pères, mais il avoit réuni une bibliothèque choisie de plus de 4000 ouvrages et un herbier de 4000 plantes. La bibliothèque est en partie réunie à celle de la faculté de médecine de Strasbourg, et son herbier déposé au muséum de Grenoble, par les soins réunis de MM. de Mirbel, naturaliste, et marquis de Pina, maire de la ville.— Personne, avant le docteur Villars, n'avoit parlé des plantes du Dauphiné au public. De 2744 espèces il en a recueilli 2600, et sur 2732 douze seulement ont été admises sur la foi d'autrui.

Voilà, Monsieur et honoré compatriote, une note inspirée par le cœur et dictée par la vérité ; vous y prendrez ce que vous jugerez pouvoir concourir au but que vous vous proposez dans votre biographie, celui de célébrer les hommes qui ont servi et honoré notre pays.

Agréez l'assurance de la considération distinguée avec laquelle je suis, Monsieur et estimable compatriote, votre très-humble et obéissant serviteur.

VILLARS,

Médecin en chef de l'hôpital militaire.

Besançon, le 6 novembre 1829.

A la suite de cette lettre, où M. Villars se plaît à exprimer si bien toute l'estime et les sentiments pleins d'une tendre affection qu'il portait à la mémoire de son père, on nous permettra d'ajouter un mot sur l'auteur même de la lettre, décédé à Besançon, le 16 avril dernier.

Dominique Villars, fils du célèbre botaniste de ce nom, est né, comme son père, au hameau du Villar, commune de Noyer (Hautes-Alpes), le 23 mai 1774 ; il entra, jeune encore, chirurgien sous-aide dans l'armée. Un ami de sa famille, qui avait appris à le connaître, a consacré au souvenir de cet homme vertueux et qu'animait une vive amitié, quelques lignes consignées dans le journal la *Sentinelle du Jura*, du 17 avril 1857 :

« M. Villars se trouvait au nombre de ceux qui soutinrent le siége
« de Lyon, en qualité de chirurgien sous-aide ; il était reçu avec
« beaucoup de bienveillance par un Lyonnais, M. Courvoisier, alors
« directeur de l'affinage de l'or ; il apprend un jour l'arrestation de

« cet homme respectable et sa translation aux prisons de l'Hôtel de « Ville. Aussitôt il se met en course : démarches, soins, argent, il « n'épargne rien pour le soustraire au terrible arrêt qui menace sa « tête; déçu de son espoir, il ne perd pas courage. A l'aide de son « uniforme, il réussit à s'introduire dans l'Hôtel de Ville, séduit le « geolier, non par la puissance de l'or, le jeune sous-aide n'en avait « guère, mais par la puissance de sa parole et l'éloquence de son « amitié. On attend qu'un soldat grenoblois soit de garde ; on s'assure « de la complicité de ce compatriote ; une voiture est préparée ; tout « est prévu pour l'évasion du prisonnier, mais lorsque, tout joyeux, « le jeune Villars arrive à lui pour le faire sortir, il n'en reçoit « qu'un refus formel de fuir, motivé sur son innocence et sur la « crainte de nuire à son sauveur. En vain celui-ci insiste, il est forcé « de se retirer. Ajoutons que M. Courvoisier, appelé devant le tri-« bunal révolutionnaire, se vit acquitter, non par un sentiment de « justice, mais par la crainte qu'inspirèrent ses nombreux ouvriers, « qui remplissant la salle, s'écriaient : Qu'on nous le rende ! qu'on « nous rende notre père !

« Ce que Villars n'avait pu faire pour M. Courvoisier, il le fit pour « bien d'autres et exposa plusieurs fois sa vie en sauvant celle des « émigrés. Etant à Paris dans ces jours de terreur, il voit entrer chez « lui un inconnu qui lui dit : Vous êtes le jeune Villars, vous avez « sauvé un tel et un tel, je viens à vous, je suis suspect, poursuivi.... « C'était M. Imbert Colomès, d'une grande famille de Lyon et ami « intime de M. Courvoisier. Villars n'hésite pas ; il le cache, se pro-« cure un passe-port pour lui et son prétendu domestique, demande « et obtient un congé pour aller voir son père malade et se met en « route avec son compagnon déguisé ; il arrive ainsi jusqu'à Lons-le-« Saulnier et parvient aux frontières suisses, où il dépose enfin « M. Imbert Colomès sain et sauf.

« La vie de M. Villars est semée de mille traits de ce genre. En « 1803, il fut nommé chirurgien en chef à l'hôpital d'Alexandrie ; « en 1813 il était au siége de Dantzig avec le même grade, attaché au « corps du génie.

« C'est là qu'il fut nommé chevalier de la légion d'honneur en « récompense des services qu'il rendit pendant le siége. A son retour « en France il fut nommé successivement chirurgien en chef des « écoles militaires de Saint-Cyr et de Saumur. Cette dernière école « ayant été supprimée, M. Villars fut envoyé à Besançon en qualité « de chirurgien en chef de l'hôpital militaire et nommé ensuite offi-« cier de la légion d'honneur. Il conserva cette position jusqu'au « moment où il prit sa retraite pour venir se fixer près de sa famille « à Lons-le-Saulnier. »

SÉANCE DU 29 MAI 1857. — PRÉSIDENCE DE M. CHARVET.

Le procès-verbal de la dernière séance est lu et adopté.

La Société a reçu :

1° *Règlement de la Société d'agriculture, sciences et arts de la Sarthe*, et fin du tome 4 de la 2me série ; deux cahiers.

2° *Mémoires de la Société d'agriculture, commerce, sciences et arts du département de la Marne*, années 1855-1856 ; un volume.

3° *Mémoires de la Société des sciences morales, des lettres et des arts de Seine et Oise*, tome 4, un volume.

4° *Mémoires et comptes-rendus de la Société d'émulation du Doubs*, de 1841 à 1856 ; vingt-trois volumes ou cahiers.

M. Gueymard donne divers détails de l'emploi du sulfate de cuivre pour la pénétration des longrines, traverses et autres bois destinés aux chemins de fer ; il fait aussi connaître que, pour certaines peintures, l'on remplace avec succès l'huile ordinaire par l'oxyde de cuivre, essai qu'il a fait lui-même avec réussite.

M. Pilot lit une notice sur l'ancien collége tenu à Grenoble par les Jésuites, et sur une méridienne tracée sur les murs et les voûtes de deux rampes de l'escalier de cet établissement, en 1673 ; cette méridienne, restaurée en 1721, vient de l'être de nouveau par les soins de M. Moufflet, proviseur du lycée.

Le Président,
CHARVET.

Le Secrétaire,
PILOT.

SÉANCE DU 23 JUILLET 1857. — PRÉSIDENCE DE M. CHARVET.

Le procès-verbal de la précédente séance est lu et adopté.

M. le président met sur le bureau un prospectus : *Recueil des moyens employés dans le monde pour le soulagement des souffrances* ; une lettre de M. le docteur Tampier, avec un mémoire sur l'eau minérale alcaline gazeuse de Condillac (Drôme) ; *Mémoires de la Société des antiquaires de Picardie*, documents inédits concernant la province, 1843-1856 ; quatre volumes in-4°.

Mémoires de la même Société ; 2me série ; 1851-1856 ; quatre volumes in-8°.

Annuaire administratif et historique de la Somme, pour les années 1852 et 1853, publié sous les auspices du Conseil général du département, par la Société des antiquaires de Picardie ; 1852, in-8°.

Rapport sur un ouvrage de M. Bouthors, greffier en chef de la cour impériale, intitulé : *Coutumes locales du bailliage d'Amiens*, par M. Dupin.

M. le président donne connaissance d'une lettre de M. Gustave Vallier, où il rend compte des démarches par lui faites pour augmenter le nombre des ouvrages de la Société ou compléter les ouvrages dépareillés.

M. le docteur Charvet communique un mémoire sur les ossements fossiles du Dauphiné.

M. Pilot communique également une note sur une inscription gallo-romaine, gravée sur une pierre servant d'angle au clocher de l'église de Vif, et qui a été employée dans la reconstruction de ce clocher, en 1679.

Cette inscription, ainsi conçue :

IGNIBVS
AETERNIS IVL
PLACIDIANVS
VC PRAEF. PRAE
TOAI
EX VOTO POSVIT.

constate l'accomplissement d'un vœu fait aux feux éternels par Julius Placidianus, homme consulaire, préfet du prétoire.

Ces feux éternels, *ignibus æternis*, rappellent évidemment les feux de la Fontaine-Ardente, dans le voisinage de Vif; dans ce cas, la mention de ces feux inextinguibles serait le souvenir le plus ancien de cette fontaine et une nouvelle preuve que le phénomène existait du temps des Romains.

Julius Placidianus, qualifié ici de *vir consularis*, interprétation des lettres V. C., homme consulaire, préfet du prétoire, pourrait bien être Placidianus, consul, avec Tacite, l'an de Rome 1026 (273 ans de l'ère chrétienne).

Cette citation de la Fontaine-Ardente serait ainsi bien antérieure à celle qu'en fait saint Augustin, dans son livre *de la Cité de Dieu*.

Sur un autre angle du clocher, a été placée une inscription latine qui atteste que le clocher a été rebâti en 1686.

Plus bas, dans la maçonnerie du même clocher, a été employée une large dalle engagée un peu dans le mur et qui doit avoir été la pierre tombale de quelque maréchal-ferrant ou fourbisseur, s'il faut en juger par les attributs grossièrement sculptés sur cette ancienne tombe ; ce sont : un fer à cheval, l'outil pour enlever la corne, des tenailles, un marteau, une épée antique, dont la poignée entière apparait.

Sous le porche de l'église, à droite, on lit sur une pierre de petite dimension, et en caractères gothiques du commencement du XVe siècle, l'épitaphe de Jean de *Lerro* ou l'Hero, curé de Vif.

Interprétation de l'inscription gallo-romaine de Vif :

Ignibus æternis, Julius Placidianus, vir consularis, præfectus prætorii, ex voto posuit

Aux feux éternels, Julius Placidianus, homme consulaire, préfet du prétoire, a élevé d'après un vœu.

Epitaphe de Jean de Lerro, curé de Vif :

Hic jacet
iohanes de Le
rro curatus
vivi, cuius
anima in pace
requiescat.

Ci-gît Jean de Lerro, curé de Vif; que son âme repose en paix.

Inscription placée sur un angle du clocher de Vif et qui constate l'époque de sa reconstruction en 1686 :

RELIGIOSORVM ET
ECCLESIASTICORVM
NECNON PAUPERVM
16 BENEFICIO 86
REÆDIFICATVM FVIT.

Il a été réédifié par le concours des religieux et des ecclésiastiques, ainsi que des pauvres ; 1686.

M. Pilot communique aussi deux inscriptions gallo-romaines qui sont, l'une à Amblagnieu, et l'autre à Corbelin.

Inscription, à Amblagnieu :

MERCVR.
AVGVST.
SENNIVS MAR
TIVS ET ME
LIVS MARTINIA
NVS AVGVRES
EX STIPE.

Mercurio Augusto; Sennius Martius et Melius Martinianus, augures; ex stipe.

A Mercure Auguste; Sennius Martius et Mélius Martinianus, augures; du produit d'une collecte.

Inscription à Corbelin :

C. AQVILIO
VOLT.
PRISCO.

A Caius Aquilius Priscus, de la tribu Voltinia.

Le Président,
CHARVET.

Le Secrétaire,
PILOT.

SÉANCE DU 28 NOVEMBRE 1857. — PRÉSIDENCE DE M. CHARVET.

Le procès-verbal de la précédente séance est lu et adopté.

La Société a reçu :

Les feuilles 1 à 7, 8 à 18, 19 à 23 du tome XIVe; 2me série du *Bulletin de la Société géologique de France.*

Mémoires de la Société des sciences morales, des lettres et des arts de Seine et Oise, tome IV.

Mémoires de la Société d'agriculture, des sciences, arts et belles-lettres du département de l'Aube; nos 41 et 42, tome VIII de la 2me série.

Recueil des publications de la Société hâvraise d'études diverses (1855-1856).

De la Juridiction des prudhommes pêcheurs de la Méditerranée, discours prononcé à l'audience solennelle de rentrée de la cour impériale d'Aix, par M. Dubeux, procureur général impérial, membre de la Société.

Bulletin de la Société d'agriculture, sciences et arts de la Sarthe, 1857 ; 2me trimestre.

Mémoires de la Société d'agriculture, commerce, sciences et arts du département de la Marne, 1855-1856.

Annales de la Société impériale d'agriculture, industrie, sciences, arts et belles-lettres du département de la Loire ; tome 1er, 2me livraison, 1857.

Annuaire de l'Institut des provinces et des Congrès scientifiques ; 1857 ; donné par M. de Caumont.

Dans la distribution des ouvrages offerts au Congrès scientifique de France, à sa dernière session, au mois de septembre, à Grenoble, entre les sociétés savantes de cette ville, la Société de statistique a été comprise pour plusieurs livres et brochures dont il a été fait un inventaire particulier qui sera déposé aux archives.

M. Pilot fait une lecture sur les pierres gallo-romaines qui forment le musée lapidaire de Grenoble, ou qui se trouvent dans les divers quartiers de la ville.

Le Président,
CHARVET.

Le Secrétaire,
PILOT.

SÉANCE DU 28 DÉCEMBRE 1857. — PRÉSIDENCE DE M. CHARVET.

Le procès-verbal de la précédente séance est lu et adopté.

La Société a reçu :

Considérations sur l'enseignement du droit administratif, par M. Jules Mallein (ouvrage offert par l'auteur).

Mémoires de l'Académie du Gard, 1856-1857.

Bulletin de la Société d'histoire naturelle du département de la Moselle, huitième cahier, 1857.

M. le président met sur le bureau une lettre que lui a adressée M. le recteur de l'Académie de Grenoble, et dont il est donné lecture par le secrétaire. Suit la teneur de la lettre :

« Monsieur le Président,

« L'Empereur a conçu la pensée d'un vaste travail d'ensemble sur la topographie des Gaules jusqu'au Ve siècle, et il a daigné confier à

M. le ministre de l'instruction publique et des cultes la direction d'une publication destinée à combler une lacune de notre histoire archéologique.

« Pour assurer l'exact accomplissement des intentions de Sa Majesté, il est indispensable d'avoir recours à tous les éléments que peuvent fournir les ouvrages déjà connus et les recherches inédites de nos savants. M. le ministre ne doute pas que nos académies de province, qui rendent chaque jour à la science de si utiles services, ne soient heureuses de prêter le concours de leurs lumières à une œuvre dont elles apprécient l'importance et l'intérêt.

« Les points principaux que M. le ministre signale à l'attention sont les suivants :

« 1° Envoi d'un exemplaire de tout travail (mémoires ou cartes) imprimé ou manuscrit, sur les questions d'archéologie, géographie locale, telles que : reconnaissance des voies antiques, exploration des localités auxquelles les auteurs ont attribué des noms gaulois ou romains ;

« 2° Rectification, par la connaissance intime des localités, des erreurs contenues dans les grands ouvrages géographiques, tels que ceux d'Adrien de Valois ou du baron de Valckenaer ;

« 3° Indication : 1° des villes reconnues antiques ; 2° des centres de population établis à l'époque gallo-romaine, tels que *oppida* et camps retranchés ; 3° de la délimitation *des civitates et pagi ;*

« 4° Justification des noms de peuples, provinces et villes par les citations épigraphiques ;

« 5° Tracé, sur la carte de Cassini, des voies romaines, avec distinction des portions existantes et des portions disparues, mais suppléées.

« Pour répondre au désir de M le ministre, je me propose de faire appel aux sociétés littéraires et scientifiques de ce ressort, ainsi qu'aux fonctionnaires de nos établissements universitaires, qui consacrent leur temps et leur science aux études historiques. J'aurai l'honneur de me concerter avec les savants qui pourront me prêter leur concours précieux. J'examinerai avec eux par quels moyens on pourra obtenir, pour chaque département de mon académie, des éléments empreints des mêmes caractères d'ensemble et d'uniformité, et réunir tous les documents qui se rattachent à la géographie de cette partie des Gaules, pour les premiers siècles de l'ère chrétienne.

« Je viens donc vous prier, Monsieur le président, de donner communication à la Société de statistique du projet conçu par Sa Majesté l'Empereur. Je vous serai très-reconnaissant si vous voulez bien me désigner les membres de ce corps savant qui sont disposés à coopérer à une œuvre aussi importante.

« Veuillez agréer, Monsieur le président, l'assurance de ma haute considération. — *Le Recteur*, QUET. »

Pour répondre aux désirs de M. le Recteur, la Société a désigné trois de ses membres, MM. Gariel, Lory et Pilot.

M. Pilot lit une notice sur quelques actes et procédures d'excommunication en Dauphiné ; il cite un interdit prononcé. le 26 janvier 1478, par la chambre apostolique générale, contre Jacques-Marc, prieur de Bernin, en son nom et en celui de Laurent Alleman, chanoine et sacristain de l'église cathédrale de Grenoble (proche parent d'autre Laurent Alleman alors évêque de cette ville) ; Louis Alleman, seigneur de Lers et de Séchilienne ; Aymon Terrail, seigneur de Bayard, père du chevalier Bayard, et autres personnes, sur l'instance et les poursuites de Laurent et Julien Médicis, qualifiés marchands de Rome ; les deux frères de l'illustre famille de ce nom, créanciers d'une somme de 1,500 écus d'or.

Sur la demande de M. Justin Perrotin, trésorier, la Société nomme MM. Seguin et Pilot pour la vérification des comptes de l'année 1857.

Le Président,
CHARVET.

Le Secrétaire,
PILOT.

SÉANCE DU 29 JANVIER 1858. — PRÉSIDENCE DE M. CHARVET.

Le procès-verbal de la précédente séance est lu et adopté.

La Société a reçu : *Bulletin de la Société géologique de France*, 2me série, tome XIV, feuilles 24-32.

M. Pilot, au nom de la commission des comptes, présente l'état des recettes et dépenses de la Société pendant l'année 1857.

Avoir en caisse	1,779 f.	13
Cotisations de 1856	470	»
Allocation départementale (1856)	400	»
Même allocation (1857)	400	»
Total	3,049	13
Dépenses	49	60
Déduction des dépenses sur les recettes	2,999	53

M. Lory lit divers passages de son ouvrage sur la carte géologique du Dauphiné, ouvrage qui sera bientôt livré à la publication.

L'assemblée n'étant point en nombre pour procéder au renouvellement des membres du bureau, fixé à ce jour, ce renouvellement est renvoyé à une prochaine séance.

Le Président,
CHARVET.

Le Secrétaire,
PILOT.

SÉANCE DU 19 FÉVRIER 1858. — PRÉSIDENCE DE M. CHARVET.

Le procès-verbal de la précédente séance est lu et adopté.

La Société a reçu : *Mémoires de la Société d'agriculture, des sciences, arts et belles-lettres du département de l'Aube*, tome 8, 2me série. Nos 43 et 44. 1857.

M. Pilot lit une notice sur les joyaux des dauphins et l'ancienne bannière de Saint-Georges, étendard du Dauphiné.

Il est ensuite procédé au renouvellement du bureau d'administration et du comité de rédaction, pour l'année 1858.

Le scrutin secret donne les résultats suivants :

Membres du bureau d'administration :

MM. CHAPER père, ancien préfet, *président ;*
SEGUIN, *vice-président ;*
PILOT, *secrétaire ;*
MACÉ, *vice-secrétaire ;*
PERROTIN, *trésorier.*

Membres du comité de rédaction :

MM. LORY, BRETON et BOUTEILLE.

Le Président,
CHARVET.

Le Secrétaire,
PILOT.

SÉANCE DU 22 MARS 1858. — PRÉSIDENCE DE M. CHAPER.

Le procès-verbal de la précédente séance est lu et adopté.

La Société a reçu en don :

1° *Bibliothèque universelle*, revue suisse et étrangère, — nouvelle période, — tome 1er ;

2° *Bulletin de la Société florimontane d'Annecy*, 2me volume.

M. le président annonce que M. Seguin, vice-président, qui devait faire une communication à la Société, a été obligé de s'absenter et qu'il ne pourra pas se rendre à la réunion.

M. le président donne connaissance d'une lettre circulaire de la commission permanente du congrès des délégués des sociétés savantes, qui invite la Société de statistique de l'Isère à se faire représenter au congrès qui doit se tenir à Paris et dont l'ouverture est fixée au 5 avril prochain.

Sur la proposition de M. le président, la Société délègue pour la représenter à ce congrès M. Scipion Gras, l'un de ses membres, ingénieur en chef des mines, chargé des cartes agronomiques et de l'étude des torrents, résidant à Paris.

MM. Lescœur, inspecteur de l'Académie de Grenoble; Berriat et Arthaud, médecins, sont présentés par MM. Gueymard, Seguin et Pilot. M. Seguin, quoique absent, présente ces messieurs par écrit et prie la Société de regarder sa lettre, à cet égard, comme l'équivalent de sa présence. Il sera voté sur ces présentations dans la prochaine séance.

M. Gueymard lit une note sur un perfectionnement de gaz hydrogène carboné, à l'usage de l'éclairage, ayant pour but d'enlever toute odeur désagréable, en même temps que de donner au gaz une flamme plus puissante.

M. Breton fait connaître son système sur la désinfection des alcools, et pour lequel il a obtenu un brevet d'invention ; il termine par une expérience faite sur des alcools de garance et de betterave.

Le Président,
CHAPER.

Le Secrétaire,
PILOT.

SÉANCE DU 26 AVRIL 1858. — VICE-PRÉSIDENCE DE M. SEGUIN.

Le procès-verbal de la précédente séance est lu et adopté.

La Société a reçu en don :

1° *Compte-rendu* de la deuxième séance publique annuelle de la Société zoologique d'acclimatation, tenue à Paris le 10 février 1858;

2° Esquisse d'une carte géologique du Dauphiné, par M. Ch. Lory, l'un de ses membres.

M. le secrétaire donne lecture d'une lettre circulaire et d'un arrêté de M. le ministre de l'instruction publique, relatifs à l'organisation du comité des travaux historiques des sociétés savantes.

M. le président est prié de remercier M. le ministre de cette publication.

M. Gueymard lit une note sur la culture du sorgho, comme plante fourragère et comme plante sucrière.

Il lit aussi une note sur la moyenne et petite culture de la betterave et sur la conversion de son jus en sirop et en alcool.

M. Lory fait une communication au sujet d'un mémoire de M. Daubrée, ingénieur en chef des mines et doyen de la faculté des sciences de Strasbourg, intitulé : *Recherches expérimentales sur le striage des roches, sur la formation des galets, des sables et des limons, etc., etc. (Ann. des mines*, 6me liv., 1857). Après avoir analysé ce travail et fait ressortir l'importance des résultats obtenus par l'auteur, M. Lory fait l'application de ces principes à la recherche du mode de formation des divers terrains de transport du Dauphiné. Il insiste ensuite sur le caractère des impressions ou creux que présentent beaucoup de cailloux des poudingues, différents d'avec les nappes de cailloux roulés des alluvions anciennes. Il discute le mode de formation de ces empreintes et met sous les yeux de la Société divers échantillons ; il conclut que ces empreintes ne peuvent pas avoir été formées, comme l'a supposé M. Daubrée, par une corrosion des cailloux, par de l'eau chargée d'acide carbonique, s'infiltrant capillairement à leurs points de contact ; cette action se produit dans les nappes incohérentes de cailloux des alluvions anciennes ; mais elle y donne lieu à des empreintes bien moins profondes et bien différentes d'aspect des impressions en creux que présentent les cailloux des poudingues tertiaires. La production de celles-ci est un fait qui ne paraît pas à M. Lory susceptible d'être mis en doute, dans l'état actuel de nos connaissances; mais qui n'en a qu'un intérêt plus grand et plus important au point de vue de la distinction géologique des terrains.

La Société procède ensuite au scrutin sur la candidature de MM. Lescœur, inspecteur de l'Académie de Grenoble ; Berriat et Arthaud, docteurs médecins, proposés dans la dernière séance. MM. Lescœur, Berriat et Arthaud sont admis.

MM. Gustave Carrière et Amédée Rey sont présentés comme membres de la Société par MM. Pilot et Seguin.

Il sera voté sur ces deux présentations dans la prochaine séance.

Le Vice-président,
SEGUIN.

Le Secrétaire,
PILOT.

SÉANCE DU 31 MAI 1858. — VICE-PRÉSIDENCE DE M. SEGUIN.

Le procès-verbal de la précédente séance est lu et adopté.

La Société a reçu en don :

Bulletin de la Société géologique de France, feuilles 46-57, tom. 14, 2me série, et feuilles 1-6, tom. 15.

Mémoires de la Société d'agriculture, sciences et arts d'Angers, 6me volume ; 2e série ; 1855.

M. Verlot présente à la Société des tiges d'asphodèles, pour faire connaître la différence qu'il établit entre trois espèces de ces plantes, et qui ont fait l'objet d'une notice dont il a donné lecture à la Société dans une de ses séances.

M. Pilot lit une notice sur la famille d'Aymar du Rivail.

M. Bouteille fait la lecture de la première partie d'un mémoire sur le lièvre blanc des Alpes.

M. Seguin lit une note sur un phénomène de vision; elle a pour objet la description de l'image lumineuse et colorée qui se produit dans les yeux quand on regarde une étincelle électrique, et qui persiste pendant quelque temps malgré la durée de l'étincelle.

Il ajoute quelques mots pour faire connaître des expériences faites récemment en Angleterre au sujet de la plasticité apparente de la glace.

Le Vice-président,
SEGUIN.

Le Secrétaire,
PILOT.

SÉANCE DU 26 JUIN 1858. — PRÉSIDENCE DE M. CHARVET, DOYEN D'AGE.

Le procès-verbal de la précédente séance est lu et adopté.

La Société a reçu en don :

Bulletin de la Société géologique de France, feuilles 7-14, tome XV, 2me série.

Mémoires de la Société impériale d'agriculture, sciences et arts d'Angers, tomes 7 et 8; 2me série.

Mémoires de la Société d'émulation du Doubs, 2me volume, 3e série, 1857.

Notice sur la source minérale de Sermaize (Marne), et rapport sur un ouvrage de M. le docteur J.-C. Herpin (de Metz), intitulé : *Etudes médicales, scientifiques et statistiques sur les principales sources miné-*

rales de France, d'Angleterre et d'Allemagne, par M. Hippolyte Faure. Chalons, 1858.

M. Charvet fait une lecture du compte-rendu du service médical de l'hôpital de Grenoble, pendant les mois de septembre, octobre et novembre 1857.

M. Arthaud lit une note sur un cas de grossesse tubo-overienne, et présente les pièces anatomiques à l'appui.

M. Macé fait la lecture d'une notice sur les yacks.

Pour le Président,
CHARVET.

Le Secrétaire,
PILOT.

SÉANCE DU 27 JUILLET 1858. — VICE-PRÉSIDENCE DE M. SEGUIN.

Le procès-verbal de la précédente séance est lu et adopté.

La Société a reçu en don :

Bulletin de la Société d'agriculture, sciences et arts de la Sarthe, 1858 ; 2me trimestre ; 3me cahier du tome XIII.

Bulletin historique de la Société des antiquaires de la Morinie, 7me année, 26e livraison. 1858.

La Société procède au scrutin sur la candidature de MM. Gustave Carrière fils et Amédée Rey, présentés comme membres de la Société et sur lesquels il n'a point été statué dans la dernière séance, parce que la Société ne se trouvait point en nombre suffisant pour délibérer. MM. Gustave Carrière fils et Amédée Rey sont admis.

M. Lory fait une lecture de son ouvrage sur la carte géologique du Dauphiné.

Le Vice-président,
SEGUIN.

Le Secrétaire,
PILOT.

SÉANCE DU 13 DÉCEMBRE 1858. — PRÉSIDENCE DE M. CHAPER.

Le procès-verbal de la précédente séance est lu et adopté.

La Société a reçu en don :

Bulletin de la Société des sciences, belles-lettres et arts du département du Var, séant à Toulon, année 1857-1858.

Séance publique annuelle de la même société, du lundi 14 décembre 1857.

Bulletin de la Société géologique de France, 2me série, tome XV, feuilles 24-31.

Société des antiquaires de la Morinie, — *Bulletin historique*; 7me année; 26e livraison. Avril, mai, juin 1858.

Bulletin de la Société d'agriculture, sciences et arts de la Sarthe, 1858; 2me trimestre, 3e cahier du tome XIII.

Bulletin de la Société des antiquaires de Picardie, année 1858, no 3.

Mémoires de la Société d'agriculture, des sciences, arts et belles-lettres du département de l'Aube, tome IX, 2me série, nos 45 et 46.

Discours prononcé par M. Louis Gautier, avocat général, à la rentrée de la cour impériale de Grenoble, du 3 novembre 1858.

M. Félix Réal donne lecture d'un travail sur l'ancienne organisation syndicale du canal de Villard-Bonnot à Gières, et où il fait connaître quel était, dès le XVIIe siècle, le système de défense des habitants pour se garantir des inondations de l'Isère.

M. Lory présente à la Société une épreuve coloriée de sa carte géologique qui sera bientôt publiée et sur laquelle il donne divers renseignements.

M. Pilot lit une notice sur les anciens hôtels de monnaies en Dauphiné.

M. Seguin fait l'expérience de la lumière électrique stratifiée. Il dit comment M. Quet a, le premier, observé et décrit les alternatives lumineuses et obscures; que, depuis lors, bien des physiciens ont reproduit le phénomène; que, néanmoins, la cause en est encore inconnue. M. Seguin ajoute qu'il pourra probablement communiquer à la Société de nouvelles expériences auxquelles M. Quet veut bien l'associer et qui semblent promettre l'explication des effets observés.

M. Pilot communique à la Société une inscription gallo-romaine qui se lit sur une pierre qu'on vient de trouver, à Saint-Aupre, dans le mur du chœur de l'église, derrière l'autel, et qui lui a été signalée par M. Benoît Cotte, instituteur et secrétaire de la mairie de cette commune.

LICINIAE. P. FIL.
MACRINVLAE
C. ATISIVS. PAVLLIN.
VXORI OPTIMAE
ET ATISIAE C. F. MACRINAE AN.
VIII.

A Licinia Macrinula, fille de Publius; Caius Atisius Paullinus à l'épouse la meilleure, et à Atisia Macrina, fille de Caius, âgée de huit ans.

L'inscription est encadrée dans une moulure.

Le nom de Caius Atisius Primus se lit un marbre trouvé à Aoste, au lieu des Champagnes ; il est question, aussi, de C. Atisius Sabinus et de L. Atisius Secundus sur des vases et des poteries trouvés à Aoste (1). Il est probable que tous ces Atisius devaient être de la même famille.

Le Président,
CHAPER.

Le Secrétaire,
PILOT.

SÉANCES

DE LA

SOCIÉTÉ FRANÇAISE D'ARCHÉOLOGIE,

A GRENOBLE,

PENDANT LA SESSION DU CONGRÈS SCIENTIFIQUE DE FRANCE,

Les 3, 6 et 9 septembre 1857.

Le Congrès scientifique de France a tenu, à Grenoble, au mois de septembre 1857, sa XXIVe session, qui a été ouverte, au Palais de Justice, dans la salle des audiences solennelles de la cour impériale, le jeudi 3 septembre. La session a été close le 12 du même mois. Pendant ce temps, les membres de la Société française d'archéologie pour la conservation des monuments historiques, présents au Congrès, se sont réunis, trois différentes fois, en séance générale, dans le même local, où ont été discutées différentes questions.

(1) *Précis statistique des Antiquités du département de l'Isère*, par M. Pilot; 1843.

Séance du 3 septembre.

Présidence de M. Albert Du Boys, membre de l'Institut des provinces.

La séance est ouverte à 7 heures du soir.

Siégent au bureau : MM. *de Caumont*, l'abbé *Le Petit*, *Gaugain*, *Bouillet*, de Clermont; *Ricard*, de l'Hérault; *Thibault*, du Puy de Dôme, et *Macé*, professeur d'histoire.

M. de Caumont ouvre la séance et prie M. Albert Du Boys, membre de l'Institut des provinces, de la présider. M. Pilot remplit les fonctions de secrétaire.

M. de Caumont formule diverses questions relatives à la topographie de Grenoble, aux débris antiques et inscriptions trouvés dans cette ville et aux environs; il demande quels sont ces objets et ces inscriptions; s'il existe un musée lapidaire; où il est, et quel est son état; quels sont les objets d'antiquité réunis dans les collections publiques ou privées; quelles mesures ont été prises pour obtenir le dénombrement ou l'inventaire des objets anciens qui existent dans les églises urbaines ou rurales; si la statistique monumentale de l'Isère a été commencée; quel mode d'exécution a été adopté; si l'on professe l'archéologie dans les séminaires ou dans quelques autres établissements d'instruction publique de l'Isère.

Il est verbalement répondu à ces questions par plusieurs membres et par le secrétaire, M. Pilot.

NOTES DE M. PILOT,

EN RÉPONSE AUX QUESTIONS DE M. DE CAUMONT.

Grenoble est une ville ancienne; ses débris gallo-romains ne consistent plus aujourd'hui qu'en quelques pierres tumulaires, deux autels votifs à Mars, un autel votif à Saturne et des restes des remparts primitifs, sur lesquels est assise une tour du moyen-âge adossée à l'Hôtel de Ville. On a trouvé, dans la démolition de la tour de l'évêché, en 1803, des pierres sculptées qui n'existent plus, et un fût de colonne utilisé à l'une des quatre colonnes qui soutiennent un balcon au-dessus de la porte principale de la maison, à l'angle de la place Notre-Dame et de la rue Chenoise.

Grenoble a d'abord porté, comme on le sait, le nom de *Cularo*, qui lui est donné dans une lettre de Plancus à Cicéron, dans les itinéraires et sur des marbres : on croit généralement que cette ville a reçu ensuite de l'empereur Gratien le nom de Gratianopolis, d'où s'est formé son nom actuel.

Plusieurs auteurs et les principaux historiens du pays, tels que Chorier et Valbonnais, ont parlé de Grenoble; mais il n'y a eu jusqu'en 1829 aucun ouvrage spécial sur cette ville. En cette année, j'ai publié une *Histoire de Grenoble*, 1 vol. in-8; plus tard, en 1843, j'ai publié une *Histoire municipale* de la même ville. Dans ces deux ouvrages, j'ai mentionné les monuments anciens de Grenoble, ses débris antiques, ses inscriptions, etc., etc.

1° La topographie de Grenoble, sous la domination romaine, est-elle bien déterminée? Avait-elle une enceinte de murailles? A quelle époque peut-on rapporter cette enceinte?

La topographie de Grenoble, sous la domination romaine, est parfaitement déterminée. On croit que cette ville fut d'abord un poste militaire, situé chez les Allobroges, sur la rive droite de l'Isère, à l'endroit même où est aujourd'hui la montée de Chalemont; ce poste s'accrut peu à peu. Il se bornait encore à la rive droite, l'an 40 avant l'ère chrétienne, ainsi qu'il résulte d'une lettre de Plancus à Cicéron, datée de ce lieu, du 8 des ides de juin de cette année; mais il s'étendit bientôt sur la rive gauche de la rivière, chez les Voconces; car on sait que l'Isère séparait les deux peuples. Grenoble, située ainsi sur les deux rives et connue dans l'origine sous le nom de *Cularo*, fut fortifiée d'une enceinte de murailles, percée de deux portes par les empereurs Dioclétien et Maximien, vers l'an 288; une inscription placée au-dessus de chacune des deux portes constatait ce fait, ainsi qu'elle rappelait à la fois leur nom et celui de la ville. Les deux inscriptions ont existé jusqu'au moment de la démolition des portes; d'un autre côté, la circonscription des remparts gallo-romains, parfaitement reconnaissable avant le dernier agrandissement de la ville, est suffisamment indiquée dans un ancien plan que j'ai publié en 1842.

2° Qu'a-t-on fait pour conserver les débris antiques trouvés à Grenoble? En quoi consistent-ils? Les inscriptions ont-elles été publiées?

Les débris antiques de Grenoble ont passé longtemps inaperçus. L'on ne s'est guère occupé que des inscriptions. Chorier, dans le tome Ier de l'*Histoire du Dauphiné*, en a publié trois ou quatre qui étaient à Grenoble ou dans le voisinage; d'autres inscriptions furent trouvées en 1683 dans cette ville. Cette année, Guy Allard les fit connaître; il y ajouta celles qui existaient déjà ou qui étaient rappelées dans le manuscrit d'Etienne Barlet, dont il se servit, et il en forma un recueil sous le titre de : *Lettre sur les anciennes inscriptions de Grenoble* (9 pages in-4° de l'imprimerie de Jean Verdier). Cette publication de Guy Allard est devenue très-rare; beaucoup d'inscriptions qui y sont mentionnées paraissent fautives.

L'abbé Martin, en 1803, dans les notes qui suivent son *Histoire du baron des Adrets*, a publié de nouveau, et avec les mêmes erreurs, la plupart des inscriptions de Guy Allard.

La découverte d'autres inscriptions provenant de la démolition de la porte de l'évêché, qui était une ancienne porte romaine, à Grenoble, a donné lieu à M. Champollion-Figeac de publier, deux ans après, ses *Antiquités de Grenoble;* recueil où cet auteur explique les inscriptions qu'il a vues, au nombre de trente-trois, en y comprenant quatre qui appartiennent à la Terrasse, à Echirolles et à Gières. A la suite de son ouvrage, M. Champollion ajoute les inscriptions données, avant lui, par Chorier, Guy Allard, l'abbé Martin, et d'autres épigraphistes, tels que Barlet, Bimar et Charbot. Le nombre total des inscriptions, renfermées dans ce dernier recueil, est de quatre-vingts.

Depuis lors, plusieurs inscriptions qui étaient à Grenoble n'existent plus; d'autres y ont été trouvées, et je les ai rapportées dans l'*Histoire de Grenoble*, les *Antiquités Dauphinoises*, et le *Bulletin de la Société de statistique de l'Isère* (1).

3° *Existe-t-il un musée lapidaire? Où est-il? En quel état se trouve-t-il aujourd'hui?*

Il existe un musée lapidaire, situé dans le préau, au-devant de l'église de Saint-Laurent. L'intention de l'Administration municipale est de transférer ce musée dans un local plus convenable, lorsqu'elle fera construire un nouveau bâtiment pour la bibliothèque publique; mais, en attendant, les pierres qui forment la collection de nos marbres antiques, sont trop exposées aux injures du temps et à d'autres dégradations. Il conviendrait au moins qu'elles fussent couvertes au moyen d'une toiture jetée contre le mur.

4° *Quels sont les objets d'antiquité qui existent dans les collections publiques ou privées?*

La ville de Grenoble possède un cabinet d'antiquités composé de plusieurs bronzes anciens et de morceaux égyptiens, gaulois, indiens, péruviens, arabes, chinois et autres, de bronze, de pierre, de terre

---

(1) En dernier lieu, M. Pilot vient de publier, dans le même *Bulletin de la Société de statistique de l'Isère*, tom. IV, page 321, une notice complète sur les inscriptions gallo-romaines de Grenoble.

cuite, etc., etc. Les bronzes antiques proviennent, en grande partie, ainsi que deux belles momies égyptiennes, de l'abbaye de Saint-Antoine, en Viennois, d'où ils furent transportés à Grenoble, lors de la suppression des antonins, en 1775.

Il n'existe pas à Grenoble, chez des particuliers, de collections d'objets antiques qui méritent d'être mentionnées.

Quelles mesures a-t-on prises pour obtenir le dénombrement ou l'inventaire des objets anciens qui existent dans les églises urbaines ou rurales?

Aucune mesure n'a été prise, à cet égard, par l'Administration diocésaine ; il serait pourtant à désirer que l'autorité supérieure prescrivît à MM. les curés et desservants, ou aux fabriques, de ne jamais se défaire de vieux objets mobiliers, sans lui en avoir fait part, afin de connaître quel prix et quel intérêt peuvent être attachés à ces objets, sous le rapport de l'art et de la curiosité.

5° *La statistique monumentale de l'Isère a-t-elle été commencée? Quel mode d'exécution a-t-on adopté?*

La statistique monumentale de l'Isère n'a été ni commencée ni exécutée. Dans un opuscule de 48 pages, intitulé : *Précis sur les antiquités du département de l'Isère* (1843), j'ai donné l'indication de tous les lieux où ont été trouvés des objets antiques, des inscriptions, des médailles, et où existent des châteaux, des ruines, d'anciennes tours, etc. Ce petit ouvrage est ainsi divisé : antiquités gauloises; antiquités romaines; antiquités du moyen-âge; on y voit aussi l'indication des lieux mentionnés dans les auteurs, et des mansions ou stations romaines des itinéraires.

6° *Professe-t-on l'archéologie dans les séminaires ou dans quelques autres établissements d'instruction publique de l'Isère?*

On professe, depuis une dizaine d'années, un cours d'archéologie, assez succinct, dans le grand séminaire de Grenoble.

M. de Caumont prend la parole. D'après ce qui vient d'être dit, le musée lapidaire actuel est placé dans la cour ou préau de l'église de Saint-Laurent ; il n'est point couvert, de sorte que les pierres y sont exposées à être plus facilement dégradées par la pluie. M. de Caumont demande si la Société française pour la conservation des monuments ne jugerait point à propos de voter une somme de 150 f., afin que la Ville, en y ajoutant le surplus, se décidât à jeter au moins un toit sur ce Musée, et à le placer plus convenablement. Cette proposition sera transmise à l'Administration.

M. Macé raconte comment les inscriptions antiques étaient conservées à Grenoble, il y a quelques années

Il est curieux de savoir comment les choses se passaient avant que M. de Gournay eût fait transporter ces pierres à Saint-Laurent. Quelque mal installées qu'elles y soient, au moins sont-elles là derrière une balustrade fermée, et on ne peut s'en emparer.

Auparavant on les avait placées dans la rue qui entoure les bâtiments du Lycée, et adossées contre les murs. Elles étaient ainsi exposées à toutes les injures des passants; et, comme l'Administration municipale ne songeait même pas à faire respecter cette propriété, voici ce qui est arrivé : une maison étant en construction dans le voisinage, les maçons, qui avaient besoin de matériaux, trouvèrent tout simple d'aller, avec leurs charrettes, chercher quelques-uns des monuments épigraphiques de la rue. Tout y aurait passé peut-être avant que L'ADMINISTRATION S'EN FUT APERÇUE, si, par un heureux hasard, M. Macé, professeur d'histoire, qui habite le quartier, n'eût mis la tête à la fenêtre : il vit ce qui se passait et, dans son indignation de l'étrange liberté des maçons, il se hâta de sonner l'alarme et d'arrêter les vandales qui croyaient rendre service à la ville en débarrassant la rue des pierres qui la bordaient d'un côté Ce fut alors que, pour remédier à un danger imminent, on accueillit la proposition de les ranger à Saint-Laurent. Mais, si elles sont mises provisoirement en sûreté, il faut, pour l'honneur de la ville, comme le disait M. de Caumont, qu'on dispose un local tout exprès pour les contenir, qu'elles ne restent pas exposées à l'humidité et qu'elles puissent enfin avoir droit de cité. Les musées devraient tous être peu éloignés les uns des autres, dans une ville qui possède des Facultés.

M. Pichot, curé de Sermérieu, dans le canton de Crémieu (Isère), présente à la Société une statuette (en bronze) de Mercure, trouvée en creusant la terre sur le territoire de cette commune, à peu de distance de l'église, et seulement à la profondeur de 60 centimètres environ; près du même endroit, à une distance moindre de 1 mètre, a été aussi mis à jour un espace demi-circulaire, revêtu d'un béton formé de morceaux de tuiles concassées et entouré de briques creuses ou tuyaux. M. Pichot pense que c'était là un fourneau destiné à chauffer des bains.

M. Pilot, à l'occasion de la trouvaille de la statuette de Mercure, fait observer qu'il serait fort possible qu'il eût existé, dans le temps, un oratoire de Mercure à Sermérieu, et que le nom de cette commune, *Hermérieu*, prononcé Sermérieu, peut devoir son origine à *Hermes*. On sait que, dans l'arrondissement de la Tour du Pin, et surtout le long du Rhône, beaucoup de noms latins de nos localités, terminés autrefois en *um* ou *us*, ont conservé dans le langage ordinaire la terminaison *ieu*.

M. l'abbé Pichot, au nom de M. Varnet, curé d'Amblagnieu, dépose sur le bureau un mémoire où ce dernier constate l'existence d'une pierre consacrée à Mercure par Servius Martius et Melius Martinianus. Cette pierre se trouve près de l'église de cette paroisse; elle est enchâssée dans le mur d'une maison particulière.

Dans ce mémoire, M. Varnet donne la description d'un médaillon placé au-dessus de la porte de la sacristie de l'église d'Amblagnieu, sur lequel est la date de 1510, qu'il croit être celle de l'achèvement de la reconstruction ou restauration de cette église ancienne. Il cite l'inscription de la cloche de la même église, qui est de 1526 : il rappelle quelques objets du moyen âge trouvés à Vernas, et qu'un fort riche propriétaire de cette commune (M. Dauphin de Vernas) conserve chez lui dans un cabinet particulier.

La parole est donnée à M. Le Blanc, bibliothécaire de la ville de Brioude, qui dit quelques mots sur la découverte d'une cuisine de l'ancien monastère de Lavaudieu (Haute-Loire), fondé en 1050. Cette antique cuisine, qu'il a visitée avec soin, et dont il fait remonter la destination au siècle même de la fondation du monastère, est construite à sa base en appareil de petite dimension; elle est sans ornements, et n'aurait tout au plus, en largeur, que 5 mètres; il y a remarqué avec intérêt les traces d'une fresque représentant Notre-Seigneur avec les douze apôtres.

M. de Gournay, invité à donner quelques détails sur la restauration de la crypte de Saint-Laurent, déplore les lenteurs qui ont été apportées dans cette urgente restauration qui n'est point encore totalement achevée, puisqu'elle a nécessité la reconstruction d'une partie du chœur de l'église, au-dessus de la crypte, et à laquelle on travaille actuellement.

La séance est levée à 9 heures du soir.

Le Secrétaire,

PILOT.

Séance du 6 septembre.

Présidence de M. le vicomte de GENOUILHAC, membre de l'Institut des provinces, à Rennes.

M. de Caumont engage M. le vicomte de Genouilhac, membre de l'Institut des provinces, à présider la séance.

Siègent au bureau les mêmes membres qu'à la séance précédente. M. Pilot tient également la plume.

Le procès-verbal de la précédente séance est lu et adopté.

M. Gustave Vallier présente au bureau le dessin d'un fragment de mosaïque, qu'il a vu servant de dalle à la porte d'entrée du presbytère de Veurey, et le calque d'un fragment d'inscription gothique, trouvé à Saint-Ours, commune de Noyarey; il fait connaître qu'en ce dernier lieu, dans la propriété de M. Dupuy de Bordes, ont été aussi trouvés plusieurs tombeaux et des fondations d'un ancien bâtiment qu'on présume avoir été une chapelle.

NOTE DE M. GUSTAVE VALLIER.

Il y a environ deux ans, M. Dupuy de Bordes, ancien capitaine d'artillerie, trouva quelques tombes dans sa propriété de Saint-Ours, près Veurey. Depuis lors, le cercle de cette exhumation s'est élargi; et maintenant, ce n'est plus seulement de quelques tombes isolées que j'ai à entretenir l'Assemblée, mais bien d'un certain nombre, d'un système complet de sépultures, et d'une église ou chapelle qui les abritait en partie.

Je fis, il y a quelques mois, à la Société de statistique de l'Isère une communication à ce sujet; mais mes incertitudes sur l'époque de ce monument ne pouvaient alors être levées.

Je suis heureux de pouvoir offrir aujourd'hui au Congrès des suppositions moins hasardées.

En l'état où se trouvent les choses, M. Dupuy de Bordes, avec un zèle qu'on ne saurait trop louer, a fait surgir de terre les fondations à peu près complètes de cette chapelle et a mis au jour 32 tombes, parmi lesquelles on en remarque 4 en pierre de l'Echaillon et d'une seule pièce, et 10 en tuf, d'une seule pièce aussi; les autres sont en tuiles plates et à rebords; une seule est composée de pierres plates prises dans la localité, espèce de *lauze* en roc de l'Échaillon. Enfin une vingtaine de tombes en briques, pareilles aux précédentes, ont en outre été trouvées dans la prairie qui confine à la chapelle; mais je ne les ai point vues.

Il m'avait été impossible d'assigner, devant la Société de statistique, une époque ou un nom à ces vestiges du passé qui viennent ainsi de ressusciter. Aucun titre n'en parle. Il est plus exact de dire que je n'ai pas été assez heureux pour en trouver un jusqu'à présent. Les tombes elles-mêmes sont restées muettes. Pas une inscription, pas une médaille, pas un seul objet qui puisse mettre sur la voie... Je me trompe : un fragment de niche, portant un fragment d'inscription, semblerait faire remonter cet édifice religieux du IXe au Xe siècle. Il existe encore quelques fragments de décoration architecturale, dont on pourra aussi faire surgir peut-être quelques éclaircissements.

Nous sommes donc certain qu'il a existé à Saint-Ours quelque communauté religieuse, quelque maison de retraite, qui a disparu dans nous ne savons quelle révolution : les guerres de religion, peut-être, qui ne respectaient rien de ce qui touchait à la religion. Cette attribution ressortira, pour tout le monde, soit du nombre des tombes découvertes dans l'intérieur des murs de la chapelle, soit des matériaux dont elles sont faites et qui sembleraient indiquer une sorte de hiérarchie dans la mort : les plus belles sont les plus rares; la matière la moins coûteuse a servi au plus grand nombre. Quant aux ossements, mes connaissances ne me permettent point de juger s'ils appartiennent à des hommes ou à des femmes; je ferai néanmoins remarquer que plusieurs de ces tombes indiquent, par leurs dimensions, qu'elles ont reçu des corps d'une taille élevée, d'autres, des corps d'enfants. J'ajouterai enfin que toutes renfermaient des ossements, une seule exceptée, quoique la terre dont elle était remplie fût encaissée dans une sorte de revêtement de chaux, et que, dans la plupart d'entre elles, les ossements ne fussent point à leur place respective; ce qui indiquerait d'une manière positive que ces tombes ont déjà été fouillées à une époque plus ou moins éloignée, et probablement lors de la démolition de l'édifice qui les recouvrait.

Depuis lors, la végétation avait recouvert cette ruine, qui avait même complétement disparu sous les arbres qui l'avaient envahie.

M. le Président demande s'il existe dans le département de l'Isère des églises incontestablement antérieures au XIe siècle, et quels sont ces édifices religieux, les plus anciens du pays.

Il est répondu par M. le Secrétaire que si, à part de l'église de Saint-Laurent, il ne connaît rien d'une construction complète antérieure à cette époque, il existe plusieurs églises qui conservent de nombreux restes de l'architecture romane : telles sont celles de Voreppe, de Moirans, de Saint-Sixte, sur la commune de Merlas; de Saint-Firmin, près de Vizille; d'Arcisse, sur la commune de Saint Chef; on croit même que cette église d'Arcisse date du VIIe siècle.

On demande quel est l'âge de l'église de Saint-André de Grenoble.

M. le Secrétaire répond que cet édifice a été élevé, vers l'an 1223, par le dauphin Guigues-André pour en faire la chapelle de son palais, et que cette église, où ce prince établit ou transféra un chapitre de chanoines, en 1227, n'était point encore terminée neuf ans après, en 1236, puisqu'on lit dans le testament de ce même prince, daté de cette époque, qu'il laissait une somme de 30,000 sols viennois par an, et pendant trois années, pour en achever la construction.

Le clocher et sa flèche sont postérieurs.

M. de Caumont pose les questions suivantes :

Y a-t-il d'anciennes cloches dans le département ?

Il est rare de trouver des cloches d'une date antérieure au XVIe siècle. Les guerres de religion sont une des causes principales de la destruction de ces cloches. On a cité, dans la séance précédente, la cloche d'Amblagnieu qui porte la date de 1526.

Existe-t-il dans le département d'anciens châteaux-forts bien conservés ?

Il y avait dans le département de nombreux anciens châteaux-forts; mais, pour la plupart, ils ont été détruits ou n'offrent plus que des vestiges; quelques-uns cependant présentent des ruines remarquables qui méritent d'être visitées : telles sont celles de Beauvoir en Royans et de Bressieux, où l'on voit trois tourelles en briques très-anciennes et encore assez bien conservées.

M. Deleutre soumet au bureau le dessin d'un bel et ancien rétable qui était à Gaine (Tarn), et qu'il a été assez heureux pour pouvoir soustraire au marteau des maçons ; il se rappelle avoir vu un rétable du XVe siècle dans la chapelle du château de Bonrepos, à Jarrie (Isère).

On discute ensuite sur les voies romaines du pays.

M. Ducis présente un plan d'une de ces grandes enceintes, parfaitement reconnaissables, appelées dans le pays camp d'Annibal et situées dans la Tarentaise.

M. Vallier dit qu'il existe dans une partie de la vallée du Graisivaudan, sur la rive droite de l'Isère, une ancienne route appelée Chemin de l'Empereur.

M. Pilot confirme ce fait, ajoutant que cette route passait au Touvet, à la Terrasse et à Chapareillan, pour de là se rendre à la route de Chambéry aux Échelles ; que c'est la route qu'aurait suivie, dit-on, l'empereur Aurélien, lorsqu'il vint dans les Gaules, et qu'à ce sujet les gens du pays racontent que cet empereur aurait campé à Chapareillan même, d'où cette localité aurait tiré le nom de *Campus Aureliani*.

La séance est levée.

Le Secrétaire,
PILOT.

Séance du 9 septembre.

Présidence de M. Rostan, *membre de l'Institut des provinces, inspecteur du Var.*

Le bureau est composé comme à la séance précédente.

M. le Président fait connaître que, dans le département du Var, à quatre kilomètres de Saint-Maximin, a été trouvée une colonne milliaire, érigée en l'honneur de l'empereur Claude, et qui devait être sur la grande voie appelée depuis Aurélienne. Cette colonne, d'un diamètre de 65 centimètres, est de la hauteur de 2 mètres 45 centimètres.

En parcourant le même département, M. Rostan a vu avec plaisir le retour de l'art à la belle époque; il cite, à ce sujet, la construction d'une chapelle élevée, près de Toulon, pour servir de tombe de famille, et où l'on remarque un groupe de Pradier; cette chapelle, qui a coûté 200,000 fr., est un ouvrage de M. Fontaine, de Lyon.

M. Rostan apprend aussi que, dans l'Hôtel de Ville de Grasse, a été trouvé un ancien cartulaire fort curieux de l'abbaye de Lérins, pour l'impression duquel le Conseil général a voté des fonds.

M. Rostan communique le dessin d'un dolmen découvert près de Draguignan.

M. l'abbé Ducis présente les dessins de quatre tabernacles monolithes qui existent dans les églises de Grand-Cœur, du Bois, de Saint-Martin de Belleville et de Saint-Laurent, dans la Tarentaise.

M. Le Blanc parle des décorations extérieures des portes de diverses églises de la Haute-Loire, principalement de la porte de l'église de l'ancien monastère de Pebrac; de chandeliers du XIIe siècle; de fragments de tapisserie; de pierres tombales et d'une chape conservée dans la même église de Pebrac; il expose que le Bosquet est un lieu où pourraient être faites des fouilles fructueuses; il a réalisé, à cet effet, une modique somme de 50 fr.; il demande qu'on veuille bien lui venir en aide dans ce but. Un secours de 50 fr. est voté.

M. Bouillet dépose sur le bureau plusieurs deniers d'argent de Louis-le-Débonnaire, trouvés près de Valence; il remet cinq de ces deniers à M. Gariel, pour être déposés dans le médaillier de la ville de Grenoble à laquelle il en fait don.

M. l'abbé Trépied donne des détails sur les recherches qu'il a faites dans les procès-verbaux de visites épiscopales, déposés dans les archives de l'évêché de Grenoble. Il apprend que généralement, au XVe siècle, le *Corpus Christi* était encore déposé dans une armoire en bois, derrière l'autel; qu'on peignait une croix sur la porte de ce tabernacle, et qu'il résulte des renseignements puisés dans ces archives, qu'il n'y avait guère, dans la plupart des églises de campagne de cette époque, que deux chasubles : l'une en soie pour les dimanches, et l'autre en futaine pour les jours ordinaires.

M. Vallier présente un couteau ancien, qu'il croit être celtique, trouvé sous les voûtes d'un aqueduc dans les travaux du chemin de fer de Lyon à Montluel (Ain). Dans le même lieu ont été trouvés des médailles romaines et un os de mastodonte.

Il présente aussi des fragments d'un plat en argent qui paraît antique.

M. de Caumont prend la parole pour inviter de nouveau les archéologues de Grenoble à veiller à la conservation des débris anciens de leur ville. D'après les recherches de M. Pilot, quatre-vingts inscriptions antiques ont été signalées ; combien en reste-t-il aujourd'hui ? A peine le quart ! Il est temps que les administrations se préoccupent davantage de ces objets, qui ont une plus grande valeur que ne le supposent habituellement les administrations municipales. Celle de Grenoble, ville possédant des Facultés, chef-lieu académique important, ne peut rester plus longtemps dans l'inaction, et doit immédiatement s'occuper de créer un local pour le Musée lapidaire.

M. de Caumont, rappelant l'importance des mémoires archéologiques publiés par la Société de statistique, émet le vœu qu'on attache plus de prix encore à la continuation de ces travaux et que l'on réunisse enfin les documents complets d'une statistique monumentale de l'Isère.

Plusieurs membres se font recevoir de la Société française d'archéologie, et sont proclamés par le bureau.

La séance est levée.

Le Secrétaire,

PILOT.

CONGRÈS

DE LA

SOCIÉTÉ ENTOMOLOGIQUE DE FRANCE,

TENU A GRENOBLE EN 1858.

La Société entomologique de France, réunie à Grenoble en session extraordinaire provinciale, a tenu, dans cette ville, deux séances, les

7 et 18 juillet 1858, sous la présidence de M. le docteur Boisduval. A cette session, outre les membres de la Société présents, ont assisté plusieurs naturalistes, soit du pays, soit étrangers. Les deux séances ont eu lieu, la première, de huit à dix heures du soir, et la seconde, de huit à neuf heures et demie aussi du soir, dans une salle du Muséum d'histoire naturelle, au Jardin des Plantes.

Le premier jour, M. le président a ouvert la session par le discours suivant :

« Messieurs,

« L'année dernière, à pareille époque, la Société entomologique de France se réunissait pour la première fois en session extraordinaire à Montpellier. Vous avez tous conservé le souvenir de l'accueil bienveillant dont elle fut l'objet de la part des autorités et des diverses facultés du département. La préférence donnée à cette ancienne cité si renommée autrefois comme le centre scientifique de notre patrie, n'a dû étonner personne. N'était-ce pas là le lieu où les Sociétés de botanique et entomologique de France devaient faire leur premier pèlerinage? La tradition leur avait appris que Linné, ce grand maître, le premier des naturalistes modernes, je dirais presque, avec le général Dejean, *des temps passés, présents* et *futurs*, avait quitté momentanément sa chaire d'Upsal, à une époque où les moyens de transport étaient rares et difficiles, pour traverser une partie de l'Europe et venir visiter les environs de Montpellier, dont la flore et la faune sont si différentes de celles des régions du Nord. Déjà en ce temps, des savants de premier ordre y enseignaient les sciences naturelles, Dodart, Gouan, Broussonnet, dont les chaires ont été successivement occupées par des hommes non moins illustres, tels que Decandolle, Delile, Dunal, etc. Nous pourrions même ajouter, si nous ne craignions de blesser la modestie de nos collègues, qu'aujourd'hui même la Faculté des sciences de Montpellier soutient dignement son antique réputation.

« Grâce à la bienveillance éclairée de nos administrations de chemins de fer, la Société entomologique de France vient cette année visiter ces contrées qu'exploraient jadis Allioni et Villars, et demander l'hospitalité à cette vieille ville de Grenoble, qui a bien aussi ses souvenirs et ses parchemins, pour y tenir sa deuxième session extraordinaire.

« Ici, Messieurs, au lieu d'une faune exclusivement méditerranéenne sous une température presque constante, en passant successivement par divers climats, vous rencontrerez les plantes et les insectes de l'Europe moyenne, de quelques parties de la Provence et des régions septentrionales. Dans cette belle vallée du Graisivaudan, à Allevard, vous vous croirez presque à Fontainebleau ; dans les plaines au sud de Grenoble, vous retrouverez çà et là de nos vieilles connaissances de Montpellier, que vous reverrez encore dans les gorges chaudes du Bourg d'Oisans en compagnie d'espèces alpines; à la Grande-Chartreuse, dans les vastes prairies qui entourent le couvent et dans ces bois de hêtres et de sapins, dont certains arbres sont si vieux qu'ils tombent de vétusté, apparaîtront les espèces propres aux montagnes alpines proprement dites, mais ce n'est que là où la végétation frutescente disparaît, comme sur le grand Som, les montagnes du Mont-de-Lans, de Champ-Rousse, de Villard-Eymont, de Villard-Saint-Jean, de Saint-Christophe, du Haut-Richard, du mont Viso, du Galibier, sur les glaciers de la Grave, etc., que vous trouverez les insectes et les plantes du haut nord. Plusieurs d'entre vous, Messieurs, ont admiré plus d'une fois les beautés sauvages de ces hautes montagnes et savent sans doute mieux que moi quelle ample moisson ils rapporteront de leur voyage. Plusieurs aussi, sans avoir parcouru ces hautes régions, ont visité le couvent de Saint-Bruno et ont encore présent à la mémoire l'accueil affable et bienveillant que faisait aux voyageurs ce vénérable frère Jean-Marie, qui dort aujourd'hui du sommeil du juste sous les dalles glacées de la Chartreuse.

« Les personnes étrangères aux sciences naturelles se demandent sans doute à quoi sert l'entomologie et considèrent ceux qui s'occupent de son étude comme des gens désœuvrés employant leur temps à des futilités. Nous pourrions leur répondre : *In natura nil inane*, dans la nature rien n'a été fait en vain; vous admirez un éléphant ou un rhinocéros aux proportions gigantesques, et vous ne vous doutez pas que l'organisation des insectes est tout aussi compliquée et tout aussi admirable que celle de ces animaux, que leurs instincts sont en général beaucoup plus merveilleux, et que celui qui leur a donné la vie tient également et sans distinction de classe à la conservation de l'espèce de tous les êtres et qu'à chaque insecte comme à tout autre animal il a donné le droit de s'asseoir au banquet de la création. Leur rappellerons-nous qu'il y a certaines espèces dont l'homme a su tirer parti? S'il n'y avait pas une société d'apiculture, nous citerions ces hyménoptères, connus de la plus haute antiquité, qui, au temps des Philistins, déposaient des rayons de miel dans la gueule d'un lion assommé par Samson, et qui dans l'île de Crète fournissaient le sucre destiné à édulcorer le lait de la chèvre Amalthée pour son nourrisson. Mais nous laissons à cette société le soin d'expliquer comment les anciens et les poètes ont pu confondre avec des abeilles ces Muscides qui se nourrissent de matières animales en décomposition. Leur parlerons-nous de ces chenilles importées de la Chine et de l'Inde, qui filent nos étoffes de luxe, de ces coléoptères vésicants qui, depuis Hippocrate jusqu'à nous, ont rendu tant de services à l'humanité, de ces hémiptères tinctoriaux que l'on élève aujourd'hui avec succès sur les *Opuntia*, en Algérie; de cet autre *Coccus*, jadis si célèbre en médecine et servant encore maintenant à colorer cette liqueur florentine que l'on vend au poids de l'or aux voyageurs, dans le couvent de Sainte-Marie-Nouvelle? Nous ne leur parlerons pas davantage du *Cossus* des anciens, qui était pour les Romains une friandise de luxe; du charançon palmiste des Antilles, que les créoles mangent comme un mets très-délicat; des sauterelles voyageuses dont saint Jean se nourrissait dans le désert et qu'Olivier et Bruguères ont vu vendre à la fin du siècle dernier sur les marchés de Bagdad, par sacs comme des céréales; de cet autre insecte qui, dans les contrées arides et incultes de l'Arabie, détermine par sa piqûre sur les rameaux d'un *Tamarix* cette manne qui servit de nourriture aux Hébreux, ni même de cet hémiptère aquatique dont les œufs sont si abondants aux bords de quelques lacs du Mexique, que les indigènes les recueillent pour s'en nourrir et les conservent dans des sacs comme de la semoule. Non, mais ce que nous voudrions, c'est que l'histoire des insectes fût plus connue des gens du monde et surtout des horticulteurs et des agriculteurs, et qu'ils sussent au moins distinguer leurs ennemis de leurs amis, c'est-à-dire les espèces qui leur rendent des services de celles qui leur sont nuisibles; s'il en était ainsi, ils respecteraient ces carabes dorés et généralement tous les coléoptères de la même famille qui se promènent dans leurs bois, leurs champs et leurs jardins, se livrant à une chasse incessante aux lombrics, aux limaces et aux chenilles des *Agrotis*, appelées vulgairement *vers-gris*, etc. Ils respecteraient aussi religieusement ces coccinelles, que le peuple appelle *bêtes à bon Dieu*, et dont les larves dévorent si vite les pucerons de nos arbres fruitiers. Ils ne mettraient pas sur le compte des fourmis la maladie de leurs pêchers quand les feuilles sont recoquevillées par les pucerons; ils sauraient, au contraire, que les fourmis viennent là pour les titiller avec leurs antennes et recueillir la matière mielleuse sécrétée par ces hémiptères, et que souvent même elles les emportent et les soignent dans leur fourmillière comme des sortes de *vaches à lait*. Ils considéreraient comme leurs meilleurs auxiliaires ces hyménoptères qui creusent des trous dans le sable et dans la terre sèche pour y inhumer de nombreuses chenilles qui doivent servir de pâture à leur postérité, et surtout ces ichneumonides et ces nombreuses chalcidites qui déposent leurs œufs dans le corps même des chenilles, et dont les races s'accroissent en raison de l'abondance de ces dernières; ils sauraient en même temps que c'est au développement de ces parasites qu'il faut attribuer la disparition complète de la pyrale de la vigne qui malheureusement depuis a été remplacée par un autre fléau qui tient à l'état pathologique, dont plusieurs de nos végétaux souffrent depuis quelques années sans qu'il ait encore été possible d'en apprécier les causes. Ils auraient constaté comme nous ce fait positif, que lorsqu'une espèce se multiplie outre mesure, les parasites se multiplient dans les mêmes proportions, de manière à ce que l'équilibre reste toujours le même dans la nature. Ils comprendraient, enfin, que ces mouches qui nous importunent en venant se réfugier dans nos habitations ont aussi leur raison d'être; que les unes ont pour mission de détruire d'énormes quantités de chenilles en déposant leurs œufs dans leur substance adipeuse, et que la plupart des autres espèces sont chargées d'anéantir les restes des matières organiques, qui, sans ce secours hygiénique, se réduiraient à leurs éléments et se répandraient en miasmes pestilentiels dans l'atmosphère. Linné a donc pu dire avec vérité que trois mouches feront disparaître plus promptement le cadavre d'un cheval qu'un lion ne pourrait le faire en employant le même temps.

« Messieurs, s'il est à désirer que les agriculteurs connaissent bien les mœurs des insectes qui leur sont utiles et dont nous venons de vous signaler seulement quelques espèces, à la hâte, il n'est pas moins nécessaire pour eux de faire connaissance avec leurs ennemis, afin de les attaquer plus sûrement. Depuis longtemps ils ont observé les mœurs du *Bombyx chrysorrhée*, et le seul échenillage qu'ils pratiquent consiste à enlever, à la fin de l'hiver, ces nids que l'on aperçoit au bout des branches des arbres comme des paquets de feuilles sèches, mais ils ne font nulle attention aux espèces qui passent l'hiver à l'état d'œufs. Ils laissent inaperçus ces traînées d'œufs du *Bombyx dispar* qui ressemblent à des morceaux d'amadou appliqués sur le tronc des arbres des promenades publiques, et dont les nombreuses chenilles qui en sortent au printemps ne tardent pas à les dénuder de leurs feuilles. Nous pourrions dire la même chose du *Bombyx du saule*, dont les paquets d'œufs se font remarquer sur le tronc des peupliers par la couleur blanche, luisante, spumeuse des plaques qui les renferment, et du *Bombyx neustrien* appelé *livrée*, dont les œufs sont disposés autour des jeunes branches de nos arbres fruitiers comme une large bague. Rien ne serait plus facile que de se préserver de la voracité des chenilles de certaines phalènes appelées *Geometra brunaria*, *defoliaria et aurantiaria*, dont les femelles sont dépourvues d'ailes et ressemblent presque à des araignées. Toutes ces espèces se métamorphosant en terre, il suffirait d'entourer le tronc des arbres, au mois de novembre, époque de l'éclosion, d'une couche annulaire de goudron de gaz pour les empêcher d'y monter et d'y déposer des milliers d'œufs qui éclosent au moment de l'évolution des bourgeons. Si l'année dernière on eût fait usage de ce procédé au bois de Boulogne, nous n'eussions pas eu, cet été, le triste spectacle de chênes complétement dépourvus de feuilles comme au milieu de l'hiver. Il n'est encore venu à l'idée de personne de détruire ces *Cossus*, et ces longicornes qui perforent nos plus gros arbres comme avec une tarière; la chose n'est pourtant pas impossible; il suffirait d'injecter dans leurs trous ou sous les écorces malades une solution étendue de sulfate de cuivre. Les jardiniers pourraient facilement aussi, en détruisant ces criocères dès qu'ils commencent à paraître, préserver les différentes espèces de lis de la saleté et de la voracité de leurs larves. Enfin, nous voudrions ne plus entendre dire, par des agriculteurs d'ailleurs fort habiles, que leurs arbres ont reçu des *vents roux*, lorsque leurs pommiers sont enveloppés comme dans des toiles d'araignée par de nombreuses familles d'yponomeutes qui rongent tranquillement sous leur tente le parenchyme des feuilles et les fleurs à peine épanouies, ou lorsque les fleurs de ces arbres ressemblent à des clous de girofles, parce que, dans chacune d'elle, il y a la larve d'un anthonome dont l'œuf a été pondu avant l'inflorescence. Ou bien encore lorsque les fruits de leurs poiriers nouvellement noués prennent cette forme désignée sous le nom de *calebasse*, parce que au moment de l'épanouissement des fleurs une cécidomye y a déposé des œufs qui produisent ces petites larves qui rongent l'intérieur de l'ovaire et donnent aux poires rudimentaires une forme plutôt globuleuse que turbinée. Mais il faut espérer, maintenant que l'histoire naturelle est enseignée partout, dans les lycées, dans les colléges, dans les séminaires et dans les hautes écoles, que ces vérités seront mieux comprises, et qu'en faisant une plus large part à l'entomologie on rendra un véritable service à l'agriculture et à l'horticulture. »

Le même jour, 7 juillet, et dans l'intervalle des deux séances, des courses et des explorations ont été faites à Saint-Nizier de Parizet, à la Grande-Chartreuse, à l'ancienne Chartreuse de Prémol, à Uriage, à Allevard, dans les montagnes de l'Oisans et au Lautaret.

Dans la seconde séance, celle du 16 juillet, la société s'est occupée des acridites (*Acrydium migratorium*), espèce de sauterelles étrangères, dont une nuée épaisse, portée par un vent orageux du sud, venait de s'abattre, depuis quelques jours, sur le Bourg d'Oisans, où ces insectes voyageurs, désignés sous le nom de criquets, et bien autrement redoutables que les chenilles de l'*Heterogynis penella*, avaient dévoré la plupart des récoltes, attaquant même les plantes marécageuses. M. le préfet du département de l'Isère avait consulté M. le président et M. le secrétaire du congrès, ainsi que M. Bouteille, conservateur du Musée d'histoire naturelle de Grenoble, sur les moyens à prendre pour s'opposer à ce fléau. Nous donnons, ci-après, le rapport adressé à M. le préfet par M. Bouteille, sur ces sauterelles dévastatrices. Des nuées des mêmes insectes ont été jetées également, cette année, en Suisse et dans d'autres contrées.

Vingt-sept membres de la Société entomologique se sont trouvés au congrès de Grenoble, savoir :

MM. Bellevoye, venu de Mez ;
Boisduval, docteur en médecine, de Paris, *président de la Société;*
Th. Bruad d'Uzelle, de Besançon ;
Cartereau, docteur en médecine, de Bar sur Seine ;
Chambovet, de Saint-Etienne;
Constant fils, d'Autun ;
Charles Dat, de Carcassonne ;
Daube, de Montpellier ;
Delamarche, de Paris ;
Doué, de Paris ;
L.-A. Ducoudray-Bourgault, de Nantes ;
L.-H. Ducoudray-Bourgault, de Nantes ;
L. Fairmaire, de Batignolles, *trésorier adjoint ;*
Gougelet, de Montmartre ;
Guenée, de Châteaudun ;
Koechlin, de Darnach ;
Kraatz, de Berlin ;
Alexandre Laboulbène, docteur en médecine, de Paris, *vice-président ;*
Paul Lambert, docteur en médecine, de Saumur ;
Legrand, de Troyes;
E. Levrat, de Lyon ;
Emmanuel Martin, de Paris;
P. Millière, de Lyon ;
Perroud, de Lyon ;
Rattet, de Paris;
Thibézard, de Laon ;
Titon, docteur en médecine, de Châlons sur Marne.

J.-D. P.

Liste des insectes principaux recueillis aux environs de Grenoble, à la Grande-Chartreuse, à Prémol, à Uriage, à Allevard, au Bourg d'Oisans et au Lautaret, pendant la session extraordinaire de juillet 1858; liste jointe au rapport fait sur cette session par M. le docteur Alexandre Laboulbène, dans la séance du 22 décembre 1858, à Paris.

COLÉOPTÈRES.

Cicindella sylvicola. Grande-Chartreuse.
gallica Brullé. Lautaret.
chloris Dejean.
hybrida var. *riparia.* Route du Bourg d'Oisans.
tranversalis. Grande-Chartreuse et Bourg d'Oisans.
Nebria picicornis. Bourg d'Oisans, la Grave.
nivalis. Lautaret.
Jockischii. Id.
castanea. Grande-Chartreuse et Lautaret.
Leistus fulvibarbis. Grande-Chartreuse.
Carabus monilis var. noire. Sur toutes les montagnes.
cancellatus var. d'un vert bronzé obscur. Montagnes d'Huez.
nodulosus. Chartreuse de Prémol, Villard-Eymond.
auronitens. Grande-Chartreuse.
Carabus violaceus. Grande-Chartreuse.
convexus. Id.
intricatus. Bourg d'Oisans.
Cychrus rostratus. Grande-Chartreuse, Bourg d'Oisans.
attenuatus. Id. et Chartreuse de Prémol.
Cymindis humeralis. Commune sur toutes les montagnes.
axillaris. Saint-Nizier, Lautaret.
coadunata. Bourg d'Oisans et Lautaret.
vaporariorum. Lautaret.
Dromius fenestratus. Grande-Chartreuse.
quadrillum. Id., Bourg d'Oisans.
Lebia crux minor. Bourg d'Oisans.
Chlœnius tibialis var. à pattes brunes. Séchilienne, la Grave.
Licinus Cassideus. Bourg d'Oisans.
Hoffmanseggii. Uriage.
Dolichus flavicornis. Route du Bourg d'Oisans.
Calathus fulvipes. Sur toutes les hauteurs, très-commun.
micropterus. Uriage, Bourg d'Oisans, Prémol.

Calathus alpinus. Grande-Chartreuse, Huez, Lautaret.
Taphria nivalis. Grand-Som.
Feronia cuprea var. noire. Sur toutes les montagnes.
dimidiata. Grande-Chartreuse.
lepida var. noire. Sur toutes les montagnes.
spadicea. Grande-Chartreuse.
maura. Grande-Chartreuse, Lautaret.
parumpunctata. Uriage, Saint-Nizier, Prémol, etc.
Panzeri. Grande-Chartreuse.
Lasserrei. Id.
Hagenbachii. Saint-Nizier, Grande-Chartreuse.
Honoratii. Saint-Nizier, Prémolles, Lautaret.
Prevostii. Id., Grande-Chartreuse.
externepunctata. Uriage, Prémol.
Yvanii. Grande-Chartreuse, Lautaret.
metallica. Prémol, Villard-Eymond.
Amara patricia. Saint-Nizier, Prémol, Lautaret.
ingenua. Lautaret.
municipalis. Grande-Chartreuse.
monticola. Lautaret.
communis. Grande-Chartreuse.
familiaris. Id., Lautaret.
curta. Saint-Nizier.
picea. Id.
crenata. Lautaret.
rufocincta SAHLB. Montagnes d'Huez.
grandicollis ZIMM.
Diachromus germanus. Uriage, etc.
Harpalus rubripes. Prémol, Grande-Chartreuse.
patruelis. Sur toutes les montagnes.
honestus et var. *ignavus*. Grande-Chartreuse.
consentaneus. Grande-Chartreuse.
hottenttota. Saint-Rambert, Grande-Chartreuse.
{ *fulvipes* F. Grande-Chartreuse.
{ *limbatus* GYLL.
{ *lævicollis* DUFT. Prémol, Grande-Chartreuse, Lautaret.
{ *satyrus* DEJ.
Trechus areolatus. Grande-Chartreuse, Bourg d'Oisans.
Bembidium 4-signatum. Bourg d'Oisans.
{ *varium* OLIV. Au bord des torrents, commun.
{ *ustulatum* FAB. Grande-Chartreuse, Bourg d'Oisans, etc.
fulvipes. Id., Bourg d'Oisans.
nitidulum. Id., Grande-Chartreuse.

fasciolatum. Bourg d'Oisans, la Grave, etc.
var. *cæruleum*. Commun.
tibiale var. la Grave.
bisignatum. Conflans.
eques. Saint-Laurent du Pont, Bourg d'Oisans.
tricolor. Bourg d'Oisans, la Grave.
conforme. Id., rare.
Andreæ FAB. Bourg d'Oisans, etc.
cruciatum DEJ.
femoratum. Id.
distinguendum. Bourg d'Oisans.
rufipes. Id., commun.
Sturmii. Saint-Nizier.
bipunctatum. Lautaret.
caraboides. Bourg d'Oisans.
Agabus guttatus. Grande-Chartreuse.
Hydroporus Davisii. Saint-Laurent du Pont et dans les bassins du Couvent.
septentrionalis. St-Laurent du Pont, Grande-Chartreuse.
Sanmarkii. Saint-Laurent du Pont.
vittula. Grande-Chartreuse.
Haliplus elevatus. Bourg d'Oisans.
Elophorus elevatus. Saint-Laurent du Pont, Lautaret.
Hister marginatus. Grande-Chartreuse.
funestus. Saint-Nizier, Grande-Chartreuse.
Saprinus conjungens. Saint-Rambert, Grande-Chartreuse.
Silpha nigrita var. *alpina*. Grande-Chartreuse, Lautaret.
Anisotoma rotundata. Lautaret.
Batrisus formicarius. Grande-Chartreuse.
Othius alternans. Id.
Staphylinus hirtus. Saint-Nizier, Huez, etc.
lutarius. Saint-Nizier.
chalcocephalus. Id.
pubescens. Id.
fossor. Id., Prémol.
picipennis. Lautaret.
fulvipennis. Grande-Chartreuse.
ater. Uriage.
Philonthus intermedius. Saint-Nizier.
nitidus. Grande-Chartreuse.
decorus. Prémol.
lucens. Saint-Nizier.
Pæderus longicornis. Saint-Laurent du Pont, Saint-Rambert.

Deleaster dichrous. Bourg d'Oisans.
Trigonurus Mellyi. Grande-Chartreuse.
Anthophagus armiger. Id.
alpinus. Id.
caraboides. Id.
Thymalus limbatus. Id.
Syncalypta setigera. Bourg d'Oisans.
Byrrhus signatus. Grande-Chartreuse.
ornatus. Id.
arcuatus. Id.
fasciatus. Id.
varius. Id.
Parnus striato-punctatus. Saint-Laurent, Grande-Chartreuse.
viennensis. Saint-Rambert.
auriculatus. Grande-Chartreuse.
substriatus. Id.
Elmis angustatus. Saint-Laurent, Grande-Chartreuse.
subviolaceus. Id.
Heterocerus fossor. Saint-Rambert.
sericans. Bourg d'Oisans.
Ceruchus tarandus (larve). Sapins de la Grande-Chartreuse.
Onthophagus nutans. Saint-Nizier.
lemur. Id.
Aphodius scrutator. Id.
{ *hæmorrhoidalis.* Id., Prémol.
{ var. *sanguinolentus* HERBST.
immundus. Saint-Rambert.
{ *alpinus* SCOPOLI. Grande-Chartreuse, Huez, Lautaret.
{ *rubens* COMOLLI. Lautaret.
bimaculatus var. noire. Grande-Chartreuse.
{ *obscurus* FAB. Sur toutes les montagnes.
{ *sericatus* SCHMIDT. Commun.
discus. Lautaret.
atramentarius. Grande-Chartreuse, Lautaret.
{ *carinatus* GERM. Lautaret.
{ *nivalis* MULS.
Hoplia farinosa. Bourg d'Oisans.
Rhizotrogus cicatricosus. Id.
{ *ochraceus* KNOCH. Id., Huez, Prémol.
{ *Fallenii* GYLL.
{ *assimilis* HERBST. Bourg d'Oisans et montagne d'Huez.
{ *aprilinus* DUFTS.
ater. Saint-Nizier et Bourg d'Oisans.

Cetonia ænea. Bourg d'Oisans.
marmorata. Id.
Trichius fasciatus. Grande-Chartreuse, Prémol, Bourg d'Oisans.
Capnodis tenebricosa. Saint-Nizier.
Anthaxia sepulchralis. Bourg d'Oisans.
Athous Dejeanii. Saint-Nizier, Grande-Chartreuse.
Cryptohypnus rivularius. Saint-Laurent du Pont.
Diacanthus æneus. Saint-Nizier, Grande-Chartreuse.
Corymbites cupreus. Grande-Chartreuse.
Campylus linearis. Uriage.
Telephorus albo-marginatus. Grande-Chartreuse, Prémol
Rhagonycha abdominalis. Grande-Chartreuse.
testacea. Id.
fuscicornis. Id.
Malachius marginellus. Prémol.
ruficollis. Id.
Colotes trinotatus. Grande-Chartreuse.
Lampyris splendidula. Bourg d'Oisans.
Podabrus alpinus. Uriage, etc.
Ochina sanguinicollis. Lautaret.
Xyletinus pectinatus. Bourg d'Oisans.
Cis nitidus. Grande-Chartreuse.
Pandarus tristis. Bourg d'Oisans.
Boletophagus { *reticulatus* Linn. Grande-Chartreuse.
{ *crenatus* Fab.
Oplocephala hæmorrhoidalis. Grande-Chartreuse.
Prionychus ater. Grenoble, bords du Drac.
Pyrochroa coccinea. Grande-Chartreuse.
Notoxus major. Bourg d'Oisans.
cornutus. Id.
Mylabris variabilis. Id.
OEdemera tristis. Grande-Chartreuse.
Anoncodes adusta. Id.
Apion meliloti. Grenoble, bords du Drac.
Sciaphilus viridis (1). Id.
Chlorophanus salicicola. Id., Bourg d'Oisans.

---

(1) Les individus trouvés à la Grande-Chartreuse (à Bovinant) se rapportent parfaitement au *Carabus exasperatus* Dufts., qui n'est qu'une variété du *C. violaceus* Linn. (faun. ent. fr., I. 20). C'est la variété C du *Carabus violaceus* décrite par M. Scham (naturg. ms. Dent, 1. 154, 1836).

Chlorophanus viridis. Bourg d'Oisans.
Gronops lunatus. Id.
Liophlœus Herbstii. Grande-Chartreuse.
pulverulentus. Id.
ovipennis nov. spec. (1) Id.
Barynotus mœrens. Grande-Chartreuse.
Tropiphorus mercurialis. Bourg d'Oisans.
Molytes germanus. Grande-Chartreuse.
Leiosomus ovatulus. Id.
Phyllobius calcaratus. Id.
atrovirens. Id.
psittacinus. Saint-Nizier.
Peritelus mus. Grande-Chartreuse.
Phytonomus globosus. nov. spec. (2) Lautaret.
Otiorhynchus niger. Grande-Chartreuse.
fuscipes. Id.
tenebricosus. Id.
armadillo. Id
unicolor. Id.
ebeninus. Id.
hirticornis. Bourg d'Oisans.
porcatus. Grande-Chartreuse.
Grypidius equiseti. Bourg d'Oisans.
Orchestes sparsus. Id.
Cionus ungulatus. Id.
Gymnetron campanulæ (larve). Grande-Chartreuse.
Xyloterus domesticus. Id.
Scolytus villosus. Id.
Rosalia alpina. Id.
Criomorphus { *castaneus* Linn. Bourg d'Oisans.
{ *aulicus* Fab.
Clytus mysticus. Id.
Molorchus minor. Grande-Chartreuse.
Parmena Solieri. Uriage.
Acanthoderes varius. Grande-Chartreuse.
Astynomus griseus. Id., Bourg d'Oisans.

(1) Cet insecte a constamment été pris dans les troncs d'arbre décomposés.

(2) Cette espèce n'aurait pas encore été signalée en France, à la connaissance de MM. Laboulbène et Léon Fairmaire.

Leiopus nebulosus. Bourg d'Oisans.
Pogonocherus fascicularis. Grande-Chartreuse.
Agapanthia angusticollis. Id.
Saperda scalaris. Id.
punctata. Id., chemin de Fourvoirie.
Rhagium indagator. Grande-Chartreuse.
Pachyta interrogationis. Lautaret.
8-maculata. Grande-Chartreuse, Prémol.
virginea et var. corselet rouge. Grande-Chartreuse.
Strangalia aurulenta. Id.
Leptura { *testacea* Linn. Grande-Chartreuse.
{ *rubrotestacea* Fab.
maculicornis. Id.
rufipennis. Id.
Anoplodera rufipes. Bourg d'Oisans.
Grammoptera levis. Grande-Chartreuse.
Clythra cyanicornis. Bourg d'Oisans.
longimana. Grande-Chartreuse.
Cryptocephalus imperialis var. Montagnes d'Huez.
gracilis. St-Nizier, Gr.-Chartreuse, Bourg d'Oisans.
bilineatus var. Bourg d'Oisans.
Chrysomela limbata. Montagnes d'Huez.
cacaliæ. Grande-Chartreuse.
senecionis. Id.
vittigera. Id.
pretiosa. Id.
nivalis. Lautaret.
speciosa. Grande-Chartreuse.
Luperus viridipennis. Lautaret.
Cassida languida. Prémol.
Harmonia impustulata. Id.
Coccinella labilis. Saint-Nizier.
Endomychus coccineus. Grande-Chartreuse.

ORTHOPTÈRES.

Forficula biguttata. Très-commune sur toutes les montagnes.
Decticus verrucivorus. Grande-Chartreuse, très-commun.
Stenebothrus viridulus. Lautaret.
bicolor. Grande-Chartreuse.
{ *scalaris.* Fisch. Wald. Grande-Chartreuse.
{ *melanopterus* Borck.

Stenebothrus variegatus. Sur toutes les montagnes.
sibiricus (Gomphocerus). Lautaret.
Pachytylus migratorius. Bourg d'Oisans.
OEdipoda cærulans. Id., Huez.

LÉPIDOPTÈRES.

Parnassius Appollo. Sur toutes les montagnes.
Phæbus. Lautaret.
Pieris Callidice. Sommet du Galibier.
Rhodocera Cleopatra. Séchilienne et Bourg d'Oisans.
Colias phicomone. Lautaret.
palæno. Id.
Polyommatus Eurydice. Saint-Nizier, Lautaret.
virgaureæ. Sur toutes les montagnes.
Gordius. Bourg d'Oisans.
Licæna Amyntas. Saint-Nizier.
optilete. Villard-Eymond, Lautaret.
Eumedon. Id.
orbitulus. Id.
Eros. Lautaret.
Pheretes. Id.
Donzelii. Villard-Eymond.
Damon. Partout.
Alcon. Basses prairies.
Argynnis Niobe. Prairies alpines
Amathusia. Chartreuse de Prémol.
Daphne. Id.
Ino (1). Partout, commune.
Pales. Extrêmement commune au Lautaret.
Melitæa cynthia. Lautaret.
didyma. Bourg d'Oisans.
Arge var. *procida.* Sur toutes les montagnes.
var. *leucomelas.* Bords du Drac.

---

(1) Nouvelle espèce décrite par M. Léon Fairmaire ; il parait voisin du *L. Leutus ;* mais le rostre est canaliculé à la base, le corselet presque deux fois aussi large que long, avec une impression transversale en avant, sans ligne élevée médiane, et les élytres ont des stries ponctuées fines ; elles sont plus courtes que chez le *L. nubilus.*

Erebia Cassiope. Lautaret.
Mnestra. Villard-Eymond.
Pyrrha. Grande-Chartreuse.
Ceto. Lautaret.
Stygne. Grande-Chartreuse.
Alecto. Sommet du Galibier, Haut-Richard.
Arachne. Villard Saint-Jean.
ligea. Grande-Chartreuse.
Gorge var. *Erynnis*. Galibier, Haut-Richard.
Manto. Id.
dromus. Sur toutes les montagnes
Satyrus cordula. Saint-Nizier et Bourg d'Oisans.
Hermione var. *Alcyone*. Prairies un peu élevées.
Eudora (1). Bourg d'Oisans.
Pasiphae. Saint-Nizier.
hiera. Montagnes d'Huez.
Iphis. Lautaret.
Syrichtus altheæ. Id.
lavateræ. Bourg d'Oisans.
serratulæ. Lautaret.
Deilephila lineata (chenille). Grenoble, bords du Drac.
hippophaes (2). Id.
Zygæna Erythrus (3). Bords du Drac, Saint-Nizier, etc.
Minos. Partout, commune.
Sarpedon. Bords du Drac, Saint-Nizier.
exulans. Lautaret.
Charon. Bourg d'Oisans.
hilaris. Grenoble, bords du Drac.
Procris infausta. Bourg d'Oisans.
Heterogynis penella. Lautaret.
Lithosia luteola. Prairies alpines.
vitellina. Grande-Chartreuse.
Setina ramosa. Villard-Eymond, Lautaret.

---

(1) Voisin du *P. Salvia*; il en diffère par le rostre caréné bien plus allongé, le corselet bien plus arrondi sur les côtés, non sillonné à la base, et les élytres moins courtes, moins fortement striées.

(2) Espèce commune sur les bords du Drac où l'arbrisseau dont se nourrit la chenille de ce lépidoptère est abondant.

(3) Il est dans le département de l'Isère de fort belle taille.

Naclia ancilla. Bourg d'Oisans.
punctata. Id.
Nudaria mundana. Rochers de la Grande-Chartreuse.
Callimorpha dominula (1). Grande-Chartreuse.
Nemeophila plantaginis. Lautaret.
var. *hospita.* Id.
Arctia luctifera (chenille). Saint-Nizier.
sordida. Route de la Grave.
Hepialus humuli. Lautaret.
Typhonia lugubris. Pariset.
Psyche nitidella. Grande-Chartreuse.
albida (fourreaux). Contre les rochers.
febretta. Id. Id.
Bryophila glandifera. Vizille.
Apamea captiuncula. Grande-Chartreuse.
Noctua candelisequa. Lautaret.
Erastria candidula. Environs de Grenoble.
Agrotis { *renigera* HUBN. Grande-Chartreuse.
{ *Polia dumosa* DONZ (2).
Plusia circumflexa. Grenoble, bords du Drac.
Catocala pellex. Bourg d'Oisans.
Grammodes geometrica. Bords du Drac, Saint-Nizier.
Metrocampa margaritata. Grande-Chartreuse.
Nychiodes lividaria. Citadelle de Grenoble.
Boarmia abietaria. Grande-Chartreuse.
Gnophos furvata. Saint-Nizier et bords du Drac.
ophtalmicata. Saint-Nizier et la Grave.
{ *pullata* (3). Grande-Chartreuse.
{ *impectinata* GUÉN. olim.
glaucinata. Lautaret.
var. *citrinata* BRUAND. Grande-Chartreuse.
Dasydia obfuscata. Lautaret.
Psodos trepidaria. Id.
Pygmæna venetaria. Id.

---

(1) Trouvé au monastère de la Chartreuse, à plus de 2,000 mètres de hauteur.

(2) Espèce rare que M. Guenée a retirée des *Polia* pour la placer dans le genre *Agrotis*.

(3) Espèce belle et peu commune qui se rapproche beaucoup de la *Gnophos Canitiaria*, de Guenée.

Acidalia confinata (1). H.-S.; GUÉNÉE, tome IX. p. 389.
moniliata (2). Bords du Drac.
mutata. Contre les rochers.
strigaria. Prés de la Grande-Chartreuse.
filicata. Grenoble et Bourg d'Oisans.
contiguaria. Pariset.
submutata. Saint-Nizier.
flaveolaria. Saint-Nizier et Lautaret.
rufaria. Saint-Nizier, Grande-Chartreuse, Bourg d'Oisans.
{ *perochraria* FREYER. Grande-Chartreuse.
{ *ochrearia* BDV. Ind.
politaria. Bords du Drac.
suffusata. Saint-Nizier.
comparia (3) HER.-SCH. Grande-Chartreuse.
argilata (4). GUÉNÉE. Bords du Drac.
Stegania permutaria var. *commutaria*. Grenoble.
Cabera confinaria (5) FREY. Prés de la Grande-Chartreuse.
Aleucis pictaria. Bourg d'Oisans.
Halia Wavaria. Huez.
Tephrina artesaria. Bords du Drac.
Numeria capreolaria. Grande-Chartreuse.
Fidonia atomaria (5 *bis*). Bords du Drac.
moniliaria. Id.
Cleogene { *lutearia* FAB. Lautaret.
{ *tinctaria* BDV. Ind. 1411.
Aspilates calabraria. Bourg d'Oisans.
Larentia cæsiata. Grande-Chartreuse et Prémol.
cyanata. Grande-Chartreuse.
infidata DELAH (6). Id.

---

(1) Espèce nouvelle pour la faune française (P. Millière).

(2) Cette espèce, commune sur les bords du Drac, est rare sur les rochers près de l'entrée de la Chartreuse.

(3) Espèce de groupe de l'*Herbariata* FAB ; rare en Europe.

(4) Espèce encore peu connue.

(5) Espèce très-rare et nouvelle pour la faune française.

(5 *bis*). Belle variété, à large bordure, brune autour des quatre ailes.

(6) Cette espèce a deux types bien distincts. La bande transversale de l'un est d'un jaune safrané; l'autre type, au contraire, a les bandes d'un gris très foncé.

Larentia flavicinctata. Grande-Chartreuse.
tophaceata. Saint-Nizier et Grande-Chartreuse.
{ *larentiata* (1). BRUAND. Grande-Chartreuse.
{ *Kollararia* HERR.-SCH.
frustrata. St-Nizier et Grande-Chartreuse.
aptata. Partout, très-commune.
olivata. Saint-Nizier et Grande-Chartreuse.
turbata. Grande-Chartreuse, sapins.
{ *aqueata* HUBN. Route de Bourg-d'Oisans au Lautaret.
{ *lotaria* BDV. Ind. 1625.
Emmelesia { *alchemillata* LINN. Grande-Chartreuse.
{ *rivularia* BDV. Ind. 1785.
Eupithecia semigraphata BRUAND (2); GUENÉE, X, 310. Rochers de Saint-Nizier et de la Grande-Chartreuse.
Thera variata. Grande-Chartreuse.
Melanipe molluginata. Id.
Anticlea sinuata. Chartreuse de Prémol.
berberata. Montagnes d'Huez.
Camptogramma scripturata. Grande-Chartreuse.
riguata. Saint-Nizier.
Cidaria aptaria. Id.
silaceata W. v. Roches de la Grande-Chartreuse.
capitata HERR.-SCH. Id., très-rare.
Anaitis præformata. Sapins de la Grande-Chartreuse.
simpliciata TREITS. Lautaret.
Magdalenaria BELLIER.
Tanagra chærophillata. Sur toutes les montagnes.
Botys sophialis (3). Grande-Chartreuse.
olivalis. Id.
Pyrausta sanguinalis. Bourg d'Oisans.
Xylopoda pariana. Grande-Chartreuse.
scitulana. Bourg d'Oisans.
Tortrix dumicolana ZELL (4). St-Nizier.
gallicolana HEYD (5). Id.

---

(1) Espèce rare.

(2) Variété caractérisée par la coloration foncée.

(3) Type blanchâtre, tirant sur le bleu.

(4) Espèce non signalée en France, jusqu'à ce jour, à ce qu'il parait; se trouve sur le lierre.

(5) Espèce rare.

Sericoris Charpentiana HUBN. Saint-Nizier et Grande-Chartreuse.
Crambus { *pyramidellus* TREIT. Grande-Chartreuse, Lautaret.
{ *adamantellus* GUÉNÉE.
Eudorea ingratella HER.-SCH. Saint-Nizier, Lautaret.
ambiguella H.-SCH. 109 ou 108? Lautaret.
{ *muranella* H.-S. Grande-Chartreuse.
{ *parella* ZELLER.
{ *trumicollela* STAINTON.
frequentella (1). Grande-Chartreuse.
{ *asphodeliella* MAN. Bourg d'Oisans.
{ *manifestella* HER.-SCH. 104?
{ *pyralella* HUBN (2). Bourg d'Oisans.
{ *dubitella* ZELLER.
Anacampsis galbanella FREY (3). Sapins de la Grande-Chartreuse.
Gelechia peliella. Saint-Nizier.
alticartusiella (4). Grande-Chartreuse.
Lampros bractella LINN. Sapins de la Grande-Chartreuse.
Cochylis magnicitrana BRUAND (5). Route de Saint-Nizier.
Tinea { *Cartusianella* BRUAND (6). Rochers de la Grande-Chartreuse.
{ var. de *fulvimitrella* SODOFFSKI (H.-S. 283?).
Coleophora Constantella BRUAND (7). Saint-Nizier.
Argyreithia { *spiniella* (8). Bourg d'Oisans.
{ *semitestaceella* CURT.

---

(1) Variété de *Crat œgella*, suivant Delchaspe (Bruand d'Uzelle).

(2) *Dubitella* de ZELLER, parait n'être qu'une variété de *Pyrabella*.

(3) Espèce nouvelle pour la faune française (P. Millière).

(4) Autre *Pisticella* HEYD. et *Marmorella* HAW., mais le fond des premières ailes entièrement noir. Cette *Gelechia* ressemble à la *Lita decora* STEPH., et dont elle semblerait n'être qu'une variété sans taches jaunes au milieu du noir dans les ailes inférieures, qui sont de forme différente. Suivant M. Bruand d'Uzelle, c'est une *Gebehia* et non une *Lita*.

(5) Rare; c'est la plus grande espèce de *Cochylia* (P. Millière).

(6) Voisine de *Fulvimitrella*, mais les deux taches du bord bien plus larges, puis quatre ou cinq points blancs agglomérés à la côte près du tiers de la longueur, et une autre tache dont le centre est marqué de noir près du sommet opical (*Bruand d'Uzelle*).

(7) Variété ainsi désignée du nom de M. Constant, lépidoptériste aussi zélé que consciencieux. TREI.

(8) Cette *Argyreihia* se rapporte à la variété de *Semitestacella* de *Curtis*.

Pterophorus *plagiodactyla* Frey. Saint-Nizier.
xanthodactylus Zell. Grande-Chartreuse.
{ *adactyla* (1). Bourg d'Oisans.
{ var. *Delphinensella* Bruand.
megadactyla Hubn Bourg d'Oisans.
nemoralidactyla. Id.
tristidactyla Zell., Her.-Sch., Bourg d'Oisans.
{ *paludidactyla*. Id
{ *paludum* Zell., Her.-Sch.

Indication sur les sauterelles ou criquets qui ont envahi le Bourg d'Oisans en 1858.

On nous écrit du Bourg d'Oisans, le 18 juillet 1858 (2) :

« Un nouveau fléau, inconnu jusqu'ici dans ce pays, est venu affliger notre commune. Une légion innombrable de sauterelles dévore nos récoltes. Une zone de cent hectares environ est ravagée par le passage de ces insectes qui se dirigent du midi au nord, en moissonnant tout sur leur passage. Haies, fossés, marécages, rien ne les arrête. Tous les efforts des habitants ne peuvent rien contre l'invasion de ce fléau, qui peut être, nous le redoutons extrêmement, s'étendra bientôt à toute la plaine. Les habitants du Bourg en tuent chaque jour une grande quantité, mais fort inutilement; ces insectes maudits sont si nombreux qu'on se fatigue à les détruire sans arrêter leurs progrès.

« Ces sauterelles sont, par leur nature, étrangères à notre pays et à notre climat. Voici comment s'est produite leur apparition. Le 7 de ce mois, vers quatre heures du soir, le vent du sud soufflait avec violence, les nuages amoncelés annonçaient un violent orage. Tout à coup, une nuée de sauterelles est tombée sur la propriété du nommé Blanchard, au mas du Miarderet; un espace d'environ huit cents

---

(1) *Variété d'Adactyla*, plus foncée que toutes celles qu'a figurées Herric-Schæffer ; celle-ci se rapproche beaucoup de la figure de *Duponchel ;* elle est nommée *Delphinensella* parce qu'elle a été remarquée en Dauphiné.

(2) Journal *Courrier de l'Isère*, du mardi 20 juillet 1858.

mètres carrés en a été instantanément couvert. La couche de ces insectes avait vingt centimètres d'épaisseur. Un témoin du fait le raconta à plusieurs personnes, qui ne voulurent pas le croire et se moquèrent de lui. Mais le lendemain matin, la vérité de son récit ne fut que trop bien attestée. Les sauterelles s'étaient répandues sur les propriétés voisines et les avaient dévastées. Bientôt le fléau a pris les proportions indiquées plus haut. Cette sauterelle paraît être la même que celle qui fait tant de ravages dans les contrées tropicales de l'Asie et de l'Afrique. La science l'a classée sous le nom de *Dectique verrocivare*, de la famille des *orthoptères acrédites.* »

Rapport fait à M. le Préfet de l'Isère, par M. Bouteille, conservateur du Muséum d'histoire naturelle, sur les sauterelles du Bourg d'Oisans.

« Monsieur le Préfet,

« J'ai l'honneur de vous rendre compte de la mission que vous avez bien voulu me confier, relativement au fléau qui désole l'Oisans.

« C'est le 6 juillet, vers les trois heures du soir, qu'a été observée, pour la première fois, l'apparition des sauterelles.

« Le témoin de cette apparition traversait la plaine et se trouvait en ce moment sur un terrain marécageux, lorsqu'il fut arrêté par une massse énorme d'insectes qu'il prit d'abord pour une fourmilière colossale. En examinant de plus près, il ne tarda pas à s'apercevoir que c'était de petites sauterelles entrelacées les unes dans les autres, et couvrant le sol sur une surface rectangulaire d'environ huit mètres de longueur sur deux mètres de largeur : l'épaisseur de cette masse pouvait varier entre vingt et quarante centimètres.

« La grosseur des insectes était variable; les plus forts paraissaient être de la grandeur d'une mouche commune. On n'en voyait aucun avec des ailes développées, c'est-à-dire à l'état d'insecte parfait.

« Le jour où cette observation a été faite, le temps était couvert et le vent du sud soufflait avec violence.

« Quelques jours après, la masse s'est divisée sur une longueur de huit cents mètres, et a commencé son œuvre de destruction en s'avançant du midi au nord, sans dépasser les limites que je viens d'indiquer.

« A mon arrivée sur les lieux, les insectes avaient beaucoup grossi. Plusieurs avaient subi leur dernière mue et pris les grandes ailes de l'âge adulte. Ces derniers se trouvaient près du terrain d'invasion, tandis que les larves et les nymphes marchaient en tête de la colonne, occupées sans relâche à satisfaire leur voracité dévastatrice.

« Les récoltes qui ont le plus souffert appartenaient aux plantes graminées; ce sont les céréales, les prairies et quelques plantes marécageuses. Les pommes de terre, les haricots et autres menues récoltes sont restées intactes. Les plus grands dégâts ont eu lieu dans les environs de la berge gauche de la Rive. Ce ruisseau ayant à peine quatre ou cinq mètres de largeur, a suffi pour arrêter le fléau: et la partie la plus riche et la plus importante de la plaine a été jusqu'ici préservée.

M. le maire du Bourg d'Oisans a pris les mesures les plus intelligentes pour combattre le fléau.

« Le feu, les battues, la chasse sous toutes les formes ont été successivement employés. Ces mesures énergiquement mises en pratique par M. le commissaire de police, ont déterminé la décroissance du fléau qui, nous l'espérons, restera dans ses limites actuelles.

« Pour compléter ce système de défense, j'ai cru devoir conseiller à l'administration l'institution d'une prime qui, dès le premier jour, a donné d'excellents résultats; j'ai dû prescrire aussi, dans l'intérêt de la santé publique, de couvrir les sauterelles à mesure qu'on les enterrait, d'une couche de chaux éteinte.

« L'insecte qui vient d'envahir l'Oisans appartient à l'ordre des Orthoptères et à la famille des Acridites. Il a reçu des naturalistes le nom de Criquet voyageur (*Acridium migratorium* : de Geer.) *OEdipoda migratoria*, Serville).

« Sa description et son histoire se trouvent dans tous les ouvrages spéciaux d'histoire naturelle. Dès la plus haute antiquité, les annales de tous les peuples, surtout des peuples orientaux, font mention des nombreux ravages que les Criquets ont exercés au détriment des cultivateurs. On sait aussi que les Criquets servent de nourritnre à plusieurs peuplades africaines qui en font des provisions pour leur usage et pour le commerce.

« Mais ce qui nous est inconnu, c'est de savoir comment et dans quels pays se forment ces bandes de Criquets dont le nombre d'individus est au-dessus de tout calcul, et comment elles s'élèvent dans les airs pour aller porter la dévastation dans les contrées les plus reculées.

« Les auteurs que j'ai pu consulter n'en font aucune mention. La plupart d'entre eux paraissent même croire que les Criquets s'élèvent dans les airs et font leurs longs voyages par la seule puissance de leur vol : ce qui est inadmissible pour ceux qui connaissent le vol lourd et embarrassé des adultes, qui peut à peine les élever à un mètre du sol et les transporter à quelques pas, et ce qui n'explique pas l'apparition des larves et des nymphes dont les ailes sont rudimentaires.

Audinet-Serville paraît être plus près de la vérité lorsqu'il dit : « On ignore la loi naturelle suivant laquelle ces insectes sont ainsi « *ramassés* à un certain moment et *emportés* par une *trombe de vent* « qui les conduit jusque là où il leur plaît de descendre. Leur volonté « paraît y être pour quelque chose : autrement on ne pourrait guère « expliquer une marche de ce genre ; et c'est là sans doute ce qui « les a fait ranger par Salomon au rang des quatre animaux auxquels « il accorde la sagesse, etc., etc. »

« Si l'opinion de Serville n'est pas la vérité, elle est, dans tous les cas, plus soutenable que celle des autres auteurs (1).

« Mais un fait digne de remarque, c'est qu'aucun de ces auteurs ne peut nous faire connaître si dans les centaines d'invasions qu'ils signalent, la masse des sauterelles était composée d'individus tous adultes, ou si elle contenait en même temps des larves et des nymphes, ou des larves seulement comme dans l'invasion de l'Oisans (2).

« En terminant ce rapport, je vais répondre de mon mieux à deux questions qui m'ont été faites par des habitants de l'Oisans :

« 1° Le Criquet qui a paru en Oisans le 6 juillet 1858 peut-il s'y acclimater et s'y propager ?

« Je ne le pense pas. Les animaux et les plantes ne peuvent s'acclimater que sous la protection et avec les soins de l'homme, encore

---

(1) Si je partage l'opinion de Serville sur l'enlèvement des sauterelles par des trombes de vent, je ne puis admettre, avec lui, que leur volonté y est pour quelque chose et qu'elles s'arrêtent où il leur plaît de descendre. Je crois, au contraire, qu'elles sont dans l'air comme des corps inertes, et que lorsque les causes qui les y soutiennent viennent à cesser, elles tombent sans résistance ; ce qui le prouve, c'est qu'elles se noient fréquemment dans la mer et qu'elles tombent souvent dans des lieux où elles périssent de faim.

(2) Dans le Congrès entomologique qui s'est tenu à Grenoble, dans les quinze premiers jours de juillet, il a été question des sauterelles de l'Oisans. Quelques membres pensaient que tous les individus de cette masse variable d'insectes pourraient bien ne pas appartenir à la même espèce. Notre savant président, fort de son savoir et de son expérience, soutint avec insistance l'opinion contraire. Le temps a donné raison à M. Bois-Duval. Toutes les transformations opérées jusqu'à ce jour, et c'est la presque totalité, n'ont pas donné d'autre insecte que l'*Acridium migratorium*.

faut-il qu'ils retrouvent les conditions de latitude et d'altitude de leur pays. Quelques-uns des Criquets jetés en Oisans pourront peut-être s'y reproduire, mais je crois que leur race ne tardera pas à disparaître après un petit nombre de générations.

« 2° Quels sont les moyens de se préserver du fléau ou d'en empêcher les ravages?

« L'état actuel de la science ne permet pas de répondre à la première partie de cette question ; il me reste donc à signaler les moyens d'empêcher les ravages.

« Quoique le fléau soit aussi ancien que les sociétés humaines, les moyens de le combattre ne se sont guère perfectionnés. Les anciens invoquaient les dieux et prenaient des mesures de police pour la destruction des insectes. On employait des soldats, des légions pour aller les recueillir dans des sacs, et les brûler ou les enterrer ensuite. Au moyen-âge, on exorcisait les sauterelles, et chaque paysan était tenu, sous les peines les plus sévères, d'en apporter à l'autorité une certaine quantité. De nos jours, on fait des battues dans lesquelles on écrase les animaux, soit avec des fléaux, soit avec d'autres instruments. Mais ce procédé a le grave inconvénient de laisser sur le sol une quantité de cadavres dont la décomposition peut infecter l'air. On chasse encore les sauterelles en se servant d'un drap de grosse toile dont les coins sont tenus par quatre personnes, ou bien avec le filet appelé capuchon que l'on promène sur les prairies et sur les récoltes. Dans les pays où la législation le permet, l'autorité fait la part du fléau et fait incendier ou inonder les récoltes.

Mais le moyen le plus efficace et le plus en rapport avec nos lois qui régissent la propriété, c'est la prime. La prime, largement appliquée, a rendu les plus grands services dans le midi de la France. La ville d'Arles a dépensé, en 1813, 25,000 fr. pour la destruction des sauterelles, et elle a préservé ainsi la plus grande partie de son territoire. On payait et l'on paie encore, dans les années d'invasion, 25 centimes le kilogramme de ces insectes.

« Je n'hésite pas, Monsieur le Préfet, à recommander ce dernier moyen d'une manière toute particulière; mais il faut que la prime soit suffisante et que les personnes qui veulent faire cette chasse y trouvent un plus grand profit que dans leur travail ordinaire.

« Je suis avec respect, Monsieur le Préfet, votre très-humble et très-obéissant serviteur.

« BOUTEILLE. »

Extrait du rapport fait à la Société entomologique de France par M. le docteur Alexandre Laboulbène, à la séance du 22 décembre 1858, sur la session extraordinaire de cette société, tenue à Grenoble, au mois de juillet de cette année.

A notre retour au Bourg d'Oisans, nous sommes bien étonnés de voir une immense quantité d'*Acrydium* à l'état de larve et de nymphe noyés ou écrasés à l'entrée du Bourg, sur la route. Nous apprenons que ces insectes existent par myriades de ce côté de la Romanche, qu'ils n'ont pu franchir. Ainsi m'est expliquée la présence exclusive des individus parfaits de l'*Acrydium migratorium*, près de la cascade, car ils ont pu traverser la Romanche à l'aide de leurs ailes. Les larves de ces insectes ont déjà produit d'effroyables dégâts; les récoltes de céréales ont été détruites sur pied, les végétaux ligneux dépouillés de leurs feuilles; ils attaquent même les *Arundo phragmites*.

On nous dit qu'un habitant du pays ayant aperçu une sorte de nuage qui arrivait du côté du Sud, fut très-étonné de voir, après la chute de ce nuage, la terre littéralement couverte de *sauterelles*. C'étaient les *Acrydium* qui s'abattaient aux environs du Bourg d'Oisans. On traita l'observateur de visionnaire, mais il ne s'était pas trompé, il n'avait que trop bien vu.

L'*Acrydium* qui a causé les ravages que nous avons constatés au Bourg d'Oisans, est le *migratorium* de Linné ou le *Pachytylus migratorius* des auteurs modernes. Vous savez, Messieurs, que cette espèce si anciennement connue, a été plusieurs fois observée en France; et cette année même des milliers de ces insectes dévastateurs se sont répandus en Suisse et dans plusieurs contrées.

Les larves et nymphes, si voraces, étaient assurément celles de l'*Acrydium migratorium*. Elles offraient des taches bleuâtres très-remarquables de chaque côté de leur thorax. Plusieurs larves d'*Acrydidæ* présentent cette livrée pendant lés premières périodes de leur existence.

Depuis les dégâts des *Acrydium*, signalés dans plusieurs passages des livres sacrés, ces insectes ont acquis la plus grande et la plus triste célébrité par leurs ravages extraordinaires. Je ne puis, Messieurs et chers collègues, que vous rappeler, à ce sujet, les récits rapportés dans les ouvrages spéciaux. Audinet-Serville, Sollier, Fischer de Waldheim, MM. Bruti, Fischer de Fribourg, Levaillant, Guyon, etc., ont été les historiens de ces calamités, de la destruction des récoltes et de toutes les matières végétales accessibles à la dent meurtrière de ces insectes.

La plupart des bandes de *sauterelles de passage*, qui ont paru en Europe à diverses époques, étaient composées de *Pachytylus migratorius* et parfois de *P. cinerascens* F. L'*Acrydium italicum* LINN. est encore une espèce qui a été signalée en Europe comme émigrante.

Dans le nord de l'Afrique et en Orient, l'*Acrydium peregrinum* OLIV. est une des espèces dont les migrations se renouvellent le plus souvent et qui causent le plus de ravages. L'*Acrydium lineola* F. a été aussi indiqué dans le nord de l'Afrique comme pouvant émigrer.

Enfin, le *Stenobothrus cruciatus* CHARP. (*Stauronotus cruciatus* FISCH.), est une des espèces émigrantes les plus dévastatrices du nord de l'Afrique.

Vous vous rappelez, Messieurs, les calamités qui suivent l'apparition de ces insectes; la famine obligée, les maladies résultant de la viciation de l'air par les émanations pestilentielles de leurs innombrables corps en putréfaction. M. Guyon a signalé les odeurs infectes répandues par leurs déjections. J'ai été moi-même étonné de la très-grande quantité d'excréments que plusieurs de ces insectes, rapportés vivants à Paris, ont fournie avant de mourir.

Leurs troupes, quoique considérables au Bourg d'Oisans, n'ont pas, que nous sachions, produit d'autres malheurs que ceux d'une disparition des récoltes. Espérons que ces insectes ne se reproduiront pas en grand nombre, l'année prochaine, dans les contrées qu'ils ont dévastées.

TABLE DES MATIÈRES

DU 4e VOLUME.

I. — MÉMOIRES ET NOTICES.

TABLE ALPHABÉTIQUE.

A

B

C

D

Pages.

E

F

G

H

I

Pages

L

M

O

P

R.

S

Pages.

T

V

Y

CPSIA information can be obtained
at www.ICGtesting.com
Printed in the USA
LVHW100603210323
742065LV00002B/131

9 783382 701550